東京大洪水

高嶋哲夫

集英社文庫

東京大洪水

強烈な平和の希望者は、それでも、今にも雨が静かになればと思ふ心から、雨声の高低に注意を払ふことを、秒時もゆるがせにしては居ない。

――伊藤左千夫「水害雑録」

第一章　荒　川

1

背後から軽快なジョギングの足音が近づいてくる。

振り向いた玉城《たまき》孝彦《たかひこ》は目を細めた。陽《ひ》はかなり傾いているが、九月としては強い陽光が目の奥に射し込んだ。

深く息を吸い込むと、熱で膨らんだ草の香りが肺に満ちる。

玉城は言葉を探しながら、そっと横を見た。隣には小学四年生の長男、大輔《だいすけ》が目を閉じて座っている。眠っているようにも見えるが、ときおり瞼《まぶた》が震えるように動く。どちらかといえば丸顔の玉城と違って、端整な面長の顔だ。色白なのも妻に似たのか。

大輔が目を開けて眩《まぶ》しそうに瞬《まばた》きした。

「前に来たのはいつだったかな」

「ええっと……夏休みの終わりごろ」

気のない返事が玉城の気勢を殺《そ》ぎ、次の言葉が見つからない。

うちでごろごろしている大輔をなんとか連れ出したものの、会話の糸口がつかめない。メールでは週に二、三回、短いながらもやり取りをしている。家族、そして同居している玉城の母親への伝言が主だが、最近の小学生と父親とのやり取りはこんなものか、と思っているところがあった。

「天体望遠鏡は見てるの？」

去年のクリスマスに買ってやったものだ。

「たまにね」

興味なさそうな声と表情だ。父さんは欲しくても買ってもらえなかったと、喉元《のどもと》まで出かかった言葉を呑《の》み込んだ。いつも、時代が違うんだと自分に言い聞かせている。

目の前には広大な芝生の土手と河川敷が続き、その先には、ゆったりした川の流れが丈の高い雑草の切れ目に見える。荒川《あらかわ》だ。

子供のころ、この河川敷でよく父親と遊んでいた。母親にはそう聞かされているが、玉城には鮮明な記憶はない。ただ、この土手に来るとぼんやりと心に浮かぶ光景がある。おだやかな川の流れ、広い河川敷、白髪混じりの髭《ひげ》の老人と犬、大きな男、そして高い笑い声――。

玉城は脳裏に浮かんだ光景を振り払い、大輔に語りかけた。

「荒川は日本でもっとも人口密度の高い地域を流れる一級河川で、何度も氾濫《はんらん》を繰り返している。この川の堤防が切れると、銀座《ぎんざ》や東京駅のほうまで水浸しになる恐れがあるんだ。だから……」

「江戸時代から治水事業が行われている。その一つとして、全長二二キロメートル、幅五〇〇メートルに及ぶ荒川放水路が造られた。そして、旧荒川は隅田川《すみだがわ》と呼ばれている。学校で習ったよ」

玉城に代わって、大輔が続けた。

玉城は大輔の頭に手を載せた。身長はクラスでいちばん後ろ。この調子で伸びれば、六年生になるころには玉城と並ぶことになる。しかし、体育の成績はいつも「がんばろう」。体格と運動神経は別ものだという見本だ。親の目で見ても動きはのろく、ワンテンポ遅れて行動が始まる。

「お兄ちゃんのあだ名、ドンキーなのよ」

そう教えてくれたのは長女の由香里《ゆかり》だ。まだ五歳になったばかりだったが、さすがに良くないあだ名だと感じているらしく、玉城の耳元で囁《ささや》いた。

「どういう意味なの？」

「かわいい動物だ。ポニーのような。でも、お兄ちゃんには言うんじゃないぞ。ママにもだ」

「どうして？」

「どうしてもだ」

玉城にしては、珍しく強い口調になった。由香里は一瞬、戸惑った表情を見せたが、何も言わず部屋を出て行った。

一年以上前の話だ。それから数ヵ月後の三年生の三学期、大輔にはランドセルを背負って玄関で靴を履くと、決まって頭が痛くなる時期があった。

妻の恵子《けいこ》は出勤前の慌ただしい時間で、玉城が学校に体調不良で休ませますと電話をすると痛みは消える。恵子は仮病だと決め付けたが、玉城はありうると思っていた。

玉城の場合は腹だった。小学五年生のときで、靴のままトイレに駆け込んだこともある。

「いじめられているのか」と、何気なく聞いたが、大輔は「そんなことない」と答えた。

一週間ほど同じことを繰り返して、春休みに入った。四月になり四年生になると、学校にだけは休まず行くようになった。クラスメートが変わったからか、担任が変わったからか、玉城には分からない。気にはなっていたが、どうしようもなかった。しかし、「理科と社会の知識は驚くほど豊富です」という夏休み前の父親参観後の面談での女性教師の言葉は、強く玉城の心に残っている。

九月最後の日曜日である。ふと玉城は時計に目をやった。午後四時四〇分。川に沿って海から吹き抜けてくる熱を帯びた生ぬるい風が、身体《からだ》をなめていく。上流の河川敷から歓声が聞こえる。少年野球のチームが試合をやっているのだ。

「野球はしないのか。バットもグローブも持ってたよな」

「うちでゲームをやってたほうが面白い」

「母さんはなにも言わないのか」

「由香里の奴《やつ》が言いつけなきゃ分かりっこないさ。見つかっても、叱《しか》られるのには慣れてるし。それに最近、母さん、うちにはあまりいない」

「仕事……だろうな」

「最近は休みの日も、仕事、仕事。予定が遅れてるし、使ってる業者がいい加減で、信用ならないんだって。いらいらしてるの分かるでしょう」

大輔は何気ない口調で言うが、かなり気にしているようだ。

玉城には答えられない。恵子とは電話で話してはいるが、ここひと月あまり会っていない。

「いい天気だなー」

玉城は空を見上げた。青い空に、普通夕方には消える積雲が数個浮かんでいる。絵に描《か》いたような秋空だが、大気はまだ夏を引きずっていた。木陰にいてもじっとりと汗ばんでくる。

「でも九州じゃ、今、雨が降ってるんでしょう？」

「へえー、よく知ってるんだなぁ」

「父さんが言ったんじゃない。大陸の湿った低気圧が九州に近づいてるって。天気は西から変わるから、明日の明け方には東京も雨なんだよね」

「当たってる。どこで習った？」

「テレビの天気予報を見てたら分かるよ。それに、台風23号も生まれてるし」

「誰《だれ》が言ってた？」

「今朝《けさ》の天気予報。それに、父さんも」

「そうだったな」

玉城が天気図に興味を持ったのは、小学校四年のときだ。夏休みの理科の宿題に、ひと夏分の新聞の天気図を切り抜いて画用紙に貼《は》り付けた。ただそれだけのもので、クラス中が馬鹿《ばか》にしたが、玉城には見ていると夏休み中の天気が頭のなかを流れていく、魔法の地図に思えた。

「そろそろ行くか。父さんも静岡に帰らなきゃ」

帰る、という言葉が自然に出た。数ヵ月前までは行くという言葉を使っていたはずだ。

玉城は先週、三四歳になった。東都大学理工学部地球物理学科の講師だが、去年の一二月から静岡県、牧之原《まきのはら》にある『日本防災研究センター』に出向している。防災学会で、玉城の発表を聞いたセンター長から話があった。教授に相談した結果、四ヵ月後には出向の辞令が下りていた。

専門は気象、特に台風を中心に研究している。スーパーコンピュータを使っての台風の発生メカニズム、成長プロセスの基礎研究、そして進路予想をする気象シミュレーションだ。

玉城は立ち上がって、荒川のほうを眺めた。

両岸の間の距離は五〇〇メートルあまり。広い河川敷が続き、西岸は球技のグラウンドやゴルフ場になっているところもある。川はその真んなかを約一五〇メートルの幅で流れている。

玉城は大輔と並んで土手の上を歩いた。土手の下に広がる町並みが見渡せた。中小の工場、商店街、住宅地……。この辺りは海抜ゼロメートル地帯で、町は川の流れよりも低い位置に広がっている。小学校に入るまで、川は地面より高いところを流れるものだと信じていた。

「確かに危ないよな」

呟《つぶや》いてから、玉城は苦笑した。他人事《ひとごと》ではないはずだ。

土手に沿って建つマンションの二階部分が、ちょうど土手と同じ高さにあたる。大雨の後は川の水量が増し、河川敷に溢《あふ》れた濁流が土手近くまで渦巻くこともある。いつもより水かさが増して見えるのは、八月に頻繁に日本を通りすぎた台風と集中豪雨がまだ影響しているのか。〈台風23号も生まれてるし〉という大輔の言葉が脳裏をかすめた。

東京湾の方向に三棟の建物が霞《かす》んでいる。建設中の超高層マンション、リバーサイド・ビューだ。

河川敷から土手に、泥まみれの野球のユニホームを着た数人の小学生が上がってくる。手にはバットやグローブを持ち、声高に話し、笑いあいながらすれ違っていく。大輔はそれとなく視線を外し、身体を寄せてくる。玉城は大輔の肩に手を置いて引き寄せた。陽が沈みかけている。赤い光が町を覆い、血を流したようだ。瞳《ひとみ》のなかに滲《にじ》んできそうで、思わず目を閉じた。

家に帰ると、由香里がソファーに寝そべって、テレビアニメを見ていた。

「ママはまだか」

「仕事、トラブっているんだって。電話があった」

由香里がテレビに目を向けたまま答えた。

幼稚園の年長組だが、最近、妙に大人《おとな》びた言葉を使って玉城を驚かせる。

「恵子さんは一時間ほど遅れるらしいわ」

キッチンから玉城の母、秀代《ひでよ》の声が聞こえる。

由香里が生まれるとき手伝いに来て、そのまま子供たちの面倒をみることになった。二五年前に夫を亡くし、女手一つで玉城と八つ下の弟を育て上げた。この春に五九歳になったが、四〇代前半から髪を染めているのを玉城は知っている。やはり、並みの苦労ではなかったのだ。

玉城は、「どうせ一人で住んでるのだから、お願いしてよ」という恵子の言葉をそのまま伝えた。

「孫の面倒を押し付けられるのはご免よ」と、同居の申し出は即座に断られた。

「恵子がどうしてもと、頼んでいる」と、玉城が頭を下げると、恵子の両親の了解を取るという条件で、ようやく頷《うなず》いた。恵子にはその言葉を伝えたが、実際に話したかどうか玉城は確かめていない。当時は、一日でも早い職場復帰しか頭になかったようだ。

秀代は勤めていた弁当屋を辞めて、玉城のマンションに通うようになった。ひと月たって、恵子が本格的に仕事に戻ってからは、泊まらざるをえない日が多くなった。それと同時に、恵子はさり気なく自分の仕事部屋を秀代のために空けた。

恵子は、大手建設会社オーシャン建設に勤務する一級建築士だ。

玉城より一歳年上で、玉城が大学院博士課程に進学した年に結婚した。いわゆるできちゃった結婚で、恵子から妊娠を告げられたときにはすでに六ヵ月目に入っていた。その日のうちに結婚を決めて、翌週には婚姻届を出した。女性に対してまったくの奥手と信じられていた玉城は、意外な目で見られた。

一年浪人して同じ大学に入った恵子とは同学年だった。恵子の研究室は玉城の研究室の下にあり、卒論の防水実験で水が漏れて、謝罪に行ったのが玉城だった。増えていたとはいえ、理工学部の女子学生は二割に満たず、何ごとにも積極的で、容姿や服装も派手めな恵子は目立つ存在だった。

最初のデートは恵子が誘った。その後も、ほとんど恵子のペースで進んでいる。

二人が付き合い始めたとき友人たちは信じられないという顔をしたが、いちばん驚いたのは玉城自身だった。

「どうして僕だったんだい」

結婚した翌年、恵子が機嫌のいいときに聞いたことがある。恵子はしばらく考えてから口を開いた。

「台風の眼《め》」

どういう意味か聞いたが、後は笑って答えない。

当時の恵子の交友関係については、いろいろ言われていた。半分はやっかみであることは分かっていたが、過去の妊娠についての噂《うわさ》は、今も玉城の脳裏にふっと現われ、憂《ゆう》鬱《うつ》な思いに引き込んでいく。

問題は生活だった。玉城は月一二万円あまりの奨学金をもらっていた。不足分はアルバイトをするつもりだったが、恵子の実家が援助を申し出た。

今から考えると、将来大学に残るつもりの玉城は大いに期待されていたのだ。しかしいまだに講師で、上はつかえている。教授と折り合いが悪いというわけではないが、何ごとにも一歩引いてしまう玉城は置いていかれる傾向にあった。

恵子は現在、荒川緑地総合開発の一環として、スーパー堤防に建設中の超高層マンション、リバーサイド・ビューに設計、建設の副主任として取り組んでいる。約五〇〇〇平方メートルの敷地に、四二階建ての高層マンション三棟を建設するのだ。一棟の部屋数は四五〇戸前後、総工費八〇〇億円を超える大型プロジェクトだ。

スーパー堤防とは、土手幅を町側に約一五〇メートル延ばし、なだらかな丘に造成してある地区だ。増水による水流が土手を破壊して、町なかまで流れ込むのを防ぐものだ。しかし工事は大規模になり、一〇〇メートルにつき三〇億円の工事費がかかるともいわれ、まだほんの一部しかできていない。

荒川緑地総合開発は、この川沿いの丘を利用して、新たな生活空間を生み出そうとする計画だ。

初めての大仕事で、玉城が心配になるほど入れ込んでいる。着工前には数日間会社に泊まり込んだことも、最近になって知った。八割がたできた現在は、グループ会社の建築主からの要求が一貫していないことと、思い付きのような設計変更が多すぎると、玉城と顔を合わせるたびに文句を言っている。

「やめてよ、お兄ちゃん」

由香里の半泣きの声で我に返った。

〈……突然襲った鉄砲水は、民家を呑み込み押し流していきました。さらに、九州南部には土砂崩れが頻発し、少なくとも三〇軒以上の住宅が土砂に埋まり、判明している死者は八人、行方不明の方々はすでに……〉

テレビには、激しく降りしきる雨のなかに、崩れた山の斜面にわずかに屋根を出した数軒の家が映っている。その間をぬうようにして泥水が流れていく。周りには、消防と自衛隊の隊員が必死に捜索している姿があった。

「しっかり見てなきゃ、おまえも土のなかに埋まっちゃうぞ」

「意地悪やめてよ。私が見てるんだから」

由香里が大輔が持っているテレビのリモコンを取ろうとしている。

「二人とも、喧嘩《けんか》はしないで。お父さんはもうすぐ帰るんだからね」

秀代の言葉で二人は静かになった。

玉城が静岡に帰る時間に合わせた、早めの夕食が始まって、三〇分ほどしてから恵子が帰ってきた。

　身長は玉城と同じ一六五センチだが、体重は一〇キロは軽い。初めて秀代に紹介したとき、髪を短く刈り上げたパンツ姿の恵子を、宝塚の男役のようだと言われた。今は肩まで伸ばし、茶色に染めている。

　恵子がテーブルにつくとすぐに、携帯電話の着信音が鳴った。慌てて立ち上がり、廊下に出て声を潜めて話している。

「ご免なさい。呼び出しがかかっちゃった。バスタブが規格に合わないらしいの」

　そう言いながら秀代がいれたお茶にも口をつけず、すでに出かける用意をはじめていた。

「僕もそろそろ行かなくちゃ。駅まで乗せてってくれる?」

　玉城は箸《はし》を置いて立ち上がった。恵子は一瞬迷うように時計を見たが、頷いた。秀代は表情も変えず、大輔と由香里に残さず食べるように言っている。

　玉城は恵子の視線に急《せ》き立てられ、バッグに着替えを詰めて玄関に出た。ドアを開けて、ノブを握ったまま動きを止めた。ドアの前に、長身、茶髪の男が立っている。

「ノブ兄ちゃん」

　玉城の背後で大輔が声を上げた。その声を聞いて由香里が飛び出してくる。

　男は飛びついてくる由香里を抱き上げた。

「まだ食事中でしょう」

由香里をたしなめる恵子の声に、男は慌てて由香里を下ろし、頭を下げた。

「私は駐車場から車を出してくる。前の通りで待ってるから、急いでね」

恵子は男をちらりと見て玉城に言い、二人の間をすり抜けて小走りに階段に向かった。

男は玉城の弟の伸男《のぶお》だ。二六歳になるが、高校を二年で中退して、以後定職には就いていない。一時期家を出て音信不通だったが、三年前にふらりと戻ってきた。母親が玉城のマンションで暮らしていると知って、帰ってきたらしい。先月までは運送会社の手伝いをしていたが、今は知らない。

「母さんに用があって――」

振り向くと、秀代が困ったような顔をして立っている。しかし、内心では喜んでいるのだ。

短いクラクションが聞こえた。伸男の肩越しに見ると、通りの角に赤い車が停《と》まっている。

「僕は急ぐから。夕飯中だ、食べていくといい」

玉城は言い残してバッグを持った。

「父さん、次はいつ帰って来るの？」

背後から大輔の声が聞こえた。後でメールすると答えて、階段に急いだ。

恵子は玉城が乗り込むとすぐに車を発進させた。

「また、お義母《かあ》さんにお金をせびりに来たんでしょう。あなたからもなんとか言ってあげなさいよ」

「それは母さんが判断するさ。僕が口を出すことじゃない」

「完全な甘やかし一家ね。そんなだから、いまだにあの人はまともに仕事にも就かないのよ」

恵子は伸男のことを「あの人」と呼ぶ。

「長い目で見てくれよ。あいつは……」

「可哀想《かわいそう》な奴だっていうんでしょう。父親の顔も知らないって」

伸男が生まれた翌年に父親は事故で死んだ。玉城が九歳のときで、玉城でさえ、声の大きながっちりした男の人という程度の記憶しかない。無精髭の生えたざらざら顎《あご》で、嫌がる玉城の頰《ほお》をこすって、笑っていたのが父親だったのかさえ鮮明ではない。

「私が留守のときを見計らって来てるのよ。大輔も由香里もいい影響なんて受けっこないんだから」

「日曜まで仕事だなんて、身体は大丈夫なのか」

玉城は話題を変えようと聞いた。

「厳しいっていうか、セコい施工主なのよ。ぎりぎりの予算で、見かけは豪華にだって。

売るには楽だけど、造るのは至難の業」

そんなマンションに住む人たちはもっと悲劇だ、という言葉を呑み込んだ。もっとも、このセコい施工主というのは恵子の会社自身なのだ。

「水が出ても大丈夫なの？　いくら高層マンションといったって、あの辺りの物件を買う人にはいちばん気がかりだろう」

「それは心配ない。そのためのスーパー堤防よ」

恵子は自信に溢れた声で言い切った。

「前の電話で、話があるって言ってただろ」

「こんど、また時間があるとき」

それっきり恵子は黙り込んだ。こんなときは話しかけないほうがいい。頭は仕事でいっぱいなのだ。あるいは何かに気を取られているのか。

JRの駅に着いた。日曜日の夕刻、駅前は人で溢れている。玉城が降りると同時に、車は走り出した。玉城は歩道に立ち、恵子の運転する車がロータリーの先の角を曲がるまで目で追っていた。


小雨が降っていた。

玉城は掛川《かけがわ》駅前で三〇分近く待ってタクシーに乗り、研究センターの前で降りた。小走りに、研究棟に向かった。気になることがあったのだ。

日本防災研究センターは、三年前に設立された独立行政法人だ。地震、台風、火山噴火といった日本が直面している自然災害全般に対して、基礎研究をやりながら具体的な防災計画を確立することを目的にしている。

日曜の午後一一時近くだというのに、いくつかの部屋には、明かりがついていた。研究員には二〇代の若手が多く、大学の研究室が引っ越してきたような自由な雰囲気がある。

玉城は『気象観測シミュレーション研究室　短期予報班』のパネルが貼ってある部屋に入った。

「どうしたんです、こんな時間に。そんなにベイビーが気になりますか」

同僚の木下文明《きのしたふみあき》がパソコンのディスプレーから顔を上げた。

ブンメイ、ブンメイと木下に向かって叫ぶセンター職員の声の意味が、木下の名前であることを知ったのは、ここで働き始めて三日目だった。

夏は黒のTシャツ、冬はTシャツの上に黒のタートルネック。色褪《いろあ》せたジーンズは年中共通で、センター内の混《こ》み合った食堂でも、すぐに見つけることができる。耳を隠す茶髪の間に金色のピアスを発見したときは、自分の目を疑った。これで三一歳なのかと。

玉城はこの研究室のリーダーだ。といっても、所属の研究員は二人だけだ。ちょうど空き部屋がなく、木下の部屋に玉城が入れてもらったのだ。以来、木下が引きずられるように玉城の研究を手伝っている。

部屋に入ると正面が窓になっている。両脇《りょうわき》の壁に向かってそれぞれの机が背中合わせに置かれ、机の上の本棚には英語と日本語の専門書、資料がぎっしり入っている。ドアの左横の片隅には、簡単な給湯設備がついている。窓に広がる駿河《するが》湾を見渡すことのできるこの部屋に初めて入ったとき、玉城は大学では感じたことのない解放感を覚えたものだ。

「まだやっとお乳を飲み始めたところ。よちよち歩きもできてない」

「しかし、大きく育つ要素は充分にありますよ」

玉城は木下の肩越しにディスプレーを覗《のぞ》き込んだ。北緯7度、東経163度、赤道のわずか上に小さな渦巻き状の雲が見える。一昨日《おととい》、東京に帰る前にチェックしたとき見つけた、熱帯低気圧だ。その時点では、気象庁はまだ発表していなかった。大輔が見たと言っていた天気予報は、昨日《きのう》のものだ。

「確かに今年は異常ですよ。降水量ゼロの月が続いたかと思えば、大雨が降り出す。九月も終わりになるというのに、まだ三〇度を超す日がある。それに、先月にはあれほど発生した台風が、今月になってぴたりとなくなった。これって、実に気味が悪いですよね」

木下が玉城を見上げたが、玉城はそれとなく視線を外した。木下の視線には独特の雰囲気がある。コンピュータオタクで、ディスプレーを睨《にら》みつけたまま一日の大半をすごす。だが、視力は左右とも、裸眼で2・0というのだから驚く。ちなみに玉城は、両方とも0・1あるかないかだ。

「雨の多いのが大いに気になるところですね」

玉城はメガネをかけ直した。

「日本中の山間部の地盤が、水を吸ってぶくぶくに膨らみきっているはずです。おまけに、町はコンクリートで覆われ、保水力ゼロ。水は地表を一気に流れる。今度、雨が降ったら、またどこかの川が溢れ出しますね」

「そのために、地下に巨大な貯水槽を造っている都市もあるんですけどね。それもどれだけ役立つか」

最後は独り言のようになってしまった。

玉城はもう一度、台風の位置を確認してディスプレーから顔を上げた。

「私は部屋に帰りますが、きみはどうします」

「もうしばらくここにいます。なんとなく気にかかるんですよね。このベイビー」

「変化があったら連絡ください。すぐに出て来ますから」

「不眠症、まだ続いてるんですか」

「そんなんじゃないですよ。寝つきが悪いだけだって」

木下は肩をすくめた。彼にはこの言葉は理解できないだろう。センターに来た当日、指定された部屋に入ると、椅子《いす》に座り、目の前にコンビニ弁当を広げたまま眠り込んでいる男がいた。箸を握っていたということは、食べながら寝てしまったのだ。玉城は声をかけるのも忘れ、男を見つめていた。それが木下だった。一見神経質そうだが、彼の特技はいつでもどこでも眠れることだ。

玉城は部屋を出た。ドアが閉まるとき、木下が右手を挙げてウインクした。

一〇ヵ月あまりの付き合いだが、分からない男だ。妙に自分を冷静に見つめているところがあるかと思えば、突拍子もないことを言い出したりする。センターに来てひと月ほどすぎたころ、同僚から似合いのコンビだと言われて、ドキリとした。自分のどこが、似合いなのか。しかし、彼のコンピュータと科学に対する知識は信頼に足るものだ。

玉城は小雨に濡《ぬ》れながらセンターの裏の芝生を横切り、徒歩三分の寮に戻った。研究センターの独身寮で、1DKだ。センターには日本全国から若年の研究者が集まっているため、独身者と単身赴任の者が多く、彼らのほとんどが寮に入っている。玉城の部屋は二階で、その真下が木下の部屋だが、一度も訪ねたことはない。また、物音が聞こえたこともない。

テーブルの前に胡坐《あぐら》をかき、カバンから出したノートパソコンを立ち上げた。

　ここ数年、日本というより、地球の気候が変わってきている。特に今年は、世界中が異常気象に見舞われた。

　日本は極端に雨が少なかった。六月になっても列島全域で雨は降らなかった。九州から始まり、四国、中国地方とダムの貯水量が軒並み減少して、渇水宣言が出された。しかし、気象庁が今年は空梅雨《からつゆ》の模様と発表した直後、突如梅雨前線が現われ、大雨が降り始めた。水不足は一気に解消されたが、鹿児島、宮崎、高知で洪水が起こり、床上浸水した町も多数ある。

　激しい梅雨が終わると、凄《すさ》まじい暑さの夏が始まり、各地で最高気温の記録を塗り替えていった。

　八月になると、毎週のように台風が日本を襲い、そのたびに河川の氾濫が起こった。しかし九月に入ってから、台風はなりを潜めている。それがかえって不気味だった。

　パソコンを閉じて布団を敷きかけたとき、携帯電話が鳴り始めた。

〈俺《おれ》だけど――〉

　ぼそぼそした声が聞こえてくる。

「伸男か？」

〈金、貸してくれないか〉

「いくら？」

〈一〇〇万〉

玉城は絶句した。これまでにも三万、四万の金は貸したことがある。しかし、今度は桁《けた》が違う。

「そんな金、どうするんだ」

思わず玉城の語気が強まった。

〈貸してくれるのか、くれないのか〉

「僕の一存で自由になるわけないだろう。そんな大金」

〈どうしても必要なんだ。必ず返すから〉

「無理なものは無理だ」

〈財産分与があるだろう。家の半分は俺のだ〉

「まだ母さんがいる。家は母さんのだ」

〈母さんは兄貴たちと同居してるんだから、家なんて必要ないだろう。それにこの先、こんなボロ家に母親を住まわせるつもりなのかよ。だからさっさと処分して——〉

「父さんが残してくれた家なんだぞ。母さんが許すわけないだろう」

〈母さんさえ、うんと言えばいいのか〉

「おまえ、これ以上母さんを泣かせるようなことはするな」

〈理学博士なんて一文にもなりゃしないんだな。どうせ金かけるのなら、経済学部にでもいって、株でもやりゃあよかったんだ。頭、いいんだろ。でも、兄貴じゃどっちでも同じか。一〇〇万ぽっちの金も自由にならないし、女房にゃ尻《しり》に敷かれてる〉

捨て台詞《ぜりふ》のような言葉を残して電話は切れた。

「そのボロ家で僕もおまえも育ったんだ」

すでに切れている携帯電話に向かって言った。電話を切ったとたん、再び呼び出し音が響いた。ディスプレーを見ると、秀代からだ。

〈伸男がお金を借りに来たのよ。二〇〇万円必要だって言いだして〉

通話ボタンを押すと同時に、相手も確かめず秀代の声が飛び込んでくる。

「それで母さんは貸したの、貸さなかったの」

〈しょうがないでしょう。どうしてもって言うんだから〉

「全額？」

〈それは無理だから、一〇〇万だけ〉

玉城に言ってきたのは、残りの一〇〇万か。

「いままでだって、ずいぶん貸してるんだろう？　もう五〇〇万近くなるんじゃないの」

〈四八三万円。ちゃんと控えてるから。でも、一度にこんな大金初めて。何に使うのかしらね〉

他人事のような声が返ってくる。「甘すぎるのよ」という恵子の言葉が甦《よみがえ》った。

「明日、僕から伸男に電話して、もっと詳しく聞いてみるから。子供たちは？」

これ以上、秀代と話しても埒《らち》が明かないと思い、話題を変えようとした。

〈寝てる。さっきまで、伸男とゲームをして遊んでたのよ〉

「あいつ、またゲームを持ってきたのか」

〈いいじゃない、少しくらい。大ちゃんも由香ちゃんも喜んでるんだから〉

「あまり問題を持ち込まないよう言ってくれよ」

秀代は答えない。伸男は家に帰って、すぐに玉城に電話してきたのか。

「とにかく、伸男には金を渡さないように」

〈急ぐって言うから、キャッシュカードを渡したわ。暗証番号は教えてあるから。どうせ銀行に入れといても利子なんてしれてるんだもの〉

玉城はうんざりした気持ちで、耳元で響く愚痴と嘆きの混じった声を聞いていた。しかし秀代にとって、伸男の話をするのは嫌ではないのだ。

「それとこれとは話が違うだろう。母さんがそんなだから、あいつは自立できないんだ」

秀代は黙っている。

「恵子は？」

ふと思いついて聞いた。

〈まだ帰ってないわよ。だから伸男がついさっきまで……〉

「もう寝たほうがいいよ。明日、早いんだろう」

玉城は時計を見ながら、溜息《ためいき》をついて電話を切った。すでに一二時を回っている。

携帯のディスプレーに伸男の番号を出して、数秒迷ってから止《や》めた。もう、子供ではない。母親が貸した分は、母親が責任を取ればいいのだ。しかし、恵子はまだ帰っていないのか。嫌な予感が脳裏をかすめた。恵子の携帯の番号を表示して、やはりしばらく見つめてから電話を閉じた。

布団に入ったが、伸男、恵子、大輔の顔が脳裏に浮かんでくる。家庭内のごたごたに比べれば、台風のほうがよほどましだ。ある程度の予想はできるし、理屈にかなった行動しかしない。ところが人間は――。窓に目を向けると、薄いカーテンの向こうには闇《やみ》が張り付いている。ひっそりとした部屋に雨音だけが響いてくる。

起き上がって、パソコンを立ち上げた。身体のなかには重苦しいものが溜《た》まっている。伸男と母親とのやり取りが思い出され、さらに憂鬱になった。

2

激しい雨音で目が覚めた。

七時をすぎているにもかかわらず部屋のなかは薄暗く、カーテンの隙間《すきま》から漏れてくる光は鈍く濁っている。これほど激しくなるとは予想していなかった。だから天気予報は信用されない。しかしこの豪雨にも、ちゃんとした科学的根拠はあるのだ。

ズボンを膝《ひざ》までまくり上げて、サンダル履きで研究棟に向かった。傘に打ち付ける雨粒が飛沫《しぶき》を飛ばし、突き破るような音を響かせている。

研究室に入ると、木下がパソコンのディスプレーにしがみ付くように顔を寄せている。結局、パソコンの前で徹夜したのか。この男は小学生のときから、こういう生活を送っていると言っていた。やはり普通ではない神経の持ち主なのだ。

「すごい雨ですね。こんな予報、出してるところはありましたか」

「みんな、裏切られたようです。これが異常気象といわれるゆえんでしょう。太平洋で蒸発した水蒸気が、日本上空で一気に吐き出されてるって感じ」

「台風は？」

「もう五、六歳、いや一〇歳程度ですかね。すでに中心気圧９９８ヘクトパスカル、半径70キロ、最大風速20メートルに成長してる」

「方向は？」

「まだ決めかねてますね。独り歩きの練習といったところでしょうか。あっちにふらり、こっちにふらり。でも、気象庁でも注目し始めました。それより今は、この雨のほうが心配ですよ」

そう言って、木下は窓の外に視線を移した。

降りしきる雨に、窓ガラスは屋上から水を流しているようだ。数メートル先も霞んでいる。

ディスプレー上でも、日本列島全体を厚い雨雲が覆っている。特に太平洋側は、一時間に60ミリ以上の豪雨となっている。

「日本中の子供たちが大喜びだな。日本全域に大雨注意報が出てる。しかし私らが子供のときは、雨ぐらいで学校が休みになることはなかったよなあ。ずぶ濡れになって通ってたよ。学校なんてそういうものだと信じて」

「考え方が変わってきてるんですよ」

今の子は甘いんだと言いかけて、伸男の顔が浮かんだ。彼は雨が少しひどくなると、必ず休んでいた。秀代もそれに文句を言ったことがない。

電話のベルが鳴り始めた。

「日本防災研究センター、気象……」

〈孝彦君か〉

玉城の言葉を聞き覚えのある声がさえぎった。

「義兄《にい》さんですか」

〈今日、そっちに行ってもいいかな〉

「そっちって、センターにですか」

〈きみはそこにいるんだろう〉

「はい。かまいませんけど……ひどい雨ですよ」

〈仕事で行くんだ。そんなこと言ってはいられないよ〉

「仕事って？」

〈行ってから話す〉

「新幹線は走ってますか」

〈車で行く。確かめたら高速道路は通行止めになっていない。うちの危機管理室の室長がどうしてもきみに会って、直接話を聞きたいと言うんだ〉

恵子の兄の富岡《とみおか》幸一《こういち》は、江東《こうとう》区の区役所職員だ。

「……『荒川防災研究』ですか」

玉城の言葉に、横でキーボードを叩《たた》いていた木下の動きが止まった。

〈その通りだ。まずいのか〉

「僕はかまいませんが。今日は一日、研究センターにいます」

〈午後になるが、着く前に電話を入れるよ〉

受話器を置くと、木下が好奇心いっぱいの目で玉城を見つめている。

「江東区役所の危機管理室の室長が、話を聞きたいそうです」

「あれを読むと、確かに江東区の住人は怖くなりますね。玉城さん、これから大変ですよ」

「きみだって書いたでしょう」

「四分の一程度。いや、五分の一かな。もともとの発想は玉城さんです。僕はシミュレーション・プログラムを書いただけ。でも――」と言って首を傾《かし》げた。「まだ、外部には発表してないはずですけど」

確かにその通りだ。『荒川防災研究』は玉城が中心になって、大学での研究を基にしてこの一〇ヵ月でまとめたものだ。センターの所内報に載せるために木下と書いたものだが、センター長から防災学会に回され、学会誌に載ることが決まっていた。

荒川と隅田川について、地勢、地質、水量、水流を合わせて、決壊の可能性のある危険箇所、洪水の広がり方をシミュレーションしている。氾濫した場合、東京駅を中心に都心の三分の一が冠水し、地下鉄を水没させて水は地下街にまで溢れていくと示している。さらに、ここ数年間の地球レベルの気象と日本を襲う台風を分析して、近い将来、このような大洪水が必ず起こると推測している。

基本的には、一九九九年に旧建設省が制作した防災シミュレーションビデオ『東京大水害』と同じだが、添付データの量と緻密《ちみつ》さでは比べものにならない。同時に、具体的な数字の入った被害想定を付けている。ただ、推定死者数だけは載せていない。煽情《せんじょう》的と受け取られないための用心だ。しかし大まかな数字は内々には出している。

学会誌に載る前に内部資料としてセンター内に配付したが、それが外部にも出回っているのだ。

「センター長からは、国と都の防災関係者に送る旨の連絡はありました。公表前に、ある程度は知っておいてほしかったんでしょう。そこから区役所に回ったんだと思います」

「区役所の職員が来るということは、人心をいたずらに惑わすなってことかな。それにしても、センター長は面倒なことをしてくれたものですね」

「発表後のマスコミからの問い合わせに、準備をしておくようにという配慮でしょう。役所が突然の取材であたふたしてたんじゃ、住民にしめしがつきませんからね。マスコミにも叩かれる」

「確かに、マスコミが飛びつきそうな話題ですよね。来るのは何人ですか。用意しておかなくちゃ」

「企画課の職員と二人」

「なぜ企画課なんです？」

「私の妻の兄です」

なるほどねと言って、木下が大げさに頷いた。

富岡は、国家公務員試験I種を通った秀才と聞いている。しかし、親の意に反し区役所に就職した。だが、四〇歳を前に企画課長になるという噂だ。最年少記録だそうだ。

妻と言ってから、突然、伸男の顔が浮かんだ。玉城はトイレにいって伸男に電話したが、呼び出しの途中で切れた。発信者の表示を見て切ってしまったのだろう。


午後三時をすぎたころ、富岡とダルマのようにずんぐりした男がやってきた。

二人とも、スーツの肩やズボンの裾《すそ》に黒い染みが広がっている。雨はかなり激しいようだ。

玉城は、案内してきた事務の女性にタオルを持ってくるように頼んだ。

「江東区役所危機管理室、室長の後藤《ごとう》です」

ずんぐり男が丁寧に頭を下げて、名刺を差し出した。身長一六〇センチそこそこ。しかし体重は八〇キロを超えているだろう。危機管理室長という肩書きからは想像できない、おっとりした顔つきをしている。

「あなたもお宅は江東区だそうですね」

「荒川の近くです」

「玉城君の家族は、現在もそこに住んでいます」

後藤は富岡の言葉に頷き、ゆっくりと歩きながら部屋のなかを見回している。

木下がちらちらと、好奇心いっぱいの視線を向けてくる。

「一〇年近く前に、旧建設省が『東京大水害』というビデオを制作しました。荒川の堤防が決壊して東京が水没するという、CGを多用したビデオです。私は感心しませんでしたがね」

「『荒川防災研究』は、あれほどドラマチックなものじゃありません。一応、学術論文ですから」

「だから、なおさら真実味がある。かなりの仮定が含まれているとしても、科学者の研究成果でしょう?」

「ビデオでは、二〇〇〇年に一度の集中豪雨で荒川が氾濫することになっていました。しかし、ここ数年で事態は大きく変わっています。まず、地球規模で水害が多くなっています。ヨーロッパの国際河川の氾濫などがいい例です。ほぼ毎年起こり、しかも大規模になっています。日本も、年を追うごとに集中豪雨の回数が多くなっています」

「専門家は地球温暖化の影響だと言ってますね」

「それも一つの要因であることは確かです」

「ほかに何があるんですか」

「私たちはそれを調べています」

「あなたの説によると、台風が東京を直撃すると東京湾の水位が上昇し、荒川が逆流して氾濫するとありましたが。これにも当然、科学的な裏付けが……」

二人の背後で、木下が目を剝《む》いておどけている。玉城は木下を無視して話し始めた。

「まず、500ミリを超す豪雨により、荒川は危険水量に達します」

そこに、超大型台風が接近し、東京湾に高潮が発生する。風による海水の吹き寄せ効果と、低気圧による吸い上げ効果が重なり生じるものだ。さらに、東京湾のような南向きの湾に台風が西側から接近すると、海面が強風をまともに受けて巨大な高波を形成する。満潮時、大潮の時期と重なるとかなり危険である。河川を流れ下る大量の水と、高潮で遡《さかのぼ》ろうとする海水がぶつかると、異常な高水位となる。

最初に荒川が氾濫し、隅田川との間の江東デルタ地帯が水没する。そして、地下鉄の各駅から流れ込んだ水は地下鉄網を流れていく。コンピュータ・シミュレーションでは、堤防決壊後五時間で水は浅草《あさくさ》付近、一〇時間後には上野《うえの》、一五時間後には銀座にまで達する。そうなると、東京の都市機能は完全に麻痺《まひ》してしまう。そう玉城は説明した。

「スーパー堤防が決壊するというのですか」

「いくらスーパー堤防でも、堤防を越えて町に流れ込んでくる水を止めるのは無理です。それに、スーパー堤防は荒川全域をカバーできているわけじゃありません。ほんの一部だけです」

「従来型の堤防は完備されています」

「溢れる水は土手に染みこみます。そのうちに地盤が緩み、どこかの土手が決壊する。そうなれば、場所によっては五メートル以上浸水するという防災マップを出したのは、江東区です」

「あれは、最悪の場合であって」

「私も最悪の場合を考えました」

玉城は穏やかな声で答えた。

「宵から降出した大雨は、夜一夜《よひとよ》を降通《ふりとお》した。豪雨《ごうう》だ……そのすさまじき豪雨の音、さうして有所方面《あらゆるほうめん》に落ち激《たぎ》つ水の音、只管《ひたすら》事なかれと祈る人の心を、有る限りの音声を以《もっ》て脅すかの如《ごと》く、豪雨は夜を徹して鳴り通した」

後藤が嚙《か》み締めるようにそらんじ始めた。木下がきょとんとした目で後藤を見つめている。

「少しも眠れなかつた如く思はれたけれど、一睡の夢の間にも、豪雨の音声におびえて居たのだから、固《もと》より夢か現《うつつ》かの差別は判《わか》らないのである」

後藤の穏やかな声が室内に響いている。それを呑み込むように、豪雨の音が聞こえてくる。

「外《そと》は明るくなつて夜は明けて来たけれど、雨は夜の明けたに何の関係も無い如く降り続いて居る。夜を降り通した雨は、又昼を降通すべき気勢である」玉城があとを続けた。「伊藤左千夫《いとうさちお》の『水害雑録』ですね」

「よくご存知だ」

「明治四三年八月、東京に大雨が降った。一九一〇年だから今から一〇〇年あまりも前です。江東区はもちろん、北区《きた》の岩淵《いわぶち》から千住《せんじゅ》、下谷《したや》、浅草、本所《ほんじょ》、深川《ふかがわ》、亀戸《かめいど》にいたるまで、東京中が水浸しになりました。そのとき、死者、行方不明者が約四〇〇人出ています。さらに浸水家屋約二七万戸、被災者は一五〇万人。水が引くまでに二週間かかりました。私も荒川土手で遊んで育ちました。『荒川防災研究』をまとめる原点となった洪水の一つであることは確かです」しかし、と言って玉城は深く息を吸った。「現在ではこんなものではないかもしれません。さらに悪い事態が考えられるでしょう」

富岡が大げさな溜息をついた。

「毎年日本を直撃する台風は、五個程度です。しかし、遠く赤道付近では数十の台風が生まれています。今年の台風発生率は平年より高く、海水温度も高い。今まで経験したことのない超大型台風が、日本に上陸する可能性も充分にあります」

玉城は二人にディスプレーを見るよう促した。

太平洋を中心にした世界地図が表示され、日本は左上の片隅に示されている。

「赤、オレンジ、黄、ブルーと、温度の高い順に海洋が色分けされています。スカイプルーは通常温度の海域です」玉城は南太平洋を指した。「温度の高い海面で熱をもらった空気は上空へと舞い上がり、そこに周りの空気が吹き込み、台風の誕生となるわけです。今年、赤道付近の温度は平年より一、二度高くなっています。たかが一、二度とは思わないでください。それが南太平洋の海水全体だと、膨大な熱量になるのです」

「気象庁ではそんなことは言ってませんでした」

「気象庁の主な仕事はリアルタイムの大気の状態を観測して、それを発表することです。中期、長期予報も出しますが、参考程度です。僕たちのやっていることはあくまで研究です」

木下が口をはさんだ。二人は、初めて木下の存在を意識したかのように背後に視線を向けた。

「エルニーニョ現象というやつですか、太平洋の温度上昇というのは」

「それもあります。しかし、それだけじゃない。地球温暖化を含め、僕たちの役目は、その温度上昇が人間の生産活動によるものか、単なる地球レベルの揺らぎなのか、長期的に考えられる周期の上昇部分なのか、科学的に考察することです。そして、そこから起こる現象を予測します」

木下が真面目《まじめ》くさった表情で説明した。

「へえー、難しいことやってるんだなあ」

ディスプレーを覗き込んでいた富岡が顔を近づけたまま、独り言のように呟いている。

「あなたは気象学者だ。だが、『荒川防災研究』によると、防災にも詳しいらしい」

「遠山《とおやま》センター長の方針です。ここで研究する者は、常に社会へのフィードバックを意識するようにと。そうでなければ研究の意味がないと言われています」

遠山雄次《ゆうじ》は、元神戸《こうべ》大学教授で、日本を代表する地震学者であり、日本防災研究センターのセンター長である。一九九五年の阪神・淡路《あわじ》大震災で妻と一人息子、娘一人、さらに大学の研究室の学生を四人亡くした。自分の学問が生かせなかったことに絶望し、大学を辞め、消息をたっていた時期があった。しかし五年前、再び地震研究の第一線に返り咲いていた。

「遠山先生らしい言葉だ」

「センター長をご存知ですか」

「去年、講演を聞いて、話をする機会がありました。今日も、後で挨拶《あいさつ》に行きます」

後藤が富岡を目で促した。

「ところで今日来たのは、きみが指摘している荒川のウイークポイントについての話だ。一度、うちの危機管理室で話をしてくれないか」

富岡が改まった口調で言った。

気さくで一見能天気だが、一本筋が通っている。初めて富岡に会ったときの印象だ。

玉城はさほど親密な付き合いはないが、好感は持っている。恵子と顔つきは似ているものの、性格はかなり違う。

「僕はかまいませんが、一応センターの庶務課を通してください。そういう規則になっています」

富岡は頷いて玉城の肩を叩いた。

「しかし、この雨は異常としか言いようがないですな」

後藤がうんざりした口調で窓に視線をやった。

雨はますます激しくなっている。窓の先には駿河湾が広がっているが、滝のように落ちてくる雨に遮られて数メートル先も見えない。

「いつまで降りますかな」

「明日の明け方までです。ただし、数日おいてまた降り始めます。そのときはひょっとすると、台風のおまけ付きです」

玉城はディスプレーを指した。大陸を低気圧が覆い、右下の赤道近くには台風の渦巻きがある。

「かなり強い低気圧です。これが前線を作って、日本列島に大量の雨を降らせます。今から、集中豪雨への備えをしておいたほうがいいでしょう」

後藤はしばらく無言でディスプレーを見ていたが、玉城に向き直った。

「気象庁の予報でも、今週後半辺りから雨が続くと言っています」

「量までは言ってないでしょう。『雨が降る』と、『大雨が降る』。たかが一字付いただけで、大違いなんです」

「荒川はどんな具合になりますか」

「そのときにならなければ分かりません」

玉城が言い切ると、後藤は妙な顔をした。

「分からないが、できる限りのことはやっておいたほうがいいというわけですか。まだ少しの時間はあるわけだ。我々にできることは？　まさか、ときがくるまで祈るだけとは言わないでしょうね」

「まず、住民の避難態勢を整え、堤防の弱いところを補強すること。消防、警察、区役所の職員を動員して、交通機関がストップすることも考慮して待機させることも重要です。そして、適切な避難勧告、避難指示を出すことです」

「もし、そこまでして何ごとも起こらなかったら？」

「普通の生活に戻り、次に備えればいいじゃないですか」

「役所はそうはいかんのです。そうなった翌日には、区役所の電話は鳴りどおしだ。区民からの苦情と嫌みでね。損害補償を言い立てるものまでいます」

後藤は眉間《みけん》に皺《しわ》を寄せ、溜息をついた。初めて、危機管理室の室長らしい顔に見えた。

「住民に現状を理解してもらうことも必要です。自分たちの住んでいる地域がどういう場所で、どういう過去を背負っているか。闇雲に指示を与えるだけでは、誰も従いません」

玉城は断固とした口調で言った。後藤が大きく頷いている。

「この論文ですが、一部を区のホームページに掲載してもかまいませんか」

「かまいません。ただ、いたずらに区民の恐怖心を煽《あお》らないようにお願いします」

「心得ています」

それから一時間あまり、玉城は二人を相手に、パソコンの新しい動画と画像を見せながら説明した。これらは木下が作ったものだ。

「ところで、この論文には死者の数が書かれていないようだが」

「計算しませんでした。住民に防災意識があるとないとでは、まったく違ってきますから。流動性のある数字で、今後の研究対象です」

「予想ぐらいしているはずだ。最悪の場合は？」

「いつか出してみます」

玉城は嘘《うそ》を言った。仮定に多少の問題があるとしても、自分でも信じられない大きな数字だったのだ。

センター長に挨拶をして帰るという二人を部屋の外に送り出した。

廊下を歩き始めた富岡が足を止め、玉城のほうに戻ってきた。

「恵子とはうまくいってるのか」

小声で玉城に聞いた。

「そう思いますが……恵子さん、何か言ってましたか」

「いや、最近、あまり顔を出さないようなので、お袋が心配していた」

「仕事がかなり忙しいようです。リバーサイド・ビューの完成が近づいていますから」

「そのことで、少し気にかかる……いや、いいんだ。何ごともなければ」途中で言葉を濁した。「とにかく、恵子は俺から見てもわがままな奴だ。きみには苦労をかけていると思う。ああいう妹だと、何かと気になるものだ」

富岡は両国《りょうごく》で両親と同居している。玉城のマンションから、車で三〇分かからない。

「近いうちに子供を連れてご挨拶に伺います」

「喜ぶと思う。親父《おやじ》もお袋も、大輔君と由香里ちゃんには弱いから」

じゃあまた、と富岡は玉城の肩を叩き、後藤の後を追っていった。富岡は結婚五年目だが、まだ子供はいない。

玉城と木下はしばらくぼんやり座っていた。

「あの人が奥さんのお兄さんですか。玉城さんの奥さん、確か一級建築士でしたね。大手の建設会社に勤めてるって聞いてましたが」

木下が思い出したように言った。

「私より高給取りさ。学生のときは食わしてもらってたし」

「頭が上がらないってやつですね。それで、さん付けなわけですか」言ってから、しまったというように肩をすくめた。「でも、子供の面倒は玉城さんが見てたんでしょう。気にすることないですよ。それも新しいライフスタイルです」

「見てたってほどじゃないですよ。子供は放《ほう》っておいても育つもんです」

「それは結果。そのときどきで苦労してるはずです」

玉城は木下の真面目くさった顔を見た。たまに、もっともらしいことを言うので、思わずその真意を考え込んでしまう。

「こっちの赤ちゃんは、成長しすぎると困るんですけど」

木下の言葉に、ディスプレーを覗き込んだ。昨日は白い塊のようだった雲が、今ははっきりと渦を巻いている。

「海水温度は？」

「二七度。明日には、二八度になる可能性がありますね」

「見守るしかないのかな」

まだ、遥《はる》か数千キロメートル先にある雲の塊だ。

これが年間数十誕生しては消えていく。そのうちの数分の一が成長してアジア方面に移動してくる。さらに、その何分の一かが日本に向かい、さらに何分の一かが上陸する。

「やはり日本は地震と同様に台風研究にも、もっと金をかけるべきですよ。毎年必ず何度かやってきて、けっこう厳しいお土産《みやげ》を置いていくんですから」

「慣れっこになってるんですよ。意外性がないから、みんなあまり関心を示さない。死者が出るか、億単位の被害が出るかしなきゃニュースにもならない。野球やサッカーで大騒ぎするより、こっちに目を向けてもらいたいというのが本音ですがね」

玉城は一気に言った。

「そんなにむきにならないで。玉城さんらしくない。子供のころは、台風が楽しみだったんです。毎年、台風の時期にはわくわくしたな」木下は嬉《うれ》しそうに続けた。「田舎《いなか》の古い家だったから雨戸を閉め切って、家族でテーブルの前に座ってました。停電なんてしょっちゅう。テーブルの真んなかにろうそくを立てて、黙って見てるのね。炎がゆらゆら揺れて、風の音が聞こえて、家中ががたがた鳴ってる。雨漏りなんて慣れっこでした。そんななかで、お握りを食べたりして。僕は好きだったな。何だか別の世界に住んでるようで」

しかし、そんなときにも家を飛ばされ、氾濫した川の濁流に呑まれ、崖崩《がけくず》れで家が潰《つぶ》されて犠牲者が出ている。玉城は、突然湧《わ》き上がった強い感情をどうにか抑えた。

――聞こえてくるのは、ごうごうという風と雨の音だけだった。

隣で男が怒鳴るような声を出しているが、はっきりとは聞き取れない。小学生の自分はずぶ濡れになりながら、泥水のなかを歩いていた。傘は家を出た瞬間に飛ばされた。

弟を背負った母親に手を引かれ、必死でついて行った。裸足《はだし》だった。アスファルトと、ときおりぬるりとした気味の悪い感触があった。運動靴がいつの間にか脱げても、躊躇《ちゅうちょ》しているゆとりはなかった。母親は唇を嚙み締め、正面を見据えて歩いている。話しかけるのさえ、はばかられる雰囲気だった。

数分前に、目の前で水に呑まれていく家を後にした。玄関から入り込んできた水は、一〇分後には一階の茶の間に立つ自分の膝まできていた。「おまえたちは避難所に逃げろ。俺は堤防に行く」と言い残した父親の言葉が耳の奥に残っている。父親は地区の消防団のリーダーだった。

「川が氾濫したぞーっ」

雨音をぬって、男の声が聞こえた。

膝下を洗っていた水はすでに腰近くにきている。こんな状況にもかかわらず、母親の背中では伸男が眠り込んでいた。それは無性に憎らしく、羨《うらや》ましかった。

「避難所はもうすぐよ」

隣を歩いているおばさんの声が聞こえた。初めはまばらだった人が、いつの間にか数十人に増えている。自宅で頑張っていた人たちが逃げ出してきたのだ。

「父さんは？」

声を掛けたが母親は無言で、手をますます強く握り締め、歩みを速めた。

その夜は高台にある小学校の体育館で一夜をすごした。体育館のなかは人で溢れ、外では一晩中激しい雨風の音が響いていた。避難して数時間後にあんパンと牛乳が配られた。昼食だったか、夕食だったのか、記憶はない。空腹にもかかわらず、食欲はなかった。母親に食べるように言われ、無理やり口に押し込んだ記憶がある。

翌日、空は嘘のように晴れ渡っていた。道路から水は引いていたが、押し寄せた泥水の跡はくっきりと残っていた。町なかには汚物と何かが腐敗したような異臭が溢れ、吐きそうになった。そのとき耳にした、視察に訪れた政府の役人の言葉は今も心に刻まれている。「大した被害が出なくてよかったな」

父親が死んだと聞かされたのは、その数時間後だった。

死者一名。

堤防に土嚢《どのう》を積んでいて、あふれる水流に足を滑らせたと聞いている。新聞には、死者の名前すら載っていなかった――。

その年に日本列島を襲ったいくつかの台風のうちの一つだった。

「玉城さん、どうかしましたか」

気がつくと木下が顔を覗き込んでいる。

「いや、なんでもないよ」

「ぼーっとしてて、顔色も悪いし。貧血じゃないですか。寮の食事は残さず食べてます？　あれは味は別にして、栄養バランス抜群なんですよ」

木下の問いには答えず、玉城はディスプレーに視線を向けた。日本列島全体が、大陸から続いている濃い雨雲に覆われている。

「秩父《ちちぶ》山系あたりの雨量は、５００ミリを超えています。おそらく、ダムの貯水量もいっぱいでしょう。昨日のような集中豪雨は、ここひと月以内に何度かあっただろうし。これに台風が重なれば、相当量の雨が日本列島を襲うことになりますね。そうなればまさに、『荒川防災研究』が現実となる……」

木下の声が耳元を横切っていく。玉城の脳裏に、車のなかで〈心配ない。そのためのスーパー堤防よ〉と答えた恵子の顔が浮かんだ。

3

雨は天気予報で言っていた通り、月曜日いっぱい降り続け、上がったのは翌朝だった。

抜けるような秋晴れ。雲がわずかにあるだけで、澄んだ空気が心地よい。恵子は眠気を払い、額にかかった髪をかき上げた。額にはわずかに汗が滲んでいる。土曜、日曜も出勤で、特にここ二日間は数時間しか寝ていない。内装に入ってから、トラブルが続いている。金をかけずにできる限り豪華に。会社の要求はいつも矛盾している。

恵子は上司の土浦秀樹《つちうらひでき》とともに、荒川の土手の遊歩道から続く公園スペースに立ち、正面にそびえるマンションを見上げていた。

荒川沿いではひときわ目立つ超高層マンション、リバーサイド・ビュー一号棟だ。同様のマンションが正三角形の各頂点に位置する。二号棟、三号棟もすでにほぼ建設を終えている。

『リバーサイド開発プロジェクト』は、荒川流域のスーパー堤防開発事業の一環として、区からも強く推奨されている。恵子が立っている土手から続く広場も、マンション完成時には区の公園となる。そして、土手には桜並木が延びる。これら全体が堤防の役割を果たすのだ。

恵子は深く息を吸い込んだ。計画から設計、着工、そしてここまでに六年かかった。この計画に乗り遅れないように必死だった。何度か挫折《ざせつ》も味わったが、なんとかやってくることができた。そのために、大きな犠牲を払うところだった。それを救ってくれたのは玉城だ。しかし、まだ終わったわけではない。自分の建築家としてのキャリアの一つにすぎない。夢はこれから始まるのだ。

「なんだかすごく頼りなく見えますね」

恵子は、マンションと荒川の両方を見ながら言った。思わず出た言葉だが、自分の胸にずしりと響いた。巨大であるはずの超高層マンションも、幅五〇〇メートルにも及ぶ広大な河川敷を持つ一級河川に比べれば、取るに足りないもののように思えた。おまけに、いつもは河川敷の中心付近をゆったり流れている川も、今日は数倍に幅を広げ、グラウンドまで水底に隠し、濁った流れとなっている。昨日の雨で水量が増しているのだ。

「困るね。設計者がそういうことを言っては」土浦も恵子と同じように身体をそらせて、マンションを見上げている。「しかし……大雨の翌日に客を連れて来るのは、やめたほうがいいな」

土浦が土手を削る濁流をちらりと見て、独り言のように呟いた。

土浦は一八〇センチ以上あるすらりとした体格で、学生時代はボート部にいたと聞いた。

「ボートは座ってオールを漕《こ》ぐだけ、たいした運動にならないスポーツだ、と言う大馬鹿者がいるが、腕、胸、足の筋肉を最大限に使うんだ」

恵子が初めて土浦の下についたころ、そう言ってカッターシャツの袖《そで》を捲《まく》り上げ、逞《たくま》しい力瘤《ちからこぶ》を作ってみせた。確かに身体は均整が取れていて、美しい。

「ここはスーパー堤防の上なんです。洪水程度にはびくともしませんし、耐震性も充分ありますから、心配は無用です。震度7でも大丈夫です」

「最近は、けっこう勉強している見学者が多くてね。構造計算、検査機関なんて言葉がぽんぽん飛び出す。付箋《ふせん》を貼った『耐震設計入門』『構造計算の基礎』とかの本を持って見に来る客もいるという話だ。先週、都議会議員のグループを案内したが、地盤についてかなり突っ込んだことを聞かれてあたふたした。うまく誤魔化《ごまか》したけどね」

営業出身の土浦は、女性相手のマンション販売では右に出るものはいない。特に、中年女性客の契約達成率一〇〇パーセントというのが、伝説になっている。常に情熱的で、明るく積極的、そんな形容が付きまとう。あいつは身体を張ってセールスをしていると揶揄《やゆ》するのは、同性の同僚だ。

「パンフレットをちゃんと見るように言ってください。要点はすべて書いてありますから。この辺りは埋立地で元は海ですが、基礎はその下の岩盤にまで、しっかり打ってあります。いい加減な記憶で見学者に答えないでください」

「耐震強度偽装の事件以来、皆、過敏になっている。扱いにくいよ」

「本来、そうあるべきなんです。それだけの注意を払って選ぶべき値段の買い物なんですから」

でも、と言いかけて口を閉じた。玉城の言葉を思い出したのだ。

「何ごとにも想定外の出来事が起こるものだ。僕たちの仕事は、その想定外のことにも対処しなければならないんだ」

あのとき玉城は、「僕たち」と言った。私にとって、想定外とは何を意味しているのだろうか。

土浦が、自分自身を鼓舞するように明るい声でしゃべり始めた。

「一号棟は残り四二戸だ。二号棟、三号棟も問い合わせが四〇〇件を超えている。五ヵ月後の完成時までには、完売間違いなしだ。東京駅まで電車で一五分。南向きの一〇〇平方メートル前後の部屋が、六〇〇〇万円台。これは文句なしにお買い得だよ」

だが恵子は、それほどうまくいっていないのを知っている。とにかくマンションの数が多すぎるのだ。ここ数年の都心マンションの建設ラッシュは異常である。おまけに、景気が上向いてくるにつれて、住宅ローンの金利も上がっている。生活の便利さを求めて都心に戻ってくる退職した団塊の世代を標的にというのだが、それにも限度がある。

二人はマンションのなかに入った。二階まで吹き抜けになったホテル並みの豪華なロビーには、まだモルタルとシンナーの臭《にお》いが満ちている。ガラスはカバーシートを貼ったままだ。

エレベーターで、最上階の四二階に上がった。４ＬＤＫ一五〇平方メートル。九七〇〇万円。いちばんに買い手がついた。確かにお買い得なのだろう。自分には到底手の届かないものだが。

ベランダに出ると、海からの風が吹き付けてくる。海に向かって左手に荒川、右手には江東区の下町が広がっている。正面は東京湾だ。晴れた日には富士山が見えると、パンフレットで謳《うた》ってある。だが今日は——晴れているが、富士山は見えない。二年近く通っているが、今年の二月に一度、富士山らしい輪郭が見えたきりだ。

ところで、と言って、土浦が恵子に向き直った。

「これは知ってるだろうね」

土浦がポケットから小冊子を取り出した。『荒川防災研究』をコピーして綴《と》じたものだ。

「どこでそれを？」

「玉城孝彦。この論文の執筆者だ。きみのご亭主だろう。実に良くできた話だ」

「学者が頭のなかで考えたものです。それほど意味のあるものとは思えません」

「だから話と言っている。きみは読んだのかね」

「話を聞いただけです。それも息子から。父さんが、荒川について書いてるって。日本防災研究センターの所内報に載せるためにまとめたものだと聞いています」

恵子は土浦の手元から目をそらした。

「来月刊行の防災学会の学会誌に発表されるそうだ。都の防災関係者が事前に手に入れて、それが出回っているんだ。うちは都庁にルートがあるので、手に入ったんだがね」

土浦は恵子に見せ付けるようにして、最初のページを開いた。

「すべてが仮定の上に成り立っているものです」

「私もそう思う。しかし、なるほどと頷ける部分も結構ある」

「そんな極端なことを考えていては、マンションどころか、戸建てだって建ちませんよ」

「だが、一般の人が読めばどう思うかね。荒川下流域は昔は海で、地震にも弱く、水害にも弱い典型的な土地だと、言い切っているようなものだ。まさにプリンの上だとね。こうまで書かれて、あえて江東デルタ地帯に住もうなんて者はいると思うかね」

恵子は答えられなかった。大輔に聞いてから、玉城に内緒で目を通した。書斎のデスクトップパソコンに、下書きが入っていたのだ。確かにセンセーショナルな内容で、マスコミ受けしそうなものだった。過去の事実を丁寧に拾い出し、現在の測定値をもとにコンピュータ・シミュレーションをしている。根気のいる作業で、あの人らしいものだ。反論するには、専門家を集めて金と時間をかける必要があるだろう。打ち消すだけのデータを集めるにはかなりの月日がいる。しかも、反論できるとは限らない。

「玉城さんに一度このマンションを見てもらおうと思っている。きみから声をかけてくれないか」

「そんな。彼は建築の専門家でもないし、ただの気象屋です」

気象屋。玉城は、自分のことをよくそう呼んでいる。単なる自嘲《じちょう》ではなく、誇りを持ってだ。

「その彼の感想を次の宣伝に使いたいんだ。ホームページにも、ぜひ載せたい」

「もし、否定的な意見を言ったら……」

「言いっこないと確信している。完璧《かんぺき》な設計のはずだし、強度にも問題はない。どんな地震や台風、洪水がきても大丈夫なんだろう？」それに、と加えて、恵子を見つめた。

「自分の女房が中心になって設計した仕事だ」

「やはり賛成しません。彼のことは、よく分かっています。マンションを見て、何かを感じるような人じゃありません。設備や内装の高級感やセンス、使い勝手にはまったく無頓着《むとんちゃく》な人です。自分の仕事部屋が確保できて安全でさえあれば、洞窟《どうくつ》でも気にしない人です」

まったくその通りで、恵子は確信しつつ言った。

強い風が吹き付けてくる。恵子は額にかかった髪をかき上げた。

「だったら、ここを見て何かを感じてもらおうじゃないか。理想の生活空間がここにある。より快適に、より便利に、そしてより安全に。これは社長の希望でもあるんだ。この論文を持ってきたのは、社長なんだよ」土浦は恵子の反発に意外そうな顔で続けた。

「地震にも水害にも充分耐えうるスーパー堤防の上に建てられた、未来の居住空間。このキャッチフレーズを考えたのはきみなんだろう。うちとしては、第二、第三のリバーサイド・ビューも計画している。安全面については、ここできっちりしておきたい」

「逆効果だと思います。彼の性格からして……」

「きみが嫌と言っても、もう広報を通して申し込んでいるはずだ。社長からの話だから、皆動きが早いんだよ。ただ、彼が来るときにはきみにも立ち会ってもらいたいんだ。設計者の一人としてね」

この男のやりそうなことだ。必ず、次の手を打っている。よほど人を信用しないのか、用心深いのか。おそらく、その両方だ。しかし人を信用しすぎると、絶対と言っていいほど痛い目にあうのがこの業界だ。

「いつですか」

「来週、いや、できるだけ早く」

「日にちが分かり次第、教えてください」

恵子は視線を荒川に向けた。増水した川面《かわも》すれすれに、電車が走っていく。

遠目にはゆったりした流れが、視界を横切っている。その周りに、模型のような町が広がる。何だか分からない不安が恵子の精神《こころ》の奥底に生まれ、思わず身体を震わせた。

「気分が悪いのか。額に汗をかいてる」

土浦が恵子の肩に手を置いた。恵子は無意識のうちにその手をつかんでいた。細くて長い、妙に柔らかい指。コロンの香りがかすかに漂っている。

土手の遊歩道を歩いていく、犬を連れたカップルが玩具《おもちゃ》のように見える。ふと、玉城が極度の高所恐怖症なのを思い出した。

携帯電話が鳴り始めた。恵子は土浦から離れ、背を向けた。義母の携帯電話の番号だ。

恵子は一瞬ためらった後、ボタンを押した。

〈恵子さん、大輔が――車に――足を――〉

秀代の震えるような声が聞こえた。泣いているようにも取れる。片方の耳を押さえ、風を除《よ》けて背を屈《かが》めた。

「もう一度言ってください。よく聞こえないの」

〈――交通事故にあったの――〉

落ち着いて。恵子は自分自身に言い聞かせた。

「容態はどうなの？　足がどうしたんです？」

しかし、恵子の言葉も震えている。交通事故、車、足――断片的な言葉が脳裏を駆け巡った。

〈それが――まだはっきりしなくて――〉

「怪我《けが》の程度はどうなんです。もっと大きな声で言ってください」

〈大輔は足を打っただけと言ってるけど、頭も打っていて――〉

やはり言葉を濁して、はっきりしない。言えないほどひどいのか。

「大輔の病院は？　病院にいるんでしょう」

恵子は押し殺した声を出した。区立病院の名前が返ってくる。

公園を出たところで、車に接触して――学校の先生から、電話が――と話し続ける秀代に、これから病院に行きますからと言って、電話を切った。

「息子が交通事故にあったようです。私は病院に行ってきます」

土浦の返事を聞く前に部屋に戻り、エレベーターに向かっていた。

マンションの駐車場に停めていた車に乗り、急発進させた。タイヤのスリップ音が響き、工事の職人たちが驚いた顔で見つめている。最初の信号で停まったときに携帯電話を出したが、思い直してカバンにしまった。秀代にかけても要領を得ないだけだ。

大輔が交通事故にあったのは二度目だ。小学校に上がる前の日曜日、久し振りに大輔と由香里を連れて買い物に出た。玉城は研究室に行って留守だった。

子供の泣き声と、大人の叫び声で我に返った。由香里の手は握っていたが、大輔の姿が見あたらない。声のほうを見ると、オートバイが転倒し、手前に大輔が倒れていた。

命に別状はなかったが、大輔の右足の太股《ふともも》には、七針縫った痕《あと》がいまも残っている。

残業続きの一週間だったが、特別、疲れていたというのではない。仕事のことを考えて、ぼんやりしていたのだ。

ナースステーションで聞いた治療室の前まで行き、恵子はドアノブにかけた手を止めた。

なかから笑い声が聞こえてくる。もう一度、部屋を確かめたが間違いない。それに、甲高《かんだか》いほうの笑い声は確かに大輔のものだ。

思い切ってドアを開けると、診察台に寝ている大輔が大口を開けたまま恵子を見ている。横に座って一緒に笑っている若い女性は、担任の教師だ。

担任は恵子の姿を見ると、弾《はじ》かれたように立ち上がって頭を下げた。

「足の骨にひびが入っていますが、大したことはないそうです。ギプスも一週間ほどで取れると先生は言ってました」

緊張で引きつった顔と、ぎこちない話し方は、まるで学生のようだ。

「頭も打ったと聞きましたが」

「ＣＴスキャンは撮り終わりました。いま、結果を待っています」

「考えごとしてて、車が来るのに気がつかなかったんだ」

大輔がぼそぼそした声で言った。

「何してたのよ、本当に」

大輔ののんびりした顔を見ると、つい声が大きくなった。大輔の顔が強《こわ》ばる。

「車に当たったんじゃありません。車道に出ようとして、車に驚いて飛びのいた拍子に、後ろの花壇に足をとられて転倒したんです」担任が大輔をかばうように言う。「転んだ大輔君を、通りかかった人が近くにあったこの病院に連れて来てくれたんです」

「ぼんやりしてたからでしょ。あんたは、本当に運動神経が鈍いんだから。しっかりしなきゃダメじゃない。もう、四年生なのよ」

「でも……」

「第一、学校にいるはずのあなたが、なぜ、公園前の通りで車に撥《は》ねられなきゃならないの」

「撥ねられたんじゃないって」

横で困りきった顔の担任が恵子と大輔を交互に見ている。何か言いたいのだが、言い出せないのだ。

恵子は気を落ち着かせようと、大輔から視線を外した。窓からは明るい陽が射し込み、青空が見える。

「おばあちゃんは？」

ふと気がついて聞いた。電話してきたときの声は泣いていたようだった。だからてっきり……。

「おばあちゃん、うちに帰った」

大輔がぼそりと言った。

「ここに来てたんでしょう」

「お医者さんから大丈夫って言われたから、幼稚園に由香里を迎えに行くって」

じゃあ、あの泣きそうな声はなんだったのか。無性に腹立たしくなった。

「実は、大輔君、今日……」

担任が肚《はら》を決めた表情で、恵子に向かって口を開いた。大輔は下を向いている。

そのとき、ドアが開いて看護師が入ってきた。

「お母さんがいらしたと聞いたものですから」

三人の緊張した様子を見て、当惑している。

「大輔の母です。息子がお世話になっています」

「先生が呼んでいます」

ポケットで携帯電話が鳴り始めた。看護師の視線が向けられ、恵子は慌てて電源を切った。

恵子は看護師に案内されて、診察室に入った。

シャーカステンに、脳のＣＴスキャンのフィルムがセットされている。

フィルムを見ていた医師が椅子を回して恵子のほうを向いた。

「脳には異状はないようです。骨のひびも一週間程度でギプスは取れます。ただし当分、自宅で安静にしていてください」

「後遺症が出るということはないでしょうか。頭を打ったと聞いていますが」

「今のところは問題ありません。今日は帰っても大丈夫です」

もう少し尋ねようとしたが、医師はすでにカルテにかがみ込んで何か書き入れている。

恵子は何も言わず頭を下げて、治療室に戻った。緊張した顔の担任が待っていた。大輔は落ち着きなく、視線を移動させている。恵子が医師の言葉を伝えると、担任の表情はいくぶん和らいだ。

「では私は失礼します。学校がありますから」

担任は大輔に向かって手を振ったが、目で恵子に外に出るように合図している。

恵子は大輔に帰る準備をするように言って、担任と一緒に部屋を出た。

「今日、お父さんから、体調が良くないのでお休みさせると電話がありました」

担任は恵子を見つめている。

「私は存じませんけど」

「電話を受けたのは私ではないのですが、後で電話を差し上げようと思っていたところ、病院から連絡があって、慌てて……。看護師さんが名札を見て電話をくれたんです」

恵子は言葉につまり、思わず視線を落とした。

「大輔君、学校を休んで病院の前の公園にいたそうです」

「今日だけですか」

「昨日は大雨注意報で学校はお休みでした。先週は来ています」

玉城が学年の初めに担任に会い、三年生のときの〝休み〟については話してあるはずだ。恵子は不登校という言葉は使いたくなかった。

「最近、大輔君に何かありませんでしたか」

担任が改まった顔で聞いた。恵子の顔が強ばった。

「何かと言いますと？」

「ぼんやりしてることが多くて。テストの点も下がり気味ですし……」

「いつからですか」

「二学期に入ってから。一学期もぼんやりしてたことはありますが、最近特にひどくて」

家では目立つことはなかったはずだ。といっても、最近は義母にまかせっきりだ。四年になって、学校には行くようになったのでほっとしていたのに、それも束《つか》の間《ま》だった。

「先週も大輔君、授業中居眠りしてて。わけを聞くと、前夜遅くまでゲームをしてたそうです」

担任は声を低くして、言いにくそうに話した。

「そうですか……。心配をおかけしました。今後は気をつけます」

担任は丁寧に頭を下げて帰っていった。

部屋に戻ると、大輔はランドセルを横において診察台に座っている。

「ゲーム、まだしてるの？　母さんが預かってるはずよ。黙って持ち出したの？　それとも、またおばあちゃんに買ってもらったの？」

学校への電話と休んだことは避けて聞いた。

大輔は黙っている。普段は意気地がないくせに、ときにこれが大輔かと驚くほど強情になる。そんなところは玉城に似ているのだ。言わないと決めたら、少々脅しても口を開かない。

「あとで、ゆっくり話しましょ」

ランドセルを取ろうとした手を止めた。〈お天気大輔〉と背当ての部分に、赤い文字が書いてある。

恵子は大輔を連れてエレベーターで一階に降りて、待合室を横切った。病院内を歩くとき、無意識のうちに足早になる。臭いが嫌いなのだ。この独特の空気のなかにいるだけで、身体が病んでいく気分になる。

大輔は病院で借りた松葉杖《まつばづえ》を使って、半分楽しんでいるかのように歩いていた。そんな大輔の後ろを、恵子はいらいらしながらついていった。しかし、気をつけて見ると意外と器用に使っている。玉城も階段を踏み外して足の骨にひびが入り、しばらくギプスをしていたことがあった。そのときの松葉杖の使い方に似ている。不器用と器用が同居しているような男だと思ったものだ。

「今度から気をつけるよ。道路を渡るときは」

車に乗り込んでから、大輔が口を開いた。

「お父さんから学校に、大輔の体調が悪いから休ませると電話があったって。先生が言ってた」大輔は黙っている。「お父さん、電話のこと知ってるの？」

「知らない」

「じゃ、自分で学校に電話したのね？」大輔は頷いた。「どうしたのよ。四年生になって、もう大丈夫だと思っていたのに。誰かにいじめられてるの？」

「違う」

間髪《かんはつ》をいれず、大輔の答えが返ってくる。

「じゃ、何なのよ。母さんを困らせないでよ」

思わず涙が流れそうになったが、目を細めて必死にこらえた。

「ゲームはどうしたの？」やはり大輔は黙っている。これ以上聞いても何も答えないだろう。「お父さんには、事故のこと報《しら》せたの？」

「おばあちゃんが電話したかな」

「お母さんにはかけてきたわよ。だから来たの」

大輔はシートにずり落ちそうな姿勢で座って、松葉杖の具合を確かめるようにいじっている。

車のキーを差し込んでから、ふと思い出して携帯電話の電源を入れた。二つの着信履歴があり、最初のは玉城だ。そして、次は土浦。恵子は一瞬迷ってから、土浦の番号を押した。

〈どうした。大丈夫だったか、息子さんは〉

土浦の渋くて、柔らかな声が返ってきた。

玉城はパソコンの前に座り、ディスプレーを眺めていた。

あと数分で正午だ。座ってから、すでに二時間がすぎている。今日は、珍しく木下が来ていない。

センターに着いてすぐに、秀代から電話があり、大輔の事故について聞いた。秀代のうろたえようほどには、大したことでないのは想像がついた。恵子に電話をしたが、つながらない。

しばらく迷ってから、東京に帰ろうと決めた。上司に電話をする前に、念のためにと思って自宅にかけると恵子が出た。

〈なにやってんのよ。もう、大輔を連れて家に帰ってるわよ〉

「怪我の具合はどうだ？」

〈私はすぐ行かなきゃならないの。詳しいことは、お義母さんに聞いて〉

「じゃあ、代わってくれ」

お義母さん、孝彦さんから電話ですよ、と呼ぶ声が聞こえた後、声のトーンが落ちた。

〈お天気大輔。どういう意味か知ってる？〉

「ダイスケって大輔のことか」

〈ほかに誰がいるのよ〉

「大輔がどうかしたのか」

〈大輔から直接聞いて。それに……あなたの仕事のことだけど〉

恵子は言いかけた言葉を止めた。

「どうした？」

〈いいわ。また今度。お義母さんに代わるわね〉

秀代が怪我の具合を説明した。その背後で、〈じゃあ、お母さんは行って来るからね。静かに寝てなきゃダメよ〉と恵子の声が聞こえている。

「今週は無理かもしれないけど、できるだけ早めに帰るようにするよ」

心細そうな声で話す秀代に言って、受話器を置いた。

デスクの電話が鳴りはじめた。瀬戸口誠治《せとぐちせいじ》がすぐに部屋にきてくれと言う。瀬戸口は遠山センター長とともに、日本防災研究センターの設立に貢献した一人だ。オーバードクター時代に、当時まだ学会でも認められていなかったコンピュータ・シミュレーションによる地震予知の業績で脚光を浴びた。いまでは、この分野の世界的な第一人者だ。

玉城はパソコンを消して立ち上がった。

部屋に入ると、なんとも困った表情で瀬戸口が玉城を見つめている。瀬戸口は玉城より一歳年下だが、地震研究部の副部長だ。そして、玉城の所属する気象観測シミュレーション研究室も暫定的ながら、彼の部に所属している。

「藤原《ふじわら》議員を通して話があった。遠山先生も断りきれなかったんだろう。しかし、きみの意向に任せるとも言っていた」

建設会社からスーパー堤防に建設されているマンションについて、玉城にコメントが求められているという。藤原というのは、東京一五区選出の衆議院議員だ。

瀬戸口が引き出しから大型封筒を出して、デスクに置いた。

「なぜ私にマンションのコメントなんですか」

「マンション自体じゃない。荒川と防災についての説明を求められている。きみは今や、荒川の河川氾濫、防災研究の専門家と見られているんだ」そう言って、封筒の横に『荒川防災研究』を置いた。「きみには不本意かもしれないが、この論文は都と区の防災関係者にはすでに送られている」

「センター長からそう聞いています。来月には学会誌にも掲載されますし、問題ありません」

どこに公表されようと異存はない。むしろ、隠すほうがおかしい。〈日本防災研究センターの仕事は、地震や台風などの自然災害をただ研究するだけじゃない。研究成果を防災にフィードバックすることだ〉遠山がことあるごとに言っている言葉だ。

「何年か前に、一級建築士がマンションとホテルの構造計算書を偽造した事件がありましたが……そんなのじゃないでしょうね」

「彼らもきみに、マンションの強度について聞くつもりはないだろう。立地場所についての感想を言ってほしいそうだ」

瀬戸口が、封筒から出したマンションのパンフレットと地図を寄越《よこ》した。

表紙は、広々とした緑地に建つ三棟の高層マンションのイラスト。周辺には公園、図書館、病院の建設が予定されている。その横に流れているのが荒川だ。どこかで見たことがある。

「リバーサイド・ビューですか」

玉城はパンフレットに目を置いたまま言った。

「知っているのか」

「うちから歩いて三〇分ほどのところに建設中のマンションです」

妻がかかわっているマンションだと喉元まで出かかったが、言えなかった。関係ないことだ。

「都と区は、荒川のスーパー堤防の開発を進めている。きみの論文が、この開発に水を差すことになるかもしれないと心配してるんだ。だから当人に来てもらって、安全性を確認してもらいたいのだろう。当日は藤原議員も来るそうだ」

「私が見たからといって……」

「確かにどうということはないが、この論文を書いた者の責任ともいえる。これは、遠山先生の言葉だがね。私もそう思う」

「いつですか？」

「先方は、早ければ早いほどいいと言っている」

「明日ではどうです？」

ついでに大輔の容態を見てくればいい。

瀬戸口は玉城の言葉を確認するように視線を向けてから、受話器を取った。

自室に戻り、パソコンの前に座って、玉城は数分前の話について考えた。

「コンピュータにデータを入れて天気図を動かす。そんなことは、科学者のすることではない」とは、センター内で囁かれていることだ。「社会にフィードバックできない科学に、何の意味がある」これは、遠山が、常々、研究員の前で言っている言葉だ。

　科学の世界では、科学者と技術者を区別したがる傾向がある。科学者を上に見ているのだ。大学でもセンターでも、玉城はどこか居心地の悪さを感じていた。自らを気象屋と言ったのも、自分の立場を明確にしたかったからだ。しかし、ここには自分を理解してくれる人がいる。

　マウスを動かしてクリックすると、荒川が映し出された。思わずディスプレーに顔を近づけた。普段なら川の両側に広がっている河川敷が見えない。代わりに、濁流が渦巻いている。

「昨日の大雨のせいですかねえ」突然の声に、思わず背筋が伸びた。横から木下が覗き込んでくる。

「どうしたんです。幽霊を見たような顔をして」

「同じようなものでしょう。いるならいると言ってくれなきゃ」

　まだ動悸《どうき》が治まらず、深呼吸を繰り返した。玉城は時計を見た。

「もう昼すぎです。こんな時間まで、どうしたんです。きみらしくない」

「寝てたんですよ。部屋に帰ったのは、今朝の六時すぎ」

「きみも人並みに寝るの？」

木下は目を吊り上げて玉城を見ると、無言で椅子に座りパソコンを立ち上げた。

後ろ髪が寝癖で逆立《さかだ》っている。木下はぶ男ではない。むしろ、ハンサムな部類に入る。色白で端整な顔つきで、一緒に歩いているといつも女性の視線を感じる。

「ベイビー、いや、今じゃ、レディと呼ぶべきですが。彼女の動きが気になりましてね。育ち方も並みじゃない」

デイパックから出したリンゴをかじりながら、ディスプレーを睨みつけている。

玉城は立ち上がり、木下の背後から覗き込んだ。画面には、熱帯低気圧の動きが線となって表示されている。一ヵ所をふらつきながら回っているように見えるが、確実に西に移動している。

「中心気圧963ヘクトパスカル、最大風速27メートル、半径約100キロ。成人した台風23号ですね」玉城が呟いた。「日本に向かってくるか……」

「まだ決めかねてるって様子ですね。気まぐれなじゃじゃ馬娘か、か弱い貴婦人か」

「どちらも女性に変わりはありません。豹変《ひょうへん》の可能性がある」

「それで、マンションの宣伝には協力するんですか」

木下がディスプレーに目を向けたまま、何気ない口調で聞いた。

「なぜ知ってるんです？」

「狭い世界なんですよ。センターの半数は知ってるんじゃないかな」

「伊東《いとう》さんですか」

伊東は遠山センター長の秘書で、しきりに木下の気を引こうとしているのは、玉城にも分かった。

「彼女も知っている者の一人です」

「マンションは、宣伝じゃなくて、評価するだけです」

「これって、順序が逆ですよね。建てる前に相談に来なきゃ」

確かに木下の言う通りだ。今からでは、玉城の出る幕はないだろう。それにしても、この話に恵子は関係しているのだろうか。

「大体、東京なんておかしな場所に一〇〇〇万人以上の人が住むことに問題があるんです」

木下はパソコンから身体を離し、机の前に貼ってある、江戸の古地図に視線を向けた。

「東京とひと口にいっても、一見平らに見えますが山あり谷ありの複雑な地形をした場所です。おまけに、江戸時代から埋め立てが進められ、地形もずいぶん変わっています。荒川、江戸川《えどがわ》流域は、昔はずっと奥まで海だったし、上野駅だって浅草口は海だったところですよ。それに、渋谷《しぶや》なんてのも名前通り二万年前には谷で、今でも底には腐葉土が溜まっててふかふか状態」木下はとうとうと話し続けた。「中野《なかの》区や杉並《すぎなみ》区では、ちょっと雨が降ればすぐに水が溢れます。そんな地区は昔、谷だった地域です。要するに、都内にはかなりの数の谷が走っているし、昔、川が流れていたところも多い。一〇〇万都民は、そういうところに住んでいる」わざとらしく大きな溜息をついた。「こういう危険な場所は日本中いたるところにあって、毎年犠牲者が出ているというわけです」

自分の父親もその一人だ。玉城は心のなかで呟いた。

「でもね、本音を言うと……」木下は、茶目っ気のある顔をした。「『荒川防災研究』といっても、昔からの山手線内側の住人にとっては、ピンと来ないんじゃないですか」知ってますかという顔で、玉城を見つめた。「江戸っ子は、隅田川より東は東京だと思っちゃいません。ごく最近、せいぜい江戸時代に、行政上の都合で仕方なく付け足したおまけ。自分たちは認めない、これが本心じゃないのかな。だから、少々水に浸《つ》かっても住民は覚悟の上だろうと」

「しかし、もし荒川が氾濫したら、その周辺だけが水害にあうわけじゃありません。氾濫した水は上野はもとより、銀座辺りまで来ることは明らかです。他人事ではないと思うんですがね」

「東京駅や銀座が泥水で溢れる。これも想像できませんね、彼らには。日本の首都東京は、豪華で華麗なばかりじゃなく、力強く不滅でなきゃならない」

木下の声は自信に溢れている。

第二章　迷　走

1

「いま、新幹線のなかです」

座席についたとたん携帯電話が鳴った。木下からだ。玉城は慌ててデッキに向かった。

〈朝の天気予報を見ましたか〉

「そんな時間、あるわけないですよ」

〈ベイビーが突然、レディに。いや、もうチョー元気なオバチャンパワーで闊歩《かっぽ》しています。気象庁も台風23号が日本に向かっている、と発表しています〉

「大きさは？」

〈中心気圧961ヘクトパスカル。最大風速52メートル。半径は250キロを超えてい

ます〉

「まずいな。異常な成長の仕方ですね」

〈あの19号、〝りんご台風〟を思わせます〉

一九九一年、17号、18号に次いでやって来た台風は、各地で最大瞬間風速66メートル前後を記録し、日本列島を縦断。とりわけ、青森のりんご農家に被害をもたらした。

「大きな変化があれば、報告してください」

もちろんです、という声が終わらないうちに電話は切れた。台風の話をする木下の声は、どことなく弾んでいることに最近気づいた。

席に戻って眠ろうと目を閉じたが、ますます意識がはっきりしてくる。数日前から、心の奥に何か重苦しいものが溜《た》まっている。その一つがこの台風なのかもしれない、とふと思った。

昨夜は研究室から寮の部屋に戻ると、午前一時をすぎていた。

〈金について相談したいから、連絡するように〉

伸男の携帯電話に、メールを入れておいた。

今朝《けさ》は六時に寮を出て、東京に向かった。出かける用意があったので、四時間ほどしか横になっていない。それも、眠ったのか、眠らなかったのか、自分でもよく分からない。枕元《まくらもと》のデジタル時計が、四時を表示しているのを見たような気がする。木下が不眠症といったのも、頷《うなず》ける気分になった。

部屋を出る前にメールをチェックしたが、何も入っていなかった。

眠るのを諦《あきら》めて、瀬戸口に渡されたマンションの資料を広げた。

〈荒川、富士山、東京湾が一望できる豪華タワーマンション〉

〈地震にも強く、水害にも強い。スーパー堤防に建つ夢のタワーマンション〉

〈人生をリフレッシュ。快適なゆとりの生活空間〉

これは恵子が考えたのか。いや、彼女はこんなふわふわした言葉は並べない。

しかし、緑に溢《あふ》れた公園に囲まれた三棟のタワーマンションのイラストは、確かに魅力的だった。横には、荒川のゆったりした流れが東京湾へと続いている。

恵子は来ているのだろうか。直接、電話で聞こうとも思ったが、なんとなく躊躇《ためら》われた。

今日、玉城が会社の依頼で、リバーサイド・ビューを見学に行くことは知っているはずだ。恵子のほうから連絡してきても良さそうなものだ。前回帰ったときの恵子の言葉が気にかかっていた。車を降りる際の恵子の表情を思い出し、玉城は頭を振ってその顔を振り払った。

最近、恵子の様子がどこかおかしい。家庭内のことは上の空で、仕事のことしか頭にないように見える。付き合い始めたころから会話の多いカップルではなかったが、ますます少なくなっている。いつからだろうか。大輔が不登校になったころからか。いや、もっとずっと前だ。リバーサイド・ビューの設計に関《かか》わり始めたころからだ。

学生時代から、何かに夢中になるとほかのことは頭から消えてしまうようなところがあった。どこか自分と共通しているようで、共感できた。この女性とは話をしなくても分かり合える、と思ったのだ。しかし最近は、そうした思いが薄くなっている。考えていると頭が混乱してくる。

大輔の不登校のときも、しばらく様子を見ようと言った玉城に、恵子は重い声で言った。「あなたの欠点は、嫌なことはみんな曖昧《あいまい》にして先に延ばそうとすること」と。そのとき、「曖昧さと優しさとは違うの」とも言った。目を閉じて整理しようとしたが、頭のなかは厚い雲で覆われているようだ。いつの間にか眠ってしまった。

周りの騒音で目が覚めると、すでに品川《しながわ》をすぎている。足元にはマンションのパンフレットが落ちていた。なにが不眠症だと苦笑しながら慌ててパンフレットを拾い上げ、降りる準備を始めた。


自宅マンションのリビングでは、大輔がソファーにふんぞり返ってテレビを見ていた。ギプスをした足をテーブルに載せて、横に松葉杖《まつばづえ》を置いている。

「痛そうだな。父さんは、そういうのを見ると自分まで痛くなる」

「触ってもいいよ。痛くないから」

そう言われて、玉城は思わず顔をしかめた。

「お兄ちゃん、さっきは痛いから触るなって言ってたじゃない」

トイレから出てきた由香里が、ソファーの背後から大輔のギプスを覗《のぞ》き込んでくる。

朝、秀代に電話したときの話だと、風邪《かぜ》気味なので幼稚園を休ませると言っていた。

「お兄ちゃん、バチが当たったんだ。私にゲーム、やらしてくれないから」

「おまえ、また母さんに隠れてゲームやってたのか」

「この間の夜だけだよ。久し振りだったから――」ねえ、と言って、大輔は真剣な表情で玉城を見つめた。「ノブ兄ちゃん、うちに出入り禁止なの？」

「誰《だれ》が言ってた？」

「母さんが。疫病神だって。うちに、お金を借りに来たって本当？」

「それも母さんか」

大輔は曖昧に頷いた。

「やっと信用したのね。私がノブ兄ちゃんとおばあちゃんの話を聞いてて、昨日《きのう》の夜、ママに教えてあげたのよ」

由香里が横から口を出してくる。

「ノブ兄ちゃんは、何に使うお金か言ってたか」玉城は由香里が首を横に振るのを確認してから、大輔に視線を移した。「おまえ、何か知ってるのか」

大輔も慌てて首を振って、否定した。

「しかし、なんてかっこうだ」

「母さんがこうしてなさいって。いちばん楽な座り方だから」

玉城はそれ以上聞かなかった。大輔は普段気が弱いくせに、妙に意固地なところがある。自分もそうだと言われてきたので、何となく大輔の気持ちは分かるのだ。

玉城は時計を見た。一一時半をすぎたところだ。伸男からの連絡はないし、恵子からもない。

一時に、玉城がリバーサイド・ビューに出向くことになっている。車を迎えにやると言われたが、断った。再度、携帯電話を見たが、恵子からは着信もないし、メールも入っていない。

「とにかく、当分安静だぞ」

「ゲームやるのに最高なのに」

何気なく出た言葉だろうが、大輔はしまったというふうに慌てて目をそらした。

玉城は、ギプスにそっと触れて立ち上がった。

「ノブ兄ちゃんのこと、叱《しか》らないでね。悪いのは僕なんだから。ゲームはやりすぎないようにって、ノブ兄ちゃんからもうるさく言われてるんだ」

分かったよ、と大輔の頭に手を置いてから、トイレに行く振りをしてリビングを出た。

トイレの前にある子供部屋に入った。この部屋に入ったのは何ヵ月ぶりか。

壁に向かって二つ机が並び、反対側に二段ベッドが置かれている。奥が、大輔の机だ。ブックスタンドにきっちりと教科書が並べられ、机の上には筆箱、ハサミ、定規などが整然と並んでいた。由香里の机の上は、ぬいぐるみや絵本が乱雑に積まれている。

「逆だったらね」と秀代が言ったことがあるが、その通りだと思う。秀代は大輔の言動を、「やっぱり親子ねえ。おまえの小学校時代を見ているようだもの」とも言った。

玉城は、大輔の椅子《いす》の背にかけられたランドセルの裏を見た。〈お天気大輔〉と赤いマジックの乱暴な文字が躍っている。その横に、天気予報の雨マークが描《か》かれていた。消そうとして強く擦《こす》ったのか、一部が滲《にじ》んで変色し、ささくれ立っている。軽い冗談だとしても、書かれたほうは充分に傷つく。

玉城は溜息《ためいき》をついて、ランドセルを元に戻した。どうすべきか考えたが、たとえ親であっても適切な結論が出せないのは分かっている。昔の玉城がそうだった。とどのつまりは自分で解決していくほかないのだが、それができなくて最悪の解決策を選択する子供もいる。やはり、親としてできることはあるはずだ。玉城は部屋を出て、ドアを閉めた。

リビングに続くキッチンでは、秀代が子供たちの昼食の用意をしていた。

「恵子さん、かんかんでねｄ。私は肩身が狭いよ」

秀代は憂鬱《ゆううつ》そうな顔で息を吐いた。

「伸男は恵子にまで金を借りようとしたの？」

「まさか。いくらあの子でも、そこまで馬鹿《ばか》じゃないよ」そう言いながらも、不安そうな顔をしている。「誰かそんなこと言ってた？」

「聞いてみただけだよ。もしそうなら、困ったなと思って」

「恵子さんの親戚《しんせき》のところに行ってはいないよね」

「いい加減にしてくれよ。いくら伸男だって――」

否定はしたが急に不安になった。最近の伸男は何をしでかすか分からない。メールの返事はまだない。

2

軽い昼食をすませ、玉城は歩いてリバーサイド・ビューに向かった。

荒川の土手に出ると、建設中の超高層マンションが見える。

土手には数人の人が立ち、川の流れを見ていた。

川は濁った土色の流れとなり、大輔と三日前に来たときには広々と続いていた河川敷を呑み込み、土手から数メートル先を流れている。音を響かせている目の前の流れが、いつもの見慣れた荒川とは思えなかった。立ち止まって見ていると、吸い込まれそうだ。

「すごいな」

無意識のうちに呟《つぶや》いていた。

荒川と隅田川に挟まれた墨田《すみだ》区、江戸川区、江東区にまたがる河口一帯は、江東デルタ地帯と呼ばれ、両端を流れる川より土地が低くなっている。昔はよく、大雨による川の氾濫《はんらん》で洪水が起きた地域だ。そのため大規模な治水工事が行われ、特に荒川の土手は頑丈に造られている。

この荒々しい濁流を背景にしたリバーサイド・ビューは、マッチ棒のようで頼りなく見えた。玉城は、新幹線のなかで見たパンフレットとの落差に苦笑した。

リバーサイド・ビュー正面の公園予定地に立って、高層マンションを見上げた。その天辺《てっぺん》には針金で組み立てたようなクレーンが見えた。

「高層ビル建設で中心軸となるのがタワークレーンよ」

付き合い始めて数ヵ月たったころ、デートのとき、恵子が建設中のビルを見上げて言った。

「地面にベース架台《かだい》を設置して、ビルの側壁に沿ってマストを継ぎ足しながら高くするのがマストクライミング。建築中の床にベース架台を置いて、工事の進行に合わせて高くしていくのがフロアクライミング」

　そのとき玉城は、工事が終わったらどうやって巨大なクレーンを撤去するのか聞いたはずだが、「卒業するまでに、クレーンの免許が取れるといいんだけど」という恵子の言葉しか覚えていない。

　今日は晴れていて多少風が強い程度だが、明日の朝からまた雨が降り出す。そうなれば、この川はまた水量を増す。

　ふいに、耳の奥に低い地鳴りのような音が聞こえた。それは降りしきる雨音となって全身に広がっていく。久しく感じたことのない、恐怖に似た感覚だ。小学生のころは何度も感じたもので、夜うなされて目が覚めると、敷き布団が濡《ぬ》れていることもあった。

「どうかなさいましたか」子犬を連れた初老の女性が玉城を覗き込んできた。「なんだか、足元がふらついていたようで。顔色もお悪いし」

「大丈夫です。ありがとうございます」

　動悸《どうき》が激しい。背後から、唸《うな》りのような流れの音が迫ってくる。その響きから逃げるように、玉城は急ぎ足でマンションのロビーに入っていった。

　玉城は思わず息を止めた。ロビーには、モルタルとシンナーの臭《にお》いが立ち込めている。ロビー中央に、恵子と横に長身の男、そして数人のスーツ姿の男女が待っていた。長身の男は四〇代前半くらいだろうか。ベージュのサマースーツを着て、磨き上げた靴を履いている。玉城が見ても上等なものであることが分かった。全身、高級ブランド品で固めたような男で、白の半袖《はんそで》Yシャツ姿の玉城とは正反対だ。陽《ひ》に焼けた健康そうな肌はゴルフ焼けだろうか。青白い玉城の腕とは対照的だ。

背後にビデオカメラを構えた若い男と、ノートを持った中年の女性が立っている。

「オーシャン建設の土浦です」長身の男から差し出された名刺には、荒川スーパー堤防開発部長の肩書きがある。「今日は衆議院議員の藤原先生もご一緒するはずでしたが、国会の委員会が延びているとのことです。後で本社でお会いできるかと」

「本社？　そんなことは聞いていませんが」

「社長もぜひ、ご挨拶《あいさつ》がしたいと申しております。先生の『荒川防災研究』については、社長も藤原先生も大変な興味を持っておられます」

玉城は恵子に視線を向けた。恵子は大きめの手帳を開き、何か書き入れている。意識的に目を合わせないようにしているのだ。この訪問が少なくとも恵子のアイデアでないことが分かり、ほっとした。

仕事場の恵子を見るのは初めてだった。品のいいナチュラルメークに、今まで見たことのない金色のピアスをつけ、薄く色の入ったサングラスをかけている。これも初めて目にするものだ。玉城の周りにいるセンターや大学の女性たちにはない、機能美に加え、華やかさを感じる。

「奥様にはわが社も助けられています。リバーサイド・ビュー設計の副主任として、建築家としての能力はもちろん、事務能力も持っています。まれに見る人材です。今後わが社の中核となって、頑張ってもらうつもりです」

「私が呼ばれた意図が、いまひとつ分かりません」

「私どものマンションを見ていただいて、防災学者としての率直なご意見がいただければと、ご無理をお願いしました」

防災学者と言われたのは初めてだった。果たしてそんな言葉は存在するのか。

「私は気象を研究している一研究者です。マンションを見ても、意見など言える知識はありません」

玉城は戸惑いながらも、きっぱりと言った。

「その、気象を研究していらっしゃる先生のご意見をお聞きできれば、と思っています」

彼らにとっては、防災でも気象でも、どちらでもいいのだ。学者と名がつく者からの肯定的なコメントがほしいだけなのだ。そして、『荒川防災研究』を書いた玉城なら鬼に金棒と安易に結びつけたのだろう。

「しかしこの棟は、ほぼ完成しているじゃありませんか。いまさら、私の出番はないと思いますが」

「マンションの設計、施工は、奥様の玉城恵子一級建築士が中心になってやっています。当然、都の認可も下りています。耐震性を含め、構造的な問題はありません。ただ、あなたのような防災学者——ではなく、気象学者から見た、率直なご意見もお聞きできればと思った次第です」

土浦は笑みを浮かべながら、慇懃《いんぎん》な口調で続けた。

玉城と土浦の前をビデオカメラを構えた男が横切っていく。

「ビデオ撮影と先生のお話を録音させていただいてよろしいですか。せっかくおいでいただき、貴重なご意見が伺える機会です。社のほかの者にも見せたいですし、後でまとめて先生にも送らせていただきます」

土浦が了承を求めたが、すでに男が構えたビデオカメラは動いている。土浦自身の胸ポケットからもＩＣレコーダーがのぞいていた。

「何かに掲載したりホームページに載せるのであれば、事前に私とセンターの了解を取ってください」

「もちろんです」

玉城はそれとなくカメラから顔をそむけ、軽い溜息をついた。

「まず、我々のタワーマンション、リバーサイド・ビューの立地について説明させていただきます」

横の若い女性社員から、玉城に黄色のヘルメットが手渡された。側面に来客用の文字が入っている。

どうぞと言う土浦の言葉で、一行は外に出た。

恵子に目をやると、歩きながら資料を広げて視線を落としている。この企画は私の意図ではないという、彼女なりの強い意思表示なのだろう。

海からの風が、川に沿って吹き上がってくる。玉城は思わずヘルメットに手をやった。目の前には、九分通り完成したリバーサイド・ビュー一号棟が、巨大なコンクリートの塔のようにそびえている。玉城は改めて見上げたが、思わず目を閉じた。屋上から覗くタワークレーンが、自分を目がけて落下してくる錯覚に囚《とら》われたのだ。

「何か気がついたことがあれば、遠慮なくおっしゃってください」

目を開けると、土浦がＩＣレコーダーに手をやって玉城を見つめている。

「気がついたことと言われても――。『荒川防災研究』を書いた者の責任として来ましたが、私は建築の専門家じゃありません。妻のほうが遥《はる》かに適任者ですよ」

玉城は、土浦の背後に立っている恵子に視線を向けた。恵子は相変わらず、無関心を装っている。しかし、玉城の言葉を一言も聞き漏らさないように神経を張りつめているのは確かだ。そのとき、海からの風でヘルメットを被《かぶ》り直していた恵子の髪が舞い上がり、慌てて髪を押さえた。

「先生の忌憚《きたん》のないご意見をお聞かせ願えれば、ありがたいだけです。例えば、このリバーサイド・ビューが建っているスーパー堤防は、どのような洪水に対しても――」

「私だったら川に沿って、一直線に三棟並べます。ただし、もっと間隔を空けて」

玉城は土浦の言葉をさえぎった。何か話さなければ解放してくれそうにない。素人の意見と聞き流してください、と前置きして話し始めた。

「これら三棟のマンションは、海からの風の影響をもっとも大きく受ける配置と角度だと思います。風が、三つの棟の間を吹き抜ける場合の影響を計算していますか」

玉城の言葉に恵子が顔を上げた。

「風ですか。洪水ではなくて」

土浦の視線が怪訝《けげん》そうなものに変わった。

「風水害に備えるには、あらゆる要素を考えなければなりません。これは、『荒川防災研究』にも書いてあるはずです」

災害は複合的な要因で起こることが多い。特に都市においては、様々な事象が絡み合って大災害に発展する。

「洪水は集中豪雨、台風、高潮、地形などが、お互いに影響し合って起こります。風もバカにできません。わずかな地形の違い、建物の配置で著しく変化します。さらに、高さが五〇〇メートルを超えると、風速は地上の約三倍になることもあります。高層建築では無視できない値です」土浦が不満そうな表情を向けている。「海風は、三棟のマンションの間を吹き抜けます。この場合乱流が生じ、風速、風圧は著しく変化します。特に台風のときは――」

「千住などのスーパー堤防には、すでに数棟のタワーマンションが建っています。お台《だい》場《ば》、豊洲《とよす》などの東京湾岸でも、タワーマンションの建設が続いています。しかし、いずれも川風や海風で問題が起きたという話は聞いていません」

「今後も起こらないという保証はありません」

「集合住宅というのは、日照が大切でしてね。この角度だと一日に数時間は全戸に陽が当たります。さらに、景色も川と海の両方を満喫できます。ときには、富士山もね」土浦が説得するように話しはじめた。「荒川沿いにはほかに一〇棟以上のタワーマンションが建設されていますが、一般的な海風の影響については計算しています。耐震性については、最新技術を駆使していて震度7の地震でも問題ありません」

そうだろうという顔で土浦は、髪を押さえたまま憂鬱そうな表情を浮かべている恵子に視線を移した。

「建設予定地の形状で陽当たりと風景を考えると、これがベストの配置でした。高層建築の強度計算には、地震ばかりではなく風の影響も考慮しています」

恵子が初めて口を開いた。だが、極めて事務的な言い方だ。

「海風が吹き付けてきたときのマンション周辺の風の強さは、かなりなものになると思いますが」

玉城は、図面と眼前にそびえるタワーマンション、濁流となって流れている川を交互に見ながら繰り返した。

去年、山に当たる風の計算をやったことがある。玉城は、そのときの計算結果を懸命に目の前のタワーマンションに当てはめようとしていた。

「ビル風についても考慮しています。公園に植えられる樹木が育てば、充分に軽減できる強さだと認識しています」

恵子は笑み一つ浮かべず、資料に目を向けたまま言う。

「窓が一般のマンションより広く取られているように感じますが、大丈夫ですか」

玉城は土浦に向き直った。恵子のよそよそしい態度に耐えられなかったのだ。

「強化ガラスを使っています」

「強度計算は？」

「もちろんやってます」

「見せていただけませんか」

「社外秘になっているものなので。申し訳ありませんが」

土浦は了解を求めるように恵子に視線を向けたが、恵子は答えない。

「実験によると、風速20メートル程度の風でも、こういう配置のビルに当たると、かなり変化します。つまり、計算以上の風圧を受けるということです。それに、ガラス窓の広い、この造りは――」

「暴風にも充分に対応できます。建物自体は問題ありません。ガラスも三層構造の新しい強化ガラスを使っています。考えられる問題については、すべて考慮しています」

玉城の言葉を恵子がさえぎった。

「その通りでしょう。その程度の風で壊れるようでは、都が認可しません。私が心配しているのは、想定外のことです。地震や台風では、思いがけないことが起こります。特に大都市災害では、わずかなことが重なり合って、大事故に発展する場合が多数あります。だから――」

「水害については、どうお考えですか。先生の『荒川防災研究』について話していただきたい」

土浦が慇懃な口調で聞いた。悠然と構えた表情の奥には、焦りのようなものが見られる。

「水害は何の原因もないのに、突然起こるわけではありません。集中豪雨、台風、津波などの結果として川が増水したり、堤防が決壊して起こります。だから、こういった自然現象は個々に切り離して考えることができないのです」

玉城は言葉を選びながら繰り返した。

「例えば？」

土浦の声には、自分の目論見《もくろみ》とは違ってきた苛立《いらだ》ちが混じっている。

「もし、最大風速50メートルの台風が海側から接近したら、風はビル群に当たって風速を増して60から70メートルにも加速されます。さらに、それに豪雨が加わります。雨の力というのも侮れません。大量の水をすごい圧力で叩《たた》きつけるわけですから」

「この建物が、風や雨程度で倒壊すると思いますか」

「倒れるとは言っていません。影響を受けると言っているのです」

玉城は言葉を止めて息を吐いた。

いつの間にか、声が大きくなっている。目の前の長身の男、この土浦という男を意識しているのは明らかだった。恵子の上司ではあるが、恵子に向ける目はただの上司ではないような気がしたのだ。玉城は、思ってもみなかったこの唐突な感情に、自分でも驚いていた。

ふと恵子と目が合った。今日初めて、恵子が玉城を直視している。玉城のほうが視線を外した。

玉城たちはマンションに入り、エレベーターで最上階に昇った。

南向きの広いベランダに出ると、土色に変化した荒川と東京湾が一望できた。確かに、展望というウリを最大限に生かした配置と造りになっている。しかしこれでは、海からの風をまともに受ける上、風が三棟の間を通るときかなり複雑に変化しそうだ。

強い風が吹き付けてきた。玉城は無意識のうちに目を細め、メガネに手をやった。恵子は慣れた様子でヘルメットを押さえている。

ベランダの柵《さく》から下を見ると、川幅をいつもの数倍に広げ、土手に迫り、激流となって流れる荒川が見えた。水位は下がっていない。昨日、荒川下流河川事務所が設置しているカメラのライブ映像をモニターで見たときもかなり増水していたが、二日続けてというのは珍しい。この二日間、山間部を含めて大量の雨は降っていないはずだ。ということは、秩父山系にはまだかなりの水量が溜まっているのだ。

眺めていると、下の大地に吸い込まれるような錯覚を覚え、思わず身体《からだ》を引いた。

左右斜め前方に見える二棟は、まだ三分の二程度しかできていない。三棟が完成すれば、並んだ高層マンションの間を吹き抜ける風は、異常な動きをすることになるだろう。

「確かに、眺めはすばらしい」

「富士山が見えることもあります」

「しかし、すべてに満足いくようにということは難しいことです。何かを優先すれば、何かが犠牲になってしまう。これは世の常です。このマンションの場合、やはり風に対する安全性が疑問です」

「構造設計はしっかりやっていると、申し上げたはずです。住宅性能表示制度に基づいた設計住宅性能評価書ももらっています」

「自然災害は、〝想定外の塊〟です。いやむしろ、想定できることのほうが少ない。様々な要素が重なり合って、想像できないほどの大惨事を引き起こすものなのです」

玉城は繰り返ししゃべりながら、矛盾を感じていた。自分たちは、台風の発達過程や進路を予測しようと研究を続けているのだ。それは、想定の範囲内でなければできない。いや、そうではない。人智《じんち》で予測できないことをコンピュータに託して、予測しようとしているのだ。

「自然災害では、何かの拍子に一瞬、信じられないことが起こる場合があります。そしてそれが引き金になって、事態が大きく変わります」

恵子の動きが止まっている。無関心を装ってはいるが、玉城の言葉に神経を集中させているのだ。

「地震では、地震の揺れと地盤の関係で、局所的に震度7以上の揺れが起こることもあります。地盤によって揺れは大きく変わり、液状化現象が加わると、大地は想定外の揺れを起こします。さらに津波では、海底の地形や陸地の地形の相乗効果で、局所的に周囲の何倍も高い波が立ち上がることもあります。台風でも、瞬間的に信じられない強風――風速80メートルを超えることもあるのです」それに、と玉城は恵子の反応をうかがいながら続けた。「風の通り道というのがあります。山間部では谷間は風の通り道となり、山に吹き付ける風が収束して、強風が谷間を一気に吹き降りる現象があります。川筋もそうです。川に沿って、信じ難い強風が吹き抜けることもあります」

風がますます強くなってきた。恵子がヘルメットからはみ出した髪を押さえている。

「なかに入りましょう」

玉城は土浦に言った。

マンションから出ると、ロータリーに黒塗りの車が二台停《と》まっている。

後ろの車に向かう恵子の腕を土浦がつかんだ。

「奥様とご一緒のほうがいいでしょう。私は後の車でまいります」

土浦がドアを開けて玉城を乗せた。助手席のドアを開けようとする恵子の手を押さえ、玉城の横に押し込むと、運転手に本社に行くよう告げた。

「近くで見ると、かなりでかいな」

車が走り出してから玉城は言った。

「五年以内に、荒川沿いのスーパー堤防に、あのクラスのタワーマンションが一〇棟以上建つわ」

恵子が視線を窓の外に向けたまま言ったが、そう言われてもピンとこない。

玉城は子供のころの雑多な下町の光景を思い浮かべようとした。だが、数分前までいたタワーマンションが圧倒的な迫力を持って迫ってくるだけだ。

「来る前に大輔に会ってきた」玉城が言ったが、恵子は答えない。「意外と元気そうだった」

「馬鹿言わないで。ひっくり返って足にひびが入ったのよ。頭も打ったの。へたをすれば後遺症が残ったのよ」

恵子は正面を向いたまま、押し殺した声で言った。

「男の子だ。少しくらいの怪我《けが》は——」

「あの人に、もう大輔にゲームをやらないように言って。それに、うちには来ないようにって」

恵子は玉城を睨《にら》むように見て、低いが強い口調で言う。

「前の日、ベッドのなかで隠れてゲームをやってたのよ。ほとんど徹夜で。だから、学校にも行かずに公園でボーッとしてて……車にも気がつかなかったの。授業中に居眠りしてたこともあるっていうし」

「教師が言ったのか」

「先生と大輔よ。それに、あの人……お金を借りに来たのよ」

「聞いてる」

「もうやめましょ。こんなところで」

気まずい沈黙が車内に流れた。気のせいか、バックミラーのなかの運転手の目が二人を見ている。恵子は背筋を伸ばして、視線を正面に向けた。

何か話さなければと玉城が考えているうちに、車は丸《まる》の内《うち》にある大きなビルの前に停まった。

土浦の乗った車はすでに着いていて、降りて待っていた。

車が停まると同時に、寄ってきた土浦がドアを開けた。玉城はほっとして車を降りた。気づかれないように恵子の顔を見ると、やはり同じ思いらしい。

「先生はうちの本社は初めてですか」

「通りの前の喫茶店には、何度か入ったことがあります」

そう言いながら辺りを見回した。

周辺はまったく変わっている。昔の記憶を引き出したが、断片すらつなげることができない。

「奥様とご一緒にですか」

玉城は無意識のうちに頷いていた。新婚当時、恵子の給料日に待ち合わせ、食事をしたり、映画を見たこともあった。一〇年ほど前の話だが、他人の記憶のような気がする。

「あの角にも喫茶店があっただろう」

「つぶれたわ。もう、五、六年も前の話」

恵子は興味なさそうに言って、ビルに入っていく。玉城も土浦に促されて後に続いた。

土浦はロビー入り口に立っているガードマンと受付に目で合図をして、そのままエレベーターホールまで歩いた。最上階に停まったエレベーターを降りると、玉城は奥の社長室に案内された。

ドアの正面、広くとられた窓の中央に、ビルに挟まれたような東京タワーが見えた。その窓を背にして畳一畳分ほどもあるデスクに、痩《や》せた小柄な男が座っている。

男はゆっくりと立ち上がり、玉城の前に来て手を出した。

「オーシャン建設の都築《つづき》です」

高く細い声で言った。玉城はその都築の手を握った。冷たくて、骨ばった手だ。

「うちの一級建築士のご主人が、高名な防災学者だと聞いて驚いていたところです」

都築は満面の笑みを浮かべながら言った。こういう顔で言われると、防災学者を否定する気さえなくなる。

横には、都築とは対照的ながっちりとした五〇年配の男が立っている。衆議院議員の藤原俊夫《としお》だ。

藤原とは今年の一月、日本防災研究センターで一度会ったことがある。遠山センター長に連れられて、センター見学の途中に玉城の研究室にも寄ったのだ。玉城は、台風の進路予想シミュレーションについて説明した。藤原は熱心に資料に目を通し、頷きながら聞いていたが、まったく的外れの質問をして玉城を慌てさせたのを覚えている。横で遠山が申し訳なさそうな顔をしていた。

「玉城博士ですか。『荒川防災研究』読ませていただきましたよ。いや、恐ろしい話ですな」

藤原が名刺を出しながら握手を求めてきた。センターで会ったことは、完全に忘れているようだ。国会議員というのは、一度会った相手は必ず覚えていると聞いたことがあるが、藤原は例外らしい。

「リバーサイド・ビューの建設は一企業の事業ではなく、国としてもできる限り支援すべき重要なプロジェクトと考えています。スーパー堤防の建設と利用は、なんとしても全国に広げていかなければならない。これは単なる土木工事ではなく、重要な防災事業だ。先生には、ぜひ強力な後押しをお願いしますよ」

タバコ臭い息を吹きかけながら、一気にしゃべった。他人の立場や反応など気にする素振りもない。

都築社長と藤原議員に挟まれ、玉城は場違いなところに迷い込んだ気分になった。肉食獣の群れに紛れ込んだ草食動物といったところだ。しかし、ただ食われるわけにはいかない。

ポケットで携帯電話が震えている。ハンカチを出す振りをしてそっとディスプレーを見ると、伸男からメールが入っている。そのままポケットにしまった。

都築が一方的にリバーサイド・ビューに対する思いを話し始めて一〇分ほどしたとき、秘書が入ってきて何ごとか告げた。何度か頷いた後、口調が変わった。

「今日はお忙しいところ、ありがとうございました。身近に防災の専門家がいるというのは、心強い限りです。近いうちに、遠山センター長にはお礼の電話を差し上げます」

都築は、もう一度玉城の手を強く握ると、藤原と連れ立って出て行った。

玉城は肩の力が抜けるのを感じた。やはり自分はかなり気負っているのだ。藤原が持っていたファイルに挟んであったのは、『荒川防災研究』だった。玉城が思っている以上に注目されているようだ。

伸男からのメールを見ると、東京駅にある喫茶店の名前と時間が書いてある。喫茶店は先月、伸男と会った店だ。あのときは、金を渡した。

オーシャン建設から東京駅までは歩いても一〇分ほどの距離だが、恵子が送ってきた。土浦の指示なのだろう。

「ランドセルにお天気大輔って書かれてたこと聞いてみた？」

歩きながら、恵子が思い出したように聞いた。やはり、いい呼び名だとは思っていないらしく、わずかに顔をしかめた。

「怪我が良くなってから聞いてみる」

「また先延ばしね」それにと言って立ち止まり、スーツのポケットからゲーム機を出して玉城の目の前に突きつけた。「ゆっくり話せるときに言おうと思っていたんだけど」

ゲーム機の表面に貼《は》ってある〈SECRET〉のシールを指した。

「これってなんなの。ゲーム業界って秘密だらけなんでしょう。あの人、今度は何やったの」

玉城は恵子が出したゲーム機を手に取った。確かに、〈機密〉のシールが貼ってあり、会社名が書いてある。大手ゲームメーカーだ。

「盗品じゃないでしょうね。もしそうだとしたら、大輔も共犯になるのよ」

伸男は以前、書店でアルバイトをしていたころ、子供向けの雑誌を大量に持ってきたことがあった。問いただすと、返品する本を抜いてきたと言った。

「どうせ、裁断して捨てるって聞いたぜ。もったいないじゃん」と平気な顔をしていた。

「これは泥棒になるんだ。子供じゃあるまいし、分かるだろう」

玉城の言葉に反論はしなかったが、納得したようにも見えなかった。

「あとで伸男に会うから聞いてみる」

「はっきりさせたほうがいいわよ。それに、大輔には会わないように言ってね」

玉城が次の言葉を探して口を開きかけたとき、携帯電話が鳴り始めた。木下からだ。

〈中心気圧932ヘクトパスカル。最大風速54メートル。時速72キロで日本に向かって

います。この調子だと、明日には九州を直撃する可能性が出てきました〉

一方的にしゃべると電話は切れた。

「会社に帰る前に寄るところがあるから」

玉城が携帯電話をポケットに戻すと、恵子がじゃあと言って手を挙げた。

道路を隔てて東京駅が見えている。

「今日も帰りは遅いの？」

歩き出した恵子に聞いたが、恵子は答えなかった。

3

玉城は時計を見た。約束の時間を三〇分すぎている。五分おきに電話しているが、〈電波の届かないところにおられるか、電源が入っていません〉とメッセージが返って来るだけだ。こっちに向かう地下鉄のなかか、わざと電源を切っているのか。

東京駅の地下にある喫茶店。玉城は窓際の席に座り、地下街を歩く人たちを見ていた。一〇メートルほど離れたところにある地上に続く階段は、絶え間なく人の出入りが続いている。

新幹線の時間が気にかかり始めたとき、伸男が入ってきた。

茶色に染めた肩まである長髪、膝《ひざ》が抜けたようなジーンズを穿《は》いて、スニーカーの後ろを踏んで履いている。会うたびに、右耳で揺れるピアスが大きくなっている。これで二六歳なのだから、恵子が嫌がるのも理解できる。玉城も恵子を一方的には非難できない。

「金、貸してくれる気になったのか」

椅子に座るなり、ぼそりと言った。

「大輔が怪我をしたの、知ってるか」

「お袋に聞いたよ。足の骨にひびが入っただけだろう。命に別状はない。一週間もすればギプスは取れるって。俺《おれ》だって――」

高校一年の夏休みの最初の日に、バイクで転倒して右足を骨折したのだ。免許を取った帰りだったた。伸男に言わせれば、高校生活の最初からケチが付いたそうだ。その後も腕と指を骨折しているが、こちらは転んだとしか聞いていない。

「そんな言い草はないだろう。大輔は学校を休んで家にいるんだ」

「あいつ、運動神経鈍いから。兄貴に似てるんだろうな」

「大輔が聞いたら悲しむよ」

「自覚してるよ。その代わり、頭も兄貴に似てて良かったじゃないか。俺みたいじゃなくて」

「もう家には来ないでくれって、恵子が言ってる」

「お袋に聞いた。はっきり言うよな、あの嫁さん」

「間に立って辛《つら》い思いをしてるのは母さんだ。そこのところをわきまえろ」

「お袋、あんな家出ればいいのに。自分の家があるっていうのに。兄貴たちに、子守代わりにこき使われてるだけじゃないか」伸男は薄笑いを浮かべて玉城を見ている。「お袋がいなくなると、嫁さんがいちばん困るんだろ？　いや、兄貴のほうか。稼ぎは、嫁さんのほうが多いんだからな。大手建設会社の一級建築士と私大の講師。勝負は付いてるよな」

事実には違いないが、さすがに身内であっても、こう露骨に言われるといい気持ちはしない。

それに、と伸男は玉城を見すえたまま身を乗り出した。顔にうすら笑いが浮かんでいる。

「あの嫁さん、お袋に子供を押し付けて、自分は仕事にかこつけ勝手なことをしてるんだ。帰りが遅いとか、化粧が濃くなったとか、兄貴だって気がついてるんだろう。何やってるか分かんないぜ、あの手の女って。だから兄貴も――」

「母さんから巻き上げた金は何に使うんだ」

玉城が言葉をさえぎると、伸男の顔から笑みが消えた。

「兄貴とは関係ないだろう。それに、巻き上げたんじゃなくて借りたんだ」

しばらく二人とも黙っていた。伸男はしきりに首を左右に傾《かし》げながら、唇をかんでいる。開き直ったときの彼の癖だ。こうなると、相手の言葉を聴く耳は持たない。

「いま、何してるんだ」

沈黙に負けて先に口を開いたのは玉城だった。

「アルバイト」

「何のアルバイトか聞いてるんだ。母さんも心配してる」

「普通のアルバイト。ヤバいことじゃないって、言っといてくれ」

「そろそろ定職についたらどうだ。もう二六だろう」

「いい加減にしてくれ。それより、金、貸してくれるんだろ。そのために来たんだぜ」

「金は無理だって言っただろう」

「じゃ、俺を騙《だま》したのか」

「相談したいって言ったんだ。話したかったんだよ」

玉城は恵子から渡されたゲーム機を出して、〈SECRET〉のシールを上にしてテーブルに置いた。伸男は一瞬、戸惑った表情を浮かべたが、何も言わずゲーム機をつかんでポケットに入れた。

「それはまだ販売されていないものなんだろう」

「金を貸す気はないんだよな」

「話し合おうと言ってるんだ」

「いつもの兄貴のやり方だ」

伸男は立ち上がり、ジーンズの尻《しり》ポケットからキャッシュカードを出した。

「これ、お袋に返しといてくれ」

「おまえから返せ」

「マンションには出入り禁止なんだろ」

「金は引き出したのか」

「兄貴には関係ないよ」

伸男はカードをテーブルに置いて背を向けた。すでに、必要な額は引き出しているのだろう。

「逃げないで、座れ!」

押し殺した声だが、周りから視線が注がれるのを感じる。

玉城を一瞥《いちべつ》して歩き始めた伸男の携帯電話が鳴った。ディスプレーを見た伸男が戻ってきて、玉城の前に携帯電話を突き出した。

〈ノブ兄ちゃん、こんどいつ来てくれる。当分、外に出られないので退屈してる。昼間は母さん、いないよ。(大)〉

「おまえ、大輔に電話したのか」

「メールだよ。怪我した日にも病院から送ってきた。大した怪我じゃないから心配しないでって。看護師のお姉さんに携帯を借りたって書いてあったぜ。母さんが来るから、病院には来るなともね。あいつは、よく分かってるよ」

玉城は何も言えなかった。

「俺だって、足折った経験くらいはあるさ。腕と指を合わせると三度。骨折じゃ死にゃしない」

伸男は玉城の目の前で携帯電話を閉じると、店を出て行った。

「本当は気の弱い、優しい子よ」という秀代の言葉が脳裏に浮かんだ。「それを隠すために強がってるだけ」しかし玉城は、伸男のどこが気が弱いのか、優しいのか分からない。

テーブルに座ったまま、玉城は伸男が通路を歩いて人込みにまぎれていくのを見ていた。

玉城が部屋に入っても、木下はディスプレーを覗き込んだままだ。

「気象庁が公開している〈ひまわり〉の映像です。ますます、成長が早まってます。中心気圧930ヘクトパスカル、半径280キロ、風速28メートル、最大風速55メートル。

最大瞬間風速は60メートルを超えています」

木下が振り向きもせず、独り言のように言う。玉城が入ってきたのは分かっているのだ。

牧之原の日本防災研究センターに着いたのは、午後九時すぎだった。駅を出てから、その足で研究室に向かった。

「〈非常に強い風〉、というわけですか」

気象庁は風速について目安を出している。

〈暴風〉と呼ばれる〈非常に強い風〉は秒速20メートル以上30メートル未満の風で、車の運転を続けるのが危険な状態となり、25メートル以上では、樹木が根こそぎ倒れ始める。

「バカなネーミングです。風速の目安なんてものは、レベル1から5で充分です。レベル3で人が飛ばされ、レベル4で木が倒れ、レベル5で家が吹き飛ぶとしたほうが遥かに分かりやすい」

役所の言葉は稚拙で分かりにくい、よほど国民を馬鹿だと思っている、というのが木下の持論だ。

「風速31メートルに上がりました。〈猛烈な風〉です」

風速の最高レベルで、30メートル以上のものだ。家屋が飛ばされたり木造住宅の全壊が始まる。

ちなみに、〈強い風〉は、秒速15メートル以上20メートル未満で、風に向かって歩けなくなる。〈やや強い風〉というのは、秒速10メートル以上15メートル未満。風に向かって歩きにくくなる強さだ。

「嫌な台風だ」

玉城の口から無意識のうちに漏れた。

具体的な根拠はなかった。毎年、九月終盤には台風はいくつも発生する。それ自体はありふれたものだが、一〇年以上も台風雲を見ていると、人相と同様に台風相ともいうべきものが見えてくる。

この台風は玉城の精神《こころ》をえぐるような相をしている。獲物を狙《ねら》って悠然と空を舞うトビのようだ。この感覚は理屈ではない。長年研究を続けてきた末に培われた、カンとしかいえないものだ。

「先輩もそう思いますか。僕もこの台風には、胃が痛むような気がしてるんです」

玉城の呟きに木下が上体を起こして、やっと玉城のほうを向いた。

目の周りに隈《くま》ができ、疲れ切った顔をしている。しかし、その表情にはどこか輝きのようなものがある。言葉とは裏腹に、楽しんでいるような気配が感じられた。

「シミュレーション、やってみますか。当然ですよね」

玉城に問いかけながらも、指はすでにキーボードの上を走っている。

玉城と木下は、一〇ヵ月をかけて台風のシミュレーション・プログラムを開発してきた。太平洋の赤道付近での台風発生の有無を予測するものだ。

さらに、誕生した台風の中心気圧、半径、風速のデータと周辺域の気温、湿度、気圧、風向き、海水温度、風速、上空の季節風などの観測情報を入力すると、以後の台風の進む方向、大きさを予測できる。台風が進むに従って、周辺の大気や海水などのデータも自動的に修正され、計算が行われる。

気象庁のデータシステムと接続すると、リアルタイムで観測値が更新されるシステムになっていて、最長二日先までの予測ができる。それ以上先の予測もできるが、当然、予測時間が長くなるほど精度は落ちてくる。

「これって、絶好の機会ですよね。我々のシミュレーション・プログラムを認めさせる」

木下がディスプレーに目を向けたまま、独り言のように呟く。

「あまりはしゃがないように。よく思わない者もいますから」

「でもなぜ、気象庁の連中はシミュレーションを嫌がるんですかね」

「全員が、ってわけじゃないでしょう」

「僕らのものに対しては、風当たりが強いって噂《うわさ》もあります。将来性のないものに金をかけるなって、公言しているお偉方もいるそうです。それって、九〇パーセントはジェラシーですよ。残りの一〇パーセントは無知からです」

「当たらないのも事実ですがね」

木下がキーを叩く手を止め、顔を上げた。

「どうしたんです？　いやに弱気ですね。玉城さんらしくない」

「事実を言っただけです」

「だったら、当たるよう手直しすればいい。原理はシンプルなんですから。これも玉城先輩の言葉」

「第一の問題は、うちの計算機のスピードです」

「バタフライ現象ですか」

木下が珍しく溜息をついた。

北京《ペキン》でチョウが羽ばたけば、ニューヨークで嵐《あらし》が起こるというたとえだ。複雑系を象徴した理論で、ちょっとした揺らぎが次々に伝播《でんぱ》していくと、思わぬ結果に行き着くことをいっている。

台風を含め、気象シミュレーションで大切なのは、地球規模で考えることだ。局所的な計算では正確な結果は得られない。

太平洋上と大陸上にある高気圧と低気圧、上空を吹き抜ける貿易風、偏西風、季節風などの強さと範囲、発生時の位置で台風の大きさや進路が変わる。そして何より、太平洋の海水温度で台風の規模が決まってくる。これら数値のわずかな揺らぎが、最終的に大きな変化となって現われる。だから、こうした計算を正確に行うには、並みのスーパーコンピュータでは無理がある。

現在、日本防災研究センターには世界でも最速の部類に入るスーパーコンピュータが導入されているが、地球規模の気象シミュレーションを行うには、速度、容量ともに決定的に不足しているのだ。

「『地球シミュレータ』が使えたら」

玉城は無意識のうちに呟いていた。

「申請しておきます。ただし、一年後の使用でよかったら。とりあえず、うちのでやるほかない」

木下は淡々とした口調で言った。

「それにしても、今年……いや、近年の世界の気候は、やはりおかしいとしか言いようがない。去年は世界中で一〇人以上の死者を出す洪水が、一五〇回以上起こっています。死者の総数は、一〇万人以上とも言われている。これらはすべて、地球温暖化に起因しているという研究論文もあります。すべてとは言いませんが、半分ぐらいは納得できるものでしょう」

「僕は全面的に納得していますよ。ここ一〇年以内に、温暖化で地球は恐ろしいことになる。海面上昇による陸地の水没、伝染病の蔓延《まんえん》、食糧、水、エネルギー不足……」

これは木下の持論だ。そしてそれが、あながち嘘《うそ》でないことが恐ろしい。

携帯電話が鳴り始めた。時計を見ると、すでに一一時を回っている。

伸男かと思ったが、知らない番号だ。一瞬、迷ったがボタンを押した。

〈私は藤原だが――〉誰だか思い出せず、返事に詰まった。〈今日、オーシャン建設で会った、衆議院議員の藤原だが〉

「何か私に？」

豪華な社長室で、笑みを浮かべていた大きな顔が浮かんだ。

玉城の名刺を見てかけているのだ。名刺の作製を木下に頼んだら、携帯電話とメールアドレス、センターのホームページアドレスまで入ったものを手渡されていた。

〈リバーサイド・ビューを見て、どう思うかね〉

「豪華なマンションだと思います」

〈防災学者としては、月並みな言い方ですな。何か問題点でもありますかな〉

不満を含んだ声が返ってくる。木下を見ると、怪訝そうな視線を玉城に向けていた。

「別にありません。何度も言っていますが、私は建築については素人ですから」

〈私も素人だが、なかなかすばらしい高層マンションだと思っている。現在住んでいる

マンションが買ったばかりでなければ、買い替えたいほどだ〉

「確かに立派なものです。美しいし、耐震性も充分らしい」

玉城の脳裏に土浦の言葉と顔が浮かんだ。

〈だったら、マスコミにもそう言ってくれ〉

藤原の強引な響きの言葉が返ってくる。

「マスコミ？」

〈近々、きみのところに行くはずだ。そのときは、よろしく頼む〉藤原はわずかに声を高くして続けた。〈同席していた一級建築士の女性、きみの奥さんだというじゃないか。設計の中心メンバーでもある。いやあ、大したもんだ。建築業界にも女性が進出している。おまけに美しい。きみも自分の妻を大いにバックアップできるというわけだ〉

「私は気象屋で、マンション評価はできませんよ」

〈深く考えず、純粋に感想だけを言えばいいんじゃないかね。きみは自分でも言ってるように、専門家じゃない。なにも、耐震強度を保証しろと言ってるわけじゃない。環境に配慮した美しいマンションだとか、スーパー堤防に建てられた水害にも地震にも強いマンションだとか、言い方はいろいろある〉

確かにパンフレットには、そのような言葉が並んでいるが、玉城自身は何をどう答えていいか分からなかった。

〈とにかく、よろしく頼むよ。遠山センター長に、近々挨拶に行くと伝えておいてほしい〉

藤原は、もう一度、よろしく頼むと繰り返して一方的に電話を切った。玉城は携帯電話を握ったまま、しばらくぼんやりしていた。耳の奥に藤原の声が残っている。なにをよろしく頼むというのか。

思わず身体を震わせた。ふいに、藤原の尊大な態度とタバコ臭い息が甦《よみがえ》ったのだ。

「誰です？」

木下の声で我に返り、慌てて終話ボタンを押して携帯電話を閉じた。

「きみが気にするような相手じゃないですよ」

「そうでしょうね。こんな時間に電話してくる非常識な奴《やつ》だ。今日のマンション見学に関係ある人なんでしょう」

「分かってたら聞くべきじゃないですよ」

「議員ですか」

「きみの想像力にはいつも感心しますね。もっと仕事にも生かしてくれたらありがたいですね」

「固有名詞までは想像できません」

「する必要もないでしょう」

 つい、ぶっきらぼうな言い方になってしまった。木下はなるほどねと言って、パソコンに向き直った。

「計算結果が出るのはいつになります？」

玉城は木下のパソコンのディスプレーを覗き込んだ。脳味噌《のうみそ》に刻み込まれている数式と数字が、ぎっしりと並んでいる。しかし今は、その見慣れた画面が理解不能な記号の羅列に見えた。

「朝までには。玉城さんは帰っていいですよ。後は僕がやっておきます。かなり疲れているようですよ。慣れない一日だったでしょうから」

「悪いですね。埋め合わせはしますから」

そう言い残してセンターを出ると、じっとりした生暖かい空気が全身を包んだ。思わず歩き始めた足を止めた。軽い吐き気と目眩《めまい》を覚えた。身体の芯《しん》に、ねっとりした疲労感が溜まっている。そしてそれは重さと濃さを増して、さらに精神《こころ》の奥にまで浸透してくるのを感じる。

4

ひやりとした感触が全身に広がっていく。

目の前には、幾重にも重なった光の輪が揺れている。やがてそれは、真っ黒い人形《ひとがた》の染みとなって口、鼻、耳の孔《あな》から体内に入り込み、気管を通り、肺を満たしていく。必死でもがくが、呼吸できない。苦しい。何度も見た夢だ。夢だということは分かっているが、逃れられない。

小学生のころ、水を満たした洗面器に顔をつけるという行為を何度か繰り返したことがある。いつも、三〇を数える前に顔を上げてしまう。なぜそんなことをしたのか、確かな記憶はない。あるとき、苦しさに耐えかねて顔を上げると、目の前に伸男の顔があった。不思議そうな目で玉城を見つめていた。何をしているの？　面白いの？　なぜ？その目は、いまもときおり甦ってくる。それ以来、やったことはない。

二〇歳をすぎたころ、あれは死のうとしていたのかもしれないと思うようになった。

頭の芯に重い響きが伝わってくる。脳味噌を震わせるような音。それはやがて、ドアを叩く音に変わっていった。

「いま行きますよ」

声を上げてから時計を見ると、八時前だ。汗で髪が額に貼り付いている。

薄いカーテンを通して射し込む陽は淡く、力がない。玉城はパジャマのままドアを開けた。

「玉城孝彦さんですよね」

ドアを開けた玉城の前に、若い——といっても、三〇前後の男が立っていた。玉城の汗をかいた顔を見て、しきりに部屋のなかを気にしている。

「どなたですか」

センターの者には見えない。白のYシャツの袖をまくり、臙脂《えんじ》のネクタイを五本の指が入るほど緩めに締めている。肩にかけた大型のカバンは、かなり年季が入っていた。

「近藤《こんどう》といいます」

短く刈り込んだ髪と無精髭《ぶしょうひげ》は、どこか胡散《うさん》臭い雰囲気を漂わせている。

差し出した名刺には、東都新聞社静岡支局、社会部記者の肩書きが付いている。

「玉城さんは昨日、東京でしたよね。荒川のスーパー堤防に建設中のリバーサイド・ビューを見学して、賛同なされたそうですね」

「賛同？」

「今後、荒川の防災を中心に、全国の河川敷開発を全面的にバックアップしていかれると聞いています。特に、スーパー堤防の安全性には大いに感服されたとか」

「私が、感服したのですか」

「それに、玉城さんは、『荒川防災研究』という論文を書かれたそうですね。東京都東部に住んでいる住人には大いに気になる内容のようですが、どのようなものかお聞かせ願えませんか」

近藤は饒舌《じょうぜつ》にしゃべり続けた。

「昨日、リバーサイド・ビューに行ったことはどうして知っているのですか」

「だって、行ったんでしょう」

「だから、誰から聞いたのかと尋ねてるんです」

「行ったのは事実なんですね。それを調べるのが我々新聞記者の仕事で、誰から聞いたかというのは、問題じゃないんです。記者の守秘義務というのもあります。とにかく、僕は玉城さんのリバーサイド・ビューとスーパー堤防開発に関するご意見を聞くために来たんです」

　昨夜の藤原議員の電話を思い出した。マスコミが取材に来ることを匂《にお》わせていたが、彼自身がマスコミに漏らしたのか。

「私は、気象を専門にやっている研究者です。堤防やマンションについては素人です。何を言えというんです？」

「でも……『荒川防災研究』という論文を書かれたのは、あなたなんでしょう」玉城の強い口調に、記者のトーンが急に落ちた。「荒川の防災についての専門家だと聞いています。その専門家が、スーパー堤防開発計画の一環として建設が進められているリバーサイド・ビューを見学して大いに賛同、感服している。だから、至急話を聞いてくるようにと、東京本社のデスクから電話がありました」

隣のドアが開き、若い研究員が出てきた。玉城と近藤に怪訝そうな視線を向けながら、通っていく。

「ちょっと待ってください。すぐに、着替えてきますから」

玉城は近藤を押し出してドアを閉めた。これはいったい何なんだ。着替えを引っ張り出しながら考えた。藤原議員の自信に満ちた表情と声が、脳裏に甦ってくる。

急いで着替えて外に出ると、近藤は、通路の手すりにもたれてタバコを吸っていた。玉城の姿を見て、慌てて携帯灰皿でタバコの火をもみ消した。

センターの広報を通して出直すよう言おうかとも考えたが、大げさにするほどのことではないと思い直した。この元気はいいが頼りなさそうな記者が、何となく気の毒に思えたのだ。

近藤を連れて、寮の近くの喫茶店に入った。新聞記者と一緒のところをセンターの職員には見られたくないが、ほかに適当なところは思い浮かばない。

玉城がモーニングセットを食べている間、近藤はコーヒーをブラックで飲んでいた。

「実は……あなたが着替えていらっしゃる間に、もう一度、東京のデスクに問い合わせました。日本防災研究センターの玉城孝彦理学博士。取材相手は、あなたに間違いないことは確認しました。とにかく、何でもいいから聞いてこいと再度言われました」

近藤のしゃべり方からは、最初の勢いは消えている。

「何でもいいって、どういう意味です」

懇願口調になった近藤に、玉城は畳みかけるように聞いた。

「言葉通りですよ。玉城さんもお忙しいでしょう。だからこんな時間にお邪魔しました。アポもいれずに。でも、デスクもよく分かっていないのは確かですね」

「新聞記者というのは、よく分からないことに対してもこんな取材をするのですか。もっと調べてからすべきでは？」

「上の者は、誰か有力者に頼まれたのだと思います」

「有力者というと……誰ですか」

近藤は、しまったという顔をしている。

「記者には取材源の守秘義務があります、と偉そうなことを言いたいですが、僕は知りません。おそらく、都の役人か議員でしょう。オーシャン建設の人かもしれません。デスクは顔が広いですから」

玉城は藤原議員については黙っていた。

「私も上司から見学してくるよう言われただけでしてね。ただ、見ただけですよ」

『荒川防災研究』を書いた者として、行く義務があると言われたことは口にしなかった。

確かに、書いたからには見届ける責任があるのかもしれない。しかし、あの高層マンションをどう評価すべきか――考えはまだまとまっていない。

「リバーサイド・ビューは安全なんですか」

近藤が玉城を見つめ、改まった口調で聞いた。

「設計者は安全だと言っていました」

「あなたの目から見て、どうなんです」

「何度、言わせるんです。私は建築については素人です。評価できる知識はない」

「その素人のあなたから見て、どうなんです」

〈考えられる問題については、すべて考慮しています〉玉城は恵子の言葉を思い浮かべた。だが、すべてなんて、ありえない。

「じゃあ、質問を変えます。『荒川防災研究』とは、どんなものなんですか」

「タイトル通りです。荒川の防災に関して調べたものです。気象学者の立場からね」

「コンピュータ・シミュレーションもあるんですか」

玉城は頷いた。近藤の表情は真剣だ。

「『東京大水害』と同じようなものですか。旧建設省が作ったビデオがありましたよね」

「『荒川防災研究』は、CGを使ったSF映画じゃありません。でも、川から溢れた水が時間とともに町中に広がっていくシミュレーション結果は載せています」

玉城は近藤を見据えて答えた。

「溢れた水は荒川周辺に広がっていくんですね」

「数時間後には上野、東京駅、銀座に達します。地下鉄、地下街を水没させながら。詳しくは自分で読んでください。もう手に入れているんでしょう」

「それって正確ですか」

気のせいか近藤の顔色が変わっている。

「一年近く総力を注《つ》ぎ込みました。あとは、あなた方で判断してください」

近藤は黙っている。玉城は時計を見て立ち上がった。

「時間です。センターに行かなければ。私もあなたと同様、サラリーマンなんですよ」

タイムカードはないが、その分、自己管理する責任がある。比較的自由とはいえ、やはり、給料を貰《もら》っている身だ。

「最後にもう一つ」

近藤が呼びかけてきた。玉城は、いい加減にしてほしい、という顔で近藤を見て歩き始めた。

「僕の姉夫婦と二人の子供が、錦《きん》糸町《しちょう》に住んでいます。江東デルタ地帯の一角ですよね。僕は早く引っ越すようにと、アドバイスすべきですかね」

玉城は思わず立ち止まった。

「僕の家族も荒川の近くに住んでいます。すぐに引っ越しができるほど日本の庶民は豊かではないし、生まれ育った場所への愛着もあります」

「じゃあ、どうすれば——」

「自分たちは、危険なところに住んでいる。そう心の準備をしておくだけでも、いざというときの行動が違ってきます」

玉城はレジに向かって歩きながら、いまの言葉を反芻《はんすう》した。都合のいい言い訳だ。どうして、いますぐに逃げ出せと言えなかったのだ。

通りに出て顔を上げると、雲の彼方《かなた》に富士山が霞《かす》んでいる。上空を鈍い灰色の雲が覆い、不気味ささえ漂っている。台風が近づいているという意識が、よけいそう感じさせるのか。

台風23号の進路が頭に浮かんだ。そろそろ沖縄に接近しているはずだ。


いつもより、一時間遅れで研究室に入った。

木下は昨夜と同じ服装、同じ格好で、パソコンに向かっている。

「遅かったですね。天気予報、見ましたか」

パソコンに目を向けたまま聞いた。

「野暮用がありましてね。見ていません」

「沖縄はすでに暴風域です」

「今日の午後の予想じゃなかったんですか」

「時速80キロ。高速道路を突っ走る車並みに、スピードアップしています」

「じゃあ、九州上陸は？」

「昼前に沖縄通過。そのまま北上して、夕方遅くに九州に上陸します。このスピードを維持すれば、という仮定ですがね」

「現在の勢力は？」

「中心気圧932ヘクトパスカル、半径280キロ、最大風速55メートル。最大瞬間風速62メートルを記録しています。ヤバいことになりそうだ」

「シミュレーションではどうなってます？」

「いま言った半分は、シミュレーション結果です。コースは——」

木下がどうぞと言って、マウスをクリックして身体をずらした。

玉城はディスプレーを覗き込んだ。台風は沖縄を横切り、北に向かって移動していく。沖縄通過直前までのシミュレーション結果は、大きさとコースの両方とも実際の経路とほぼ一致している。

台風の眼《め》は、九州の南西約180キロの地点で止まった。

「この先は？」

「ここまでで、タイムアウト。うちの計算機の限界です」

センターでは、一テーマで計算機を利用できる時間は限られている。経過時間を長くすれば精度に問題があり、精度に重点をおけば短時間の変化しかシミュレーションできない。

「このコースだと、確かに九州を直撃だ」

玉城はディスプレーを覗き込んだまま、低い声を出した。

「死者二三人、床上浸水家屋一二五二戸、土砂崩れ四八ヵ所。去年九州を通過した台風13号の被害です。でも23号は遥かにでかい」

木下が表情も変えずに言う。

「気象庁の予想は？」

玉城はディスプレーに目を向けたまま聞いた。

「沖縄通過後、徐々に北東に向きを変え、室戸《むろと》岬沖を東に進む。そして、紀伊《きい》半島にかかる手前で大きく方向を変えるとみているようです」

「九州上陸は考えていないのですか」

「九州上陸どころか、日本列島をかすめる程度で大きな影響はなし。さすがに、まだ発表まではしていませんがね。今回は異常に慎重です。大陸方面の高気圧と日本上空の偏西風の蛇行が23号の進路を妨害、東に押しやると考えているのかな」

「確かに、注目すべき要因ですがね」

「じゃあ、気象庁は正しいと」

玉城はもう一度、ディスプレーを見た。自分たちのプログラムでは、沖縄通過後にタイムアウトになっているが、このままだとやはり九州を直撃する可能性が強い。

「さあ、どっちが当たっているか。現状では、うちに分があるはずですがね。これまでは、ほぼシミュレーション結果と同じコースを取っていますから」

木下の声がわずかに弾んでいる。

「気象庁に報《しら》せるべきでしょうね」

「静観するのがいちばん、じゃないですかね。報せても迷惑がられるだけです」

木下は言葉を濁した。どうせ、我々のシミュレーションなんて信用しない、と言いたいのだ。この男は自分が取り組んでいるにもかかわらず、コンピュータ・シミュレーションを信じていないところがある。単なるゲーム感覚で式を作り、数字を当てはめていく。つまるところ、非現実的なものでしかないと受け止めているのだ。

玉城は考え込んだ。確かに、木下の言う通りだ。役所の縄張り意識は強く、外部からの口出しは驚くほど嫌がる。

「しかし、放《ほう》っておくわけにもいかない。もし、我々のシミュレーションが正しければ……。23号はいま以上に発達して九州に上陸して、かなりの被害が出ます」

「でも、どう話すんです。うちのシミュレーション結果によれば、と言うんですか。仕事のじゃまするなって、怒鳴られるのが落ちです。それに、間違ってたら大ごとだ。それ見たことかって大騒ぎして、下手すれば研究費の大幅カットです。ただでさえ、うるさく言われているのに」

　木下の言葉にも一理ある。玉城はもう一度ディスプレーに目を移した。

　最大瞬間風速の項目にある62の表示が、玉城の神経に刺さってくる。秒速50メートル以上の暴風が続けば樹木は根こそぎ抜かれ、ほとんどの木造家屋はアンテナ類はおろか屋根も吹き飛んでしまう。60メートルともなれば、鉄塔が曲がることさえある。しかも、この台風はさらに発達している。玉城は木下に向き直った。

「もう一度、計算機にかけてください」木下の口元に笑みが浮かんだ。「今度は最低でも、沖縄通過後八時間分の進路が計算できるだけの時間を確保して」

「九時間分は必要でしょう。始末書を書くのは慣れています。最優先でやりますから、四〇分後には結果が出ます」

「九州を直撃するようなら、気象庁に連絡しましょう」

　玉城の言葉に木下が眉《まゆ》を吊《つ》り上げ、肩をすくめた。

　玉城は時計を見て、もう一台のパソコンをテレビに切り替えた。

　ひと気のない町に、横殴りの風雨が叩き付けている。風に震えながらしなっている木々。ときおり水しぶきを上げながら車がゆっくり通りすぎ、路上を看板が音を立てて転がっていく。

〈現在の那覇《なは》市の状況です。非常に強い台風23号は南大東島《みなみだいとうじま》で南南西の風65メートルの最大瞬間風速を観測し、沖縄本島に接近しています。これまで沖縄県内では強風による負傷者一六名、昨日からの大雨の影響で山間部では土砂災害が起こっています〉

ビニール製のレインコートを着込んだアナウンサーが、フードを押さえて、なんとかマイクを握っている。レインコートが風に震えてビリビリ鳴っている。

普通ならいったん上陸すれば台風の勢力は衰えるはずだが、シミュレーションによると、このまま勢力を増しながら北東に移動していく。その先には、奄美大島《あまみおおしま》、屋久島《やくしま》がある。そしてさらに先には九州、四国と続いている。

玉城は研究棟を出て、携帯電話のボタンを押した。

「足はどうだ」

〈痛くない。トイレ以外は寝てるもの。でも、痒《かゆ》いかな〉

大輔の眠そうな声が聞こえてくる。

「そっちの天気は？」

できる限り普通の声で聞いた。

〈曇ってるだけ。雨も降ってないし、風もないよ。父さんは、台風が接近するから大変じゃないの。23号が明日の早朝には、御前崎《おまえざき》の南を通過するって、気象庁のホームページに出ていた〉

気象について話すとき、大輔の声は大きくなる。

「いまは東京と同じだけど、台風がかすめるときには風速30メートルを超える可能性がある」

〈でも、関東は通らないって。直前に東に向きを変えるんでしょう。大陸から張り出してきた高気圧が、23号を押し戻してるからだよね〉

「その通り。よく勉強してるな。気象予報士のテストは大丈夫だよ」

〈僕はまだ無理。これも気象庁のホームページ〉

「母さんは会社か？」

〈台風が来るからリバーサイド・ビューが心配だって、いつもより早く出かけた〉

玉城は、おばあちゃんを出してくれと言いかけたが、やめた。秀代と話せば、伸男のことが出てくる。いまは、煩わしいことは極力避けたい。

「午後から風が出てくるし、雨も降ってくる。いくら東京を外れるといっても、かすめるんだ。充分に注意するように。おばあちゃんにも、そう伝えてくれ」

〈分かってる。でもそれって、父さんがやってるコンピュータ・シミュレーションに出てるの？〉

　まあね、と玉城は言葉を濁した。

〈すごいね。由香里は台風の話をすると泣き出すんだ。あいつ、本当は弱虫なんだよ。

大きさとコースさえ分かってれば怖くない、と教えてるんだけど〉

「父さんは怖いよ」

〈嘘でしょう〉

「何度来ても怖いものは怖いんだ。大輔も台風を侮るんじゃないぞ」

みんなを頼むよと言って、玉城は携帯電話を切った。

ギプスをはめた右足をテーブルに載せて、ソファーに座っている大輔の姿が浮かんだ。

「いくら頼まれても、小学生じゃ何もできないよな」

口のなかで呟いて、携帯電話をポケットにしまった。かといって、今の自分には離れている家族を守ることなどできない。生暖かい、じっとりとした空気が取り囲んでいる。空を見上げると、いつの間にか濃いちぎれ雲が現われ、空を横切って流れていく。


恵子は軽い溜息をついた。横では、土浦がむっつりした顔でハンドルを握っている。

昨夜はよく眠れなかった。いつも寝つきはいいほうだが、何かが気にかかり始めると、とたんに目がさえてしまう。やはり、玉城がリバーサイド・ビューを見学に来たことが大きく引っかかっている。ふだん自覚していないが、自分は意外と小心者なのかもしれない。おまけに、一号棟が完成間近になって、次々と報告されるトラブルにもいい加減うんざりしている。ときおりワァーッと大声を上げて投げだしたくなるが、そうできないことも承知している。こうしたストレスは家族に言って良いのか自問したこともあるが、ますます迷宮に入り込んでいく気もして、思考をストップさせた。

車は、荒川の土手に沿ってリバーサイド・ビューに向かって走っていた。現場監督から呼び出しがあったのだ。納入された窓ガラスのサイズが大きすぎて入らない。

「玉城さんはうちの広報誌に書いてくれそうか」

本社を出たときから黙り込んでいた土浦が、口を開いた。

「それは私とは関係なく、広報から頼むはずじゃなかったのですか」

「事前に感想を聞くことができないかと思ってね。それに、二人だけのときはそういう言葉遣いはやめてくれ」

土浦の声には、苛立ちが混じっている。

「なぜ、玉城の意見なんかにこだわるの。彼は自分でも言ってるように、建築には素人よ」

「きみは本当に、『荒川防災研究』を読んだのか。あれには、発表されたら、そこそこ話題になる中身が詰まっているんだ。地球温暖化を踏まえた近年の異常気象、集中豪雨、台風の大型化などと洪水の多発を関連付けて検証している。さらに、荒川の具体的な危険箇所、集中豪雨や台風のときの複合災害の危険性について述べてある。俺でもあえて住もうなどという気はなくなるよ」土浦はうんざりしたように息を吐いた。「おまけに公的機関の学者が執筆したものとして、信頼度も高い。マスコミは必ず取り上げる。そうなれば、この業界はパニックだ。江東デルタ地帯にマンションを建てている業者は、びくびくしている」

二〇〇六年以降、造りすぎたマンションがだぶつき気味になっている。

リバーサイド・ビュークラスのマンションで価格と場所を考えれば、五年前なら完成ひと月前には完売していた。だが、最近は違ってきている。

「この規模のマンションで完成時に売れ残りが出ると、会社としても厳しい状況になる」

恵子は、マンション業界、というより建設業界全体に問題があるからでしょう、という言葉を呑み込んだ。だぶつき傾向にあるにもかかわらず建設し続けなければならない状況こそ異常なのだ。

「悪くすれば販売済みのものにもクレームがくるかもしれない。情報提供が不充分だったとしてね」

「反論すればいいじゃないの」

「だから、玉城さんが、自分の書いた『荒川防災研究』を取り上げた上で、リバーサイド・ビューの安全性を保証してくれれば鬼に金棒なんだ」

でも、と言ってから、恵子は駅に向かう途中での玉城との会話を思い浮かべた。マンション自体に関心を持っていないのは明らかだ。というより、建築に対する自分の知識不足を認識している。知らないことを知っているような振りをする男ではない。

しかし、荒川の堤防決壊の可能性に自信を持っているのは間違いない。半面、そうなったときには、自分の家族も被害に遭う可能性は充分にある。それなのに、家族に対しては気遣うそぶりもない。

「あまり肯定的なことは言ってなかったわ。今までは」

「だから心配している。ちょっと変わった人のようだ」

「ちょっとですめばいいんだけど」

「きみは、彼の本音を聞いているのか」

「いいえ。昨日も、東京駅まで送って行っただけ。その後は、会ってないわ」

土浦が不思議そうな顔をした。

「私たちの生活は知ってるでしょ。普段はすれ違いで、ほとんど顔を合わさないことも」

「電話では話したんだろう」

「お互い仕事を持っていると、なかなか話す時間なんてないわ。この半年あまり、私はほとんどオフィスとマンションの往復だってことは、あなたがよく知ってるでしょう」

「まあ、自分の女房が設計にかかわっているマンションだ。ひどいことは言わないだろう」

「甘いわね」恵子は言い切った。「玉城は一見、人当たりがよくて優柔不断に見えるけど、けっこう我が強くて強情よ。自分の意思などないようだけど、のらりくらりと逃げて、結局は自分の思い通りにしてしまう。最近は特にその傾向が強いわ」

言ってから、しゃべりすぎたことに気づき、唇を嚙《か》んだ。確かに玉城は扱いにくい男だった。学生時代、突然、研究室に入ってきて、頭を下げたかと思うと、天井を見上げた。一時間かかって、天井の小さなシミを見つけた。それから二度とこういうドジはしませんと、研究室中の者に謝って回った。

恵子がこれまで出会ったことのないタイプの男だった。その愚直とも思える素朴さに興味を持ち、デートに誘ったのだ。少なくとも付き合い始めたころは、その印象は変わらなかった。

土浦は、困ったなという表情で軽い溜息をついた。

「『荒川防災研究』の執筆者がリバーサイド・ビューの見学に来た、だけではダメなの？」

「必ず、白黒をつけたがる者がいるんだ。このタワーマンションの安全性はマルかバツか。マスコミに漏れたら必ず取材にくる。当然、彼のほうにもね」

だったら、呼ぶべきではなかったのだ。恵子は心のなかで呟いた。

土浦は黙り込み、前方を睨むように見つめている。おそらく、玉城を招いたことを後悔しているのだ。

恵子は視線を窓の外に移した。じっとりした空気と濁った空は、どこか不気味さを感じさせる。

「今朝のテレビで、23号はかなり大型台風だと言っていた。いずれこっちにもやってくるんだろう」

「嵐の前の静けさというわけね」

恵子は腕を伸ばして、カーラジオのスイッチを入れた。

「沖縄では住宅崩壊も起こっているらしい。リバーサイド・ビューは大丈夫なんだろうね」

「一号棟は問題ないわ。外壁の作業は終了してる。屋上のクレーンも、撤去を始めてるはず。二号棟、三号棟のクレーンは、台風に向けて建物の補強が終わり次第、撤去にかかるし。このまま北上しても、台風の関東接近は明日の明け方だから充分に間に合うわ。それに、風は強くなるけれど、東京直撃はないだろうって情報もある」

「ご亭主からの情報かね」

「民間の気象会社からよ。玉城のところでは、気象観測や予報はやってないわ。気象庁の観測情報を利用した基礎研究だけよ」

「クレーンの撤去はどうしても必要なのか」

恵子は土浦の顔を見た。

「午後から関東にも風が出てくるそうよ。今回の台風は、風が強いという予報が出てる。どの気象会社も同じ内容」

「東京直撃はないんだろう。そう聞いているが」

「直撃はなくても一時的に強風域に入る恐れはあって、その場合風速30メートルを超えるという予想も出てる。最大瞬間風速は60メートル近く。建物の揺れと風で、かなり危険な状況よ」

恵子は思わず語気を強めた。

「その程度の風なら問題ないだろう」

「そうよ。でも玉城が言うように、ビル風の影響が正確には分からない。万が一のときのことを考えておくべきよ」

「クレーンを再びセッティングするにはどのくらいかかる」

「取り付けと調節で二日は見ておかないと」

「遅れるな」

土浦が独り言のように呟いた。

〈台風23号が近づく沖縄本島は暴風域に入っています。台風の影響で沖縄、奄美諸島、九州南部の空の便は欠航しています。ご注意ください。九州、四国では、この台風と前線の影響で昨夜からの雨量が１００ミリを超える地域が出ています〉

ラジオの女性アナウンサーの声には何の緊迫感もないが、それがかえって不気味だった。

土浦がスイッチを切った。東京もたとえ上陸はなくても、風雨が強くなる可能性は高い。

「息子さんの具合はどうだ」

「後で寄ってみるつもり」

「それがいい。私も心配していると伝えておいてくれ」

きみも大変だなと、土浦がとってつけたように言った。

「今度のマンションが成功したら、私にも役員の椅子が見え始める。そうなればきみも、次への一歩が踏み出せる」

土浦は正面を向いたまま、表情も変えずに恵子の右手に手のひらを重ねた。昔感じたときめきは、今はない。二年前、恵子が土浦を知ったころは、もっと自信に溢れた男だったはずだ。それがリバーサイド・ビューが完成に近づくにつれ、落ち着きをなくし、焦っているようにさえ見える。人は思い描いてきた目標が見え始めると、仮面がはがれて、より本質が見えてくるものかもしれない。

土手の木々が風に揺れている。確かに風が強くなっているようだ。恵子はそっと手をずらせた。

5

玉城は恵子のことを考えていた。

〈何やってるか分かんないぜ〉という伸男の言葉が脳裏に浮かんだ。玉城も感じてはいたことだ。ただ、認めたくなかったのだ。しかし昨日、恵子の上司土浦に会ったことで、漠然と思い描いていたことが明確な形になった。

今まで知らなかった恵子の世界を見た。彼女は有能で、将来を嘱望され、美しかった。そして少なくとも、恵子と土浦は同じ世界にいる。

今日も、台風が近づいているのに出かけている。いや、台風が来るからこそ出かけているのだ。玉城自身は、仕事が大事か、家庭が大事かなどと聞くつもりはないが、周りの者は気にする。事実、義兄も心配している。

世界的に評価される建築物を造りたいというのが、恵子の夢だった。学生時代には、二〇代のうちにヨーロッパの建築を見て歩きたいと語っていたが、すでに三五歳だ。恵子が自分のキャリアに見切りをつけているとは思えない。かといって、学生時代のように、コンペを控えた先輩の設計事務所に駆り出されて、コンピュータの前で徹夜を続けていたときのような環境ではない。玉城は心のどこかで、恵子の夢に手を貸してやれないもどかしさも感じていた。

「見てください」

木下の声で我に返った。木下の肩越しにディスプレーを覗くと、台風23号のシミュレーションの続きだ。沖縄を通過して九州の手前までいった23号は――。

「正解でした。気象庁に報せなくて」

白い渦巻き状の雲は九州の南端をかすめ、室戸岬の沖合いを北東に移動していく。そして、紀伊半島手前で方向を変え始めたところで時間切れだ。

「八時間先の23号の位置です」

「大きさは？」

「中心気圧931ヘクトパスカル、半径280キロ、最大風速57メートル。確実に成長しています。まだまだ、大きくなりそうですよ。ここまでは、気象庁の予測とほぼ同じコースになりました。九州上陸どころか、かするだけです。直撃なんて報せていたら、今ごろいい笑いものだ」

木下が玉城を見た。玉城が視線を外すと、木下の表情が変わった。

「そりゃないですよ。もう送ったんですか」

木下が溜息混じりの声を出した。

「計算が終わり次第、自動的に送るようにセットしておきました。どういう使われ方をしたのか分かりませんが……」

「何て言って送ったんです？」

「うちで開発している台風シミュレーションの結果です。参考までにと」

「返事は？」

「ありません」

「ということは、無視したか、開いてもいない。そうであれば、ありがたいんですがね。どなたに送ったんでしょうかねえ」

木下はわざとらしく大きく息を吐いた。

「予報部の松坂《まつざか》さん。きみも会ったことはありますよね。学生のとき、卒論で世話になりました。優秀で信頼できる人です」

玉城の研究室の二年先輩で、修士を出てから気象庁に就職した。学会で会ったときは、いつも一緒に食事をしている。

「個人的にこっそり覗いてくれただけなら最高なんですがね」

電話が鳴り始めた。受話器を取った木下が、慌てて送話口を手で押さえた。

「気象庁です。おそらくその人。出ますか。居留守を使ってもいいですよ」

そんな必要はないですと言って、木下から受話器を受け取った。

玉城は頷きながら相手の話を聞いていた。木下が椅子をパソコンの前から移動させ、玉城を見ている。しばらく話して、分かりましたと言って、受話器を置いた。

「松坂さんです。気象庁でも、過去の例と観測値からは九州に上陸し、日本列島を縦断すると考えていたようです。しかし彼らのシミュレーションは、東にそれて太平洋岸に沿って移動し、紀伊半島にかかる手前で大きくL字ターンをして、日本から離れていくという結果を出したそうです。議論はあったそうですがね。意外な動きをする台風だと言っています。参考のために、以後のこちらのシミュレーション結果を送ってくれとも」

木下の顔に、ほっとした表情が現われている。

「彼らのシミュレーションって本当ですかね。我々のをそのまま使ったんじゃないでしょうね」

気象庁が今後のシミュレーション結果を求めたことで、木下は急に強気になっている。

玉城は答えず、マウスを動かしてキーボードを叩いた。

「計算は？」

「続けています。新しい観測データを入れて」

「結果が出たら知らせてください」

〈沖縄を直撃した大型台風23号は、いぜん北上を続けています。鹿児島県南部では雨量がすでに300ミリに達した所もあり、河川の決壊も起きています。床下浸水の家屋は二四〇戸に及び、山間部では崖崩《がけくず》れも起きています〉

テレビでは、激しい雨のなかを膝まで水に浸《つ》かりながら歩く人たちの姿を映し出している。

「まったく、人騒がせな台風だ」

「人騒がせでない台風なんてないですよ。毎年来ることは分かっているんだから、できるだけ穏やかに退散してもらうだけです」

「この先、太平洋を東に進んで、温帯低気圧に変わると気象庁はみているようですね。一件落着というわけです」

木下の言葉を聞きながら、玉城はディスプレーに顔を近づけた。

そんなに甘くはない。根拠はないが、嫌な予感が消えない。画面を拡大していくと、マリアナ諸島の上に大型の渦巻きがある。台風24号だ。

「24号は日本には影響ないですよ。いずれ西に移動して、台湾方面に向かいます」

玉城の視線の先に気づいた木下が、自信を持って言った。

玉城は無言でマウスを動かし、ディスプレーに東ヨーロッパからロシアにかけての広域を表示した。ここにもかなり強い高気圧が居座っている。異常な熱波をもたらしている原因だ。ヨーロッパは九月下旬だというのに、三五度を超える気温だ。

「まったくの異常です。地球がおかしくなっている」

「確かにね。この調子で高気圧が張り出してくれれば、台風もわが道を行くというわけにはいかなくなります。先輩の言う通り、これらの高気圧と海水温度を入れてシミュレーションしてみます。もちろん、24号も」

木下は肩をすくめてパソコンに向き直り、猛烈な勢いでキーを叩き始めた。やはり、彼も気になっているのだ。

デスクの電話が再び鳴り始めた。玉城が名乗ると、前置きもなく義兄の富岡の声が聞こえた。

〈後藤室長が話したいと言っているんだが〉

「台風のことですか」

〈室長がきみに聞きたいことはそれしかないよ〉

そうですねと答えると、すぐに後藤に代わった。

〈あなたは防災だけではなく、台風の進路を予測する研究もやっていましたね〉

「そっちが専門です。ただし、まだ満足いくものとはいえませんがね」

〈今度の台風の進路に、東京は入っていますか〉

玉城は言葉に詰まった。後藤のような直接的な問いには慣れていない。

「しばらくは気象庁の発表に注意しているのが最善かと」

〈私はあなたの意見を聞いています〉

「今までやったシミュレーションでは、気象庁と同じ結果が出ています。室戸岬沖までは」

〈その後は？〉

「ランの時間切れです。現在、続きの計算はやっていますが」

〈現状では気象庁の発表通り。23号は、東京には上陸しない可能性が高いということですね〉

「そうです。気象庁の発表に何か疑問でも？」

〈私は、台風の恐ろしさを知っています〉

穏やかだが意志の強さを感じさせる声が返ってくる。この江東区危機管理室の室長は、防災については素人だと言いながらも、玉城と同じ危惧《きぐ》を抱いている。

ただし、と玉城は加えた。

「現在の荒川の状況を考えると、警報はいつでも出せる準備をしておくべきです」

〈そうしています。何か気がついたことがあれば、いつでも連絡ください。私からのお願いです〉

「承知しました」

〈荒川はご覧になっていますか〉

「昨日見ました」

〈今日の映像も見てください。それに――〉受話器を置こうとした玉城の耳に、後藤の言葉が響いた。〈あなたのご家族も、江東区にお住まいになっていることをお忘れなく〉

受話器を置く音が聞こえた。

木下が怪訝そうな顔で見ている。玉城は何も言わず受話器を戻し、マウスを動かしてクリックした。

荒川を監視しているモニターテレビの画像が映し出された。昨日と同様に、河川敷にまで溢れた土色の水が渦を巻きながら流れている。

「江東区の危機管理室の室長ですか」木下が覗き込んでくる。「この状態で台風が来たら大ごとだ。すぐに溢れますよね」

「近くに家族が住んでいるんです」

玉城は無意識のうちに呟いていた。同時に、今朝《けさ》寮に来た新聞記者の顔が浮かんだ。彼の姉の家族も、錦糸町に住んでいると言っていた。荒川と隅田川に挟まれた一帯だ。

木下がテレビのボリュームを上げた。

〈九州上陸は避けられるようですが、いぜん勢力は増しています。気象庁の発表では、今後は、鹿児島沖を北東に進む模様です〉

画面には、鹿児島市内の映像が映っている。吹き付ける風で雨が横に流され、道路には、ほとんど人の姿は見えない。ときおり水しぶきを上げながら車が通りすぎていく。

画面が変わり、大波が打ち付ける足摺岬《あしずりみさき》が映し出される。さらにカメラは、新宿駅《しんじゅくえき》に切り替わった。

〈一向に勢力の衰えない大型台風により、一時関東でも暴風、大雨が心配されていました。しかし、現在では町は平常を保っています〉

南口構内にはいつも通り人が溢れ、電車の発着を知らせるアナウンスの声が聞こえる。カメラは駅前の通りを映し出した。行き交う人たち、通りを走る車。いつもと変わらない風景だ。数人の一〇代の若者が、カメラに向かっておどけた表情でVサインを送っている。鹿児島と東京、同じ日本の光景とは思えなかった。

画面はスタジオに戻った。大型液晶画面に天気図が映し出され、まだあどけなさを残す若い女性アナウンサーが緊迫感のない声で台風の進路を説明し始めた。

「気象予報士って、やたらかわいい子が多いですね」

木下がディスプレーに顔を近づけた。

「人気の仕事なんだろう。やさしい試験じゃないけどね」

来年は、大輔が試験を受けると言っている。玉城も試験解説本を買ってみたが、どう考えても小学生には難しい。

「でも、どうも実感が湧《わ》かないんですよ。こういう学生っぽさの抜けない女性が、タッチパネル方式の天気図を操作しながら台風接近を伝えても。台風予報は、中年の男性が手書きの天気図を前に、悲壮な顔でしゃべっているほうが信頼したくなりますよね」

確かに玉城も違和感を覚えた。日本列島の地図に、鹿児島沖を通過していく23号のコースが示されている。そのシンプルな画像からは、荒れ狂う風雨など微塵《みじん》も感じられない。

「この台風が沖縄だけを直撃して、本土に上陸することなく太平洋に消えていく。ちょっと信じられませんね」

「とにかく、これで一件落着です」

玉城は、全身から力が抜けていくのを感じた。木下も同じらしく、椅子に座って両腕を挙げて伸びをしながら大きな欠伸《あくび》をした。

電話が鳴り始めた。玉城が振り向くと、木下が受話器を耳に当てている。

「先輩、若い女性ですよ」

木下が嬉《うれ》しそうな声を出して、指を二本立てた。二番の外線だ。

玉城が名乗っても、受話器の向こうでは沈黙を続けている。

〈玉城伸男さんのお兄さんですよね〉

しばらくしてやっと、細い声が返ってきた。

「そうですが、あなたは？」

〈私は伸男さんの……知り合いですが……〉

声がとぎれ、再び沈黙が続いた。次の言葉をためらっている様子が伝わってくる。

「伸男がどうかしましたか」

〈……伸男さんが、無理なお願いをしたと……〉

声の背後でがたんとドアの開く音がして、伸男の声が聞こえた。

——何してんだよ——何もしてないわよ——相手は誰だ。代われよ——やめてよ。関係ないでしょ——。

受話器の向こうで言い争う声が聞こえる。

「伸男か？　何が起こっているんだ？」

玉城が呼びかけたが返事はない。もみ合う気配がして、電話は切れた。

「どうしました？　電話、切れてるんでしょ」

木下の声で我に返り、受話器を戻した。

「誰なんです、その綺麗《きれい》な人」

「なぜ、綺麗だと分かるんです？」

「そういう声をしてましたよ、確率の問題で。かなり高いですね」

玉城は軽い溜息をついた。耳の奥にまだ女の声が残っている。そしてその声に、伸男の声が重なる。

「何してるんだ、こんなときに」

思わず呟いてしまった。

黙り込んだ玉城に、木下は何も言わなかった。それでも気にはなるらしく、ときおり何か言いたそうな視線を送ってくる。重苦しい空気のなかを時間だけがすぎていった。

「シミュレーション結果が出ました」

ディスプレーを覗き込んでいた木下が、デスクから身体をずらせた。

画面上を白い渦巻きが、ゆっくりとL字形に進路を変えていく。

「前の続きです。すでに、日本から離れつつあります。気象庁とほぼ同じコースです」

「気象庁は常に我々の先をいってるわけか。相手にされないわけだ」

「でも、問題はその先です」

台風23号は勢力を維持したまま方向を変え、太平洋上を南東に進んでいく。そして、その先をなぞった玉城の目は、画面に釘付《くぎづ》けになった。

横で木下が眉根を寄せて難しそうな顔をしているが、玉城の反応をうかがう気配が伝わってくる。内心では楽しんでいるのだろう。

「カストルとポルックスというわけですか」

「ジェミニを知ってるんですか」

「小学生時代は外で遊ぶより家に閉じこもるタイプでしたから。ギリシャ神話は愛読書でした」

ゼウスの双子の息子、兄のカストルと弟のポルックスは非常に仲が良かった。神となったポルックスは不死であり、人間のカストルはいつか死ぬ運命だった。そして、カストルは戦争で死んでしまう。嘆き悲しんだポルックスはゼウスに頼み、カストルと一日の半分は天で暮らし、残りは地上で暮らすことになる。それがジェミニ、ふたご座である。

「要するに、藤原《ふじわら》の効果です」

「読んだことはありますが、見るのは初めてです」

二つ以上の台風が接近して、互いに捕獲、反時計回りの回転、解放といった複雑な動きをして、通常とは違うコースをとることだ。一九二一年に当時の中央気象台長の藤原咲平《さくへい》が提唱したので、この名前がついた。今回の場合、一つになって戻り始めてしばらくして止まった。

「どうしますか？」

「信じたいんですがね。自分たちの研究成果ですから。でも、常識じゃ考えられない」

木下は言ってから肩をすくめた。顔にはわずかに笑みが浮かんでいる。

「じゃあ、この結果は破棄しましょう」

玉城は数秒考えてから言った。

「バカ言わないでください。23号は九州を北上し、日本列島を縦断しなかった。いままでのところ、シミュレーションは人間の予想に勝っています。シミュレーションが、常識による先入観を突き破るには最適の手法だってことは証明済みです」

「常識では考えられないと言ったのはきみじゃないですか」

「撤回です。僕はシミュレーションを信じます」

「気象庁は？」

「23号は太平洋を南東に進み、温帯低気圧に変わるとみているようです。暴風、波浪警報、大雨警報、すべて解除の方向に向かっています」

「報せるべきなんでしょうね」

「気象庁に報せるためには、もっと、精度の高い計算が必要です。少なくとも、この数倍」

「センターの計算機じゃ、これ以上無理ですよ。これでも、うちが使いすぎるって文句が入っているんですから」

玉城は考え込んだ。台風23号は、そう簡単には消滅しないだろう。これは長年、台風を扱ってきた者のカンのようなものだ。

「地球シミュレータを使うのは無理か」

地球シミュレータは横浜にある、世界でもトップクラスのスーパーコンピュータだ。主に、海洋、気候などの環境変化を地球レベルで研究するために造られた。六五メートル×五〇メートル、高さ一七メートルの建物の中に、計算ノードを一六〇台つないだベクトル方式のスーパーコンピュータだ。主記憶容量は20テラバイト、ピーク時の演算速度は131テラフロップス。1テラフロップスは一秒間に一兆回の演算速度だ。

二〇〇二年の稼動開始時には、世界最速の並列型スーパーコンピュータだったが、以後追い抜かれては改良して、再度、世界一に返り咲くということを繰り返している。これはスーパーコンピュータの宿命であり、技術を進歩させる原動力だ。

「一年先まで予定でいっぱいだと聞いています」

「何とかなりませんかね」

「なりっこないでしょう。使用申請を出して、運よく許可が出ても半年後だ。誰が、そんな台風覚えてます？　確かに、やるべき価値は認めますがね。しかし現状では――」

玉城は木下の言葉を無視してパソコンに向き直り、キーを叩き始めた。

木下が覗き込んでくるが、かまわず指を走らせる。

「何やってるんですか。やめてくださいよ」

木下が泣きそうな声を出した。

「ほかに方法はありますか。差し替えしかないでしょう。似たようなジョブを見つけて入れ替える。ＩＤ、パスワードとも、前に使ったのがまだ生きてるはずです」

「無茶言わないでください。こんなの犯罪だ。下手するとクビになる」

「人には間違いってことがある。私は謝ることには慣れています」

「津村《つむら》さんって知ってるでしょ。大学から企業に移った人です。准教授時代、地球シミュレータの不正使用をしました。論文はできたが、誰も評価しない。無視です。地球シミュレータは二度と使えない。教授の椅子も棒に振りました」

「私は教授の椅子とは無関係です。それに、無視には慣れている。打たれ強いのが取り柄です」

「僕は関係ないですからね。なにを血迷ったか、相棒には内緒で、玉城さんが勝手に暴走したことにしておいてください」木下は不貞腐《ふてくさ》れたように椅子に座り込んだ。「しかし、玉城さんって、見かけによらず大胆なんですね。ときどき、別人みたいに思えるときがあります」

　玉城は、キーボードに指を置いたままディスプレーを見つめた。

「どうかしましたか。目が血走ってますよ」

「ダメだ。入れない。ＩＤもパスワードも変わっている」

「なぜ、そんなにむきになるんです？　気象庁の鼻を明かしても、恨まれるだけです」

「歩いて五分。駅じゃなくて、私のマンションから荒川までの距離です。私にできることはこれしかないんですよ」

木下は口をつぐんだ。玉城はディスプレー上に立ちはだかったゲートから目を離さない。空調のモーター音だけが、研究室に響いている。かすかに木下の溜息が聞こえ、玉城を押し退《の》け身体を割り込ませてきた。右手でマウスを操作し、左手でキーボードを叩く。やがて、画面いっぱいに項目が並んだ。

「地球シミュレータの共有サーバーです。ラン予定のジョブはすべてここに入っています」

数十の項目をなぞっていた玉城の指先が止まった。

「これなんてどうです。容量、時間とも双子のようだ。違うのは性格だけ」

「それって、気象庁のジョブです。気象庁の職員が、一分ごとにチェックしてますよ。うまく差し替えられたとしても、五分後には止められて犯人探しが始まります。それに、ランは一〇時間後」

木下の指が玉城の指を押し退けた。

「『宇宙の構造形成とビッグバンの関係』。これでいきましょう。容量も計算時間もぴったりだ。コーネル大学のジョブだから、当分誤魔化《ごまか》せる。今、向こうは夜なんでしょ」

「無理だ。ランの開始は一〇分後」

「だからいいんです。オペレータは最終チェックを終わって、お茶でも飲んでますよ。宇宙の構造形成にも興味はありますが、宇宙は逃げない」

そう言って木下は自分の席に戻り、シミュレーション・プログラムを呼び出している。

一分後には、木下の指はキーボードの上を走り始めた。

「あと五分」

木下の細い指が、キーボードの上をピアノの鍵盤《けんばん》を叩くように流れていく。確かに、彼はある種の音楽を奏でているのだ。この男のほうこそ、妙に肚《はら》の据わったところがある。

「これで犯罪成立です」木下はマウスに置いた指に力を込めた。「主犯は先輩ですからね。僕は命令されて、しかたなくやっただけです」

「その価値は絶対にある」

玉城は自分自身を納得させるように呟いた。

「そう祈りますよ」

「気象庁の新しい発表は？」

椅子にもたれて大きく息を吐いていた木下は、腕を伸ばして気象庁のホームページを呼び出した。

「定期発表はやっていますが、相変わらずです。現在の状況発表のみ。台風は日本に踏み込もうとして、思い直してLターン。勢力を拡大して戻ってくるなんて誰も言ってないし、まず、信じない」

「24号については？」

「これといって何も。台風の衝突なんて、誰もいままで本気で考えたことないですよ」

〈衝突〉という言葉に、どこかわくわくした響きが感じられる。玉城の心の奥にも同様な気持ちがないとも限らない。玉城は唇を強く噛み、その考えを振り払った。

「問題はおそらく海水温度。正確なデータを入れて、もう一度計算をやり直せばはっきりします」

玉城は自信を込めて言った。木下は神妙な顔で考え込んでいる。

「衛星データだけじゃ不足ですかね」

「観測船のデータは？　あの海域には、啓風丸《けいふうまる》が出ているはずです。気象庁に問い合わせればデータを送ってくれます」

気象庁の保有する海洋気象観測船のことだ。海洋の水温、塩分濃度、海水中の汚染物質などを調べている。

「観測機を飛ばすべきでしょうね。L字ターンと衝突。こんな台風なんて、めったにない」

「そんな危険を冒すことはしないですよ。彼らは情報を集めて発表しているだけです。

解析能力が不足しているし、その先を読む力もない」

木下がディスプレーを見つめたまま言い切った。がぜん、強気になっている。

先月の気象庁との合同研究会でのことが、頭に浮かんだ。国交省の役人も聴講していた。

玉城が、将来の気象予報におけるコンピュータ・シミュレーションの有効性を発表したあとだった。

「センターの連中は気楽でいいよ。思い付きを無責任に発表できて。我々気象庁は常にマスコミの目に晒《さら》されているんだ。言葉の重さと、責任の度合いが違うよ」

そう気象庁の幹部が、何気なく漏らした。玉城は思わず立ち上がろうとした木下の腕をつかんだ。そのときの木下の目は今も覚えている。初めて見せた怒りだった。

「そんな台詞《せりふ》を聞かれたら、公表しているデータさえ渡さないと言ってきます」

「もっとお互いの役割分担をはっきりさせて、協力し合うのがいちばんなんですがね。やっぱり上層部の縄張り争いなんでしょうか」

気象庁は国土交通省の組織だ。日本防災研究センターは遠山がなんとか独立と中立を保とうと努力しているが、文部科学省と国土交通省の綱引きの中間点にいる。

「しょせん我々は日陰の身です。『荒川防災研究』で多少、世間の注目度が違ってくるでしょうが」

センターの発表の場は学会が主で、一般の目に触れることはほとんどない。マスコミの取材も年に一〇回にも満たないと、広報が嘆いていた。まだ新しい、世間に認知されていない研究機関なのだ。

「ところで、どっちがポルックスです？」

「そりゃあ、先に生まれたほうです。でも遺伝子的には同じです。きっと一卵性双生児ですから」

玉城はそう言って天井を見上げた。


広く取られた窓からは、厚い雲に覆われた空の下にビル群の広がりが見える。

都庁第一本庁舎七階、知事室の椅子に深く座り、金森《かなもり》東京都知事はテレビ画面に目をやっていた。

〈先週発生した台風23号は、勢力を増しながら日本列島を縦断する方向に進んできましたが、沖縄通過後、進路を徐々に北東に変えています。今後は四国沖を進んだ後、太平洋上を南東に移動し、温帯低気圧に変わっていく模様です〉

画面には鹿児島駅の映像が映っている。構内で電車を待つ人の表情にもほっとした様子が窺《うかが》えた。

台風23号は東京に近づく前に去り、東京が被害を受けることは一〇〇パーセントなくなる。

金森はリモコンを取ってテレビを消した。

「さて、これで一件落着だな。大型台風が日本列島縦断。どこのバカが言い出したのだ」

立ち上がり、部屋のなかを歩き始めた。

台風はひとまず回避できた。しかし、気の抜けたビールを飲まされたようで、どうも後味が悪い。こんなものでいいのか、という思いが拭《ぬぐ》い去れないのだ。今朝、起きたときから腰の芯が痛んでいる。学生時代にゴルフのやりすぎで傷めたものだ。プロになるつもりだったが、三年生の終わりに才能がないと気づき、急遽《きゅうきょ》就職活動に切り替えた。自分の特技は、諦めのよさと切り替えの早さだ。自分の生き抜く場と方法を知っているというか、嗅覚《きゅうかく》があるというか。

今回の台風についても嫌な予感がする。このまますんなりとは終わらない気がするのだ。

「とにかく、何か手を打っておいたほうがいい。次のためにも」

金森は呟き、デスクにある小冊子を見つめた。しばらく考えた末、秘書を呼んだ。

「できるだけ早い時期に江東区の区長と会いたいが、連絡を取ってくれないか。なんと言ったか、あの若い区長——」

「梶川《かじかわ》区長です。八月に面会を求めてきましたが、盆休みに入った時期で立ち消えになっています。たしか、知事はヨーロッパ視察に――」

「都合を聞いてほしい。いや、今日にしてくれ」

大型台風接近の予報の影響で、午後に入っていた面会がすべてキャンセルされている。

金森は、もう一度デスクの小冊子に目をやった。

「やはり、防災関係ですか」

秘書が好奇心に満ちた顔で聞いた。

「彼との話はそれしかないだろう。私の末娘夫婦が、江東区の荒川スーパー堤防に建設されているタワーマンションを買った。リバーサイド・ビューとかいうマンションだ。来月中旬には完成して、入居すると聞いている」

「心配ですね。荒川氾濫が、何かと騒がれている昨今ですから。実は、私の家内の実家が墨田区です。やはり江東デルタ地帯でして」

秘書がちらりと、デスクの上の小冊子に目をやった。この男も『荒川防災研究』を読んだのだ。デスクに置いたままにしておいたとはいえ、無断で開いたのか。

前都知事、現在は衆議院に籍を置く漆原《うるしばら》尚人《なおと》が、「日本防災研究センターの友人から送ってきた学術論文で、まだ公表されていない。大っぴらにはしないように」と前置きして、三日前に回してくれたものだ。都知事として、必ず読んでおくようにと言われたが、放っておいた。小冊子であっても本は苦手だ。特に、こうした学術論文は見るだけで頭痛がしてくる。

そもそも、防災などという地味な分野には興味はない。漆原を一躍時の人にした、首都直下型地震からの復興もやっと叶《かな》った。今後、数百年は安泰だ。東海、東南海、南海地震も考えられるが、掛け声ばかりで一向に起こる気配はない。万博、サミット、オリンピック誘致、ハリウッド映画の撮影などなら大歓迎だ。東京を世界に売り出すことに、もっと金と時間と人を使いたい。しかし昨夜、台風情報を聞きながら何気なく開くと、数時間で読み終えてしまった。寝付きが悪く、明け方になってやっとうとうとしたのはそのせいだ。

「急いでくれ」

「直ちに連絡を取ります」

秘書はまだ何か言いたそうな表情をしていたが、金森が無視すると慌ただしく出て行った。

金森は、『荒川防災研究』を手に取った。

「厄介なものを書いてくれたものだ」

無意識のうちに呟いていた。

確かに一読の価値はあるものだった。特に東京都の住人には。ただしこのままマスコミに流れ、都民に読まれては、問題が複雑になってしまう。発表が止められないのなら、区長と事前に打ち合わせをして、対策を練っておかなければならない。

今朝、知り合いのマスコミ関係者から入った情報によると、すでにこの論文に関して新聞社が動き出しているという。放っておいた三日間の空白は大きい。なんとか対策を講ずる必要がある。

だが、漆原から電話がなくてよかった。まだ読んでない、と言おうものならなんと言われたか。あの人にはいまだに頭が上がらない。都知事選の折には、並々ならぬ世話になった。彼の後押しがなければ、自分はこの部屋にいない。それは素直に認め、感謝しなければならない。

梶川区長には、漆原から送られてきた当日に冊子のコピーを送った。江東区に住んでいる娘のマンション購入の話が頭に浮かんだのだ。しかし、受け取ったという連絡もない。何をしているのだ。

一時間もたたないうちに、梶川が飛んできた。梶川の背後には、小さな丸い男が立っている。男は、江東区危機管理室長の後藤だと名乗った。二人が並んだ姿は、息子と付き添いの父親、いや祖父という感じだ。

「区長の感想はどうだね」

金森は、『荒川防災研究』を手に取って聞いた。

「直ちに後藤室長をセンターに派遣して、玉城先生に面会させました。偶然、玉城先生の奥様の兄がうちの職員でして」

「それで、江東区長として、この小冊子についてはどう思うかね」

金森は再度聞いた。気配りのない男だ。人を送るのであれば、その前に自分に連絡すべきだ。『荒川防災研究』を送ってやったのは誰だと思っているのか。

「ショッキングな内容ではありますが、あくまで学者が頭で考えたものです。現実とは、かなりの差があると認識しています」

「筆者は、通常なら二〇〇年に一度起こりうる水害だが、ここ数年の世界的な気候変動を考慮に入れると、一〇〇年に一度か、五〇年に一度と訂正しなければならない、と書いている」

「ただし、五〇年、一〇〇年と申しましても、一般住民にとっては想像し難い時間です。一世代、いや二世代先の遥か未来のことであって、現実感などとてもとても」

梶川は慎重に言葉を選びながら言った。

「そうは言うが、きみ。これが発表されると、マスコミが騒ぎ出すのは目に見えている。区として、対策は充分に取っているのかね」

金森は何気ない口調で聞いた。さぐっているとは思われたくない。

「この後藤室長が玉城先生に直接会って話を聞いています」

金森は眉をひそめた。それはさっき聞いた。でしゃばった男だ。そういうことは区よりも都がやるべきことだ。

「話を聞いただけで、何の意味があるのかね」

「玉城先生には近いうちに区役所に来てもらい、話をしていただくことになっています」

「私は、あなたの区が具体的な対策として何をやっているかを知りたいのだが」

「まず、河川の水位が危険水位に達する可能性が高くなると、『避難準備』の情報がテレビ、ラジオ、インターネット、区の防災無線やスピーカーで流されます。これによって、老人や子供、身体の不自由な方が避難を開始します。そのほかの住民は避難準備をして、防災情報に注意します。次に、河川の水位が危険水位に達することが確実になると、『避難勧告』が出されます。住民は指定の避難場所にすみやかに避難します。また、溢水《いっすい》や破堤により甚大な被害が発生する危険が高まったときには、『避難指示』が出され、住民は直ちに避難します」

「国交省のハザードマップと何ら変わらんじゃないか」

「区独自のハザードマップも作成しています。そこには、避難場所、避難経路が載っています。今月一日の防災の日にも、我々は――」

「今回の『荒川防災研究』に対しての具体策は？　筆者の話ではなくてだよ」

金森の執拗《しつよう》な問いに、梶川は助言を求めるように後藤をちらちら見始めた。後藤は腹の前で両掌《りょうて》を上に向けて組み、動かない。目は半ば閉じていて、まるで座禅を組んでいるかのようだ。

「現在、わが区の防災センターで、『荒川防災研究』に対する検証を進めています」

梶川が意を決したように言った。半分閉じていた後藤の目がわずかに開いた。

「どういうことかな？」

金森は思わず鋭い声を上げた。この男、まったく勝手なことをするやつだ。

「『荒川防災研究』の反論本というべきものを作ります。論文に述べられている危険地域に対して、行政はいかに対応しているかを示したものです」

金森は梶川に視線を留めたまま考えていた。ふと目線を移すと後藤の目がさらに開いている。

「では、うちからも防災に詳しい者を送ろう。できるだけ早い時期に作りたい」

梶川の表情が変わった。口を出してくれるなと言いたいのだろうが、金森は梶川を無視して続けた。

「論文の学会誌掲載は来月だから、できればその前に仕上げておきたい。すでに危険箇所への対策が立てられているとなれば、『荒川防災研究』はほとんど問題にはならないだろう」

「そんなに急にはできないと思いますが」

「やらなければならない。荒川の氾濫は単に江東区だけの問題ではない。墨田区、江戸川区はもちろん、都心にも膨大な被害をもたらす広域災害だ。去年の集中豪雨による都区内の被害は一二億円。東京の真んなか、渋谷が水浸しになった。台風18号は、かすめただけで五億二〇〇〇万の被害が出ている。今年はすでに、台風と地滑りで去年を上回ると言われている。だが荒川が氾濫した場合、論文によると、銀座、新橋《しんばし》を含めて、都心の半分は水没する。そうなると二、三桁《けた》違ってくる」

「少々、大げさかとも思いますが」

「本当にそうだと言い切れるかね」

金森は、溜息とともにそう言葉を漏らした。

この区長は、若さをウリにしている割りには慎重な男だ。これで四五歳だとは。自分よりひと回りも下だ。いずれ都知事選に出るという噂があるが、本当かもしれない。防災をウリにしようとしているのか。そのとき、梶川の横に座っている危機管理室長の後藤と目が合った。

後藤は同じ姿勢のままで、二人の話を聞いている。丸っこい身体の好々爺《こうこうや》で、体形と表情からは、〈危機〉というイメージなど微塵も感じられない。しかし、この男はあなどれない雰囲気を持っている。「どうでしたか、『荒川防災研究』の筆者の印象は？　お会いになったのでしょう」

「誠実そうな方でした。根っからの研究者タイプという感じです。彼があのような過激ともいえる研究論文をまとめるとは正直、意外です」

後藤は静かな口調で話し始めた。

「話の内容はいかがでしたか。差し支えなければお聞かせ願いたいが」

「私は集中豪雨や台風の専門家ではありません。防災についても勉強し始めたのは、半年前に室長に任命されてからです」

後藤の飾り気のない率直な話し方は、かえって信頼感を抱かせる響きがある。

「半年間の危機管理室長としての経験から、どう評価しますか。玉城という学者の話は」

金森は、この年配の室長に興味を抱き始めているのに気づいた。

「早急に対策を立てるべきだと結論しました。区、いや、東京都の最優先課題だと思います。先ほど知事もおっしゃったように、一つの区では充分な対応は取れません。荒川は複数の区を通って流れています。広域にわたった統一された対策が必要でしょう」

「具体的には？」

「やはり、住民に自分たちの住んでいる地域の特殊性を充分認識してもらうことが第一と考えます。その上で、行政のできることを積み上げていく。地域防災というものは、住民の信頼と協力なくしてできないことです」

金森は頷きながら聞いていた。さらに、と後藤は加えた。横の梶川が軽く咳払《せきばら》いした。あまりしゃべるなと言いたいのだろう。しかし、後藤は続けた。

「荒川は一級河川で国土交通省の管轄下にあります。国との意思疎通も、今まで以上に密にしていく必要があると考えます」

予定の一時間はすぐにすぎた。金森は二人を送り出した後、『荒川防災研究』を前に考え込んだ。

「どう思う？」

しばらくして、秘書に向かって聞いた。

「どうとは？」

「都として何をすべきかということだよ」

「区長から要請があれば、救援態勢をとり、東京消防庁と警視庁に――」

「直ちに江東区の危機管理室に派遣する者を人選して、できる限り早急に送り込んでくれ。『荒川防災研究』反論は、都が主導して都の刊行物として出すべきだ」

金森は秘書の言葉をさえぎり、強い口調で断言した。

「とりあえず、三、四人派遣して、様子を見てくれ。こっちから積極的にやる気を見せれば、相手もむげにはできないはずだ」

金森は考えながら言った。これは、梶川区長が何と言おうとやらなければならない。

「しかし、学者というのは人騒がせな人種ですな。頭のなかだけで、『荒川防災研究』のようなものをでっち上げ、しかも発表するとは。いや、私も荒川沿いには親戚が何人か住んでいます。これには大いに興味がありまして」

秘書は言ってから金森の視線に気づき、付け加えた。

「早急に手を打ち、学者の思い付きがいかにいいかげんな作り話か、思い知らせてほしいものです」

秘書は金森の視線を振り払うように言うと、慌てて出て行った。

金森は深く息を吐いた。ひどく疲れた気分だった。あの若い区長は信用ができん。野心が見え見えの男だ。明らかに、都知事である自分を出し抜こうとしている。

しかし、危機管理室長は防災知識はないと言ってはいたが、人の能力を判断し、使う知識は充分にありそうだ。玉城という学者を訪ねたのも、『荒川防災研究』の反論本を出そうというのもあの室長の判断だろう。区長は、あの男の指示通りに動いているに違いない。デスクの上の名刺を引き寄せた。この男は使えるかもしれん。あの歳《とし》だ。少なくとも、野心はないだろう。

「江東区の危機管理室長、後藤という男を至急調べて報告してくれ。区長と一緒に来た男だ」

金森は受話器を取って、秘書に指示した。一時間前には頭の片隅にしかなかった防災という言葉が数倍にも膨れ上がり、金森のなかで躍っている。うまくやれば、次の選挙は楽勝だ。

テレビをつけると、若い女性タレントと中年のお笑い芸人が数人、豪華な料理を前に笑い声を上げている。チャンネルを変えたが、台風関係の番組はＮＨＫ一つしかない。それも同じことを繰り返しているだけだ。日本人の意識とはこういうものかと落胆したが、それなりに扱いやすいと思い直した。

テレビを消して、窓のそばに行った。目の前には霞むように東京が広がっている。

6

玉城は時計を見て、パソコンをテレビに切り替えた。鹿児島駅に立つ女性アナウンサーの映像が映っている。

木下が椅子を回してテレビ画面に目を向けた。駅は落ち着きを取り戻し、人もスムーズに流れている。

〈九州南部にはいぜん暴風注意報が出ていますが、ピークは越した模様です。しかし、台風23号は勢力を保ったまま速度を増し、現在、足摺岬沖を北東に向かって移動してい

ます。被害は沖縄で、負傷者三八名が報告されています〉

マイクを握る女性アナウンサーの髪が顔にかかり、慌てて押さえた。

「まさに、台風一過だ。夢を見てたんじゃないでしょうね」

夢か、と玉城は呟いた。だったら、覚めたらどうなっているというのだ。

木下が大きな欠伸《あくび》をして、自分のパソコンに向き直った。

玉城はパソコンのテレビを切って元の画面に戻した。

「先輩――」そのとき、木下が妙に甲高《かんだか》い声で玉城を呼んだ。「我々のコンピュータ・シミュレーション、信じますか」

「信じてるからやっています」

「これを見てもそう言い切れますか」

そう言いながらも、ディスプレーから身体を離そうとしない。玉城は木下の肩をつかんで引き離し、覗き込んだ。

「これって、地球シミュレータの計算結果でしょ。でも、信じろと言ったって、これじゃあ」

木下の言葉を聞きながらも、玉城の目は太平洋上の二つの渦に吸いつけられている。

「バカげてるとは思いませんか、これって」

玉城はやっとディスプレーから顔を離した。

「中心気圧826ヘクトパスカル、最大風速62メートル。最大瞬間風速は87メートル。住宅街の家という家の屋根が吹き飛んで壊れてしまう。半径は500キロメートル。二つの台風が一緒になるって、こんなにすごいの？」

木下の声が夢のなかのように現実感なく聞こえる。

しばらく迷ったが、玉城は受話器を取った。こちら気象庁と、若い声が返ってくる。玉城は名乗ってから、松坂技官の名前を告げた。受話器の背後からは、数字を読み上げる声や電話の声に混じって笑い声も聞こえてくる。

〈なんだ〉

松坂さーんと呼ぶ声が聞こえてかなりたってから、疲れの滲んだ、ぶっきらぼうな声が返ってきた。しかし、どこかほっとした響きも感じられる。

「私たちのシミュレーションでは、台風は戻ってくる可能性があります」

〈しばらくは、台風という言葉は聞きたくないね。23号は太平洋の彼方に去っていく〉

「その先には24号があります」

〈了解してる。うちが観測データを送っているんだ〉

「だったら、その先のシミュレーションは？」

一瞬の沈黙の後、トーンの変わった声が返ってきた。

〈二つの台風がぶつかるというわけか〉

「やってないんですか」

〈藤原の効果だろう。そんな計算は無理だ。特異点が関係してくる。シミュレーションでは、今のところ未知の領域だ〉

「先月、メールで計算式を送ったでしょう。見てないんですか」

〈見たが俺には理解不能だった。いずれ、ゆっくり考えてはみるつもりだ〉

「うちのシミュレーションでは二つの台風がぶつかり、一つになって、方向を変える可能性を示しています。しかも大幅に勢力を増して」

〈やったのか〉驚きを含んだ声が返ってきたが、すぐに平静に戻った。〈確かに、可能性はゼロではないだろうな。うちのプログラムでは、そこまではできない。しかし、合体ということはありえない。一方が他方を吸収するということは考えられるが〉

「同じことでしょう。二つのものが一つになるんだから」

〈まあそうだが、規模が極端に大きくなるとは限らない〉

「考えてくれませんか。可能性として」

〈今のところ、そういう可能性を示す観測情報はゼロ。推測は言えんよ〉

「注意を喚起するだけです」

玉城は極力冷静な声で言ったが、内心は怒鳴りたい気分だった。

〈おたくらと違うんだよ。気象庁が発表するということは、そのまま避難勧告につなが

る。あちこちでパニックに陥ったらどうするんだ。無責任な予想はできん〉

玉城は、議論してる場合じゃないでしょう、と言いかけた言葉を呑み込んだ。

「シミュレーション結果を送っておきます。必ず見てくださいよ」

〈分かった〉という声の背後に、松坂さん、電話ですよ、奥さんからです、という声が聞こえる。

玉城は、メールを見るよう繰り返して受話器を置いた。

「反応ゼロって顔してますよ」

玉城を見ていた木下が言った。

「センターと違って、無責任な予想はできないと言われた」

「それしか言えないんですかね。台風の衝突なんて誰も考えたくないのは分かりますが、少しは聴く耳を持ってほしいです。独占企業じゃあるまいし、もっと効率がよくて、国民に役立つ気象研究のあり方があるはずなんです」

木下にしては消極的な言い方だ。玉城は部屋を出て屋上に上がった。

駿河湾はまだ雲に覆われている。しかし、その雲の間からかすかな薄陽が射している。この数百キロ南東に、最大瞬間風速80メートルを超える大型台風が生まれつつあるとは信じられなかった。しかもその台風が、日本列島を目指そうとしている。

玉城は携帯電話を出した。昨日以来、恵子のことが頭を離れない。おかしな気分だった。土浦というあの陽に焼けた、精悍《せいかん》な顔の長身の男が原因であることは明らかだ。迷ったが、ボタンを押した。

〈急用？　いま、会社に移動中なのよ〉

「台風のことだが」

〈日本からそれるんでしょう。天気予報で言ってたわ〉

「現在、太平洋上に勢力を強めている熱帯低気圧がある」

〈台風24号でしょう〉

「気象庁からの情報か」

〈民間の気象会社。今じゃいろいろあるのよ〉

「23号が戻って来る可能性がある」

一瞬、息を呑む気配が伝わってきて、玉城の受話器を持つ手に力が入った。

「24号と一緒になって、今以上の勢力を持つ台風が誕生する」

確信を込めた声で言った。

〈難しいことは分からないわ。要するに、日本に来るの来ないの〉

「来る可能性がある。ただし、太平洋上の海水温度がこのまま維持されるか、それとも今以上に上昇すれば……」

〈はっきりしてよ。あなたのそういうところ、嫌なのよ。いつだって言葉を曖昧にして、

責任を逃れようとする。それとも、それが科学者のやり方なの〉

恵子の苛立ちを含んだ声が返ってくる。

「僕だって断定したいが、分からないことは分からないんだ」

〈だったら、黙っているべき。責任を取る気がなくて、曖昧にしたいのならね〉

通話が切られた。もう一度、かけようとした指を止めた。あと半日もすれば事態は明らかになる。

歩き始めて、再び立ち止まった。恵子の最後の言葉が甦ってきたのだ。

携帯電話を出して、リダイヤルボタンを押した。

「台風は戻ってくる。僕の結論だ」

沈黙が続いている。

〈分かったわ〉

今度は玉城が携帯電話を切った。

目の前が急に明るくなった。見上げると、雲の切れ目にわずかにのぞいていた太陽がその姿を現わしている。

「どう責任を取れと言うのだ」

玉城は低い声で呟き、建物のなかに入った。

歩みを速め自室に戻ると、木下はまだディスプレーにしがみついている。

「行ってくる」

玉城はもう一度シミュレーション画像を覗き込み、時計を見て立ち上がった。

「どこに行くんですか」

「なんとかしてくれそうな人のところだ」

「頑張ってくださいよ。でも、ヤバいんじゃないですか。不正アクセスがばれたら」

階段を上がり、突き当たりの部屋まで行った。

ノックをすると、「どうぞ」という落ち着いた声が返ってくる。

玉城がデスクの前に立つと、瀬戸口がいつもの穏やかな眼差《まなざ》しを向けてくる。玉城より一つ年下だが、その才能には玉城も一目置いている。

「見てもらいたいものがあります。時間はかかりません」

「時間は大丈夫です。皆さんの話を聞くのは大歓迎です。そして、それが仕事です」

玉城はデスクの内側に回って、瀬戸口のパソコンのキーボードを操作した。

「先ほど計算した、台風進路予測のシミュレーション結果です」

ディスプレーに台風23号の同心円が映し出された。右上の目まぐるしく変わる時間表示とともに、ゆっくりと移動していく。

「気象庁の発表と同じようですが」

玉城はさらにマウスを移動させてクリックした。23号の移動速度が速くなり、画面上に台風24号が現われた。瀬戸口は無言でそれを見つめている。

「先月見せてもらったプログラムを使用したものですか」

「多少の改良を加えています」

瀬戸口はしばらく考え込んでいたが、やがて時計を見て立ち上がった。

「三〇分で――いや、一五分後に会議室で話すことができますか」

「ほかの研究員の前でですか」

「全員が一流の研究者です。分野が違っても、有意義な意見が聞けるはずです」

瀬戸口は秘書を呼んで、大会議室を準備するよう指示した。そのとき、ノックとともにドアが開いて遠山が入ってきた。

「玉城君か。君は――」

瀬戸口が指し示すパソコンのディスプレーを見て、言いかけた言葉を止めた。

「玉城さんがやっている台風23号の進路予想です。これから、全研究員に発表してもらいます」

「行きたまえ。準備があるだろう」

遠山の言葉に、玉城は一礼して部屋を出た。

ドアが閉まる直前、「地球シミュレータのセンター長から電話があった」と、遠山の声が聞こえた。

玉城が自室に戻ると、木下が慌ただしくデスクに資料を積み上げている。

「やりましたね。今、連絡がありました。センターの研究員全員に、大会議室に集合がかかっています。僕らのシミュレーションの話ですよね」

木下の言葉に玉城は頷いた。

「僕らの研究がやっと認められる。瀬戸口副部長直々のメールですよ」

木下が弾む声で言って資料を抱えた。

玉城が資料を持って出ようとしたとき、携帯電話が鳴り始めた。大輔からだ。

「どうした？」

黙っている大輔に呼びかけた。

〈今度、いつ帰ってくるの〉

「昨日、帰っただろう」

木下が時計を指して、先に行っていますと合図をして部屋を出て行った。

「父さん、これから会議に出なきゃならない。また、あとで電話するよ」切ろうとした指を止めた。「天気予報に気をつけていてくれ。すごい台風が生まれる可能性がある。へたをすると、それが東京を直撃する」

〈23号は日本から遠ざかるんでしょ〉

「それが分からなくなった。太平洋上の24号は知ってるだろう」

た〉

〈どっちに行こうか、ふらふらしてるやつだよね。僕がチェックしたときは休憩してい

「太平洋上の高気圧と海水温度に注意するんだ」

〈かなり強い高気圧が張り出していたね。あれが23号の進路を変えるっていうの？　日本に押し戻すってこと？　それとも24号？〉

「自分で考えるんだ。じゃあ、父さんは行く」

玉城は電話を切り、部屋を出た。

定員五〇名の大会議室は満員で、部屋の後ろにはいくつかの椅子が運び込まれていた。だが、ここにいる研究者の半数以上は地震学者だ。

遠山と瀬戸口が最前列の中央に座っている。二人の横で木下が、しきりに首を回していた。彼なりに緊張しているのだ。

瀬戸口が時計を見て、玉城に始めるよう目で合図をした。木下が、慌ててパソコンとプロジェクターの配線をチェックする。

玉城は演壇に立った。何度か深く息を吸い、会議室を見回した。

ここで話をするのは二度目だ。前回はセンターに来て半月後、自己紹介を兼ねて大学でやっていた研究内容について話した。そのとき集まったのは、遠山、瀬戸口を含め一二人で、木下はいなかった。

「まず、私たちが開発した台風のシミュレーション・プログラムの結果をお見せします」

玉城の声と同時に、正面スクリーンに画像が映し出された。

日本列島の南東海上を、渦巻き状の台風がゆっくり移動していく。

「これが現在、日本を離れていく台風23号です」

「ニュースでやってたな。大した被害が出なくてよかったって。直撃は沖縄だけだ」

「今年の気候はおかしいんだよ。八月の集中豪雨もすごかったし。これも温暖化の影響か」

部屋のなかほどから囁《ささや》くような声が聞こえる。

「さらにもう一つ。23号の南東にある24号が動き始めています」

ほぉー、という声が上がり、会場の雰囲気が変わった。全員が何かを察したのだ。

玉城は時間速度を速めた。画面が変わり、日本列島がスクリーンの左上に縮小されて移動する。下方三分の一付近を横切る線が赤道だ。

二つの渦巻きがゆっくり近づいていく。渦巻きの外周が触れ合ったと思うと、反時計回りに回転しながら両方が吸い込まれるように一つの巨大な渦巻きになった。

「低気圧と低気圧の衝突か」

「というより、合体だろう。要するに、藤原の効果だな」

その言葉を最後に部屋から音が消え、空気に緊迫感が漂った。誰かがテーブルにボールペンを打ち付ける音が、いやに高く響いている。

一つになった渦巻きは、見た目にも大きさを増していく。そして、そのままゆっくりと西に移動を始めた後、映像が止まった。

「続きはどうなってる。中途半端な終わり方だ」

「計算機のタイムアウトです。地球シミュレータを三〇分間動かしました。現状ではそれが精一杯でした」

「結論はどうなんだ」

「二つの台風が合体して、中心気圧826ヘクトパスカル、半径500キロ、最大風速62メートルを超える猛烈な大型台風に変化しました。現在のシミュレーションでは、そこまでです」

「伊勢《いせ》湾台風を超えてるんじゃないか」

「その巨大な台風は、どこに向かっているんだ?」

部屋中にざわめきが広がっていく。

「この大型化した台風は――」玉城の声とともに部屋から声が引いていった。「日本に向かっています。しかも、勢力を増しながら」

「シミュレーションの精度は?」

「まだ分かりません。先月、組みあがったばかりです。検証する時間はありませんでした」

「まだ試作品というわけか」

通常、新しく作ったプログラムは、過去の台風に当てはめて精度の検証を行う。

「23号のコースでは実証済みです。ただし、現在までのコースですが」

木下が玉城に代わって答える。

「問題は衝突だろう。その後、どうなるか。特異点がからむと、未知の領域だ」

「先週回ってきた理論式を見たが、間違いはなかった。私は信頼性はあると思う」

「二つの台風の接近、単なる藤原の効果じゃないか。ただし、これを計算式で表わしたのは大したもんだ」

「正しいかどうか、まだ分からんよ。衝突などという不連続現象は、よほど、大胆な仮定か、省略を導入しないとうまく行かない。だからたいていの場合、誤差が大きすぎる。これはどっちだ」

「藤原の効果だと、結果は予想できるんじゃないかね。ただし、合体などというのはなかったように記憶しているが」

「気象庁の技官も、合体はありえないと言っていました。しかし、どちらかが一方を吸収する可能性は否定できないとも」

「合体と吸収とどう違うんだ。結果的には同じじゃないか」

様々な声が飛び交う。

「もう一度、地球シミュレータで計算したいと思っています。三〇分間ではなく、最低でも二時間。今度は初期の時間メッシュを今回の一〇分の一にして、台風の結合過程をもう少し厳密に計算します」

「待ってください。地球シミュレータは、もっと理論的に詰めてから使うべきです。優先度の高い研究がもっとあるはずです」

「それでは遅すぎます。今度の場合、緊急性を重視すべきです」

「それは我々が判断すべきことじゃない」

議論はさらに続きそうだ。

「今やらなければ、いつやると言うんです。超大型台風が日本を目指す可能性があるんです」

玉城は思わず声を上げた。

「きみはその計算結果をどうするつもりですか」

今まで黙って聞いていた瀬戸口の発言に、全員が注目する。

玉城は言葉に詰まった。結果をどうするか、具体的には考えていない。

「衝突後の23号の規模と……より正確なコースがつかめます」

玉城は詰まりながら答えた。

「私が聞いているのは、シミュレーション結果のその後の扱いです」

「計算結果は……」

玉城の脳裏を濁流となって流れる荒川の光景がかすめた。

「日本に戻ってくるという結果が出れば、まず気象庁に伝えます。さらに、関係する市町村に研究成果として伝えて、住民に注意を喚起するよう呼びかけます」

部屋に低いざわめきが広がっていく。センター初の試みとなる。

「ところで、この計算は地球シミュレータを使っているようだが。まさか、不正アクセスということはないんでしょうな」

中年の研究員の発言にざわめきが引いていった。

「もしそうだとすれば、個人ばかりでなくセンターの重大な責任問題にも発展する恐れが――」

「すでに、地球シミュレータの五十嵐《いがらし》センター長から連絡は受けています」遠山が研究員の言葉をさえぎった。「うちのコンピュータから、不正アクセスがあったようだと。もし事実であれば、重大なハッカー行為であり、厳正な処分が必要であると」

遠山は立ち上がり、研究員たちを見回した。

「この件については、ことが落ち着き次第、すべてを公にして私が全責任を取ることを約束しました。その上で私は、この計算はやる価値があることを五十嵐さんに明言しました」

室内は静まり返っている。誰かが落としたボールペンが高い音を立てて床に転がった。

「常々言っているように、我々の研究は常に社会に目を向けたものであり、フィードバックされなければならない。それがこのセンターの使命であり、存在意義です。異議はおありですか」遠山の口調には強い意志が込められている。「五十嵐さんには、必要ならばさらに詳しい計算を行う許可を取っています。最優先ジョブとして扱ってもらいます」

瀬戸口が立ち上がり、研究員たちに向き直った。

「玉城君と木下君は直ちに計算準備に入ってくれ。ほかの部署の皆さんも、分野こそ違え一流の科学者だと認識しています。それぞれの専門を生かして、できる限りの便宜を図ってください」

部屋には異様な緊張が漂い始めている。

階段を駆け上がったところで、恵子は立ち止まった。心臓が飛び出しそうに鳴っている。

半年前にはこんなことはなかった。車から降りて駆け足で階段に向かい、一段飛びに上がっても息は乱れなかった。

鍵《かぎ》を出そうと、バッグを開けかけた恵子の手が止まった。もう一度部屋の番号を確かめたが、間違いなく自分の部屋だ。ドアの下にストッパーが差し込まれ、二〇センチばかり開いている。

本社に戻るという土浦とリバーサイド・ビューの建設現場で別れ、大輔の様子を見るために帰ってきたところだった。

「最近は治安が悪いから注意するようにって、あれほど言っているのに」

呟いてなかに入った恵子は動きを止めた。リビングから笑い声が聞こえ、足元を見ると見覚えのある靴がある。

恵子はリビングのドアを開けた。その瞬間笑い声が消え、部屋の空気が固まった。

大口を開けた大輔と、松葉杖をギターのように抱えた伸男が笑みを凍りつかせて恵子を見ている。

恵子は、頭に血がのぼって言葉を失っていた。

「なぜ、あなたがここにいるのよ」

しばらくして、震えるような声を出した。

「すぐに帰るよ」

伸男が松葉杖を大輔に渡しながら言う。

「僕が頼んだんだ。退屈してるから遊びに来てって」

「大輔は黙ってなさい。来ないでほしいって、あなたのお母さんに言ったの聞いてないの」

「すぐに帰るって」

伸男はテーブルの上に散らばっている漫画本とゲームソフトをかき集め、デイパックに詰めた。

そのとき、玄関のドアの開く音と靴音が聞こえた。

「大輔、鍵がかかってないよ」玄関から秀代が怒鳴っている。「無用心だって、ママに叱られるのはおばあちゃんなんだよ。だから気をつけてって――」

途中で言葉が途切れたのは、恵子の靴に気づいたからか。

「ママ、帰ってたの？」

廊下をばたばた走ってきた由香里が叫んだ。後から、顔を引きつらせた秀代が入ってくる。

「どういうことなんですか。大輔が気になって帰ってみたら、この有様ですよ」

恵子の口から自分でも意外なほど、強い口調の言葉が出た。秀代の顔が青ざめている。

「ちょっと寄っただけじゃないか。お袋にあたることないだろう」

伸男が秀代をかばうように二人の間に立った。

「大輔が、なぜ怪我したか知ってるんでしょう」

恵子は伸男を見据えて言った。

「車を避《よ》けそこなって、ひっくり返ったんだろう。大輔らしいや」

伸男が大輔の頭に手をやって揺すった。大輔は困ったような笑みを浮かべている。

「あなたがゲーム機なんか持ってくるから、大輔が徹夜で――」

「僕がノブ兄ちゃんに頼んだんだ。来てって」

大輔が恵子の言葉をさえぎる。

「あんたは黙ってなさい」

「悪かったよ。でももう、心配する必要はないぜ。二度とここには来ないから」

伸男は恵子を鋭く一瞥すると、脇《わき》をすり抜けて玄関に走っていく。

「待って、ノブ兄ちゃん」

大輔はソファーにつかまって立ち上がり、よろめきながら追って行こうとする。

恵子は大輔の腕をつかんだ。

「座ってなさい。お医者さんからも、おとなしくしているように言われてるでしょ」

玄関のドアの閉まる重い音が響いてくる。

恵子の腕を振り払おうとしていた大輔の力が抜けていった。

「ごめんなさい。僕が、退屈だから遊びに来てって頼んだんだ。おばあちゃんもごめんなさい」

大輔は恵子の腕から身体を離すと、松葉杖を拾って自分の部屋に入っていった。

「集会所で、洪水の注意事項の説明会があったのよ。荒川が増水しているからって」

リビングの入り口で怯《おび》えたような目で立ち尽くしていた秀代が、思い出したように言った。

恵子は大輔の部屋の前に行った。ノブを回したが鍵がかかっている。

「開けなさい。怒らないから」

恵子は声を上げながらドアを叩いたが、返事はない。ポケットの携帯電話が鳴り始めた。

「お願いだから開けて」

ドアを叩きながら、しだいに頭が混乱してくる。着信音は鳴り続けている。諦《あきら》めて電話を取り出した。

〈クレーンの撤去は中止して、すぐ組み立てに入るんですか〉

下請け会社の現場責任者の渡辺《わたなべ》の声で、一気に冷静さが戻った。

「誰がそんなこと言ったの。もう、撤去は始まってるんでしょう」

〈台風は回避されたから、すぐに元の態勢に戻るよう指示が出ています〉

誰の指示か聞きかけたがやめた。そんな指示を出す者は決まっている。

「台風が戻ってくる可能性があるのよ。クレーンの撤去は続けて」

〈――こっちは、すでに――だから――〉

渡辺の声が途切れ始めて、よく聞き取れない。電波状態が悪くなったのか。

「もっと、大きな声で話してよ」

〈――が――その必要はないって――わざわざ、担当者を呼んで――言ったそうです〉

恵子の脳裏に〈台風は戻ってくる。僕の結論だ〉という玉城の言葉が浮かんだ。いつもは優柔不断な玉城にしては、珍しく言いきった。

「私が行くわ。それまでに撤去の用意はしておくのよ」

渡辺の返事も聞かずに携帯電話を切った。

「母さんは仕事に行かなきゃならないからね。おとなしく寝てるのよ。お医者さんが言った通りに」

恵子はドア越しに呼びかけてから、リビングに戻った。テレビのアニメを見ていた由香里が振り向いて、恵子の顔色を窺っている。

「孝彦さんにも、頼んでいます。あの人に、もううちには来ないように言ってと。大輔のためですから。お義母《かあ》さんからも、よく言っておいてください。お願いします」

恵子は秀代に頭を下げた。思わず涙がこぼれそうになって、慌てて廊下に出て玄関に向かった。

自分でもよく分からない怒りと悲しみ、そして苛立ちが湧き上がってくる。私は疲れているんだ。そう言い聞かせた。

玄関を出て外廊下に立つと、建物の間に荒川の土手が見える。

恵子は、リバーサイド・ビューの前の道路に車を停めた。車から降りて見上げると、屋上にクレーンの一部が覗いている。本来なら、すでに撤去が進んでいなければならないものだ。

「なにやってるのよ。すごい台風が来るのよ」

呟きながら、リバーサイド・ビューに向かって歩いた。

入り口前には、七、八人の作業員が集まっている。

「早くクレーンを撤去しなさい。言ったはずでしょ」

恵子は大声を出しながら近づいていった。現場責任者の渡辺が前に出てくる。

「土浦部長から直々に、撤去中止の電話が入ったんです。気象庁の発表だと台風は日本をそれて、太平洋上で消えてなくなるって話だそうですよ」

「すでになくなった、って発表じゃないでしょ。クレーンは一度撤去しても、組み立てればそれですむことよ」

「でも、今は雨も降ってないし、風だって大したことはないですよ」

渡辺は空を仰ぎ、その視線を恵子に戻した。

「完全に消滅するまでは、戻ってくる可能性だってあるのよ。用心にこしたことはないでしょ」

恵子は言いながらも、疑問を感じていた。確かに今は風も大したことなく、雨も降っていない。一度去った大型台風が、再度戻ってくるとは信じられなかった。それも今後、四八時間以内に。

しかし、玉城の言葉が脳裏に貼り付いている。〈僕の結論だ〉と、あんなにはっきりした物言いを聞いたのは初めてではなかったか。そして、〈826hPa、62M、87M、500K、48HS〉と、通話のすぐ後に携帯電話にメールで届いた数字とアルファベット。これは中心気圧、最大風速、最大瞬間風速、台風の半径、最後は四八時間以内を意味する。毎年、台風シーズンに玉城に見せられるものだ。この数字が正しければ、恵子の知識でも、戻ってくる台風がいかに凄《すさ》まじい勢力を持っているかが分かる。これが東京を直撃すると――。

「撤去するのよ。急いでちょうだい」

恵子は腕組みをしたまま突っ立っている渡辺に、断固とした口調で言い切った。

「簡単に撤去と言ったって」

渡辺は困惑を隠せない表情のまま口を濁した。恵子がこれほど頑固だとは、想像していなかったのだろう。

そのとき、公園前の道路に黒塗りの車が停まるのが見えた。会社の車だ。

渡辺の顔にほっとした表情が浮かんだ。土浦が車を降りて、急ぎ足でこちらにやってきた。

「何をもめているんだ」

土浦は渡辺に向かって、厳しい口調で言った。

「玉城副主任が、クレーンは撤去すべきだっておっしゃっています」

「撤去は認めてくれたでしょ。リバーサイド・ビューが危険というんじゃなくて、用心のためよ」

恵子は土浦と渡辺の間に割って入った。

「状況が変わった。気象庁は台風23号は日本からそれて、太平洋上で温帯低気圧に変わると予測している」

「発表があったの？」

「社長が藤原議員を通して聞いた」

「社長も台風のことを気にかけてたんですね」

玉城君、と言って土浦が恵子を見つめた。

「私もこの台風については細心の注意を払っているんだ。私が社長に頼んで聞いてもらったんだよ」

「だからと言って、23号が消滅したわけじゃないんです」

「きみは気象庁の見解を信じないのか」

「用心のためと言ってるじゃないですか。実際に消滅してから組み立てればいいのでは？」

「どれだけの時間が無駄になるか、きみのほうがよく分かっているだろう。納期がいかに大事で、すでに大幅に遅れていることは承知しているはずだ」

「だからといって、無茶はしたくないの」

「なぜ、無茶なんだ。台風のたびにクレーンを撤去するなんて聞いたことがない」

「中心気圧826ヘクトパスカル、最大風速62メートル、最大瞬間風速87メートル、半径は500キロメートル。今度の台風は、最大級のものらしいです」

頭のなかで玉城のメールを読み返した。数字は間違ってはいないはずだ。そして、付け加えた。

「もし、戻ってくればの話ですが」

土浦がわずかに顔をしかめた。

「玉城博士からの報告かね。たとえそうであっても、それがどうだというんだ。同規模のタワーマンションは、都内に何棟も建っている。しかし、台風ごときで安全性が問題になったことはない」

「だから、今度の台風は特別だと言ってるんです。それに、リバーサイド・ビューはまだ建設途中なのが問題だと繰り返してるじゃないですか。強度は完成時のものです」

「建設中のマンションはほかにだってあるが、たかが台風でクレーンの撤去なんて聞いたことがない」

土浦の声には、次第に苛立ちが混じってきた。

二人のやり取りを渡辺が意外そうな顔で聞いている。ほかの作業員も同様だ。建設現場で本社の幹部社員が口論する、異例中の異例だ。恵子は土浦に腕をつかまれロビーに入り、隅に連れて行かれた。

「作業員の前で私に逆らうのはやめてくれ。私はこのプロジェクト全体の責任者で、きみの上司なんだ。会社内部で意見が割れていては、士気に関わる」

恵子を見つめ、押し殺した声で言った。

「あと半日、様子を見させてください。問題がないと分かれば、直ちに作業にかかります」

「その半日が命取りになる。これ以上、無駄な時間は使えない。もし、期日までに引き渡しができなければ、会社がいくら損失をこうむると思っている」

「会社がというより、あなたがでしょう」

恵子は言ってから後悔した。土浦の表情が変わっている。

「きみも含めてだ」

土浦は極力穏やかな声と表情を作ろうとしているが、その裏には怒りが渦巻いているのが読み取れる。恵子が初めて見る土浦の顔だ。

「今回は、私の指示に従ってくれ。きみの将来は私が保証するから」

「いつからそう言い続けてきたのかしら」

「一年間のフランス留学の申請をひと月以内に出しておく。会社からの派遣留学というかたちだ。もちろん、学費、滞在費は全額会社負担だ。帰国後の身分も保証する」

初めて土浦が具体的な話をした。破格の条件であることは確かだった。

どうしてもフランスに行って、ヨーロッパ建築を学びたい。学生時代からの夢だった。三〇代半ばになった恵子にとって、これが最後のチャンスかもしれない。

友人たちの何人かは、すでに個人の設計事務所を開き、国際コンペでも入賞している。外国で活躍している後輩もいる。しかし、自分はどうだ。大手建設会社に入社はしたが、手がけたのは規格通りの分譲マンションばかりだった。実績となりそうなのは、このリバーサイド・ビューだけだ。

「ここを乗り切れば、会社での私の発言力は格段に強くなる。役員の椅子も夢じゃない。そうなれば、きみにも悪いようにはしない」

土浦が恵子の肩に手を置いた。

「きみは疲れているんだ。早く帰って寝ることだ」

恵子は無意識のうちに頷いていた。土浦は分かったなというように恵子を見つめ、渡辺のほうに戻っていった。

恵子は一人土手に出た。目の前には、今までに見たことのない荒川があった。土色の濁流が音を立てて流れていく。

空に浮かぶ雲の間に、うっすらと陽が射し始めている。不思議な光景だった。台風が去ったあとの、どこか穏やかささえ感じさせる空の表情だ。やはり、玉城の言葉は間違いなのか。土浦の言うように、気象庁の見解を信じるべきか。

秀代から電話がかかってきた。大輔とのやり取りが甦り、出るのをためらった。携帯電話は鳴り続けている。

覚悟を決めて通話ボタンを押した。電話の向こうは、沈黙を続けている。

「お義母さん、何かありましたか」

恵子が問いかけたが返事はない。

〈母さん、僕。大輔〉

もう一度呼びかけようとしたとき、蚊の鳴くような声が聞こえてきた。

〈おばあちゃんが、母さんにちゃんと謝っておくようにって〉

言葉が喉《のど》につかえたように出てこない。不意に、涙が込み上げてきたのだ。

「お母さんも言いすぎたかもしれない。でも、お母さんは——」

〈もう、ノブ兄ちゃんにも電話しない。だから、母さんも心配しないで〉

恵子はなんと答えていいか分からなかった。大輔の横には秀代がいるのは明らかだった。

「家に帰ってから、ちゃんと話しましょ」

恵子は携帯電話を切って、再び眼前の風景に視線を戻した。

「台風が勢力を増して戻ってくる」との玉城の言葉は現実になるのだろうか。彼は確かにそう言い切った。恵子は頭を振って玉城の言葉を追い払った。

「あと一息。それですべてはうまくいく」

声に出して言った。振り返ると、リバーサイド・ビューがそびえている。自分が設計したタワーマンションだ。どんな台風がこようと、びくともするはずがない。

深く息を吸い込むと湿気と熱を含んだ空気が肺を満たし、憂鬱な気分をわずかに軽くした。

リバーサイド・ビューに戻ると、作業員たちが忙しく出入りし、すでにクレーン組み立ての準備に入っている。渡辺と視線が合うと、慌てて目をそらされた。

土浦は胸の前で腕を組み、リバーサイド・ビューを睨むように見つめている。彼には彼なりの思いが、このタワーマンションにはあるのだ。どう説得しようとも、恵子の力では土浦の判断を覆すことはできないだろう。

「準備ができました。すぐに作業に入ります」

渡辺が来て、土浦に向かって言った。恵子とは目を合わそうとしない。

「組み立てには異議を挟まないわ。でも、すぐに暗くなる。明日の朝、いちばんに作業を始めて。今、事故が起こったら取り返しがつかない」

土浦はしばらく考えてから、「いいだろう。しかし明日中には完了してくれ」と、恵子と渡辺を交互に見ながら言った。

「どんなに急いでも、明後日《あさって》の昼までかかりますよ。ほかの作業も並行して進ませます」

渡辺が恵子のほうを気にしながら答えた。あと半年すれば、長年の夢が叶う。それまではこの仕事に全力を尽くすだけだ。恵子は自分に言い聞かせた。

「とにかく急いでくれ。引き渡しまで、ぎりぎりの日程なんだから」

「私は会社に戻るわ」

恵子は言い残すと、車に向かって歩き始めた。玉城の顔が浮かんだが、眼前の光景に切り替えた。こうなれば突き進むしかない。与えられた条件のなかで最善を尽くすだけだ。

恵子はそっと玄関のドアを開けた。何年か前はこうした瞬間に罪悪感を感じたものだったが、いつの間にか当たり前の行動になっている。

室内は静まり返っていた。すでに午前一時をすぎているのだから当然だ。

リバーサイド・ビューの現場から会社に帰って、もう一度、強度計算をチェックした。風速80メートルに耐えうるマンションだ。完成間近の現在の状態でも、問題ないだろう。しかし、やはり気にかかるのは、玉城が繰り返す「何が起こるか分からない」という言葉だ。

足音を忍ばせて子供部屋に向かった。大輔は布団を首までかけて、静かな寝息を立てている。小さなときから寝相のいい子供だった。こういうところも玉城によく似ている。

足元の布団をめくって、ギプスをはめている足を見た。赤いマジックでロボットのマンガが描いてある。新しいゲームのキャラクターなのか、見たことのないものだ。伸男が描いたのだろう。

恵子の目が釘付けになった。吹き出しの言葉は、「グッドラック。お天気、ダイスケ」だった。ランドセルの落書きは伸男が書いたのか。だったら、なぜ大輔は消そうとしたのだろう。

そのとき、呻《うめ》き声が聞こえた。慌てて布団をかけて大輔の顔を覗き込んだが、わずかに顔を歪《ゆが》めてからは、何ごともなかったように静かな寝息を立てている。

上の段に寝ている由香里は、掛け布団を完全にはね除《の》けている。布団を掛け直して、部屋を出た。

秀代の部屋の前を通ったが、物音一つ聞こえない。

キッチンのテーブルに座って、深い息を吐いた。さっぱりと片付けられたシンクは、ステンレスの輝きを見せている。

秀代がこの家に来るまでは、シンクには必ず食器の山があった。一度、意地の張り合いのように数日放っておいたら、いつの間にか綺麗に片付いていた。玉城が洗ったのかと思っていたが、大輔から久し振りに遊びにきた伸男だと聞いて、それ以来、皿だけは溜めないように心がけた。確かに、玉城は家の整理などには無頓着《むとんちゃく》だ。だが、自分の部屋だけは定規で測ったようにきっちりと片付いている。そういうことすべてが、恵子のなかでストレスとなって溜まっていったのだ。

冷蔵庫からビールを出して一口飲んだ。全身に冷たい液体が、染みこむように回っていく。

現場から会社に戻る途中にファミリーレストランに寄って、スパゲティを食べたきりなのを思い出した。食べたくて食べたというより、体力を維持するために詰め込んだという感じだ。空腹を感じてはいるが食べる気力がない。ここ半月ほど食事は不規則で、睡眠不足は慢性的になっている。自分はいったいなにをやっている。そのとき、ふと思った。

建設現場に向かう車のなか、所用で乗った電車、仕事が一区切りついたとき……どうしようもない虚《むな》しさに包まれ、泣きたくなるときがある。大型プロジェクトの設計、建設面を任されている。自他ともに認める、代表作になるだろう。なんの不満があるというのだ。

機能的でいっさいの無駄を省いた、近代的な高層ビル。自分が造りたかったのは、本当にこういうものだったのか。住宅は住むための機械だと看破した近代建築の祖ル・コルビュジエでさえ、晩年は人間回帰の礼拝堂を造った。それはただの老いからだったのか。今度こそゆっくり考えよう。いつも途中でやめてしまうのだが、結論を出すことが怖いのだろうか。いや、結論などないのだ。

土浦のことを思った。出会ったのは二年前、リバーサイド・ビューの分譲が始まるひと月前だった。この計画のために大阪から栄転してきたのだ。やり手と聞いてはいたが、想像以上だった。強引さと柔軟さを兼ね備えたスマートな男だ。容姿を含め、何ごとにも愚直とも思える玉城とは正反対だった。

妥協に慣れ、次第に色褪《いろあ》せていく自分自身が恐ろしかった。そんなとき現われた土浦は、自信に溢れ、迷うことなく自分の目標に向かって突き進んでいた。そんな男が輝いて見えたのかもしれない。

土浦に惹《ひ》かれたのは事実だ。彼も恵子を特別に思っていると信じていた。しかし今考えると、ていよく使われていただけなのかもしれない。いや、自分も彼を利用しようとしていたのだと言い聞かせた。気がつくと、涙が頰《ほお》をつたっている。泣くな恵子、と心のなかで呼びかけた。今は、何も考えたくない。考えるべきことが多すぎる。

残りのビールを飲み干し、テーブルにつっぷした。耳の奥で風の音を聞いたような気がした。

全身から力が抜け、頭から意識が抜け落ちていった。

第三章　直　撃

1

玉城がトイレから戻ると、デスクの電話が鳴り続けていた。

木下はパンを頰張《ほおば》りながらディスプレーを覗《のぞ》き込んだままで、受話器を取る気配はない。

昨夜、寮の部屋に帰ったときには午前三時をすぎていた。研究室に出てきたのが六時すぎだから、眠ったのは三時間に満たない。頭の芯《しん》に重いものを感じるが、眠気や疲れではない。やはり、かなり高揚しているのだ。木下は研究室で夜を明かしたらしく、数時間前に見た服、同じ姿勢でパソコンの前に座っている。変わったのは、一日分伸びた顔の無精髭《ぶしょうひげ》と眉間《みけん》の皺《しわ》だけだ。

玉城は見かねて受話器に手を伸ばすと、木下がその手を押さえた。

「センターの誰《だれ》かです。みんな、急にやる気を出したみたいですね。シミュレーションのプログラムについてのアドバイスの電話が鳴りっぱなしです。台風なんて泥臭いものには、今まで見向きもしなかったくせに」

「かと言って、放《ほう》っておくのはまずいでしょう」

「三〇分は付き合わされますよ。全員が自分は天才だと思い込んでいる人たちです。げっぷが出るほど持論をまくし立てて、反論でもしようものなら、飛んで来て一日中講義ですよ。それでもよければ、どうぞ」

玉城は木下の手を払いのけて受話器を取った。木下がうんざりした顔で、大げさに溜《ため》息《いき》をついた。

〈地球シミュレータの五十嵐センター長と連絡が取れました〉遠山の、静かだが力強い声が聞こえた。〈ランの時間を二時間もらいました。とりあえず、この時間内でやってみたらどうかな〉

「感謝します。プログラムの修正はほぼ終わりました。最新データも一〇分後には準備できます」

〈きみさえよければ、大会議室のモニターに接続したいのだがね。今回のシミュレーションには、ほかの研究員も大いに興味を持っている〉

「必ず、ご期待に応《こた》えます」

玉城は受話器を耳に当てたまま、思わず頭を下げた。

「遠山センター長だった。地球シミュレータの二時間の使用許可が取れたそうです」

目を見開いて、玉城を見つめている木下に言った。

「さすがセンター長だ。一時間ももらえれば奇跡的だと思っていたのに」

「一〇分後には計算を開始したい。可能ですか」

玉城は視線を時計から木下に移した。

「〇・一秒で結構。キーを押す時間です」

木下が身体《からだ》の位置をずらした。ディスプレーにはすでに最新のデータが入力され、指示した改良が加えられたプログラムが表示されている。

「さあ押してくださいよ、先輩の権利だ」

木下らしくない言葉だった。まれに見る現実主義者で、感傷に浸るタイプではないはずだった。

「何を迷っているんです。一年間の総決算。この瞬間を夢に見てたはずです」

緊張した表情でディスプレーを見つめている玉城を木下が促す。

玉城はキーに置いた指先に力を込めた。送信中の表示が現れ、やがて「送信終了」に変わった。

数百キロ離れた横浜で、世界有数のスーパーコンピュータが台風の進路と大きさを割り出そうと、膨大な計算を始めた。

玉城は全身から力が抜けていくのが分かった。期待と不安が半分ずつ入り混じった感情。いや、期待のほうが遥《はる》かに大きいのだ。しかしその分、もしプログラムに致命的な欠陥があったらという不安がいったん頭をもたげ始めると、限りなく広がっていく。考えていると、胃が痛くなりそうだった。


金森は、急ぎ足でエレベーターに向かいながら音を立てて頬を叩《たた》いた。その音はがらんとしたホールに予想外に響いていく。寝不足でぼんやりしている脳が、いくぶん目を覚ました。午前六時をすぎたばかりの都庁内は森閑として、どこか違う場所に迷い込んだような錯覚に陥る。

昨夜、漆原から電話があった。都庁から渋谷区松濤《しょうとう》にある都知事公邸に帰り、ビールを飲んでいたところだった。

〈日本防災研究センターの遠山センター長から、台風23号についての緊急連絡があった。きみにも報《しら》せておくべきだと思ってね〉

初めは何の話か分からなかった。台風など、すでに過去のこととして脳裏から消えていたのだ。かろうじて残っているのは、あの誇大妄想的な論文にどう対処するかだ。

黙っている金森にかまわず、漆原が続けた。

〈新しいコンピュータ・シミュレーションでは、台風23号と24号が合体して史上まれな巨大台風となって戻ってくるそうだ〉

「気象庁からは、台風は日本をそれて遠ざかっているという発表以後、なんの連絡もありませんが」

〈こういう情報もあるということだ。もしもの場合に備え、打てる手は打っておくのが政治家だ〉

それだけ言って、漆原の電話は一方的に切れた。

金森は、眠れない夜をすごした。漆原は〈もしもの場合〉と言ったが、それは台風が戻ってくる場合か、それとも、その台風によって荒川が氾濫《はんらん》した場合か。

いつの間にか午前一時をすぎていた。しばらく考えてから、都庁の夜間防災連絡室の番号を押した。連絡室は東京都防災センターにあり、四人の職員が三班態勢で、夜間、休日の業務に当たっている。

「金森だが」

〈どちらの金森さんですか〉

こんな時間に電話などしてくるな、という心情が伝わってくる口調だ。

「都知事の金森だ」受話器の向こうに緊張が走るのが感じられた。「きみの名前は？」

〈橋本《はしもと》と言います。申し訳ございませんでした〉

「気象庁から新しい情報は入ってないかね」

〈どこかで地震でもありましたでしょうか〉

「何も新しい情報はないんだね」

〈聞いておりません〉

「どんな些細《ささい》なことでもいいから、新情報が入ったら私に報せてくれ」

金森は、橋本君だったねと繰り返し、受話器を置いた。

ベッドに入ってからも何度も起き上がって、窓から空を眺めた。星こそ見えないが、静かな夜空だ。ときおり、風の音が聞こえてくる。これが嵐《あらし》の前の静けさかと思い、慌てて妄想だと打ち消した。

結局、明け方うつらうつらしただけで、五時に起きて登庁したのだ。

金森の靴音が薄暗い廊下に虚《うつ》ろに響いている。

八階と九階を吹き抜けにした災害対策本部室は、巨大な洞窟《どうくつ》のように眼前に広がっていた。その奥にあるドアの小窓に明かりがついているのが見える。夜間防災連絡室だ。

そっとドアを開けると当直の職員が、椅子《いす》にそっくり返って新聞を読んでいる。金森の顔を見て、職員は飛び上がった。

台風情報にはさしたるものがないことを確認して、知事室に向かった。

ドアを開けようとしたが鍵《かぎ》が閉まっている。私設秘書はまだ来ていないのだ。昨夜、漆原からの電話の後、その内容を伝え、今朝《けさ》は六時に知事室に来るよう指示してあった。

「どいつも、緊張感が足らんのだな」

守衛を呼ぼうとエレベーターに向かいかけたとき、出がけに、妻から「もしものときに」と言って渡された鍵を思い出した。

「頼りになるのは女房だけか」

呟《つぶや》くように言って、鍵を開けて部屋に入った。椅子に座り、これから何をすべきか考えた。

現在、台風に関しては職員も気が抜けた状況であるのは確かだ。まず、これをなんとかしなければならない。そのためには、緊急招集訓練でもやるか。

都では、災害時に職員が徒歩で駆けつけることができるよう、都庁周辺の一等地に専従者住宅を設けている。しかし、数年前、東京を襲った震度5強の直下型地震のときには駆けつけた職員が半数以下で問題になった。

そのとき、秘書が息を弾ませながら飛び込んできた。目は赤く、睡眠不足特有のむくんだような顔をしている。二〇分以上遅刻しているが、ことを荒だてるのも面倒だった。

「この時間帯の勝手がよく分からなくて、一駅乗りすごしました」

「漆原先生は合体した台風が戻ってくると言っているが、我々は何をすればいい。気象庁からは何も連絡はないようだが」

「情報が正しければ、すでに発表しています」

「ガセネタとも思えない。漆原先生があれほど入れあげているんだ。あの人は、危機に関しては動物的なカンを持っているというか、運がいいというか」

カンという面では自分も負けないはずだ。漆原は都知事在任中、東京を襲った直下型地震に対しての迅速、かつ適切な対応で名を上げた。

「東京をマグニチュード8クラスの直下型地震が襲う」という、無名のオーバードクターの研究成果を信じて、演習という名のもとではあるが都職員に緊急招集をかけ、都内全域に警戒態勢を布いたのだ。地震が起こったのはその制限時間が切れた直後ではあったが、被害は最小限に留められた。

その無名のオーバードクターが、現在世界的な地震学者として知られている瀬戸口誠治であり、彼に助言を与えていたのが現日本防災研究センターの遠山雄次センター長だ、と何度聞かされたことか。

「しかし、台風が戻ってくるなんてことがあるんですか」

秘書が能天気な声を出した。

「私に分かるわけがないだろう」

「だったら、もうしばらく待ったほうが賢明かと」

「待てないから言っているんだ」

昨夜の漆原の声を思い浮かべた。いま思うと、試されているような気もする。「おまえなら、どうする」と。

これは考えすぎだろうが、あの人ならやってもおかしくはない。それに、やはり自分の心にも放ってはおけない不安がある。

立ち上がり首を回した。関節の鳴る音がして、急に疲れと眠気が全身に広がってくる。気を取り直そうと、再び両頬を何度か叩いた。

「三〇分後に、職員の緊急招集をかけてくれ。訓練だ」

「それは酷というものです。台風が何ごともなく去って、職員はみなほっとしているところです。都議からも文句が出ますよ。それに、もし集合状態が悪ければ、またマスコミが騒ぎます」

「じゃあ、どうすればいい」

「せめて、明日になさっては。都議にも根回しできますし、都庁の幹部には、今日中に理由を話して納得してもらいます。組合はもめそうですがなんとかします」

「では、そうしてくれ」

数秒考えてから、金森は頷《うなず》いた。不本意ではあるが、今後のことを考えれば妥当な線かもしれない。

さて、と椅子に座り、通常勤務に戻るために頭の切り替えをしようと目を閉じた。昨夜の寝不足のつけが急速に回ってくる。

目を開けたが、外はまだ暗い。

恵子は、自分がどこにいるのか分からなかった。目の前に空のビール缶が二つ転がっている。

自宅のキッチンだと気づき、慌てて時計を見ると、五時だった。二時間後にはクレーンを組み直す工事が始まる。誰よりも先に行って、一から立ち合うつもりだった。それが自分の役目だ。

寝不足と疲労で、全身に重苦しいものが溜《た》まっている。あと五分、寝ていたい。その後は、いつもの自分に戻ろう。そう思って目を閉じた。

きっちり、五分後に立ち上がった。おかしな姿勢で寝たせいで、首の関節を曲げると鈍い痛みが走り、ぎしぎし音を立てそうだ。シャワーを浴びるべきか、すぐにでも出かけるべきか。迷ったが、足音を忍ばせてバスルームに向かった。このままの気分では仕事に行けない。

キッチンと同様、秀代が同居を始めてからは洗濯物が溜まったことがない。子供たちの服にはいつもアイロンがかけられ、綺麗《きれい》に畳まれて子供部屋に置いてある。「二度とここには来ないから」と、ふいに伸男の言葉が甦《よみがえ》った。私はいつだって憎まれ役だ。会社からもいいように使われているだけなのは分かっている。

熱いシャワーを浴びると、萎《な》えていた気分がいくぶんしっかりした。

バスルームを出たとき、思わず叫びそうになった。ドアの前に由香里が立っていたのだ。立ってはいるが脳は眠っているらしく、恵子の呼び掛けにも反応しない。寝ぼけたまま、二段ベッドの上段から降りてきたのだろうか。最近、由香里が神経質になったように感じる。ちょっとした恵子の態度にも反応する。

「由香ちゃん、トイレなの？」

顔を覗き込んで聞いても意思のない目で、恵子を見つめているだけだ。そのまま抱き上げて子供部屋に運んでいった。

大輔は昨夜見たときと同様、首まで布団をかけて静かな寝息を立てている。

由香里を寝かせてキッチンに戻った。窓の外がわずかに明るくなっている。

秀代はすでに起きているはずだ。しかし、室内は物音一つせず静まり返っている。

〈ごめん。ママは出かけなければならないの。おばあちゃんのいうことを聞いて、いい子でいること。ママ〉と、メモ用紙に書くと、シュガーポットで端を押さえた。デジタル時計は六時を表示している。

もう一度、子供部屋に行きかけた足を止めた。子供たちの顔を見れば……。突然、張りつめていた気持ちが崩れそうになったのだ。

帰ってきたときと同じように、そのまま足音を忍ばせてマンションを出た。


日本防災研究センター大会議室は、静まり返っていた。

今回は自由出席であるにもかかわらず満席で、補助椅子も運び込まれていた。漂う空気にも、最初から緊張が感じられる。玉城と木下は最前列に座っていた。

正面のモニタースクリーンには、地球シミュレータから送られてくる計算結果が映し出され、二つの渦巻きが徐々に近づいていた。

「23号が24号を呑《の》み込むのか、それとも24号が23号を吸収するのか」

「どっちでも同じことだろう。二つの台風が一つになる。合体するんだ」

「大きくなるのか小さくなるのか。僕は消えてしまうのに賭《か》けるね。共倒れってやつ」

「黙って見てろよ。すぐに分かる」

二つの渦巻きが近づくにつれてわずかに位置をずらし、円周の一部が触れ合った。そして、お互いに回り込むように円周をなぞったかと思うと、一つの巨大な渦巻きに溶け合っていく。会議室に低いどよめきが広がった。

「合体だな。明らかに」

「最悪の合体だ。一足す一で二になったわけだ」

「いや、あれは三か四だよ。勢力が大幅に増している」

スクリーン右上の表示は、単独のときとは大きく変わっている。中心気圧826ヘクトパスカル、最大風速62メートル、最大瞬間風速87メートル。今後さらに大きくなりそうだ。

「いやな気分だ。とんでもない化け物に育ちそうだ。半径は500キロメートル以上ある」

「静かにしろよ。問題はコースだろ。日本を外れれば、どんなに大きくても関係ない」

一つになった巨大な渦巻きは、行き先を決めかねているかのようにしばらく停滞していたが、やがてゆっくりと動き始めた。

大会議室から声が消え、異様な沈黙が支配した。やがて声が上がり始めた。

「時間速度を上げろ」

「慌てないで。あと一分で進路が分かる」

「台風は赤道方面に移動している。日本には向かってこない」

確かに、渦巻きは南下している。

巨大な渦巻きは、どちらに進もうかと迷っているように、その動きをさらに遅らせた。

「いや、決定するにはまだ早い。やはり、時間速度を上げろ」

「そうだ。知りたいのは五時間後の台風の位置だ。三時間後でもいい」

木下が玉城のほうを見ている。どうしましょうと問いかける顔に、玉城は頷いた。

「時間速度を倍にします」

木下の声とともに渦巻きの移動が速くなった。しかし、南西に向かっていた渦巻きは再び速度を落とした。

「どうして止まるんだ。動け！」

「高気圧に押されているんだ。この辺りの海水温度は？」

「二九度です」

「驚いたね。これも地球温暖化の影響か」

「まずいな。ますます勢力が強くなるぞ」

渦巻きの直径が、目に見えて広がっていく。同時に、表示されている中心気圧も下がり、すでに812ヘクトパスカルにまで達している。

やがて渦巻きは動き始めた。わずかに進路を北向きに変えている。

「日本を直撃する」

「いや、直撃はないだろう。元来たコースを戻るなんて、ハトじゃあるまいし」

どこからか、吐き捨てるような声が聞こえる。

「ここから先は、確率五〇パーセントといったところです」

渦巻きの中心の動きが速くなった。そして、東京から南東６００キロの太平洋上で再び止まった。またもや時間切れだ。だが、この時点ですでに東京湾は風速15メートルの強風域に入っている。

「最初の一二時間のシミュレーションの精度は？」

「九〇から八〇パーセント。時間がたつごとに誤差が蓄積されて、下がっていきます」

「日本に向かってくる可能性は高いわけだ」

「かすめるのは間違いない。この先、どう動こうと」

「直撃に賭けるよ。誰の目にも明らかだ」

玉城は、研究者たちに静かにするようにと手を挙げ、ゆっくりと話し始めた。

「我々の新しいシミュレーションによれば、合体した二つの台風は、中心気圧８０７ヘクトパスカル、最大風速77メートル、最大瞬間風速87メートル、半径８００キロを超える超巨大台風に発達。そして、現在の日本周辺の気圧配置では、東京を直撃する可能性がきわめて高いと思われます」

「可能性がきわめて高いとは？」

「いや、東京を直撃します」

玉城が言い直すと、大会議室に異様な緊張が走った。

さて、と声が上がり、遠山が立ち上がった。

「今後のことだが、このシミュレーション結果をどう用いるのがベストか、意見を言ってほしい」

「気象庁をはじめ、関係省庁に報せるのではないんですか」

最前列の端でメモを取りながら聞いていた三〇代の研究者が、意外そうに聞いた。彼の専門は、コンピュータ・シミュレーションによる地震予知だ。

「問題は精度だろう。いい加減なことを発表すると、センターの発言を誰も信じなくなる」

前回、地球シミュレータの不正使用について質問した、五〇代の研究者が声を上げた。

「それは違う。報せないよりは、報せたほうがいい。ときには、冒険も必要だ」

「冒険と無謀は違う。実証もしていないデータの発表など、科学への冒瀆《ぼうとく》というものだ。今後一〇年間、このセンターが沈黙を守らなきゃならないことになったらどうする」

そうだという声とともにざわめきが広がり、再び声が上がり始めた。

「このセンターの目的は、社会に貢献する研究ではなかったのですか。だったら――」

「そのためには、もっと慎重になる必要がある。間違っていれば、かえって社会に混乱をもたらすだけだ」

遠山が静かにするよう合図をした。ざわめきが引いていく。

遠山はゆっくりと研究者たちを見回した。もともと薄かった白髪はこの一年でさらに減り、生え際がかなり後退している。顔の皺も目に見えて増え、六〇代前半のはずだが、七〇代にも見える。しかし、その老いた外見から発せられる声は明瞭《めいりょう》で、よく透《とお》った。

「大切なのは、自分の研究に自信と誇りを持つことです。そして、さらに大切なことは、社会に対して使命感を持つことです」一気に言って、深い息を吐いた。「私はかつて、勇気がなかったために重大な過ちを犯した。その代償は限りなく重く大きかった」

遠山は昔、神戸大学理学部の教授で、コンピュータ・シミュレーションによる地震予知の研究をやっていた。阪神・淡路大震災の予兆を見つけながら、発表を躊躇《ちゅうちょ》した。間違っていた場合の社会的影響の大きさ、さらに自分自身に対する非難を恐れたのだ。この震災で、彼は妻と一人息子、娘一人、そして、研究室の学生四人を亡くした。

「間違っていたら、私がすべての責任を取ります。きみたちは思う通りにやりなさい」

遠山は玉城と木下に向かって、軽く頷いた。

「待ってください」

部屋中の視線が声のほうに集まった。

いつもは控えめで、遠山の陰に隠れて存在感のほとんどない副センター長が立ち上がった。

「もっと慎重に議論すべきではないですか。この研究センターは地震研究においては、日本はもとより世界でも高く評価されています。それまでが否定されるようなことになれば、センター長一人の責任ではすみません」

「そうです。個人の問題じゃない。この研究センターの存続にも関《かか》わる重大事項だと思います」

「議論しているうちに、台風は通りすぎてしまうんじゃないの」

冗談めかした声に誰も反応しない。沈黙が広がり、微妙な空気が部屋を支配している。

玉城は正面のモニターを見つめていた。こうして議論されているのは、皆が玉城たちの研究を認め始めた結果だ。数日前までは思ってもみなかったことだ。

「できるだけ早急に発表してください」

玉城は声を上げた。視線が玉城に集まる。

「今までのシミュレーション結果から推測すると、この台風の東京上陸は明日午前六時ごろ。東京が強風域に入るのは今日の午後六時前後、暴風域内は零時です」

「それは科学ではなく、完全な推測だろう。そこまで分かってれば、計算なんて必要ないよな」

そこかしこで失笑が漏れた。玉城は飛んでくる言葉を無視して続けた。

「数時間後に父島《ちちじま》は強風域に入ります。現在、日本列島上空には秋雨前線が張り出してきています。戻り始めた23号に前線が刺激されて、じきに雨が降り出すと思います。そうなる前に避難を進めたほうがいいかと」

「思いますなんて、科学者が使う言葉じゃないよ。避難は早いほどいいに決まってる。しかし、誰も避難なんてしたくないのが現実なんだ」

「でも実際に、この台風が東京を直撃したら――」

「だから、もしきみの推測が外れた場合の責任の所在を議論してるんだ」

「私が責任を取ります。この研究をやり始めたのは私です」

「僕も手伝いました」パソコンを操作していた木下が立ち上がった。「だから、一緒に責任を取ります」

「責任を取るって、どういうことか分かってるのか。ここを辞めるだけじゃすまないんだ。二度と研究の表舞台には立てないってことなんだぞ」

部屋のどこかから声が聞こえる。

再び沈黙が訪れ、時間だけが流れていった。

「緊急を要することです。やはりここは、私に一任していただけませんか」

遠山の声が響いた。念を押す顔つきで視線を移していく。有無を言わせぬ迫力があった。

玉城たちは部屋に戻った。木下はドアを閉めるなり椅子に倒れ込んで、何度も深く息を吐いている。

「台風情報を流すことが、こんなに難しいとは思いませんでした」

「感謝しています。一人では心細かった」

「アイデアは先輩ですが、プログラムの大半は僕が組みましたからね」しかし、と言って溜息をついた。「遠山センター長の名で、直ちにすべての機関に連絡するのかと思っていました」

「おそらくセンター長は、昨日《きのう》の段階ですでに報せています」

えっ、という顔で、木下が椅子から身体を起こした。

「『荒川防災研究』を発表前に外部に流したのと同じだと思います。必要な情報はできるだけ早く共有する。それがこのセンターの役割でもある。センター長の信念です」

木下がわざとらしい溜息をついた。

「じゃあ、我々を試していたんですか。悪趣味すぎますよ」

「自分一人の責任で情報を流したんです。結果によって、我々個人やセンター全体が迷惑をこうむらないようにと」

「非公式に情報を流出させたわけか」

「信じる信じないは、相手次第というわけです」

「ということは、誰も信じてないんでしょうね。表だった反応がないということは」

「遠山さんの知り合いといえば、組織の幹部ばかりです。でも、実際に仕事をしているのは我々のような下っ端でしょう。果たして幹部連中が、末端にまで報せたかどうかということです」

玉城はそう言ってしばらく考えて、ちらっと時計を見た。あと一時間ほどで正午だ。受話器を取ってボタンを押した。

〈こちら気象庁、予報部〉

若く威勢のいい声が返ってくる。玉城は松坂に取り次ぐように頼んだ。

〈松坂主任は帰宅しました。ここ数日、泊まり込んでいたものですから〉

玉城は松坂の携帯電話の番号を押した。最初の呼び出し音が終わる前に、松坂の声がした。

〈あと八分で愛《いと》しのわが家にたどり着く〉

声が一定のリズムで揺れ、自動車が行き交う音も混じっている。自宅に向かって歩いている途中なのだ。

「詳しい計算結果が出ました」

〈もう、台風とか、衝突なんて言葉は聞きたくないね。三日ぶりのわが家が見えているんだ。風呂《ふろ》と冷えたビールが待っている。愛しの妻と子供たちもね〉

「二つの台風の衝突の話です」

〈昨日聞いた〉

「地球シミュレータを使った計算結果です」

　立ち止まる気配がして、しばらく沈黙が続いた。

「先輩、聞いているんですか」

〈結論を言ってくれ。おまえの電話の前に、風呂を沸かして待ってると電話があったばかりだ〉

「二つの台風は合体します。中心気圧807ヘクトパスカル、最大風速77メートル、最大瞬間風速87メートル、半径800キロ以上の大型台風の誕生です。さらに発達する可能性があります」

　玉城はできる限り平板な調子で言った。

〈しかし、台風の衝突をコンピュータ・シミュレーションするなんて、聞いたことがない〉

　数秒の間をおいて松坂の声が返ってくる。

「新しい科学は聞いたことのない試みから生まれる。誰の言葉か覚えていますか」

〈遥か昔のことだ〉

「私は感動しました。学部四年の春、初めて研究室で先輩に会ったときの言葉です。それに、シミュレーションのことは説明したはずです。去年の学会以後、会うたびに話しています」

〈問題は、どっちに進むかだな〉

独り言のような声が聞こえる。

「日本に向かってきます。前線の低気圧に呼ばれる形で、かなりのスピードになります」

〈いつだ〉

「東京を直撃する可能性が高いです」

〈だから、いつだと聞いている〉

「明日の早朝」

再び沈黙が続いた。かすかに息遣いが聞こえるので、聞いていることは間違いない。

「ただし、暴風域が巨大なので、今日の深夜には東京は暴風域に入り、風が強くなります」

〈気象庁には報せたか〉

「先輩以外に話せる人はいません」

〈家に着いたら電話しておく。詳しい計算結果を送っておいてくれ。ただし、見るのと信じるのとは違うからな〉

玉城が返事をする前に通話は切れた。見つめている木下に向けて、首を横に振った。

「やはり、遠山センター長と瀬戸口副部長にお願いするほかないですね。二人から発表すれば、信憑性《しんぴょうせい》は格段に増すはずです」

「私から言ってみます。その前に、報せるところはありませんか」

「個人的なところには昨日のうちに報せました。主に家族と友人ですが」

玉城は木下の言葉を聞きながら、受話器をつかんでいた。

江東区役所の富岡は職場にいた。

「台風23号が勢力を増して戻ってくる可能性があります」

〈可能性？〉

きょとんとした声が返ってくる。

「いや、戻ってきます。我々のコンピュータ・シミュレーションの結果です」

玉城は言い直した。

〈気象庁の発表と違うな。気象庁の情報が間違っているというのか〉

「彼らは現在の観測値を中心に、現状を発表しているだけです。急激な変化や異常な現象には対応できません。でも、あと五、六時間もたてば同じことを言います」

〈いまから六時間後というと、夕方の五時ごろか〉

「それでは間に合いません。だから、明るい今のうちから準備をしないと――」

〈何をすると言うんだ〉

「超大型台風接近の準備です。防災マニュアルがありますよね。それに、荒川は危険です。関係部署に報せてください」

〈待ってくれ。台風23号に対する警報を解除したばかりだ。危機管理室の半分の職員は帰っている。残っている者もくたくただ〉

「後藤さんに報せてください。あの人なら、適切な対応をしてくれると思います。三〇分以内にセンターのホームページにシミュレーション結果を公開しますから、必ず見てください」

〈間違っていたらどうする〉

「喜ぶべきことじゃないですか」

〈そうはいかないのが役所と住民の関係だ〉

「じゃあ、実際に戻ってきたらどうします？　甚大な被害が出ます」

返事は返ってこない。数秒後、分かったという声が返ってきた。受話器を置いてから、もう一度荒川の映像を見た。音は出ないが、川いっぱいに広がった濁流が、玉城を威嚇《いかく》するように流れている。

「玉城さん、気象庁です」

木下が送話口を押さえて振り向いた。玉城が代わると、俺だという松坂の声が聞こえる。

「先輩は家で風呂に入って、ビールを飲んでるんじゃないんですか。奥さんのお酌で」

〈あと一〇歩のところでUターンだ。おまえの言葉が間違っていたら、石を抱かせて荒

川に放り込む〉

「シミュレーション結果には、そっちからアクセスできるようにしてあります。いつでも見ることができます」

〈もう見た。だから電話した〉

「だったら適切な手を打ってください」

玉城は思わず声を上げた。

〈問題は真偽だ。もし間違っていたら、おまえら地獄を見るぞ〉

「当たっていると、もっとひどい地獄を見ます。日本中でね」

〈我々も23号と24号の接近については議論した。しかし、勢力が弱まるか消滅するというのが大半の意見だった。戻ってくるなんて考えてもいない。あと数時間もすれば結果は出るが〉

「それじゃ遅いでしょう。じきに雨が降り出します。これには気象庁も異論はないでしょう。雨と風と闇《やみ》。避難には最悪だ。すぐにでも警報を出して、せめて風の強くなる前に住人を避難させなきゃ。午後五時をすぎれば風も出始め暗くなる」

〈ほかにどこに報せた〉

「私の知り合いは、先輩と江東区の危機管理室の人だけです」

〈正直に言うと、俺は大陸から張り出している秋雨前線のほうが心配だね。また集中豪

雨だ〉

「それに台風が重なれば」

〈もう一度考えてみる〉

愛想のない声を残し、電話は切れた。

「松坂さんですね。気象庁も信じる気になったんですか」

木下は玉城の電話中、キーボードに指を置いたままずっと見つめていた。

「半信半疑というところでしょう。しかし、いつになく真剣な口ぶりでした」

「一度、日本直撃はまぬがれたと発表しておいて、それを覆すということは難しいんじゃないかな。よほど確実なものでないと、気象庁のメンツがかかっている」

「メンツで死んじゃあ、浮かばれません」

「でも今のところ、気象庁のシミュレーション通りです。もう少し状況を見極めてからでも遅くはない、と考えるのが普通です」

「それも事実です。しかし戻ってくる可能性が出たんだから発表すべきです」

「誤りを認めないのがお役所です」

「誤りじゃないですよ。彼らの発表は、台風23号は日本から遠ざかっているという事実だけです」

「いずれにしろ、23号が勢力を増して戻ってくると発表してくれるだけでいいんですがね」

「できるだけ早く。手遅れにならないうちにね」

玉城はパソコンを〈ひまわり〉の映像に切り替えた。23号と24号。双子の台風は、まだ一〇〇キロ以上離れている。しかし、数時間後には衝突し、その後は日本に向かう。

「広い太平洋だ。よりによって、なんでぶつかるんでしょうね」

「この広い宇宙で巨大隕石《いんせき》が地球に衝突したことだってあるんです。永い年月にはこういうこともありますよ」

「それで恐竜が滅びた」

「そのおかげで、貧弱な人間が地球を支配することができた」

「台風で人類が滅びるということはないでしょうね」

「一人でも犠牲者が出れば、家族の悲しみは計り知れません。人類の滅亡と同じことです」

何気なく口にした自分の言葉を嚙《か》み締めた。

玉城は研究棟の外に出た。熱と湿気を含んだ重い空気に変わっている。携帯電話を出して、自宅の番号を押した。玉城です、と妙に大人《おとな》びた大輔の声が返ってくる。

「父さんだ。足はどうだ」

〈昨日といっしょ。そんなに急に良くなりゃしないよ。でも、もっと痒《かゆ》くなってる〉

「風呂に入れないんだから仕方がない。半分以上は気のせいだろうけど」

〈お兄ちゃん、臭いのよ。お風呂入ってないから〉

横から由香里が割り込んでくる。

「天気予報は見てるか」

〈言われなくてもね。もう、台風は行ってしまったんでしょ。ニュースでも大した被害がなくてよかったって〉

「まだ正式に発表はしてないが、合体した台風が勢力を増して関東地方を直撃する可能性がある」

〈前にも言ってたね。それって絶対ありなの？〉

「気象予報に絶対なんてものはない。そのための準備をしてくれということだ」

〈母さんには言ったの？〉

「もちろん。でも、もう一度言うつもりだ」

〈父さんが言うと、帰ってきてくれるかな？〉

玉城は答えに詰まった。

「今やってるマンションの状況によるな。心配なければ家に帰る」

一瞬の間をおいて答えた。

〈じゃあ、当てにしないほうがいいね。家のほうは大丈夫だよ。おばあちゃんがいるし、

テレビに気をつけてて、避難勧告が出ればすぐに避難所に行く。でも、父さんが電話くれるとありがたいな〉

「分かった。由香里とおばあちゃんをたのむよ」

玉城は会話を終えて、溜息をついた。

おそらく、恵子は帰れないだろう。荒川沿いに建つ三棟のタワーマンションを思い浮かべた。

「危ないな」

無意識のうちに呟いていた。玉城は携帯電話のボタンを押した。

「シミュレーションでは、二つの台風が一つになることが確認されている」

〈昨日、聞いたわ〉

気の入らない恵子の声が返ってくる。

「その大型台風が戻ってくる」

〈それも聞いた〉

「地球シミュレータで計算したんだ。信じてないのか」

〈信じてるわ〉

「夕方近くには、日本に向かって動き始める。すぐに雨が降り始める」

〈どうしろというの〉

「最大風速70メートル超、最大瞬間風速80メートルを超える超巨大台風が、東京を直撃するんだ。雨が降り出して、本格的に風が出る前に防災の準備をする必要がある」

〈やってるわ。でも、私にできることは限られてるのよ〉

「きみのタワーマンションは大丈夫なのか？」

〈私のじゃない。会社のよ〉

取り付く島もない言い方だった。

いつもの恵子と違う、どこか諦《あきら》めたような冷めた声が耳の奥に残った。

部屋に戻ると、木下が受話器を持って早口でしゃべっている。

「黙って言うことを聞けばいいんだよ。今日の夕方から雨が降り始めて、夜中には風が強くなる。暴風域に入るんだ。だから、今のうちに用意をしておけって」

玉城に気づき、デスクの上を指した。デスクには衛星写真が置かれ、二つの台風の画像、そして大陸から関東に迫る巨大な雨雲が写っていた。

「僕は忠告したからね。あとは、おまえしだいだ」

そう言って受話器を戻し、木下は照れたような笑みを浮かべた。

「東京の妹に電話してました。史上最大の台風が来るから、気をつけるようにって」

「妹さんがいたんですか」

「僕と違って何をやりだすか分からない奴《やっ》でしてね。高校中退で結婚して、二九歳で四人の子持ちです。それも双子の姉妹と兄弟。少子化対策には、僕の分まで貢献していますがね」

「今どこに?」

「成城《せいじょう》です」

「あの辺りは大丈夫です。山の手は地盤もしっかりしてるし、土地の標高も高いところが多い。東京の高級住宅地は大体そうです」

「被災は庶民の特権というわけですか」

玉城はデスクの写真とパソコンの映像を交互に見た。どちらも水分で膨れ上がった雲の塊だ。

「その衛星写真は〈ひまわり〉からの最新情報です。関東上空の雨雲が不気味ですよね」

「夕方からの集中豪雨は間違いないですね」

「台風ジェミニの連絡は終わりましたか」

「気象庁、区役所、私が思いつくのはこの程度。きみは妹さん以外の家族にも報せたんでしょう?」

「でも、信じてなんかいません。妹もこれから友だちと映画にいって、デパートを回って、食事だそうです。帰りは八時をすぎると言っています。子供に留守番させて」

木下はどうしようもないといった顔で肩をすくめた。

「さあ、これから――」次の言葉が浮かばない。「待つだけです。時間があるなら、今のうちに寝ておいたほうがいいですよ。どうせ、昨夜も寝てないんでしょう。あと数時間もすれば、寝るどころじゃなくなります」

「気象庁でも急遽《きゅうきょ》、台風の衝突シミュレーションを始めたようです」

木下が思い出したように言った。

「うちのプログラムを使ってということですか」

遠山の方針で、センターのプログラムは申請さえすれば外部の者でも使うことができる。そのため、地震関係のプログラムには、世界中から使用申請が来ている。

「台風の衝突シミュレーション・プログラムを研究中の人が気象庁にもいたそうです。主に藤原の効果の検証ですが。慌ててスタッフを投入してるって話です。これは明らかに、玉城さんの電話が効いたんですよ。気象庁の混乱振りが目に浮かびます」

木下は嬉《うれ》しそうに言った。

「誰からの情報です？」

「僕にも気象庁に友だちくらいいますよ」

「かといって、すぐに結果が出るわけでもないでしょう」

「すでに計算中ということです。我々の動きをかなり気にしていたことだけは分かりました。キーになるのは海水温度です。その点においては、あっちのほうが正確なデータを持っている」

台風は海水からの熱をエネルギーとして生まれ、成長する。そのため、海水温度は初期値として最重要値の一つだ。

玉城は受話器を取った。コール音ひとつで松坂が出た。まるで待ち構えていたかのようだ。

「気象庁でも、衝突シミュレーションをやってるって聞いたんですが」

〈しょせん人間、同じようなことを考える奴はどこにでもいる〉

「結果はどうなんです。もう出てるんでしょう」

〈耳が早いな。誰から聞いた〉

「噂《うわさ》ですよ。そんなことより結果を教えてください。比べてみたいんです」

〈うちでは、衝突して消滅と出ている〉

衝突は数学的には特異点に当たる。連続現象が突如不連続現象に切り替わるのだ。つまり、高速道路を走っている車の前に、突然ぶ厚く硬い壁が現われるようなものだ。潰《つぶ》れて止まるか、炎上するか、弾《はじ》き飛ばされるか。処理の仕方によって、結果はまったく違ってくる。正反対ということもありうるのだ。

玉城は理由を聞こうとしたが思いとどまった。今は議論をしている場合ではない。

「発表するんですか」

〈数時間後には答えが分かる。それからでも遅くはないだろう〉

「いや、遅すぎます。うちの計算では衝突は五時間後、その後二時間ほど停滞して、日本に向かい始めます。直撃は明日の未明」玉城の声が大きくなり、言葉に力が入ってくる。「日本が暴風域に入るのは、今日の深夜。なんせ、暴風域が巨大ですから。戻ってくるのを観測してから避難を始めるのでは危険です」

〈それは行政の問題だ。我々は事実しか発表しない〉

松坂のしゃべり方はどことなく歯切れが悪く、いつもとは違っている。迷いが膨らんでいるのだ。

〈もし、新しいことが分かったら報せてほしい。これは、個人的な頼みだ〉

最後にそう言い残した。

玉城は木下に松坂の言葉を伝えた。

「あえて危険は冒さない、というわけですか」

木下はディスプレーに〈ひまわり〉の映像を映し出した。二つの渦巻きは太平洋上で接近している。外周が接触するのにあと一時間もかからないだろう。

「史上最大のショウですね」と、木下が呟く。「先輩はどっちを願っているんですか。消滅？　それとも合体？」

玉城は答えることができなかった。

「何だか身体がむずむずしませんか。武者震いってやつですかね」木下はしゃべりながら、身体を小刻みに震わせている。「本来なら消滅を願うべきなんでしょうね。でも、僕は明らかに合体を念じています。これって、犯罪的なんですかね」

「事実を知りたいだけです」

玉城はぶっきらぼうに答えた。動揺を悟られないように、ディスプレーに顔を近づけた。おそらく自分も木下と同じことを考えているのだ。

時間だけが刻々とすぎていった。


午後三時二〇分。

玉城と木下は自室で〈ひまわり〉から送られてくる映像を見ていた。大会議室でも数十人の研究員が、同じモニター映像に見入っているはずだ。二人も呼ばれたのだが、とても一緒に見る勇気はなかった。

太平洋上で二つの巨大な渦が、円周を接したまま動かない。まるで、お互いに相手の様子を窺《うかが》っているかのようだ。すでにこの状態が二〇分近くも続いていた。

「一つになるか消滅するか」

木下が呟きを漏らした。その声を合図のように、二つの渦が急激に近づき始めた。渦の大きさが見た目にも広がっていく。

「やった。合体です。超巨大台風の誕生です」

「そんなに嬉しそうな声を出すんじゃない」

思わず声を荒らげてしまった。

「でも、僕らの研究がやっと陽《ひ》の目を見る」

「気象庁は？」

「今ごろ、大慌てじゃないですか。できる限り、沈黙を続けようとするでしょうね。でも、五分が限度でしょう。すぐに民間の気象会社も騒ぎ始めますから」

〈ひまわり〉のリアルタイムの映像は、登録さえすれば誰でも見ることができる。現在、日本中の気象関係者の目が向けられているはずだ。そのとき、電話が鳴り始めた。

〈23号が戻り始めるのはいつだ〉

玉城が取ると松坂の怒鳴るような声がした。

「一時間か二時間後。午後五時には動き始めるでしょう。日本に向かって」

玉城はうわずる声を極力抑えた。松坂も否定しなかった。今となっては、玉城たちのコンピュータ・シミュレーションを信用せざるをえないのだ。

〈日本に上陸するのは？〉

「明日の未明です。しかし我々の計算だと、午前零時には関東に暴風域がかかります。

なんせ、半径800キロ以上の超大型台風に成長しますから。小笠原《おがさわら》諸島では、すでに風が強くなっています。日本上陸時には、中心気圧807ヘクトパスカル、最大風速は77メートル。最大瞬間風速は87メートル。ただしこれは、シミュレーションからの推測です。もっと大きくなる可能性もあります」

〈まずいな〉

「夕方には秋雨前線の影響で雨も降り始めます。それに台風が重なると、まさに鉄砲雨です。そのときには暗くなっているし、避難するには最悪の状態です。特に年寄りや子供には危険だ」

背後で、マスコミ発表の準備を急いでください、という声が聞こえる。

〈分かっている。すまなかった〉

一瞬躊躇する気配があったが、最後の言葉は感謝している、だった。

「新しいシミュレーションの用意を急いでください」

「いま、やっています」

木下はすでにパソコンの前に座り、指はキーボードを走っている。最新のデータに書き換え、衝突後の台風の大きさとコースを計算するのだ。

金森は、デスクを前にして受話器を握ったまま立っていた。受話器からは、単調な電子音が聞こえている。

「知事、どうかなされましたか」

秘書の声で我に返り、慌てて受話器を戻した。

「23号が戻ってくる」

「えっ？」

「台風の里帰りだ。それも、別の台風を吸収して、史上まれな大型台風となって」

「史上まれな？」

「気象庁の職員がそう言ったんだ。二〇分後の記者会見で発表するそうだ」

デスクの電話が鳴った。

〈江東区長の梶川です。台風23号についてお話が――〉

「今、気象庁から聞いた。対策を立てなければと思っていたところだ」

〈荒川、隅田川周辺の区長に、河川氾濫を前提とした緊急事態宣言を出していただけませんか〉

「荒川については国交省の役割のはずだが」

都としては多摩川《たまがわ》、江戸川、さらに神田川《かんだがわ》も要注意河川と考えられる。こっちも手を打たなければ。金森の頭のなかでは、一瞬にして箇条書きがあふれた。

〈ことは緊急を要しています。直ちに対策を講じなければ、明治四三年の東京大洪水の

二の舞になる恐れがあります〉

あのときは、東京の下町の大部分が水に浸《つ》かり、水は一週間近く引かなかった。現在のように地下街、地下鉄網が張り巡らされている状況では、さらに膨大な被害が出るのは確実だ。

〈東京直下型地震のときには、漆原前知事は都職員の緊急招集を行っており、自衛隊にも待機要請を出していました〉

「各区で事情が違っているだろう。個々の対策は立てているはずだ」

梶川の話を聞き流しながら、頭では様々なケースを想定していた。

荒川上流の埼玉県には、首都圏外郭放水路が造られている。この巨大地下防水溝を都議たちと一緒に視察したときには、あまりの巨大さに議員ともども驚き、感心し、絶賛した。しかし、『荒川防災研究』には、あの容量では心もとないとあった。では、現時点で都として有効な対策とはなんだ。

「都が具体的に動くためには、もっと情報を集めなければならない」

〈そんな悠長なことを言っている場合ですか〉梶川の語気が強くなった。〈河川氾濫のような広域災害に対しては、江東区だけが対策を取ったとしても意味がありません。縄張り意識は捨てるべきです。水は高所から低所へと流れます。どこか一ヵ所でも破堤したら、わが東京都はひとたまりもありません。江東デルタ地帯は海抜ゼロメートルだと

いうことをお忘れなく〉

梶川の口調からは居直ったような響きが感じられる。確かにその通りだ。反論しようとしたとたん、聞こえるのは電子音に変わっていた。なにが〈わが東京都〉だ。私の東京都だ。

受話器を置いたとたん、再び鳴り始めた。

〈漆原だが、金森君か〉前東京都知事の威圧的な声に、思わず姿勢を正した。〈気象庁から連絡を受けたかね〉

「つい先ほど」

〈昨夜連絡したように、戻ってくる大型台風は、東京を直撃する可能性が非常に高い〉

漆原は、昨夜、を強調して言った。金森は、分かっていると怒鳴りたい気持ちを懸命に抑えた。

〈すでに準備は整っているはずだが、直ちに緊急事態宣言を出して、都内全域の関係職員を緊急招集したまえ。特に、この台風は集中豪雨を伴っており、関東全域に大雨を降らせる可能性が高い。おまけに、暴風の危険もある。先日送った『荒川防災研究』は、すでに読んだだろうね〉

「拝読させていただきました。昨日も江東区の区長を呼んで――」

〈洪水に備えて、直ちに危険地区の住民を避難させたまえ。あの小冊子に書かれている

危険地点については監視を厳重に。自衛隊にも連絡を取って、待機するように頼むんだ。知事の要請ですぐに出動できるように〉

「分かりました。私はかねがね——」

金森が言い終わらないうちに電話は切れていた。

「台風と洪水に対するマニュアルがあっただろう。直ちに準備してくれ」

「デスクに用意してあります」

秘書が慌てて、積まれた書類のなかからファイルを引き出した。

「緊急に災害対策本部を立ち上げる。関係者は直ちに災害対策本部室に集合するように、指示してくれ」

金森は吐き捨てるように言うと、呆然《ぼうぜん》とした表情で窓際に寄っていった。

眼下にはいつの間にか降りだした雨に霞《かす》む副都心が広がっている。降りしきる雨が、寝不足と疲労、そして台風情報、電話と重なり、混乱気味の脳に染みこんでくるようで、ますます憂鬱《ゆううつ》な気分にさせる。

気象庁の職員は、雨量は一時間で150ミリを超えるだろうと言っていた。その量がどれほどなのか分からないが、「観測史上まれに見る」という表現を使っていた。

やはり、今朝のうちに緊急招集訓練をやっておけばよかったのだ。自分はその気だった。それを秘書が、各部署との根回しが先と言い張り、判断を鈍らせた。自分の直感に従うべきだった。論理的判断？　そんなものはクソ食らえだ。

デスクの電話がまた鳴り始めた。歩み寄ろうとしたとたん、ポケットの携帯電話も鳴り出した。

金森は一瞬、すべてを放り出したい誘惑にとらわれた。

2

日本防災研究センターのある牧之原でも、雨と風の音が地鳴りのように響き、吹き付ける雨が窓ガラスの表側を滝のように流れ落ちている。

「これも自然の気まぐれですかね。まさに女心です」

パソコンから窓に目を移した木下が言った。

「シミュレーション通りです」

玉城はテレビに切り替えたパソコン画面に目を向けたままだ。

一時間ほど前から突如降りだした雨は、急に激しさを増してきた。湿気であふれそうな秋雨前線が、西から張り出してきたのだ。東京では、すでに一時間に１００ミリを超す集中豪雨になっている。そして雨は、さらに激しくなるという予報が出ている。

〈ひまわり〉の映像では、台風23号が24号にぶつかり、呑み込むように停滞していたが、やがてゆっくりと動き出す様子を映していた。

気象庁はついに、巨大台風に成長した「24号」が、日本に向かっていると発表した。

「当たりましたね。競馬だったら大穴中の大穴ってところですか」

木下が興奮を隠せない口調で言った。

「バカ言わないで。シミュレーションはギャンブルじゃないですよ。科学的な裏付けがあります」

「でも、気象庁はしぶとい。24号って言った。23号が戻ってくるとは言わなかった」

「23号は24号に呑み込まれ、消滅したんです。要するに新しい台風、ジェミニの誕生です。気象庁は間違ってはいなかった」

「おまけに、日本を直撃するとも言いませんでした。あと、五、六時間もすれば、強風域が東京にかかるというのに」

浮かれ気味の木下に比べ、玉城の表情はさえなかった。

「どうしたんです。まさか、我々の予想が外れればよかったと思ってるんじゃないでしょうね。気持ちは分からなくもないですが。でも、これで僕らの研究が陽の目を見るんです。これからは地球シミュレータにも堂々とジョブを申請できる」

玉城はもう一台のパソコンを立ち上げ、荒川の防災情報を呼び出した。

横から覗き込んできた木下も、真剣な表情で画面を見つめている。

「これがあの荒川だとはね。まさに『荒川防災研究』の世界です」

幅五〇〇メートルの河川敷は、同じ幅の泥流に変わっている。この水底にゴルフ場や野球場があるとは、とても思えない。画面が細かく振動しているのは風のせいではなく、渦巻いて流れている水流によるものだ。吸い込まれそうに感じて、思わず目を閉じた。

「避難勧告は出てますよね」

河川の水量が危険水位に達することが確実になった時点で、各区から出される通達だ。住民は指定された避難場所に、すみやかに避難を始める。

「しかし、役所というのは実に分かりにくい言葉を使いますね。避難にしても、準備、勧告、指示の三種類です。指示なんて言われても緊迫感ゼロ。誰も従わない。なぜ、避難命令にしないのですかね。命令なんて言葉は、威圧的で使うべきじゃないとでも思っているんですかかね」

玉城は木下の言葉を聞きながら、携帯電話で自宅を呼び出した。

一度目の呼び出し音が終わらないうちに秀代の声が聞こえた。

「母さんか。区から避難指示は出てるの」

〈まだ避難勧告のはずよ。避難準備だったかしら〉

避難準備は、河川が危険水位に達する可能性が高くなった時点で出される。自主的避難を主にしたもので、年寄りや子供は避難を開始し、一般の人は準備をして、区役所からの防災情報に注意する。

「避難準備って、荒川はとっくに危険水位に達してるよ。すぐに避難したほうがいい」

〈台風はまだ遥か南の彼方《かなた》なんでしょ〉

「台風も心配だけど、荒川はいまにも溢《あふ》れそうだ。それにこの雨だ」

〈まだ避難指示は出てないし。それに、ここは二階よ〉

乗り気でない声が返ってくる。秀代は家を離れたくないのだ。前の古い家に住んでいるときも、避難するのをひどく嫌がった。昔、夫と別れて避難して、夫の最期を確かめることさえできなかった経験が尾を引いているのだろう。玉城は強くは言えなかった。

「区の防災情報に気をつけるんだよ。何かあったら、僕か恵子に電話して」

〈何かって？〉

「いつもとは違うことだよ」

〈やっぱり、水が出るの？〉

そうだとは言えなかった。変に怯《おび》えさせたくはない。

「恵子は？」

〈さっき電話があって、まだ帰れないそうよ。子供たちをお願いしますって。お願いしますと言われてもねえ〉

「川には絶対に近づかないこと。子供たちにも徹底させて」

〈おまえより分かってますよ。川の怖さは〉

「大輔に代わって」

〈父さん、こっちはすごいよ。家が潜水艦になったみたい。周り中、雨だらけ。水中で生活してるみたい〉

すぐに、はしゃいだ声が聞こえた。横で聞いていたのだ。機会あるごとに話してはいるが、大輔は荒川の怖さを目《ま》の当たりにしたことはない。

「父さんが言ったこと覚えてるか」

〈何だっけ〉

大輔の上の空といった返事が返ってくる。

「真剣に聞くんだ。これは遊びなんかじゃない。命がかかっているんだ。おまえばかりじゃない。由香里やおばあちゃんの命もだ」

自分でも思っていなかった強い調子の声が出た。受話器の向こうの空気が変わるのを感じた。木下まで驚いた顔でこちらを見ている。

「荒川の防災情報に気をつけるんだ。パソコンに荒川のライブ映像を出しておくように。川の状況がよく分かる。おばあちゃんにも言ったけど、避難情報に気をつけるんだ」

大輔の緊張した息遣いが伝わってくる。

今はこれ以上言えなかった。本来なら、避難準備の段階で避難をすべきだったのだ。

これは自分の責任だ。自分の仕事にかまけて、適切な対応ができなかった。避難時期を逸した感がある。

分かったな、と念を押して携帯電話を切った。

「そんなにカッカしないで。先輩らしくないですよ。国も都も区も、それなりの対策を取っています。台風なんて毎年やってくるんですから」

木下は言いながら、自分のパソコンを〈ひまわり〉の映像に切り替えた。

ほぼ全域を厚い雨雲で覆われた日本列島が映っている。その南東部には、日本列島をすっぽりと呑み込みそうな巨大な渦巻きが迫っている。シミュレーション通りだ。

「でも、これを見てると不安にはなりますね。何かとんでもないことが起こりそうだ」

木下がディスプレーを覗き込んで言った。

玉城はしばらく迷っていたが、富岡の携帯電話を呼び出した。

周りからは慌ただしい声が聞こえてくる。区役所の危機管理室にはかなりの人がいるようだ。

「今のうちに避難指示を出したほうがいいと思います。区内全域です」

〈なんに対してだ。集中豪雨か、台風か、洪水か。気象庁の発表があってから、区民からは避難に対しての問い合わせが集中している〉

「すべてにです」

〈気象庁の会見では、台風はまだ遥か彼方にあると言っていた。本当はどうなんだ〉

富岡はヤケになったような声を出した。

「あと九時間で、東京は暴風域に入ります。そうなると、もう身動きが取れません」

〈しかし、避難勧告を飛び越えて、いきなり避難指示か。今まで役所は何をやってたんだってことになる。またマスコミがうるさいな〉

溜息とともに、富岡の疲れた声が返ってくる。

「この集中豪雨は当分続きます。それにジェミニ、いえ、戻ってくる台風の雨が加われば、とんでもない雨量になります。今夜零時に暴風域に入り、未明に上陸と推測しています」

〈そんなに早く戻ってくるのか〉

「現在で、風速15メートル以上の強風域が半径500キロ以上の大型の台風です。それがますます巨大化し、すぐに600キロ以上になるでしょう。台風の中心は遥か彼方でも、東京は夜には強風域に入ります」

〈それまでに避難を完了しておかなければならないということか〉

「暴風のなかを避難するなんて、やめたほうがいい。しかもこの大雨です。事故を引き起こすだけです。だから、今なんです。本当はもう遅いんですがね」

〈情報は確かなんだろうね〉

「シミュレーション結果です。それに――」玉城はディスプレーに目を移した。「荒川と隅田川の水位はそろそろ限界です」

〈それは区も把握している〉

「だったら、ためらうことはないでしょう」

〈すでに数日前からあの調子だ。しかし、まだ何とか持ちこたえている。住民には生活があるんだ。それに、スーパー堤防というのは決壊はしないものとして――〉

「荒川沿いの全域がスーパー堤防というわけではありません。海抜ゼロメートル地帯ですよ。そこには何十万もの人が住んでいる、ということを心に刻んでおいてください。僕の家族もです。そして、一ヵ所でも破堤して水が流れ込めば、東京が水没するということも」

玉城は富岡の言葉を無視して続けた。こんな強引なしゃべり方をしたのは初めてだった。富岡も驚いているらしく、その様子が伝わってくる。

〈ちょっと待ってくれ〉

富岡が受話器を手で覆う気配がする。しばらくして、後藤ですという、穏やかな声が聞こえた。

〈避難勧告ではなく避難指示ですか。それも区内全域に〉

「そうです。この台風は今後も勢力を増していきます。すでに、最大瞬間風速80メートルを超えているところもあります」

〈いまそんなものを出せば、大混乱が起こります。台風が去って、ほっとしたところです〉

「明るいうちに避難を終えておくべきです。夕方には風雨がもっと強くなります。暗くなってからだと時間もかかるし、事故も起こります」

後藤の声が数秒途絶えたが、分かりましたという声が返ってくる。

〈ほかに私たちができることは？〉

「非常用発電機をチェックするように、各機関に通達を出してください」

〈停電が起こるということですか〉

「すべて可能性です。しかし今回は、一〇〇パーセントに近い」

〈最悪の可能性に備えてこそ、その効果は評価される、といわれます。誰の言葉だったかな〉

玉城は後藤の言葉には答えず続けた。

「特に、病院、ホテルなどの宿泊施設、デパート、劇場など人が集まる場所。エレベーターも止まります。それに、外出を控え、外にいる場合はすぐに自宅に帰るよう指示を出してください。電力会社、ガス会社、各交通機関、重要なライフラインに関わる企業には、最大限の準備をするよう通達を出してください」

〈この程度の風雨で、電線が切れるというのですか〉

「台風が戻ってきたときには充分考えられます。その前に、風で大量の海水が飛ぶはずです」

〈塩害ですか〉

「ええ、ショートします。海岸地域では停電が起こり、電車が止まることもあります。そうなれば、夢《ゆめ》の島《しま》やお台場は孤立してしまいます」さらに、と玉城は続けた。「荒川周辺のゼロメートル地帯にある避難所は、避難所の役をなさないと思います。今のうちに高い土地に建つ避難所に移ったほうがいい」

〈そうしましょう。『荒川防災研究』にも載っていましたね。ほかに何かありますか〉

後藤が職員に指示を与える気配がする。もれ聞こえる言葉の端々から、玉城に対する全面的な信頼が伝わってくる。玉城は懸命に考えをめぐらせた。

「荒川の氾濫を想定した準備をしておいたほうがいいかとも」

玉城が遠慮がちに言うと、一瞬、受話器の向こうに緊張が走るのが分かった。

〈戻ってくるのは、そんなに大きな台風なのですか〉

「記録にあるなかでは、最大の勢力をもつものです。それに、現在の日本列島は大量に水分を含んだ雨雲に覆われています。さらに、ここ数日の雨量を考えると関東地方、いえ日本全土が水分でブヨブヨです。私が知る限り最悪の状態です」

〈直ちに地下鉄駅、地下街の出入り口には防水板を設置します。他区、および消防にも連絡して、荒川、隅田川周辺には、可能な限りの準備をさせます。これでいいですか〉

「あとは考えてください。私にできることは、台風の大きさとコースを予測することだけです」

〈それだけできれば大したものです〉

後藤の穏やかな声は、相手の神経を落ち着かせる響きがある。これも、危機管理室の室長に選ばれた大きな理由の一つかもしれない。

電話は富岡に代わった。

〈ところで、孝彦君、きみはこれからどうする〉

「最新データを入れて、もう一度地球シミュレータに計算を申請します。関東上陸後の動きを知ることも必要です」

〈家族は大丈夫なのか。それに、恵子は自宅に戻っているのか〉

「僕の母親がいるので、子供たちは大丈夫です」

恵子はまだ帰っていないとは言えなかった。

困った奴だと呟く声が聞こえる。玉城がかばっていると分かっているのだ。

〈新しい情報が出たら報せてほしい。後藤室長からの伝言だ〉

「分かりました。できるだけ早く、避難指示を出してください。タイミングを誤れば、

た。

風雨はさらに激しくなっている。横殴りの雨の向こうに、飛沫《しぶき》を上げる駿河湾が見えた。

玉城は電話を終えると、窓の外に目をやった。

二次災害を引き起こします」


玉城の身体を痺《しび》れにも似たものが走り抜けた。来るなら来い、そう声に出して叫びたかった。今まで感じたことのない、荒々しい気分が湧《わ》き上がってくる。

恵子のことを考えた。リバーサイド・ビューの建設現場で、作業員たちに指示を出しているのだろう。その横に立っているのは、土浦だ。

「いつもの玉城さんとは別人のようです」

木下がそばに来て、海のほうに視線を向けた。後藤や富岡との電話でのやり取りを聞いていたのだ。

「地球シミュレータの申請、僕がやっておきます。今度は僕らでも通りますよね」

木下は片目をつむって、パソコンの前に座った。

窓から見える芝生には、保水しきれなくなった水が溜まって沼地のようだ。今後の行動を決めておかなければならなかった。しかし、自分に何ができるというのだ。

そう思ったとき、ふっと、伸男の顔が浮かんだ。今ごろ、何をしているのか。あの電話の女性は誰なのか。あの古い家にいなければいいが。

「ちょっと見てください」

パソコンにデータを打ち込んでいた木下が、玉城を呼んだ。

「ジェミニが速度を増しています。あと、九時間もすれば日本も暴風域に入る。まさに、シミュレーション通りです」

「我々にできることは――」

口に出してはみたが、すぐには浮かばない。

「早く地球シミュレータにかけましょう」

木下が言ったとき、電話が鳴り始めた。

「僕が出ます」

受話器を取った木下の顔が緊張した表情に変わり、何度も頷きながら「はい」と「分かりました」を連発している。

「都知事からです。外線を取ってください」

送話口を手で押さえて玉城に言った。

〈金森勇次郎《ゆうじろう》だが。きみが『荒川防災研究』を書いた、玉城孝彦博士かね〉

尊大なしゃべり方だが、どこかもろさを感じさせる声だ。そうです、と玉城は答えた。

〈漆原尚人先生を知っているかね。今は衆議院議員、前の東京都知事だ〉

「名前だけは。センター長から聞いています」

日本防災研究センター設立に貢献した一人だ。特に瀬戸口とは懇意だと聞いている。

〈漆原先生から、必ずきみのアドバイスを聞くようにと電話をいただいた〉

「この台風についてですか」

〈ほかに何があるかね。私も『荒川防災研究』を読んだが、確かによくできた防災研究だ。大いに考えさせられたよ。だが欲を言えば、もう少し早く出してくれていたらよかったんだが……〉

「あれはまだ発表されていません。来月の防災学会誌に掲載予定のものです」

〈そうかもしれんが、すでに出回っている〉

「私も驚いています」

〈それはいいんだ。今度の台風について、アドバイスをもらいたい。気象庁によると史上まれな大型台風だそうだ〉

「かつて類を見ない大型台風です。被害も相当なものになると覚悟しておくべきです」

〈それでは困るんだ。今からでもできる限りの手を打ちたい〉

木下が自分のノートパソコンを玉城のデスクに置いた。〈ひまわり〉の最新映像が映っている。一時間前よりさらに勢力を増し、速度も速くなっている。

「シミュレーションによると、東京上陸時には中心気圧807ヘクトパスカル、最大風速77メートルです。現在地は――」

〈分かった。もういい〉金森が玉城の言葉をさえぎった。〈私は台風の専門家になる気はない。都知事として、把握しておかなければならないことを聞いている〉

「洪水の可能性ですか」

〈今いちばん懸念されるのは荒川と隅田川の決壊、つまり洪水についてだ。もちろん、ほかの河川についても危惧《きぐ》はしているがね〉

「直ちに避難指示を出すことです。危険地帯から住民を避難させて、自衛隊に緊急出動を要請してください」

　玉城は、もう遅いですがという言葉を呑み込んだ。金森が沈黙した。

〈避難指示かね。気象庁は何も言ってきていない。もっと、現実的な対処法はないかね。つまり、都の経済活動を麻痺《まひ》させない方法だ〉

「ここ数日間の総雨量は６００ミリを超え、堤防を含めあらゆるところの地盤がかなり緩んでいます。台風が直撃したら、決壊はまぬがれません」

〈防ぐことはできないのか〉

「私たちにできることは限られています。危険場所に土嚢《どのう》を積んで、補強するくらいです」

〈都でも、その程度の通達は出している。ほかには？〉

「国土交通省の荒川洪水予報に従うことです。荒川洪水警報が出たら、都内の地下鉄、地下街、地下室、地下の駐車場にいる人たちに、直ちに地上に上がるよう指示を出してください。決壊すれば、地下への水の流入は都の予想より遥かに早い。地下にいれば、まず助からないと伝えてください」

〈分かった、そうしよう〉

一瞬の間があったが、掠《かす》れた声が返ってくる。第一声で感じた横暴さは完全に消えている。

「待ってください」

木下がパソコンを指差して、見るように合図している。合体した台風の強風域が東京湾にかかっている。コンピュータ・シミュレーションの新しい計算結果だ。

玉城は受話器を耳につけたまま身体が硬くなった。

「誰がやった」

「送ってきたのは——気象庁です。ただし、我々のプログラムを使っています。前回は東京の南東500キロ地点で時間切れでしたから」

〈どうかしたのかね。玉城君〉

「直ちに避難指示を出してください。台風の速度が速くなり、ますます巨大化しています。東京上陸が早まるかもしれません。荒川の決壊は避けられない。東京に膨大な量の水が流れ込むという前提で、都民に避難指示を出してください」

〈根拠はあるのかね〉

金森の引きつったような声が返ってくる。

「シミュレーション結果です。これは充分な根拠です。最大風速70メートル以上。瞬間的には、87メートルというシミュレーション結果が出ています。23号、いや24号は観測史上最大の巨大台風となって、日本列島を直撃します」金森は黙り込んでいる。「できる限り早急に避難態勢を作ってください。自衛隊、消防、警察、役所の職員、動員できる人員はすべて動員して、都内の避難状況を確認して、パトロールを強化してください。JRを含めて、すべての交通機関に自粛を求めたほうがいい」

玉城が話している合間にも、金森の荒い息づかいが聞こえてくる。

〈経済活動を完全にストップさせろというのか〉

「台風が接近して、立ち去るまで、せいぜい二日か三日です」

〈二日、それは無理だ〉

「人命と経済とどちらが大切なんです」

〈両方だ。日本の自殺者三万人のうち、三分の一以上が経済的な問題を抱えての自殺だということを知っているかね〉

玉城は言葉を返す気にもならなかった。この知事はなにを考えているのか。

「避難所も再考してください。学校、公民館、すべて三階以上に避難すること。病院もベッドはすべて三階以上に移すこと。私に言えることはそれだけです」

金森の返事を待たずに受話機を置いた。そして、そのままボタンを押した。

「松坂さんを呼んでください」

木下が好奇心いっぱいの顔で玉城を見ている。

〈参考になったかね。うちでは大いに参考にさせてもらっている。うちの計算機を使ったが、大きな違いはないと思う〉

玉城が口を開く前に松坂が一方的にしゃべり始めた。

「やっと認めてもらえましたか。ありがとうございます」

〈礼を言うのはこっちだ。これが終わったら、そっちに勉強に行くよ。若いのを連れて〉

受話器を戻すと、話しかけてくる木下を部屋に残し、ロビーに出た。

いつも受付にいる女性の姿が見えない。台風接近で、遠山が早退させたのだろう。残っているのは、この巨大台風に興味のある研究者だけだが、ほぼ全員にあたる。

玉城はロビーの隅で携帯電話を握り締めていた。ロビーはひと気がなく、閑散としている。窓に当たった雨が斜めに流れ、視界を閉ざしていた。

恵子に連絡を取ろうとしているが、つながる気配はない。諦めて自宅の番号を押すと、今度は拍子抜けするほど早く受話器が取られた。父さんでしょ、と大輔の声が聞こえる。

「東京はどうなってる」

〈幼稚園が休みになったって由香里は喜んでる。僕は悲しんでるよ。せっかくなら、僕が治ってから来てほしかった〉

大輔の不満そうな声が返ってくる。

「またチャンスはある。でも、今回はよく見ておくんだ。台風の怖さや厳しさをしっかり頭のなかに叩き込んでおくといい」

〈そのつもりだけどね〉

「窓の外の様子を見てくれないか」

待ってと言って、大輔の移動する気配がする。雑音が入り、電波の状態はよくない。早くするようにと言いかけた言葉を呑んだ。大輔の足のギプスを忘れていた。これだからあなたは、と恵子によく文句を言われる。

〈すごい風の音だね。それに雨もすごい。何も見えないよ〉

〈おうちが水のなかに沈んでしまいそう〉

由香里が割って入る。

「心配ないよ、これくらい。お父さんなんか、もっとすごい台風を見たことがある」

〈嘘《うそ》でしょう。テレビで、史上最大の台風だって言ってた〉

「台風なんてのは史上最大であろうとなかろうと、被害が出なければただの風と雨だ。

むしろ、地球に対する活性剤のようなものだ。大地に大量の雨を降らせ、弱い木々を排除し、脆《もろ》い岩石を砕く。川を作り山を削る。汚れた大気も一掃するしね。でも、一人でも被害者が出ればそれは災害だ」

〈この台風で出なければいいね〉

反論されるかと思ったが、大輔は素直に認めた。

「そうだな。おばあちゃんを呼んでくれ」

パパから電話、おばあちゃんと話したいんだって、という由香里の声が聞こえる。大輔の横で、受話器に耳をつけている由香里の姿が浮かんだ。

玉城は窓に顔を当てて外を眺めた。窓ガラスは水膜を貼《は》ったようで、外はほとんど見えない。

〈こっちでは避難勧告が出てるよ。できるだけ早急に、近くの避難所に避難するようにって〉

震えるような秀代の声が返ってくる。

後藤には避難指示を出すように頼んだはずだが、まだ住民に充分に伝わっていないのか。

「だったら、すぐに避難しなきゃだめじゃないか。年寄りや子供は、避難準備の段階で避難しなきゃならないんだ」

玉城はしゃべりながら必死で考えていた。現在の状況で、老人と子供だけで避難するのは危険だ。まして、子供は怪我《けが》をしている。かといって、水が出れば二階では危ない。なぜもっと早く、避難させなかった。悔やんだが、すべてが遅すぎる。

〈恵子さんが、自分が戻るまで待つようにと言ってきたのよ〉

「彼女、帰ってくるの？」

〈三〇分ほど前に電話があってね〉

「どこにいるって」

〈リバーサイド・ビューの現場だと思うけど。男の人の怒鳴るような声が聞こえてたから〉

「うちのマンションの人たちは？」

〈ほとんどの人が残っていると思うわよ。上の階から今も足音が聞こえてるし、赤ちゃんの泣き声も聞いたもの〉

「だったら、この雨のなかを避難するより、上の階の人に頼んで置いてもらったほうがいい。避難所だって、水が来ればどうなるか分からない」

〈恵子さんに相談してみるよ〉秀代は言葉を濁している。〈本当にひどい雨だね。こんなにひどく降るとは、思ってもみなかった〉

「秋雨前線が急に東に張り出してきたんだ。台風が接近したら前線を刺激して、雨脚がもっと強くなる。それに台風の強風が加わる」

〈だから、逃げ出す用意をしているんだよ。水が来たら身動きできなくなるからね〉

秀代は気のない口調で言った。玉城の忠告をはぐらかしているのは、避難の意思がないからなのか。

「できるだけ早く避難したほうがいい。いろいろ考え始めたらきりがないよ。上の階に避難することを、真剣に考えてよ」

〈だって、恵子さんが――〉

「僕らの寝室のタンスに、マンションの権利書や実印がある。持って出てくれないか」

〈嫌ですよ。恵子さんに頼むべきよ〉

「僕の携帯からは連絡が取れないんだ。回線が込み合っている上に、電波状態が極端に悪くなっている。アンテナのせいかもしれない」

ドアの開く音と声が聞こえた。なんと言ったか分からなかったが、女性の声だ。

「恵子が帰ってきたの？　だったら出してくれよ」

そのとき単調な電子音が聞こえ始めた。不安定だった回線が切れたのだ。


恵子は車を降りて、懸命に走った。

吹き付ける風と雨が身体に当たり、痛いほどだ。それが時間とともに目に見えて激しくなっている。確かに、玉城の言葉が実感を伴って迫ってくる。しかしこれは単なる集中豪雨で、台風の中心はまだ遥か彼方なのだ。だが玉城の言葉によれば、観測史上最大の大型台風となって戻ってきている。

ほんの一、二分の距離なのだが、何度も足を滑らせて転びそうになり、マンションのエントランスホールに飛び込んだときには全身濡《ぬ》れ鼠《ねずみ》だった。

「急いで避難所に行くのよ」

玄関に入るなり叫んだ。

乱暴に靴を脱ぎ捨てて、リビングに向かった。熊《くま》のぬいぐるみを抱いて、キッチンから飛び出してくる由香里とぶつかりそうになり、抱きとめた。

「避難所は大輔の小学校だったわね。準備はいい？　ママと一緒に行くのよ」

「クマも連れてってていいでしょ」

「いいわよ。大輔は学校の用意はできてるの」

「だって、休んでるんだよ。何を持ってけって言うの」

「教科書やノートに決まってるでしょ。ママを怒らせないで」

これではまずいと思った。言い合いをしている場合ではない。落ち着けと自分に言い聞かせた。

「私はもう少し、ここで様子を見ていたほうがいいと思うんだけど」

手に受話器を持って廊下に出てきた秀代が、遠慮がちに言う。

「孝彦からも電話があって、上の階に避難させてもらうようにって」

「電話があったの？」

「でも急に切れてしまって。つながりづらいようなのよ」

「上の階に知り合いはいるの？」

「四階の橋田《はしだ》さんの次男は大輔と同級生よ」

「頼めますか？」

「頼めないこともないわよね」

秀代は大輔のほうを見た。

大輔は困ったような顔をして視線を外した。恵子の脳裏を〈お天気大輔〉の落書きがよぎる。

「私の車で行きましょ。避難所まで一〇分もかからないわよ」

恵子は大輔のランドセルの肩紐《かたひも》を直した。

「でも――上の階のご家族もまだいるし、ここは二階だから水がきても大丈夫よ」秀代が煮え切らない態度で口を開いた。「二階以上の人は、ほとんど残ってる。私はへたに動かないほうがいいと思うけど」

恵子は秀代を睨《にら》むように見た。優柔不断なところは親子ともまったく同じだ。

「これからますます風も雨もひどくなるって、孝彦さんが言ってました。避難するなら今が最後のチャンスです」

「いざというときは上の階の人にお願いしてもいいし、消防署の車が来てくれるはず。年寄りと怪我人がいると申請してるから」

「それなら、とっくに来てるはずです。手が回らないのよ。この雨ですから」

恵子は秀代に構わず、由香里に雨合羽《あまガッパ》を着せた。大輔をせき立てて玄関に向かおうとしたとき、携帯電話が鳴り始めた。

〈念のため電話しました。クレーンは解体に入っていいんですね〉

興奮した渡辺の声が聞こえる。

「どういうこと。クレーンは組み立ててるんじゃなかったの」

〈土浦部長が急遽、解体して台風に備えるよう言ってきたんです。明日の未明には、超大型台風が上陸するとのことですから〉

「でも、すぐに暗くなる。風だって強くなるのよ。解体なんて、今からじゃ間に合わないでしょ」

〈ありったけのライトを集めて、すでに作業に入っています〉

「無茶よ。事故が起こったらどうするの」

恵子の声が思わず大きくなった。

「渡辺さん、あなただって分かってるでしょ。地上二〇〇メートルの屋上での夜間作業が、どんなに危険かってこと。おまけにこの風と雨よ」

大輔と由香里が泣きそうな顔で見ている。冷静に、冷静に。恵子は自分自身に言い聞かせた。しかし頭は混乱して、思考力はいつもの半分以下だ。全身から力が抜けていき、思わずその場に座り込んだ。

「恵子さん、大丈夫？　リバーサイド・ビューからの電話でしょ。行ったほうがいいんじゃない。なにか問題が起こったんでしょ」

秀代が恵子を覗き込み、いたわるように言う。恵子はわずかに落ち着きを取り戻した。

「でも、子供たちが……」

振り向いて大輔と由香里を見ると、二人とも半泣きで恵子を見つめている。

「私が避難所に連れて行くなり、上のお宅にお願いするなりします。大丈夫よ」

秀代がいつになくきっぱりと言い切った。

「それじゃあ、お義母《かあ》さんが……」

「大事な仕事なんでしょう。ここ数年、夢中でやってきた」

〈どうしましょう。このまま解体を続けますか〉

耳元では渡辺の声が聞こえている。

「ジブは外したの？」

ジブは動力部から突き出た腕の部分で、もっともバランスの悪い箇所だ。

〈あと一〇分もあれば外れます。でも、その後は時間がかかりそうで〉

「じゃあ、ジブは外して。あとは、その状態で補強にかかってちょうだい。ボルトやナットはすべて締めなおして、外れそうなところは取るか、なにかで固定して。土台やマストはそのままにしておくのよ。中途半端がいちばん危険なんだから。分かったわね」

恵子は強い調子で言ったが、自分の判断が正しいのか間違っているのか自信がない。

〈それで、副主任は来るんですか、来ないんですか〉

「すぐに行くわ」

言ってはみたが、まだ迷っている。秀代に支えられて立ち上がったが、足取りは定かではない。しっかりしろ、恵子。心のなかで、自分を叱《しか》りつけた。

「早く行きなさい。あとは私に任せて」

「ありがとうございます」

恵子は秀代に頭を下げた。心底ありがたく思ったのだ。

「ママは一緒に来ないの？」

二人の様子を見ていた由香里が心細そうな声を出す。

「大丈夫。おばあちゃんとお兄ちゃんがついてる」

秀代が抱き取ろうとするが、恵子の手を離そうとしない。

「ママは仕事があるのよ。由香ちゃんは、おばあちゃんを手伝うって言ってくれてたでしょ」

「今度、ゲームをさせてやるから、母さんを行かせてあげなよ」

秀代と大輔の言葉に、由香里はようやく手を離した。

これでよかったのか。自分が本当に守るべきなのは、リバーサイド・ビューより子供たちではないのか。恵子はまだ迷いながら車に向かって走った。

昼間だというのに、辺りはすでに薄暗い。

いつもなら一〇分もかからない道だが三〇分近くかかった。

車がスーパー堤防に上がったとき、荒川が視界に飛び込んできた。濁流の上げる重い響きが車内にも伝わってくる。「荒川が泣いている」と玉城が言ったことがあるが、まさにその通りだ。

恵子は車を降りるとロビーに駆け込んだ。そのまま屋上に上がると、猛烈な風雨のなかで一〇人近い作業員が動き回っている。満足に目さえ開けていられない。確かに玉城が言ったように地上とは風速がまったく違う。

クレーンのジブが支柱から取り外され、解体作業が続けられていた。

「何してるのよ。ジブだけ外したら補強にかかるように言ったでしょ」

思わず大声を出した。数人の作業員が手を止めて恵子のほうを見たが、半分も聞こえているとは思えない。

「もう時間がないのよ。台風はすぐそこまで来てるの」

恵子は近くにいた作業員の腕をつかんで怒鳴った。

「でも、上陸は明日の未明と聞いています」

「今夜の零時には暴風域に入るの。風速25メートルよ。ただし地上でね。このてっぺんじゃ、どのくらいになるか見当もつかない」

「じゃあ、どうすればいいんです」

「ジブは外したままで、急いで補強にかかって。完全に組み立てる必要はない。外したボルトを締め直して、可動部はロープで固定するのよ。できる限り頑丈にするの。ジブや外した部品は安全な場所に移動して」

一瞬の迷いはあったが指示を出した。自分の判断は間違っていないはずだ。

「解体途中に台風が来るより、遥かに安全なはずよ。残りの人はマンション内外の点検を急いで。窓は完全に閉まっているか。危険物は置いてないか。換気口はすべて目張りをして」

「台風の東京直撃が早まりそうです。午前零時前に、東京は暴風域に入る可能性があります」

作業員の一人が、携帯電話を耳に当てたまま大声を出した。その声も半分は風に飛ばされ、完全には聞こえない。

「とにかく、急いで」

恵子は空を見上げ、叩きつけるように落ちてくる雨と風を全身で受け止めた。


玉城は窓際に立って外を見ていた。数本ある外灯の光のなか、雨が白煙のように舞っている。その先の駿河湾では、高波が飛沫を上げているはずだが今はまったく見えない。

「先輩、自宅は大丈夫なんですか。たしか、荒川と隅田川との間でしたよね」

背後から木下の声がした。

「江東デルタ地帯の荒川寄りです。海抜ゼロメートル。前から何度も話してますよ」

「だったら、すぐに帰ったほうがいい。ここは僕がやりますから」

玉城は考え込んだ。

気象学者にとって、いまは防災研にいることがベストだ。気象庁を含め、全国からの情報をリアルタイムに見ることができる。これから起ころうとしているのは、史上最大の台風の襲来なのだ。日本中の気象関係者が固唾《かたず》を呑んで見守っているし、科学者として観測し、分析する義務もある。

しかし、現在、日本でもっとも危険な地域の一角に住む家族はどうなる。耳の奥には心細そうな秀代の声が残っている。会話の途中で切れてから、何度電話をかけ直してもつながらない。

「迷ってる場合じゃないでしょう。仕事が大事か、家族が大事か。選ぶべきは決まってます」

木下がこんなことを言い出すとは驚きだった。しかも、家族を取れと言っているのだ。

「あと数時間もすれば、風も雨もさらに強くなります。新幹線は動いていますが、いつ止まるか分かりません。高速道路は通行止め区間が出ています」

玉城はデスクに戻り、荒川を映すディスプレーに目を留めた。

荒川はさらに水位を増し、ほとんど全域にわたり、土手すれすれを流れている。すでに避難指示が出ているはずだ。この状態で最大瞬間風速80メートルを超える台風が襲ったら、荒川、隅田川のどこが決壊してもおかしくない。決壊すれば、その水は東京都心部の隅々に流れ込んでいく。

「帰らせてもらいます。あとはお願いします」

玉城は、デスクの私物のノートパソコンを閉じて立ち上がった。

「傘なんてまったく役に立ちませんよ」

木下がロッカーから雨合羽の上下を出して渡してくれた。玉城は上着とズボンを身体に当ててみた。

「僕のバイク用です。大きさが合う合わないは問題じゃないですよ」

身長は木下が一〇センチ高く、体重は玉城が一〇キロ重い。

それにと、木下は数枚のゴミ袋を目の前に突き出した。

「駅に着くまでにずぶ濡れです。パソコンはこれで二重に包んでカバンに入れて、カバンもこのビニール袋に入れてください」

礼を言ってドアを開けようとしたとき、先輩、と呼ぶ声が背を打った。

「気をつけて。必要な情報は言ってください。いつでも送ります」

振り向くと、木下がパソコンを指して微笑《ほほえ》んでいた。


リバーサイド・ビュー一号棟の屋上で、恵子はクレーンの補強を指揮していた。

目の前には、取り外されたクレーンの巨大なジブが置かれている。

辺りは一時間前とは、まったく様相を異にしていた。まだ、午後四時を回ったところだというのに、空は降りしきる雨で薄暗く、すでに陽が沈んでいるようだ。風も強く、作業員に借りた防水上着が大きすぎてパタパタと音を立てている。立っているのがやっとで、顔に当たる雨粒は痛いほどだ。

台風の合体とUターン、集中豪雨。すべて玉城の言った通りになった。『荒川防災研究』が現実味を帯びて迫ってくる。日ごろは何をしているのか分からなかったが、彼は彼で着実に自分の世界を構築していたのだ。

「今からでもクレーンを解体しましょうか」

渡辺が不安そうな声で恵子に聞いた。

「そんな時間はないと言ったでしょ。すでに、ここの風は普通じゃないわ。30メートルを超えてるかも。暴風域に入れば、もっともっと強くなる。すぐに作業なんてできる状態じゃなくなるわ」

恵子は懸命に頭を働かせながら言った。

どうすればいい。玉城の言葉を信じれば、台風の最大瞬間風速は80メートルを超えるという。その風がどの程度のものなのか、恵子は懸命に思い出そうとした。

気象庁のパンフレットには、風速30メートルで木造住宅が吹き飛ばされると書いてあった。さらに玉城によると、地上五〇〇メートル以上では、風速が三倍にもなるという。だとすると、リバーサイド・ビューの屋上ではどうなる。想像もできない風速だ。今にして思えば、あのパンフレットも恵子に読ませるため、玉城が意図的にキッチンのテーブルに置いたに違いない。

風に混じって怒鳴るような声が聞こえてきた。入り口に目を移すと、土浦が作業員たちを押し退《の》けるようにしてやってくる。

「こんなところで何をしてる。危険なのが分からないのか」

風を避けるために、首をすくめるようにして怒鳴った。それでも声は風に阻まれ、よく聞き取れない。

「この風と雨じゃ、どこにいても危険よ」

「クレーンはどうだ」

「補強するように指示を出したわ。と言っても、外したボルトを締め直すだけだけど」

「解体するように言ったはずだ」

「何時間かかると思ってるの。あと数時間で東京は強風域に入るわ。それにすぐに真っ暗になる。ライトの明かりの下での作業はますます危険よ」

「私は責任取れないぞ」

「どう責任を取るつもりだったの」

声が風に消されて聞こえなかったのか無視したのか、土浦は答えない。

「念のために、周辺住民の避難を警察に頼んで」

恵子は渡辺に向かって声を張り上げた。

「リバーサイド・ビューが風で倒れるとでもいうんですか」

「想定外のことを考えるのも私たちの仕事よ」

「やめろ。住民に余計な不安を与えるだけだ。度がすぎると、かえって被害を招く。それに、周辺住民はすでに避難しているはずだ」

「スーパー堤防上のコミュニティ・センターに避難者が集まっていると聞いています。国が安全を売りにしていますし、水が出てもここは水没しませんから」

渡辺が土浦に向かって言う。

「とにかく余計なことはするな。必要なときは私が指示を出す。きみは私の指示に従っていればいい」

土浦の言葉に、渡辺は肩をすくめた。

スーツ姿の事務員が屋上に出てきて傘をさそうとしたが、即座に傘は裏返され、骨組みを残して吹き飛んでいった。

「荒川周辺の住民に避難指示が出ました」

「我々はどうなるんですか。避難しますか」

「リバーサイド・ビューは大丈夫だ。洪水になっても関係ない」

「私が心配しているのは水より風よ」

恵子が土浦の言葉を否定する。

「あの防災博士が言ったからか。きみは充分な強度があると言っていたはずだ」

「この建物はまだ建設中です。完成して初めて充分な強度が保たれるんです。何度、言わせるの」

渡辺が作業員とともに土台に上がり、一度締めたボルトを緩め始めている。

「やめなさい。危険よ。補強したらすぐにここから離れなさい」

「勝手な真似《まね》をするな。約束を忘れたのか」

「現実を乗り切るほうが先よ」

そのとき、一段と激しい風が吹き付けた。

クレーンの土台についたポールがわずかに動き、風雨の音に混じって金属の擦《こす》れ合う鈍い音が響く。

「リムが外れる。逃げろ！」

作業員の叫び声とともに、クレーンのポールを支えていた鉄パイプのボルトがはじけ飛んだ。

渡辺の身体が大きく傾き、いったん宙を舞ったかと思うと床のコンクリートに叩きつけられた。ポールから外れた長さ二メートルほどの鉄パイプが、渡辺に襲いかかったのだ。

恵子は倒れた渡辺のもとに駆け寄った。ヘルメットに二〇センチほどの亀裂《きれつ》が入っている。鉄パイプはヘルメットを直撃し、その後、彼の肩にも当たったようだ。

「大丈夫？　しっかりして。目を開けて」

「動かさないほうがいい」

抱き起こそうとする恵子の腕を土浦がつかんで止めた。

「見る見るうちに赤い染みが広がっていく。

奇妙な角度に曲がった腕を見て、恵子は叫んだ。頭の辺りのコンクリートに、見る見るうちに赤い染みが広がっていく。

「血よ。頭から出てる。渡辺さんが死んでしまう」

込み上げてくる悲鳴を必死でこらえた。頭のなかが真っ白になって、何も考えることができない。

「すぐに救急車を呼んでくれ。どこかに担架があっただろう。持ってくるんだ」

土浦が作業員に出す指示が、恵子の耳の奥で響いている。

「死なないで。渡辺さん、死なないでよ」

「やめろ。作業員が見ている」土浦が恵子を引き離し、耳元で押し殺した声を出した。

「クレーンをなんとかしろ。あのままでは倒れる」

土浦に肩を揺すぶられ、我に返った。

クレーンを見上げると、風に煽《あお》られてかたかた不気味な音を立てている。

「どうしろっていうの。これ以上、怪我人は出せない」

「きみの責任でなんとかするんだ。私は渡辺君に付き添って病院に行く」

作業員が担架を持ってきた。

「頭を動かさないように。そっとだ」

土浦は作業員の手を借りて渡辺を担架に乗せている。コンクリートの赤い液体は、見る間に雨に流されていった。

「急いでポールを補強するのよ。このままじゃ倒れる。予備のパイプがあったでしょ」

恵子は立ち上がって怒鳴った。横なぐりの雨が顔を打ち、目と鼻の奥がひりひりする。

二人の作業員が慌てて鉄パイプを運んできた。

「雨で滑るから気をつけて」

恵子はレンチを持ち、作業員をクレーンのほうに誘導した。

3

掛川駅は人で溢れていた。

豪雨と台風の接近により、ダイヤは大幅に乱れている。

玉城は息を吐いた。気象庁は史上最大の台風接近と強調していたはずだ。しかし、一般の人にはまったく通じていない。普段通り出勤、外出した挙げ句に帰れなくなっているのだ。

そう考えて苦笑した。自分もそのなかの一人だ。交通に大きな支障が出ることは分かっていて、ぎりぎりになって東京に帰ろうとしている。新幹線の券売機の列に二〇分も並んで、ようやく切符を買った。確かに木下のアドバイスは正解だった。もう少し遅れたら、切符さえ買えなかっただろう。

　新幹線を待っていると、携帯電話が鳴り始めた。

〈富岡だが、きみは現在、センターか〉

「いま掛川駅です。これから東京に帰ります」

〈区役所に来てくれないか。後藤室長が、ぜひお願いしたいと言っている〉

「僕は家に帰ります。マンションには、母と子供たちだけなんです」

〈恵子はまだ帰ってないのか〉

「連絡が取れませんが、仕事で手が離せないようです。責任感の強い人ですから」

数秒の間があって、しようのない奴だ、という呟きが聞こえる。

〈後藤ですが――〉電話の相手が代わった。〈あなたの言っていた、想定外のことが起こりそうだ。区の危機管理室に来てもらえませんか〉

「私が行ってもお役に立てることはないと思います」

〈台風の実態については、我々の誰よりもあなたのほうがよく知っている。それに、荒川についても。ぜひ、アドバイスをお願いしたい〉

「しかし私には――」

〈あなたにも家族があることは分かっています。だが、江東区の住民として、我々に力

を貸してほしい。それがご家族のためにもなると思う〉

「母と子供が私を待っています」

〈何時の電車に乗る予定ですか〉

「次の新幹線に乗ります。ダイヤはかなり乱れていますが」

〈東京駅に着く時間は分からないのですね〉

「申し訳ありません」

〈気をつけてください。いま東京はすごい風雨です。建物から一歩外に出たら、立っているのがやっとです。失礼、こういうことはあなたのほうが詳しいですね〉

ホームのアナウンスが、列車が着くことを告げている。

時間がありませんからと言って、一方的に通話を切った。切った後で、行くべきだったかと考えたが、行ったとしてもさほど役立つとも思えない。後藤は玉城のことを買い被《かぶ》りすぎている。自分は防災の専門家ではなく、気象学者にすぎないのだと自分自身を納得させた。

アナウンスでは新幹線はすぐに到着するようなことを言っていたが、いっこうに来る気配はない。

玉城は携帯電話を取り出した。七回目の呼び出し音で恵子の声が聞こえた。

〈いまはダメ。あとで掛け直す〉

「やっと通じたんだ。一分でいい」

〈急いで。クレーンの補強をやってるの。ちょっと待って〉

そのままボルトを締めて、目いっぱい強くよ。恵子が指示を出す声が聞こえる。

「いま、掛川駅にいる。次の新幹線に乗る」

〈何時ごろ帰って来られるの〉

「分からない。電車のダイヤが乱れている。避難指示はまだ出ていないのか」

〈出てるわ。でも、私はリバーサイド・ビューにいるのよ。何もできない。大輔と由香里はお義母さんに任せてるわ〉

「大丈夫なのか。いくらしっかりしてるといっても、お袋は六〇近い」

背後で怒鳴りあうような声が聞こえる。かなり混乱しているようだ。

〈私には分からない。いま――現場にいるの。あと一時間でクレーンの補強が――マンションの現場じゃ――屋上の風はあなたが言った通り――〉

声が途切れて聞き取りにくい。雑音が入り始めたかと思うと、通話は切れた。その後はリダイヤルボタンを押してもまったく通じなくなった。

アナウンスがあってから二〇分後に新幹線が入ってきた。ほぼ満席で、ダイヤはまったく当てにならない。

玉城は雨合羽のままデッキのドアにもたれ、窓の外を見ていた。電話での恵子の声を思い返した。いつもと違っていたが、泣いていたのかもしれない。そして、周りの緊迫感。何か起こったのか。

新幹線は通常よりかなり減速して運転していた。おそらく普通列車とさほど変わらない速度だろう。電車のなかを走りたい気分だった。

雨に煙る道路には人一人見えず、ときおり水しぶきを上げて車が走り抜けていく。建ち並ぶ住宅は必死で息を潜め、嵐が通り過ぎるのを待っているように見える。日本中がこの台風の下にひれ伏しているのだ。

二時間半近くかかって東京駅についた。どうして家まで帰ろうかと考えながら、人込みをかき分けて在来線への乗り継ぎ改札に向かった。

「孝彦君」

呼び声に驚いて視線を上げると、改札の向こう側に富岡が立って手を挙げている。

「義兄《にい》さん。僕を待っていたんですか。しかし、よく見つけることができましたね」

「一時間と二〇分、ここに立ってた。後藤室長に必ず連れて来いと言われている」

「僕は行けません。子供たちと母親が待っているんです」

「区の職員を差し向けた。もう、マンションに着いているころだ」

「僕が区役所に行っても何もできませんよ。荒川の専門家は役所にもいるでしょう」

「彼らは防災の専門家ではない」

「僕だって違います。みんな勘違いしている。迷惑な誤解です」

恵子の叫んでいるような声が甦った。秀代の怯えた声は耳の奥に貼りついている。

歩きかけた玉城の腕を富岡がつかんだ。

「きみは、『荒川防災研究』を書いた荒川と防災の専門家なんだよ。なぜ、きみは研究対象に荒川を選んだのか、自分がいちばんよく知っているんじゃないか。荒川には負けたくないはずだ」

荒川に負ける……玉城は言葉に詰まった。

荒川は馴染《なじ》み深い川だ。物心ついたときから水辺に入り、河原で遊んでいた。そして――。

だが、『荒川防災研究』は、過去のデータを分析して、学術論文として書いたものだ。私意は入れていない。

孝彦君、と呼びかけて、富岡が玉城を見つめている。

「区の職員にも妻子もいれば親だっている。しかし、それを理由に休む者は一人もいない」それにと言って、軽く息を吐いた。「父上のことを考えてほしい」

いつもの人なつっこさは消えて、初めて見る厳しい表情をしている。

玉城は頷かざるをえなかった。富岡に背中を押され、歩きながら携帯電話を出した。

「通じないよ。通話が集中しているんだ。そろそろマンションにやった職員が連絡してくるはずなんだが」

富岡はそう言って、それにしても、と玉城を見た。すっかりいつもの顔に戻っている。

「完全防備だな。暑くないか」

「濡れるよりいいですから」

玉城は上着の襟元をつまんで動かし、風を入れた。

一時間以上待ったと言っていたが、富岡のシャツとズボンにはまだ濡れたあとが残っている。

「なんだ、そのゴミ袋は」

「カバンです。なかにパソコンが入っています」

「センターからのデータは、どこにいても受けることができるということか」

富岡は時計を見た。

「急ごう」富岡が立ち止まっていた玉城の背を押して再び歩き始めた。「きみと一緒でなければ帰って来るなと、後藤室長に言われている」

「あの人は、なぜそんなに僕を必要とするんですか」

「俺にも分からん」

駅の外に出ると、カバンの入ったゴミ袋を抱きしめ、思わず目を閉じた。雨が横から吹き付け、顔を打った。メガネ越しに雨の入った目がひりひりする。

玉城は舌を出して雨を受けた。雨粒が舌を打ち、顔を流れる水滴が唇から口中に広がる。

「何をしてる」

富岡の声も風に流されて、ほとんど聞こえない。

立ち止まっていると、腕をつかまれ、歩道に乗り上げるように停《と》めてある四輪駆動車に連れて行かれた。富岡は服を着たまま水を浴びたように、全身からしずくをたらしている。

心のなかで木下に礼を言った。傘などまったく役に立たない。それに、この塩分の強い雨に少しでも濡れればパソコンはまったく使えなくなる。

ワイパーは間断なく雨をかき分けるが、ほとんどその役目を果たさない。運転手はしがみ付くようにハンドルを握り、身体を乗り出して前方を確認しながらゆっくりと車を進めていった。

「恵子は？　連絡が取れないんだ」

「リバーサイド・ビューです。現場を指揮しています」

「母親であれば、こんな日ぐらいは子供のそばにいるべきだ。きみからもきちんと言ったほうがいい。あいつが素直に聞くとは思えないが」

富岡は苦々しい表情をした。

きみは強情な女が好きなのか、初めて富岡に会ったとき聞かれた言葉だ。どう答えたか忘れてしまったが、そのときの富岡の表情はときどき思い出す。おそろしく真面目《まじめ》な顔をしていた。

「恵子さんは、あのタワーマンションに賭けているんだと思います。心血を注いでいるんです。やりたいようにやらせてあげたい」

玉城は先ほどの携帯電話での恵子の声を思い浮かべた。いま考えると、確かにどこか普通ではない切羽詰まった響きがあった。

「きみがそう言ってくれるのはありがたいが、やはり二児の母親だ。子供を第一に考えなければ」

「僕は父親です。子供には僕にも半分の責任があります」

「そんなことを言ってるから、恵子が勝手なことをやるんだ」

「それに、僕の母が付いています。彼女は何度も洪水を経験しています」

そうだったなと言って、富岡はいたわるように玉城の肩を叩いた。

車が停まった。フロントガラスを叩く雨のカーテンを通して、信号機が赤になっているのが見える。

玉城の携帯電話が鳴り始めた。

木下からだ。こういう状態でも携帯電話が使えることが不思議な気がした。

〈今どこです〉

「江東区の区役所に向かっています」

〈家じゃないんですか〉

「ちょっと寄るだけです。すぐ家に帰ります」

〈ラッキーでしたね。先輩が出て一時間後に、上り新幹線は名古屋で止まりました。浜《はま》松《まつ》辺りで冠水があったようです。線路は水浸しらしいです〉

「で、用件は？」

〈八丈島《はちじょうじま》がジェミニの暴風域に入りました。中心気圧８１７ヘクトパスカル、最大風速61メートル、半径７５０キロの大型台風です」

　最大瞬間風速は80メートルを超えているだろう。玉城は頭のなかで計算した。

「速度は？」

〈現在時速42キロ。でもシミュレーションでは、東京に近づくにつれて減速し、自転車並みの速度になります。悪くすると停滞です〉

「東京が暴風域に入るのは？」

　富岡が隣で聞き耳を立てているのを感じる。

〈今夜の一一時から零時ごろ。そのころには、半径８００キロ以上の超大型台風に発達しています〉

「約五時間後ですか」

玉城は時計を見て呟いた。

〈日本列島は水没するかもしれませんよ〉

「新しい情報が出たら報せてください」

日本が海になるのか、玉城は呟き、携帯電話を切った。富岡に目を移すと今まで気づかなかったが、顔には不安と焦燥と疲労が入り混じって貼り付いている。やはり、数日間家に帰っていないのだ。

「超大型台風です。自動車並みのスピードで日本に迫っていますが、東京の手前で減速するそうです。現在停滞している秋雨前線とぶつかって、日本中にすごい大雨を降らせますよ」

「いまもすごい大雨だ」

「いま以上の豪雨になります。一時間に150ミリ以上。まさに、バケツをひっくり返したような雨です」

富岡が眉根《まゆね》を寄せて考え込んでいる。玉城は車の外に視線を移した。

雨に煙る東京の下町。その上空に水分をたっぷり含んだ秋雨前線が停滞している。そして、南東の太平洋からは水の塊のような熱帯低気圧が、自動車並みのスピードで迫っている。

この台風が秋雨前線を突っ切ろうとすれば、史上まれな豪雨が日本列島を襲うことは間違いない。〈家が潜水艦になったみたい〉という大輔の言葉を思い出した。

「日本列島は水没する……か」

木下の言葉を繰り返した玉城を、えっ、という顔で富岡が見た。

窓の外は打ち付ける雨で数メートル先も見えず、どこを進んでいるか見当もつかない。車が走っていることさえ不思議な気がした。三〇分あまりかかり、ようやく区役所に着いた。

富岡に連れられて部屋に入ると、喧騒《けんそう》が玉城を包んだ。

「江東区役所危機管理室だ」

富岡が耳元で囁《ささや》いた。

正面の壁には大型スクリーンがあり、その両側に横五列、縦四列、計二〇台のモニターテレビが設置され、江東区内の各所を映し出している。その半分以上が雨に煙る荒川と隅田川で、残りは主要駅前、商店街、区の施設の映像だ。

「一年前、各部に分散していた組織をここに集結させた」

富岡が誇らしげに言った。

玉城は、江東区では去年、最新の防災システムを導入したと何かで読んだのを思い出した。

富岡が前方に向かって軽く会釈すると、中央の椅子に座っていた男が立ち上がり、玉城のほうにやって来る。後藤室長だ。身体にぴったり合ったグレーの防災服姿の後藤は、四日前に会ったときとは別人のように見える。信頼感とともに力強さがあるのだ。

「来ていただいて感謝しています。といっても、無理やりにですが」

「私がお役に立てるかどうか」

「先生に身近にいていただけるだけで心強いと思っています」

後藤の言葉を聞いて、富岡がひっくり返りそうな素振りをしている。しかし、もっと驚いたのは玉城自身だ。なぜ後藤がそれほど自分を評価するのか分からなかった。

「先生のご自宅には職員をやっています。着き次第、連絡してくることになっています。この状況ですから、時間のかかることはお許しください」後藤は丁寧な口調で言って、さて、と続けた。「『荒川防災研究』を読んだときには、正直とんでもないトラブルメーカーだと思いました。しかし、先生にお会いして、考えが変わりました。学問もさることながら、それ以上に信念を持ったお方だ」

「私にできることは多くはありません」

「だが、我々にはない能力を持っておられる。充分、誇るべきものです」後藤は若い職員を呼んで、メモを取るように命じた。「まず、確認しておきたいことは、雨風はこれよりひどくなるかどうかです」

「これは序の口です。まだ、台風の端がかかっているにすぎません。台風の眼《め》、つまり中心は700キロ以上先にあると思ってください。現在はかなりのスピードで日本に向かっていますが、今後、東京に近づくにつれて速度を落とします。最悪の状況です」

「前半部分はうちの気象担当職員も言っていました。彼女は気象予報士の資格を持っています」

「天気図を読める人なら、全員が同じ判断を下すでしょう」

「そのほかに気づいたことは？」

後藤は落ち着いた口調で尋ねた。

「ここ数日間の雨で、日本中の地盤が緩み、山の保水力が限界に来ていることはご存知ですね」玉城の言葉に後藤は頷いた。「特に秩父山系では、600ミリ以上の雨が降っています。これ以上降ると、とても蓄えきれない。外見はなんともなくても、地面のなかはポタージュ状態です。いずれ、山間部では崖崩《がけくず》れ、土石流などが頻繁に起こります。住宅地では地盤の陥没、下水道からの出水が起こるでしょう。台風による海水の吹き寄せ、河川の逆流、さらに高潮、大潮、満潮が重なると――」

分かりますね、という表情で後藤を見た。

「『荒川防災研究』に書いてある、最悪の状況をもたらす項目が埋まってきているわけですね」

後藤は独り言のように呟いた。

玉城は荒川のモニターテレビの前に進んだ。どの画面にも、川幅いっぱいの濁流が映っている。このまま雨が降り続けば、どこかから水が溢れ出すことは間違いない。おまけに、迫っているのは史上最大の台風だ。

富岡が不安そうな表情でモニターを見つめたまま玉城に説明を始めた。

「危険な状態であることは認識している。すでに荒川、隅田川周辺五〇〇メートル以内に住む住民に対しては、避難指示を出している。そのほかの住民には避難勧告だ」

「必要なものは何でも言ってください。すぐに用意します」

後藤が横に来た。

「電力会社への通達は？　雨が異常にしょっぱかったです」

「塩害に対しても、できる限りの対策を取るように要請してあります」

「停電になることを前提に対策を立てるべきです。信号機、街灯、すべてがダウンします。現在、東京に降っている雨の五分の一が、台風に巻き上げられた海水です。近づいてくるにつれ風速が増すと、ますます海水の割合が多くなります」

後藤と富岡が顔を見合わせている。

「広域停電に対する対策を今から徹底しておいてください」

後藤の指示を横の職員がメモに取っている。

「日本防災研究センターのパソコンと接続させてください」

玉城は、カバンからゴミ袋で二重に包んだパソコンを出した。木下の指示に従って正解だった。ゴミ袋に入れておいたカバンのなかにも雨は染みこんでいた。

「『荒川防災研究』に書かれている第一危険区域には重点的に人を配置して、土嚢も多めに用意しています。過去の決壊場所も同様です」

荒川、隅田川の堤防危険区域を具体的にあげて、危険度ごとに第一から第三までランクを付けているのだ。

「第三危険区域まで人を派遣してください。どこが決壊しても、東京が水浸しになるのは同じです。できる限りの人員を集めて、土嚢と一緒に配置してください。川が蛇行している外側、橋や鉄橋の周辺に並べて補強するためです。これは、江東区だけの問題じゃありません。ほかの区の防災担当者にも直ちに報せてください」

後藤の指示で、メモを取っていた職員が別の職員に代わり、デスクに戻って電話をかけ始めた。

「地下鉄、地下街の出入り口はどうなっています？」

「すでに防水板を入れています。我々がもっとも危惧している場所です」

「でも、防水板でもつかどうか。地下鉄には絶対に水を入れないでください。数時間で東京の地下の三分の一は水浸しだ。土嚢も充分な数を用意するように」

玉城はしゃべりながら虚《むな》しさを覚えていた。迫り来る台風の規模を考えると、この程度のことで対応できるとは思えなかった。まったく無駄なことをやっているのではないのか。

「やめてくれ、堤防が必ず破られるような言い方は。住民に不安を与え、職員の士気を下げる」

富岡が口を挟んでくる。

「堤防決壊の話じゃありません。いまのは、単に豪雨による洪水被害です。決壊だと、防水板や土嚢ではまったく役に立ちません」

「住民にパニックを起こさせたいのか」

「脅しているわけじゃありません。心の準備はしておくべきです」

前の机で電話のボタンを押していた職員の指が止まっている。玉城の話を聞いているのだ。

「住民の避難指示は出しています。現在、地元の消防団と消防署が協力して、水没危険地域を見回っています」

後藤が玉城と富岡の間に割って入る。

「避難していない住民はまだかなりいるのですか」

「それを調べています」

「今後、住民が避難所まで移るのは危険です。近くの三階以上の建物に避難させてください。できればマンションかビルのような、鉄筋の入ったコンクリート製の建物に。それに、海抜六メートル以下にある避難所は水没の恐れがある」

「直ちに、先生の仰《おっしゃ》るように手配してください」

後藤が富岡に向かって言った。ことさら先生を強調するのは、玉城の権威を守ってくれているのだろう。富岡は一瞬、不満そうな表情を浮かべたが、何も言わず電話をしている職員のほうに行った。

玉城はパソコンに〈ひまわり〉の映像を呼び出した。

横から覗き込んでいた後藤が玉城に聞いた。

「正面スクリーンに映すことができますか」

玉城は頷き、職員に断って、デスクのパソコンのマウスをクリックしていく。広い室内から物音が消え、緊張が広がった。

全員の目が正面に釘付《くぎづ》けになっている。宇宙から送られてくる〈ひまわり〉の映像が映し出されていた。中央左寄りに日本列島が見え、南東から巨大な雲の渦巻きが迫っている。すでにその端は、八丈島を完全に呑み込んでいた。全職員が固唾を呑んでその映像を見つめている。

玉城は数歩前に出て、モニターテレビの一つに近づいた。荒川の土手に設置したカメラの映像だ。ここ数日間見慣れた、濁流が奔《はし》る川だ。

「あの橋の向こうに見えるのは？」

「高圧線の鉄塔です。川を跨《また》いで電力供給を行っています」

「送電は止めたほうがいい。この風です。おまけに塩分が強い。なにが起こるか分かりません」

「この辺り一帯、約一五万世帯が停電になります。それこそ、パニックが起こる」

「じゃあ、送電中止の可能性があることを今のうちに住民に知らせたほうがいい」

「風ごときであの鉄塔が倒れるとは思えない」

戻ってきた富岡が重い声で言った。顔には苦渋が滲《にじ》んでいる。

「大都市災害は複合要素を含むと言ったでしょう。実際、何が起こるか分からないんです」

玉城の言葉はいつになく強い。

「関東電力に要請しましょう。住民には直ちに停電の可能性を伝えます」後藤は一瞬考えるようなしぐさを取ったが、横の職員に言った。「停電のほかに考えられることは？」

「多すぎて頭のなかがパニックになっています」

玉城はいらいらした調子で、しきりに手のひらで頰を叩いた。

周りの職員が不安そうな眼差《まなざ》しを向けている。先生、と後藤が玉城に身体を寄せてくる。

「職員が先生を見ています。もっと堂々と。ご自分に自信を持ってください。先生は、荒川の防災については第一人者だという自覚をお忘れなく」

何気ない様子で囁き、一歩下がって玉城と対峙《たいじ》した。玉城は背筋を伸ばして深く息を吐いた。

「先生が論文に書かれたことで、今回のケースに当てはまることを思い出すだけでいいんです。冷静に考えてください」

「堤防がいったん崩れれば、都心にもすぐに水が流れ込みます。現在の状況でも荒川は満水状態です。このまま半日降り続ければ、破堤しなくても水が堤防を越えて溢れ出します。まず、それをなんとかしなくては」

玉城は独り言のように呟いた。

「直ちに、溢れそうな箇所にできる限りの土嚢を用意するように伝えてください」

「各消防署、消防団が用意しています」

「数を把握しておいてください。不足分はすぐに手配できるように」

途中で、メモを取っていた職員が後藤の指示で別の職員に代わった。メモを持った職員はデスクに戻り、電話をかけている。

玉城はしばらく無言で、モニターテレビの映像を見つめていた。

「東葉電鉄の鉄橋ですね」

映っている鉄橋はリバーサイド・ビューの七〇〇メートルほど上流にある鉄橋で、深川から東葉線が地上に出て、平地を走り、荒川を渡っている。古い鉄橋で、荒川にかかるほかの鉄橋や橋より水面近くを通る。来年中には横に新しい鉄橋が建設され、この古風なアーチ型の鉄橋は取り壊されることになっている。

玉城はさらに身を乗り出して、鉄橋を見つめた。

チョコレート色の電車が音を立てて渡っていく光景は、玉城の幼いころから荒川の風景の一つとなっている。いまこの鉄橋に数本のライトが当てられ、その光のなかに数十人の人たちが浮かんでいた。

土手より低くなっている両端部分は激しい流れに削られ、そこからすでに水が漏れ出している。

「土嚢を積んで何とか水の流出を防いでいる状態です。鉄橋はかろうじてもっていますが――」

横で玉城の視線を追っていた後藤が低い声を出した。

鉄橋の中央部でも、流れは橋桁《はしげた》すれすれに迫っている。あと数十センチ水かさが増えれば、鉄橋全体に水が溢れる。その鉄橋から二〇〇メートルばかり上流の小名木《おなぎ》大橋が雨に煙っている。ときおり、その橋を渡る車のヘッドライトがぼんやり見えた。玉城には、こういう状況で車が走っていることが理解できなかった。あまりに台風を安易に考えている行為だ。

「橋は直ちに通行禁止にしてください。海からの強風を直接受けるところです」

「それは無理です。幹線道路が寸断されることになります。大混乱を招くことは必至です」

「この状況で移動すること自体、無謀というほかありません」

「都内の高速道路は、すでに全面通行禁止になっています。JRと地下鉄は先生が到着された直後に、全面運休の報告が入っています。現在、都内の交通手段は、車しかありません。こういう状態でも病人は出るし、帰宅途中の人もいるのです」

　後藤は苦しそうに言い訳した。

　橋を渡る車が風に煽られ、横滑りしているのが映像からも見て取れる。フロントガラスに叩きつける雨で、ドライバーは前方がほとんど見えないのだろう。

「やはり、直ちに全面通行禁止にすべきです」

「これ以上の交通規制は無理です。大地震でも起こらない限りは。台風では難しい」

「台風でも大規模災害になる可能性は充分にあります」

　玉城は強い口調で言った。

　そのとき、豪雨のなかに巨大な影が現われた。背後からのヘッドライトで、大型トラックであることがなんとか識別できた。トラックは歩くくらいの速さで、橋を渡っていく。車体が重いせいか、さほど風に流されているとは感じない。しかし、背後を走る乗用車はふらついている。

玉城は無言でモニターを見つめていた。

「どうかしましたか」

「直ちに、避難させましょう」

「すでに、避難指示まで出しています」

「川の氾濫を想定した避難指示です。荒川沿いの住民は、海抜六メートル以上の建物、マンションの四階以上を目安にして至急避難すること。各避難所にも通達を出してください」

「避難所から避難するというわけか」

職員の間から皮肉混じりの声が聞こえる。

「待ってくれ。今更そんなことを言い出したらパニックが起こる。それに、老人、女子供も多いんだ」

玉城の背後から富岡が声を出した。

「本当は、もう遅いんです。風と雨は、今後、ますますひどくなります。できるだけ早く、区が作成した荒川洪水ハザードマップの浸水深度以上の高さに避難するよう指示を出してください」

玉城は富岡の言葉を無視して繰り返し言った。

「先生の仰る通り、住民と各避難所に伝えるように」

後藤は職員に告げた。


身体中の筋肉が強《こわ》ばり、動かすと油の切れたロボットになったような気がする。顔も手も、雨に打たれているときの痺れに似た感触がまだ残っている。濡れた衣服が不快だが、どうしようもない。

恵子は、ほかの作業員たちと一階のロビーの床に座り込んでいた。屋上でのクレーンの補強をどうにか終え、降りてきたところだった。二の腕を動かすと鈍い痛みが広がる。袖《そで》をまくり上げてみると、名刺大のあざがついている。作業中にどこかで打ったのだ。

恵子はなんとか立ち上がり、ロビー端の管理人室に入った。

携帯電話を出して、土浦のボタンを押した。クレーンの補強中に負傷した渡辺の容態が、ずっと気になっていた。連絡がないということは、命に関わる怪我ではなかったということか。しかし、腕が折れ、頭を打ったことは明らかだった。頭から流れていた血の量は尋常ではなかった。

聞こえてくるのは単調な電子音ばかりで、呼び出し音さえ鳴らない。中継地点のアンテナがおかしくなっているのか。病院だからといって携帯の電源を切るような土浦ではないし、それならメッセージを入れられるはずだ。

恵子はリダイヤルボタンを押し続けた。一〇回以上繰り返して、やっと呼び出し音が鳴り始めた。

〈いま病院にいる。まだ手術中だ〉

土浦の声が聞こえてくる。恵子は手術と聞いて、身体から血の気が引いていくのが分かった。

「どうなの？」

〈上腕骨の骨折と頭部に裂傷。頭は一二針縫った。重症だが命に別状はない〉

「命は心配ないのね」

〈CTスキャンも撮ったが、脳には異状はないそうだ。後遺症も残らない〉

全身から力が抜け、そのまま椅子に倒れるように座った。

〈クレーンの補強は終わったのか〉

土浦の声が、突然なんの感情も持たない機械的なものに聞こえてきた。

「ご家族には？」

〈一時間前に知らせた。会社の車を迎えにやっている。リバーサイド・ビューは――〉

恵子は携帯電話を切った。

一時間前に家族に知らせたですって。事故が起こってから三時間近くたっている。土浦は命に別状はなく、後遺症も残らないと分かった時点で家族に連絡したのだろう。

今まで死ぬほど心配しながら作業を続けてきた自分はどうなるのだ。一度も連絡を寄《よ》越《こ》さなかった。急にすべてが馬鹿《ばか》らしくなった。

恵子は壁にもたれかかりながら立ち上がった。

ロビーに戻ると、作業員たちの不安そうな眼差しが集中する。

「渡辺さんは大丈夫。後遺症も残らない」

できる限り威勢のいい声を出したつもりだが、後半は泣き声に変わった。作業員の間にも、ほっとした空気が流れた。入り口に目を移すと、ドアガラス全面を滝のように水が流れている。

ポケットのなかで携帯電話が鳴り始めた。

土浦であれば放っておこうとディスプレーを見ると、玉城だ。恵子はボタンを押した。

4

髪からしずくを垂らした、三〇代の職員が玉城と後藤の前にやって来た。

「先生のご家族を避難所にお送りしました」

後藤に軽く会釈をして、ハンカチを出して額の水滴をぬぐった。

ご苦労でした、と言って後藤は玉城に視線を移した。後藤の視線を受けて、玉城は「先生」が自分のことだと気づいた。

「子供たちと母親はどうでしたか」

玉城の声に、職員は慌てて玉城に向き直った。目の前の男が玉城だと気づいたのだ。

「皆さん、お元気そうでした」

「母は避難を嫌がりませんでしたか」

玉城は電話で、マンションの上の階に避難させてもらうように言ったときの、秀代のほっとした声を思い出しながら聞いた。

「初めは迷っておられましたが、先生はマンションには帰らず、区役所の危機管理室に行かれると話して納得してもらいました。それでよかったんですよね」

職員の言葉に、後藤は困ったような表情で頷いている。

玉城は改めて職員に礼を言って、部屋の隅にいき携帯電話を出した。秀代の番号を押すと、〈現在、つながりにくくなっています〉というメッセージが流れてくる。

しばらく考えてから、恵子の携帯電話の番号を押した。すぐに通じるとは期待していなかったが、〈なんなの？〉という恵子の声が返ってきた。

「子供たちとお袋は、避難所に行っている」

〈お義母さんが連れてってくれたの？〉

「区役所の職員だ。連絡は取れてないのか」

〈お義母さんにお願いしたきり。悪いとは思っているわ〉

「きみは？」

〈まだ、リバーサイド・ビュー。クレーンの補強が終わったところ〉

「この風と雨だ。怪我人に注意したほうがいい」

　言葉が瞬間途切れたが、すぐに返ってきた。

〈最善を尽くしているわ〉

「今後、風雨はますます強くなり、明け方には上陸する」

〈台風の上陸がこれからだなんて。そんなこと言わないでよ。これ以上どうしろというの〉

　口調が変わり、震えるような声が返ってくる。明らかに平常心を失っている。

〈私のマンションが倒れるなんて、絶対にありえない。台風なんかにびくともしない〉

　しばらくの沈黙の後、自分自身を鼓舞するような言葉が返ってくる。

「ただの台風じゃない。風速80メートルを超える化け物だ。こんな巨大台風では、なにが起こるか」玉城の頭には様々な事例が交錯した。「小石が飛んでも、銃弾並みの破壊力を持つ。窓ガラスなんて粉々だ」

〈だったら、どうしろって言うの〉

「マンション近隣の住民を避難させるべきだ。万が一のためだ」

〈すでに避難指示が出てるわ〉

「徹底させるんだ。半径三〇〇メートル以内だ」

玉城のいつになく強い口調に、恵子は黙り込んだ。

「きみもできる限り安全な場所に避難するんだ」

〈ここがいちばん安全な場所よ〉

恵子がヒステリックに叫んだ。玉城の執拗《しつよう》な言葉に感情が爆発したのだ。

こんなときの恵子には逆らってもムダだ。

「海側のドアは絶対に開けるな。風が吹き込むとどうなるか予想できない」

〈分かってる〉

「今後、気象庁の発表より早く上陸して、勢力も大きくなる可能性がある」

〈情報、ありがとう。私は絶対にリバーサイド・ビューを守ってみせる〉

その後、何か言いたそうな気配があったが、そのまま電話は切れた。切り際の恵子の言葉が、玉城の頭にこだました。彼女ならやるだろう。そんな思いが湧き上がっていた。

「恵子にかけたんだろう。あいつはまだリバーサイド・ビューか」

富岡がそばに来て聞いた。

「彼女の仕事ですから」

「しかし、なにもこんなときに……」

「彼女はよくやってます。プロという意味では、僕や義兄さんと同じです。彼女はとりわけ責任感が強い」

「きみにそう言ってもらえるのが救いだよ」

富岡は実際にほっとした表情を玉城に向けた。


恵子は携帯電話を持ったまま、ロビーに座り込んでいた。

口には出したものの、自信はなかった。もう一度構造計算を思い浮かべたが、問題はないはずだ。

建設途中とはいっても、第一棟はほぼ完成している。問題は第二棟と第三棟だが、やり直した構造計算にも疑問は見つからなかった。

玉城は周辺住民を避難させ、私にも安全なところに退避するように言った。もしものときの用心だというが、恵子には倒壊が前提のように聞こえてくる。玉城流の慎重さであることは分かるが、いまの自分には酷すぎる。自分でも、危惧したことはあった。だから、やれることすべてをやってきた。

恵子は膝《ひざ》に手をやって、身体を押し上げるようにして立ち上がった。長時間、風雨にさらされていたせいで、膝ががくがくしている。

「さあ、もうひと踏ん張り。これから各部屋の戸締りチェックよ」

恵子の声を聞いても、ロビーで思い思いの格好で休んでいる作業員たちは顔を上げようともしない。疲れ果てているのだ。

「窓とドアが完全に閉まっているか確かめるの」

「こんなときに泥棒でもないでしょうに」

作業員の一人が、立てた膝の上に顔を載せたまま目だけを上げた。

「竜巻は知ってるでしょ。家のなかに入り込んだ風が屋根を吹き飛ばすのよ。だから、ちょっとの風も入れないように調べるの」

「ここは大丈夫。俺《おれ》が保証します。昨日、完全にチェックしました」

「もう一度確かめるの。それに、二号棟と三号棟があるでしょ。あなた、そっちもやったの？」

ええっ？　という声が返ってくる。

「今じゃないとダメですか」

「明日やろうって言うの？　そのときまでに、吹き飛んでたらどうするのよ」

やはり作業員たちは、誰も立ち上がろうとしない。恵子の目頭に涙が滲んでくる。それを隠すために、パンパンと威勢よく手を叩くと二の腕がズキンと痛んだ。

「元気を出して。渡辺さんも病院で頑張ってるの。へまをしたら、渡辺さんにどやされるわよ」

精一杯の声を出した。

「俺は二号棟を調べてきます」

いちばん若い作業員が、作業着に腕を通し始めた。渡辺が日ごろから何かと目をかけていた若者だ。彼につられてほかの作業員たちも、のろのろと立ち上がった。


金森は都庁の防災センター内にある災害対策本部室にいた。

中央の大型スクリーンには、都庁の屋上に取り付けられたカメラの映像が映っている。いつもなら光の彩りに飾られた夜の東京は、横殴りに吹き付ける雨と闇に沈んでいた。わずかにビルの明かりが灯《とも》り、その光でなんとか町の広がりが感じられる。

「知事。中野が冠水しました。水は三〇センチ。床上浸水家屋三二戸。床下浸水家屋は二〇〇戸を超えています。この数は今後増えると思われます」

受話器を握っていた職員が金森に告げた。

「消防庁は出ているか」

「出ていますが、住宅地の住民を避難所に誘導するので精一杯です。冠水は広がりそうですから」

「まだ避難してない者がいたのか。事前チェックはしたのか」

「全住民を避難させることは困難かと思います。自分の意思で残っている者が大半ですから」

「そんな奴らは――」

出かかった言葉を呑み込んだ。放っておけと言おうとしたのだ。落ち着け、と自分に言い聞かせた。こういうときに思わず吐いた言葉が命取りになる。マスコミはいかようにも脚色するのだ。

「各区の災害対策本部に徹底しろ。冠水が予想される地区の住民は、全員避難所に連れて行くように」金森は最大限に冷静さを保った声を出した。それでも苛立《いらだ》ちは隠し切れず、声は上ずり震えている。「いよいよ『荒川防災研究』が現実味を帯びてきたな。しかし、こう急だとは――」

金森はスクリーンをよく見ようと、一歩前に踏み出した。

「関東地区の総雨量は、すでに600ミリを超えています。各所で河川の氾濫や地すべりが起こっています。報告のあった死者は三名、負傷者は五〇人以上。もっと増えるでしょう」

背後に立っていた副知事の声に振り返った。

「早急に自衛隊の出動を要請すべきです」

「地震とは違う。たかが台風だ。消防庁と警視庁で用は足りているはずだ」

金森は強い口調で言った。

「せめて、交通規制をかけてはいかがですか。この風雨のなかを車で出かけて、エンストで立ち往生している車も多数見られます」

副知事は金森をなだめるように言う。

「都市機能を維持させるのも都知事としての職務だ」

「消防庁から豊洲のマンションで各部屋の窓ガラスがいっせいに割れ、住民が病院に運ばれたという報告が入っています」

受話器を持ったまま職員が声を上げた。それを聞きながら『荒川防災研究』を思い出していた。確か、同じようなことが書いてあった。洪水に気を取られて、台風による強風を忘れていた。

「気象庁を呼び出してくれ」

我に返った金森が言った。

電話を取った相手の声に混じって、ほかの電話の呼び出し音や議論する声が聞こえてくる。金森が肩書きと名前を名乗ると、返ってくる声が硬くなった。

「今後の予測を聞きたい。この台風はどうなるのかね」

〈現在、台風の勢力は中心気圧８１７ヘクトパスカル、最大――〉

「そういうことはいい。その超大型台風とやらがいつ上陸して、いつまで関東にいるのか、今後どうなるかを知りたい」

〈日本接近に伴い、急激に速度を落とすと思われます。現在時速42キロ。自動車並みの速さです。あと、七、八時間で関東地方に上陸します。その後、日本海側に抜けていくと思われます〉

「状況はいま以上にひどくなるのか」

〈上陸時には、当然ひどくなります〉

「最終的にどのくらいの雨量になる。私が知っているのは５００ミリで荒川と隅田川の堤防が破れる危険があるということだ。すでに危険水位を超えているとも聞いている」

〈おそらく――〉

電話の声が途切れ、沈黙が続く。

「早くしてくれ。時間がない」

〈９００ミリを超えるかと。１０００ミリに達する恐れもあります〉

「風速は？」

〈最大瞬間風速は80メートル前後です〉

「そうか――」

金森は呟くように言い受話器を置いた。驚いたことに妙に落ち着き、冷静さを取り戻している。荒川は決壊する。そう確信すると肚《はら》は据わった。

「今後は、荒川の堤防が破れるという前提で話を進めたい」

金森の言葉に、副知事と秘書は呆然とした顔をして立ち尽くしている。

「漆原議員からお電話です」

後ろの職員が立ち上がり、金森に向かって大声を出した。金森は何番の外線か聞いて近くの受話器を取った。

〈状況は？〉

いつもの飾り気のない言葉が聞こえる。この声を聞くと、いかなるときも身体が萎《い》縮《しゅく》してしまう。

「できる限りの手を打っています。しかし、なにぶん今回の台風は超大型ということで、ある程度の被害は避けられないと――」

〈ある程度の被害とは？〉

「中野が冠水して、床上浸水の被害が出ています」

言ってから、漆原の自宅が中野だったのを思い出した。

〈荒川の状況はどうだ〉

金森は前方のスクリーンに目を走らせた。数分前に荒川の状況報告があったばかりだ。

「かなりひどい状況です。現在も警察と消防が見回りを行っています」

政府にも情報は入っているはずだ。そちらに聞けばいいものを、わざわざ都庁にかけてくる。いまも自分が都のトップのつもりなのか。

「我々も注意していますが、まだ特別な報告は入っていません」

〈入ってからでは遅い。三〇分おきに電話してくれ。状況を把握しておきたい〉

「荒川も大事ですが、西部地域で崖崩れや土石流が頻発しています。死者のうち、二名が多摩地区の崖崩れが原因です」

〈私が心配しているのは荒川の氾濫だ。その場合、氾濫面積は東京二三区の九パーセント。約五六〇〇ヘクタールが深さ五〇センチの泥流に覆われるんだ。都内の地下鉄を含めた交通網は壊滅。地下街、オフィスビルやホテルの地下が水没する。一瞬にして、二四兆円の損失だ。さらに、金融、証券など、そのほか、日本橋《にほんばし》、丸の内に本社をおく企業は軒並み事業停止に追い込まれる。東京の機能停止。それは日本全体の機能停止につながる。世界に及ぼす影響も計り知れない〉

漆原はとうとうとしゃべり続ける。

「荒川については本来、国の管轄でありますが、国と協力して万全の――」

金森は何とか声を出した。

〈国では対応が遅すぎる。何としても最悪のケースは防ぎたい。前都知事としての私の務めだ〉

「私も同じ思いです」

だったら口出しせず、黙っていてもらいたい。本音だったが、口が裂けても言えない。

〈では、直ちに自衛隊に出動を要請してくれ〉

「現状では、自衛隊に出動してもらっても何をやってもらうのかが——」

〈待機でいい。いずれ出番は山ほどある。急いでくれ〉

「直ちに手配します」

〈荒川決壊は東京水没を意味する。心に刻んでおくように〉

漆原の声が耳の奥に響いてくるが、決壊はまぬがれないだろう。金森は再度、全員を見まわした。

「荒川の決壊を前提に計画を練り直してくれ」

金森の声に、室内から音が引いていった。

「消防庁、警視庁の長官に連絡を取ってくれ。各区の災害対策本部にも通達しろ。それに——」

金森は、懸命に『荒川防災研究』を思い出していた。こんなことなら、メモを取りながら読み込んでおけばよかった。

「地下鉄、地下街は完全封鎖だ。早急に、すべての地下の出入りを禁止してくれ。なかにいる者は直ちに地上に上がるように呼びかけろ。さらに、各企業に洪水を想定して、電子機器や重要書類は三階以上に緊急避難するよう指示を出せ。帰宅困難者は？」

「警視庁の発表だと一〇〇万人程度とか。東京直下型地震では五〇〇万人を超しましたが、その五分の一程度です」

「帰宅困難者は無理に帰ろうとはせず、自分の会社なり居場所にとどまるよう通告を出してくれ。この風雨のなかを帰宅するようなバカはいないと思うが」

「『荒川防災研究』の世界ですね。玉城先生の言葉を信じたのですか。でも、決壊だなんて」

秘書が現実感のない声を出した。

「決壊が起こらなければどやされるな。まあ、それですむなら安いものだ」

これも玉城の受け売りだ。金森は、玉城のぼそぼそした素朴な声を思い浮かべた。

5

玉城はパソコンの映像を見つめていた。日本防災研究センターから送られてきたものだ。

〈サンライズホテルです。太平洋に面して建つ、牧之原のリゾートホテル。なかなかの魚料理を出すホテルですよ。僕の友人がたまたま泊まっていて、ホームビデオで撮影し

ました。それをメールで送ってきたんです。ほんの数十分前の映像です。参考になりますよ〉

木下は弾んだような声で言った。

ホテルには、海からの風がまともに吹き付けている。窓を開けているのかパソコンのスピーカーから、動物が唸《うな》るような風の音が聞こえてくる。

映像はL字形になったホテルの一方をとらえている。ときおり建物が細かく振動しているのが、見ていても伝わってきそうだ。ガラス窓が風で震えているのだ。庭の木々が今にも折れそうなほどしなっている。

ビデオカメラが窓から離れていく。何かを感じたのだ。

〈ここからです。注意してください。かなり手振れがありますが〉

ばーんという鋭い音とともに、窓際のテーブルと椅子が部屋の外に吹き飛んでいく。爆風にも似た強い圧力で身体が弾き飛ばされ、壁に叩きつけられたのだろう。しばらくは床を這《は》うような映像だったが、すぐに室内全体を映し始めた。風と雨がすさまじい勢いで吹き込んでくる。部屋の内部に吹き込む風でドアが軋《きし》んでいたが、数秒後には廊下に飛ばされていく。

〈幸い、友人は足にガラスの破片が刺さった程度ですみましたが、宿泊客と従業員、二七名が病院行きです。ホテルのガラスが次々に砕け散っていく様子は、映画の戦場みたいだったそうです。海に面しているL字形の建物内側に風が集中して、凄《すさ》まじい風圧になったんですよね。そしてどこか一枚のガラスが割れると、風が室内に吹き込み部屋の気圧が一気に上がって、バーン。先輩の言ってた通りです。確かに、すごい迫力です〉

木下はしゃべり続けるが、玉城は半分、上の空で聞いていた。〈近くの民家にも同様な被害が出ています。窓だけじゃなく、屋根まで吹っ飛んでいます。これじゃ学校なんて一発だ。ガラス窓は多いし、安物を使ってる。先輩、聞いてるんですか〉

玉城は木下を無視して、受話器を置いた。

「緊急放送をして、住民に伝えてください」後藤に向かって言った。「室内に強風が吹き込むと、気圧が異常に上がり、窓ガラスやときには屋根が吹き飛ぶ可能性があります。今回の台風の風速は、それほど巨大だということです」

「対応策は？」

「風が吹き付けているときや、風を受ける方向のドアや窓は絶対に開けないように」

玉城もどうしていいか分からないというのが本音だった。頭のなかでは考えてはいたが、実際に遭遇しようとは思ってもみなかったのだ。

「小中学校の校舎は危険です。一枚でも窓ガラスが割れたら、一気に強風が吹き込みます。そして、ほかのガラスも連続して被害を受けます。とても避難所どころではない」

「では、どうすればいいいんです」

後藤の顔には怯えに似た表情が見られる。富岡がそっと後藤から視線を外すのに玉城は気づいた。

玉城はデスクに広げた地図に屈《かが》み込んだ。

各避難所を懸命に思い出していた。『荒川防災研究』を書くときに一度は実際に出向き、自分の目で確かめてみた。多くの避難所は小中学校があてられている。耐震化は行われているが、台風と洪水に耐えられるかどうか分からない。とりわけ、風に対する対策はまったくなされていない。広く取られた窓に入っているのは、普通のガラスだ。

「体育館の屋根は風速50メートルで吹き飛びます。やはり、直ちにほかに移動させるべきです。さらに海抜ゼロメートル地帯の住宅に住む人たち全員を、強制的に避難させるべきです」

「そういっても江東区の人口は約四六万人。これだけの人数をどこに移動させると言うのです」

「特に危険地区に限ると、区の約四分の一。さらに危ない避難所を絞り込むと総勢約八〇〇〇人。多く見積もっても、一万と少しです」玉城は地図の避難所をいくつかのグループごとに分け、赤のマーカーで囲い込んでいく。「まず、避難所の責任者のみに報せて、できる限り対処してもらうしかありません。下手《へた》に報せると、混乱を招いて怪我人を増やすだけです」

「具体的になにをやれと言うんだ」

富岡の声が荒々しくなっている。目の前で起こりつつある異常事態に対して、自分たちにできることは多くない。いや、ほとんど無力だ。その苛立ちからだろう。

「富岡君——」

後藤が富岡に目配せした。職員が聞き耳を立てている。危機管理室全体にざわめきが広がり、数人の職員がそっと廊下に出ていった。家族に連絡するためだろう。

「世間の人たちは地震では人が亡くなり、家は倒れるが、台風ではせいぜい電車が止まるくらいだと高をくくっています。しかし、家も壊れるし洪水も起こります。今度のような超大型台風が来れば、町中危険物が飛び交うような状態も起こる。戦場と同じなんです」玉城は呟きながら、もう一度、デスクに広げられた地図に目を落とした。「避難所の情報はありますか」

玉城は避難所に次々に×印を付けていった。職員が慌ててパソコンを玉城の前に置いた。画面には、各避難所の避難者数、性別、年齢などの情報が表示されている。

「水没の危険性のある避難所は一七ヵ所。各避難所には三〇〇人から五〇〇人が避難しています。今から移動するとなると——」

「何を考えている。この嵐だぞ」

「確かに無理な話です。おまけに年寄りと子供が三分の一を占めています。女性だって多い。しかし、地震とは違います。風速80メートルに耐えられ、安全高度が保たれていればいい。そういう建物は少なくないはずだ」

玉城はすっかり弱気になっている後藤を励ますように言う。

「周辺の企業ビルの大半は閉まっています。これだけの数の避難者を民間のマンションに避難させるわけにもいかないでしょう」

「これから風はますます強くなります。急いだほうがいい」

玉城は独り言のように呟きながら地図の上にかがみ込み、丸印を付けていく。

「ビル一棟で三〇〇人前後を受け入れてもらうとして、四〇棟もあれば大丈夫でしょう。年寄りと子供はできる限り近い建物に。風がこれ以上強くならないうちに急いでください」

後藤は無言で考え込んでいる。

「まだ、迷っているんですか。時間がたてばたつほど移動は難しくなります」

「直ちに、これらの建物の責任者に連絡を取るように。警察と消防にも連絡して、可能な限りの人員を集めて移動を開始してください。職員もできるだけ動員するよう手配して」

後藤が職員に告げる。

そのとき、部屋中の視線が前方に集まった。

荒川周辺を映している大型スクリーンの一角に、火の手が上がるのが見えた。

「何が起こった」

「あれは鉄塔よ。高圧送電線の鉄塔」

オレンジ色の炎のなかに、鉄塔が黒いシルエットになって浮かび上がっている。

風に流された大型車両が、鉄塔に突っ込んだのだ。そしてガソリンに引火した。音がない分、生々しさが直《じか》に伝わってくる。炎がなめるように広がり、周辺の光景を照らし出している。

「鉄塔が倒れる」

玉城の前の女性職員が低い声で言った。その声を合図のように、鉄塔がゆっくりと傾いていく。車がぶつかった衝撃と強風にもちこたえられなかったのだ。

「まずいな、これは」玉城は無意識のうちに声を出していた。「もっと拡大できませんか。送電線が張られている川の付近です」

玉城は前に出て、大型スクリーンに近づいた。後藤と富岡がそのあとを追う。徐々に鉄塔周辺が拡大されていく。炎のなかに片足を上げて倒れたような鉄塔が見えた。土台部分が外れたのだ。

「大丈夫だ。関東電力に言って送電は止めてある」

富岡が玉城の背後から声を上げた。玉城はさらに一歩前に出た。

「送電線が切れていない。これじゃ、川のなかに電線が張られて浮遊物が引っかかってしまう」

玉城は独り言のように呟いたが、その言葉が終わらないうちに、流れてきた木が川の真んなか辺りに止まった。倒れている鉄塔の大きさから推測すると、かなりの大木だ。

川の中央付近には漂流物が引っかかり、見る見るうちに島のような塊ができていく。

「あれは、リバーサイド・ビューから二キロばかり上流にある鉄塔でしたね。堤防決壊時のマニュアルはありますね」

玉城は後藤に聞いた。

「ありますが、一〇年も前のものです。先生の『荒川防災研究』を参考にして書き直す指示を出したばかりです」

「古くてもかまいません。そのマニュアルに従って、直ちに避難所の住民を移動させてください。もう、迷っている時間はありません」

「消防と警視庁に危険地域の住民の避難を徹底するように伝えてくれ」

「自衛隊の出動を要請してください」

「いま、ですか」

「送電線を切ってもらいます。あのままだと漂流物が引っかかって流れがせき止められ、すぐに水が溢れ出します。下手をすると堤防も危ない」

職員たちが手を止めて玉城の言葉を聞いている。

「切断なら電力会社の職員に頼みます」

「いや、東葉線の鉄橋も爆破してもらわなくてはなりません」

玉城は三番モニターを指した。川はすでに鉄橋を呑み込みかけている。鉄橋に引っかかった材木や木々の漂流物がいずれは流れをせき止め、両側に泥流があふれ出すことは間違いない。

「鉄橋の爆破だと。馬鹿を言うな。たかが台風だ。テロや戦争じゃない」

富岡が玉城を睨みつけた。自衛隊出動、鉄橋爆破。確かに、尋常ではない。しかし、いまはやはり平常時ではない。玉城はかまわず、後藤に向き直った。

「たかが台風でも都内が水没して、数十兆円の経済的被害が出るのです。死者や負傷者も出ます。住宅被害も膨大になります。打てる手はすべて打つべきです」

後藤はデスクの地図を見つめていたが、やがて顔を上げて軽く息を吐いた。

「区長に電話をつないでください。都知事に自衛隊出動を願うように頼んでみます」

後藤は前の席でキーボードに指を置いたまま待機している女性職員に指示を出した。

梶川区長は五分も経《た》たずに現われた。

「ご挨拶が遅れました。区長室で近隣の市区長たちと連絡を取り合っていました」

梶川はハンカチを出して、しきりに額の汗を拭《ふ》きながら頭を下げてきた。

「至急、自衛隊の緊急出動を知事に要請していただけませんか。直ちに住民を移動させます」

「具体的に説明してください」

「現在の避難所には危険な所がいくつかあります。自衛隊のトラックを総動員して、住民を強風と洪水に耐える避難所に移します」

「移動させる住民の数は？」

「一万と少しです」

梶川の顔色が変わった。意見を求めるように後藤のほうを見ている。ムリもない話だ。この風雨でしかも夜間に避難所を移動することは無謀にも等しい。

「見てください」

玉城は正面のスクリーンに向き直った。

倒れた鉄塔付近にはすでに消防か警察の車が来ているらしく、車のヘッドライトとともに複数の大型投光器の光が交差している。なかには渦巻いて流れる川面《かわも》を照らしている光もある。

「時間がありません。水が溢れ出すと移動は困難になります」

「残された時間はどのくらい？」

「せいぜい一時間。その後は荒川に沿って両側一キロ地域は、場所によっては数メートル水没します」

「だが、まだ堤防が破られたとは――」

「時間の問題です。決壊しなくても、水が溢れ出す可能性は一〇〇パーセントです。川の状況を見てください」

玉城は再度、スクリーンに目を向けた。電線が川をふさいだところには、上流から運ばれて来た木々や風で飛ばされた家の建材などが溜まり、小山ができ始めている。

「しかし、一万もの住民をどこに避難させるというのですか。なかには老人や病人もいる。彼らに事故が起これば、どう責任を取ればいいのか」

梶川はすがるような眼差しで後藤を見た。

〈私は絶対にリバーサイド・ビューを守ってみせる〉と、玉城の脳裏に恵子の言葉が響いている。

玉城はリダイヤルボタンを押し続けた。聞こえてくるのは、〈現在、電話がつながりにくくなっています〉という、女性のアナウンスだ。やはり、携帯電話は錯綜《さくそう》している。

「こっちの電話を使え。緊急用だ。きみの携帯電話よりつながりやすい」

富岡がデスクの固定電話を指した。玉城は礼を言って、プッシュボタンを押した。一度でつながった。

「きみのリバーサイド・ビューは、風速80メートルに耐えられるのか」

何かを言いかける恵子の言葉をさえぎって聞いた。

〈何度言わせるの。切るわよ〉

恵子の苛立ちをむき出しにした声が聞こえる。

「頼みがある」

〈あなたが私に？　冗談じゃないの〉

「リバーサイド・ビューに周辺住民を避難させたい」一瞬、受話器の向こうは沈黙した。

「避難所の人たちと近所の住民を避難させたい。すぐに水が溢れ出す」

玉城は繰り返した。

〈本気なの？〉

「こんなときに冗談は言えない」

〈バカ言わないで。ついさっきまでは、この周辺から住民を避難させるべきだと言ってたじゃない。私のリバーサイド・ビューは、この台風には耐えられないと思ってたんじゃないの〉

「万が一を考えてだ。本気で倒れると思ったら、きみをそこには行かせない」

〈やめてよ。白々しすぎる……〉

「そのスーパー堤防の近辺は、数時間以内に水没する」再び、受話器は沈黙した。「荒川の流れは許容量を超えている。すでに土手を越えて、町なかに流れ出しているところもある」

〈子供たちの避難所は大丈夫なの〉

恵子の問いには答えず玉城は続けた。

「避難住民は全員、安全な建物に移すつもりだ」

〈子供たちやお義母さんも？〉

「周辺に避難所が五ヵ所ある。その避難住民、約二〇〇〇人をリバーサイド・ビューに避難させたい」受話器の向こうで息を呑む気配が伝わってくる。「この台風が通り過ぎる間。せいぜい二四時間だ」

恵子は何も答えない。玉城の脳裏に、携帯電話を握りしめる恵子の姿が浮かんだ。

「もっとも近くて、一度で移動できる安全な建物だ」

玉城は、〈安全〉という言葉に力を入れた。我ながら、ずいぶん勝手な話だと思いながらしゃべった。数時間前までは、逃げ出すことを勧めていたのだ。

「自信がないのか」

〈そんなのないわ〉

恵子の突き放したような答えが返ってくる。

「そうか……じゃあ」

玉城は受話器を戻そうとした。

〈でも、水害にも問題ないし、80メートルの風にも耐える。何度も計算をやり直した結論よ〉

「窓ガラスは？」

〈すべて強化ガラス。これも計算済み〉

横で富岡が代わるように催促している。

「きみの兄さんが話したいそうだ」

恵子は無視して話し続ける。

〈北側の出入り口から入れるようにする。二〇〇〇名でいいのね。三〇分で受け入れ可能よ〉

「感謝する」

〈一つお願い〉

「なんでも聞くよ」

〈今後どんなことが起こっても、子供たちとお義母さんを最優先にしてね〉

玉城が答える前に電話は切れた。それは約束できないが、最善は尽くしてみる。心のなかで呟いた。

玉城は後藤に向き直った。

「リバーサイド・ビューで、二〇〇〇人程度は受け入れてくれるそうです。スーパー堤防上で、水没の心配はありません。風に対しても充分耐える設計です」

「だが、あのマンションは建設中だろう」富岡が二人の間に入った。「リバーサイド・ビューというのは、私の妹が関わっているマンションです。つまり、玉城君の連れ合いが設計したものです」

「そんなことは今、関係ありません。自衛隊に輸送を頼めば一時間ほどで移動が可能です」

「そのマンションは知っています。スーパー堤防上の高層マンションということで、区も開発の後押しをしている」後藤は考え込んでいる。「受け入れは問題ないのですか」

「三〇分後には整うそうです」

「では、お言葉に甘えましょう。直ちに自衛隊の緊急出動を要請してください。そのほかの人たちも、できる限り近隣のビルに振り分けます」

後藤は梶川に向き直って言った。梶川は頷き、秘書を促して区長室に戻っていった。

「至急、該当の避難所にリバーサイド・ビューに移動する旨を伝えてください。食糧、医薬品、寝具など可能な限り持っていく。せいぜい一日ですが、何が起こるか分かりません」

後藤が富岡に向かって言った。

「俺には、きみらが理解できん」

富岡は玉城の肩を軽く叩き、職員を連れて移動の準備に向かった。

「私も同行します」

「先生にはこの危機管理室にいてもらわなくては困る。そのためにお呼びしたのですから」

家族の元に行きたい、と喉元《のどもと》まで出た言葉を呑み込んだ。今は、二〇〇〇人の移動を優先させるべきだ。

「分かっていただきたい。先生には台風の専門家としての知識と、『荒川防災研究』の執筆者としての見識から我々にアドバイスが欲しいのです」

後藤は申し訳なさそうに言った。事情を充分知った上での言葉なのだ。玉城は頷かざるをえなかった。

玉城はもう一度受話器を取った。秀代の携帯電話にかけたが、聞こえてきたのは大輔の声だった。

〈父さんか。ノブ兄ちゃんかと思った〉

言ってから、しまったという気配が伝わってくる。

伸男のことが頭をかすめた。リバーサイド・ビューを見学した帰り、東京駅の喫茶店で会ってから連絡を取っていない。電話をかけてきたあの女性は誰だったのだろう。この状況でどうしているのか。もっと真剣に話を聞いてやるべきではなかったのか。玉城の脳裏に、様々な思いが溢れてくる。

〈どうかしたの、父さん〉

大輔の声で現実に引き戻された。

彼ももう立派な大人だ。そう言い聞かせて、湧き起こる思いを振り払った。

「おばあちゃんと由香里は？」

〈廊下で休んでる。文句ばかり言ってるけどね〉

受話器からは複数の話し声と、避難所の管理者が名前を読み上げる声が聞こえている。

〈父さん、すごいよ。窓ガラスが風でしなってるって感じ。ぎしぎし鳴ってる〉

大輔の弾むような声が返ってきた。

「おまえ、何してるんだ」

〈窓から校庭を見てる。何も見えないけどね〉

「窓から離れるんだ。危険だ。いつ割れるか分からない」

〈なぜ？〉

「いいから離れろ。おばあちゃんのところに戻れ。電話は切るな」

思わず大声が出た。周りの職員が玉城のほうを見ている。

大輔は答えないが移動する気配がする。どけよ、踏まないでよ、痛い、ちょろちょろ動くな……様々な声が聞こえていたが、すぐに秀代に代わった。

〈こっちはすごい状況よ。風で建物が震えてる〉

「もうじき自衛隊の輸送トラックかバスが着く。それに乗って、リバーサイド・ビューに避難して」

〈リバーサイド・ビューって、母さんが建ててるマンションでしょ〉

　横から大輔が割って入る。

「そうだ。移動中はかなり危険だから気をつけること。自衛隊の人の言うことをしっかり聞くんだ」

〈だから私は、避難なんかしたくなかったんですよ。家にいるのがいちばん安全なんだから〉

　玉城は送話口を手で覆い、周りの職員が聞いていないのを確認した。

「荒川は決壊する」

　秀代が息を呑む気配が伝わってくる。

「これは誰にも言っちゃダメだよ。言ったらパニックが起こる。浸水箇所の深いところでは、六メートル以上の深い泥水に浸かるところも出てくるんだ。だから、絶対にマンションに帰ろうなんて気は起こさないこと。リバーサイド・ビューに避難するんだ。そこには恵子もいるから」

〈分かったわ〉

秀代が素直に聞いてくれた。大輔と由香里を頼むよ、と言って玉城は受話器を置いた。後藤も富岡も何も言わずに職員に指示を出しているが、玉城の電話は聞いていたに違いない。

玉城は前方の大型スクリーンに目を移した。暗い背景のなかを飛沫を上げながら濁流が動いていく。

ロビーの床には、一〇名ほどの作業員が座っていた。

一様に疲れ切った顔をして、なかには壁にもたれて眠りこけている者もいる。ほとんど半日を屋上で風雨に打たれながらクレーンの補強を続け、たった今まで、建設中のものも含め三棟あるマンションの各部屋の窓ガラスを閉め直し、安全点検をしてきたのだ。

「さあ、危険物を片付けて。お客さんが来るわよ」

恵子が怒鳴ると、何人かがやっと顔を上げた。

「本社の連中ですか」

「ご近所の方々よ」

「こんなときに見学ですか。いい加減にしてほしいよ。何人ですか」

「ほんの二〇〇〇人ほどらしいわ」

今度は全員が顔を上げた。

「冗談でしょう」

「冗談を言ってる顔に見える？　こんなときにバカは言わないわ」眠っていると思っていた者も、目を開けて恵子を見ている。「避難所にいた人たちが来るのよ」

マジかよ、誰が決めたんだ、会社ってことはありえんな。口々に言いあいながら顔を見合わせている。

「そんなに大量の避難民を収容して大丈夫なんですか。売却済みの部屋にも入れることになりますよ」

一人の作業員が声を出した。下請けの作業員ではなく、会社から派遣されている現場監督の田口《たぐち》だ。

雑談が消え、視線が恵子に集まった。

「状況を考えなさい。荒川が決壊したら、スーパー堤防を囲む地域は水没よ。助け合うのが常識じゃないの」

「俺だったら、避難民が押しかけたようなマンションは買いたくないですよ。会社に聞いたほうがいいんじゃないですか」

「そんな時間はないのよ。台風は待ってくれないし、これはもう決まったことなの」

「それより、ここは大丈夫なんですか。ヤバいって話も聞いています」

「そうだよ。台風で倒れる可能性があるって」

若い作業員の声がして、全員が彼に集中する。

恵子はある意味ほっとした。避難住民受け入れについては、もめたくない。

「大丈夫だから、避難してくるのよ。自分たちの仕事に自信が持てないんだったら、すぐに逃げ出しなさい。台風が上陸するのは明け方だから、まだ時間はあるわ。私は止めないわよ。それに、避難民と言うのはやめなさい。避難住民よ」

恵子は作業員たちを見据え、突き放すように答えた。

「何をすればいいんです」

窓のチェックに行くときも、真っ先に立ち上がった最年少の作業員が聞いた。

「ただひとつだけ。安心してすごせるようにしてあげて」

恵子はロビーの中央に置かれている工具を隅に移し始めた。

腰を曲げたとき、鋭い痛みが全身を貫いた。そのまま倒れそうになったのを、なんとかこらえた。この数日で何時間寝たのだろう。弱音は吐けない。ここにいる全員が私を見ている。

恵子は全身の力を込めて、工具箱を持ち上げた。ほかの作業員たちも立ち上がり、恵子に倣《なら》って脚立やペンキの缶を片付け始めた。

携帯電話が鳴った。

〈リバーサイド・ビューに避難民を入れるというのは本当か〉

土浦の声が響いた。

「誰に聞いたの」

〈会社に新聞社から電話があった。そんなことは、絶対に許さん〉

「もう遅いわ。自衛隊の輸送車がこっちに向かっているのよ」

数分前、住民受け入れに反対した田口が恵子を見ている。恵子は背中を向けた。

〈何人の避難民が来る〉

「二〇〇〇人くらい」

〈バカを言うんじゃない。慈善事業をやってるんじゃないんだ〉

「宣伝に使えるんじゃない。巨大台風のときには、避難所にもなるって」

〈専有部分には入れるな。共有部分で対処するんだ。ロビー、階段、駐車場。勝手に部屋に入れたとなるとトラブルになる。それに、トイレは使わせるな。泥靴で歩かせないように。そうだ、入るときに靴を脱がせろ。部屋には鍵をかけて――〉

恵子は携帯電話を切って、マナーモードにした。

座り込みたいほど強い疲労を覚えた。本当に、このマンションは風速80メートルに耐えられるだろうか。ふっと疑問が脳裏をかすめた。今まで、疑心を抱いたことはなかった。いや、現実として捉《とら》えていなかったのだ。しかし、一時間後にはこのマンションに二〇〇〇もの人たちが救いを求めてやってくる。そのなかには大輔、由香里、そして義母も入っている。私たちのリバーサイド・ビューは、充分に期待に応えることはできるのか。

もう一度、問題になりそうな箇所はないか反芻《はんすう》してみた。構造的には問題ない。クレーンは補強した。ガラスもすべて強化ガラスを使っている。会社は値段を下げるために、一ランク下の強度のガラス使用を要請してきたが、突っぱねてよかった。あとは、想定外の事態が起こらないことを祈るだけだ。恵子は、次々に浮かんでくる疑問と不安を振り払った。

それにしても……玉城はなぜ、このマンションを選んだ。口では否定的なことを散々言っていたが、最終的には私を、私の仕事を信じていたのか。

やるべきことはやった。いつ来ても受け入れることができる。しかし、あと一つ残っていることがある。ポケットで携帯電話が震えているが無視して、恵子は管理人室に入っていった。

第四章　氾濫

1

「すでに自衛隊は出動しているそうです。三〇分以内に到着します。各避難所は、それまでに移動の準備をしておくように連絡しておいてください」

　後藤が受話器を握ったまま職員に告げた。

「電話の相手は自衛隊ですか。私と代わっていただけませんか」

　後藤は一瞬、迷うような表情を浮かべたが、玉城の顔を見て受話器を渡した。

「鉄橋を爆破してください」

　相手が息を呑《の》む気配が伝わってくる。横に立っている後藤の顔つきも強《こわ》ばった。

〈もう一度、言っていただけませんか〉

若い自衛官の改まった口調の声が返ってくる。玉城は状況を説明した後、同じ言葉を繰り返した。

〈バカを言わないでください。どんな状況であれ、我々が鉄橋を爆破するなんて〉

思わず受話器を耳から離した。自衛官が声を張り上げたのだ。

「このまま放《ほう》っておくと一時間以内に水が土手から溢《あふ》れ出します。そうなれば土手が削られ、堤防が崩壊することは明らかです」

〈なんと言われても、私の一存では無理です。上官に許可を取ってください〉

玉城はモニターに目をやった。鉄橋に引っかかった漂流物は、目に見えて増えている。

「時間がありません。荒川が氾濫《はんらん》した場合、あなたが責任を取れるのですか」

〈待ってください。上官に代わります〉

名前を呼ぶ声がして、同じように若い声がした。

〈施設大隊の松浦《まつうら》一等陸尉です。用件をお聞きします〉

玉城はうんざりしながらも再度状況を説明した。松浦と名乗った自衛官は無言で聞いている。

最後に、東葉線の鉄橋を爆破してほしいと締めくくった。

〈あなたの名前は？〉

「玉城です。それより、川を見てください」

〈直ちに行ってみます。ただし、状況はこちらで判断します〉

「私もリバーサイド・ビューに行きます。鉄橋はそこから七〇〇メートルほど上流です」

玉城が言い終わらないうちに電話は切れていた。

「やはり、私も現場に行ってみます」

「バカは言わないで。状況は先生のほうが把握しているはずだ」

後藤の口から予想外の強い言葉が出た。

「彼らが独自で爆破の判断を下すとは思えません。状況を正確に説明する者が必要です」

「私も行きます。無茶はさせませんから」富岡が後藤を見据えて続ける。「川が溢れれば死者が出る可能性もあります。もう悲しむ親を出すべきじゃありません」

富岡の言葉に後藤の表情が曇った。

「くれぐれも注意してください。もし先生に何かあれば……」

後藤は最後まで口にせず、玉城を見つめている。

玉城はパソコンとバッグをゴミ袋で包み、丸めて袋に入れていた雨合羽《あまガッパ》を出した。

袖《そで》を通しかけたとき、先生という声に振り返った。後藤が立っている。

「これを着ていってください。先生の合羽より身体《からだ》に合うでしょう」

後藤はモスグリーンの防水コートを玉城の前に出した。

背中に〈江東区役所危機管理室〉と黄色い蛍光塗料の文字がプリントされている。

玉城は思わず目を閉じた。様子を見ようと出入り口のドアをわずかに開けると、悲鳴と唸《うな》りが入り混じったような音が響き、雨混じりの風が吹き込んできた。

「俺《おれ》の4WDで行く。役所の車だと飛ばされそうだ。車は前の駐車場だ」

外に踏み出すのを躊躇《ちゆうちよ》していると、富岡にヘルメットを渡された。

一歩外に出て、玉城は立ち止まった。と言うより、身体が強ばり動くことができない。横殴りの雨が顔を打ち、痛くて呼吸も満足にできない。数時間前より、風はあきらかに強くなっている。風速は40メートルを超えているだろう。天から降ってくる海水混じりの雨と、暴風で巻き上げられる地上に溜《た》まった泥水とで、視界はゼロに近い。

ヘルメットの顎紐《あごひも》を締め直すと、いくぶん気分が落ち着いた。

腰を落として両足を踏ん張りながら一歩一歩、歩いた。少しでも気を抜いて上半身を伸ばすと、そのまま飛ばされそうだ。富岡に背中を押されながら車に乗り込んだ。

車は水中をくぐるようにして進んだ。街灯は消え、ふだんは明るく照らされているコンビニも、暗い影を貼《は》り付けたようだ。信号さえも消えている町に、雨と風が交錯していた。

　上下四車線の道路には川のように水が流れ、人の姿はまったく見えない。どこからか風雨の音に混じって、救急車のサイレンが聞こえてくる。玉城は、知らない星に来たような気分になった。

　ヘッドライトの明かりも風雨に吸い取られるように、五、六メートルほどしか届いていない。ときおり車とすれ違うが、ぼんやりした光芒《こうぼう》が通りすぎて行くだけで車体はほとんど見えない。

「できれば川沿いの道を走ってください」

　玉城はしがみつくようにハンドルを握っている富岡に言った。土手に出る道に入ると風はさらに強くなり、突風に煽《あお》られるたびに車は浮き上がり、横滑りする。富岡の顔も強ばっている。

「土手に出たぞ」

　富岡がハンドルを握りしめ、前方を睨《にら》んだまま言った。

　耳を澄ますと、風雨の音に混じって別の水音が聞こえる。ハイビームの光の先に、降りしきる雨を通して渦巻きながら流れる濁流が見えた。

「これじゃあ、マンションなんて見つかりっこない。しっかり目を開けてろよ」

「義兄《にい》さんは、運転に集中してください」

　玉城は必死で前方を見つめたが、闇《やみ》が広がっているだけだ。

一〇分ほど進んだとき、前方にぼんやりと明かりが見えた。嵐《あらし》の海に浮かぶ灯台の光のようだ。

「リバーサイド・ビューです。あれを目ざしてください」

「この辺りは停電のはずじゃなかったのか」

「自家発電です。恵子が明かりをつけてくれたんです」

近づくと下方からライトが当てられ、闇のなかに超高層マンションがライトアップされて浮かんでいる。マンション前の広場に設置されている、イベント用のライトを点灯しているのだ。

「建物の北側に回ってください」

玉城は携帯電話のボタンを押したが、何度押し直しても途中で切れてしまう。

「こっちの機種のほうがつながりやすい」

富岡が差し出す携帯電話を受け取って、通話ボタンを押した。確かに一度でつながり、恵子が出た。

「今、きみのマンションのすぐそばにいる。北側に回っているが、入り口はどこだ」

〈ちょうど中央辺り。駐車場のゴミ置き場があるところ。誘導棒を持った人をやるわ。赤い光よ〉

「ライトアップしてくれたので助かった」

〈灯台みたいでしょ〉

何か言わなければと思ったが、適当な言葉が浮かばない。玉城は何も言わず携帯電話を切った。

車はリバーサイド・ビューの敷地に入っていった。

マンションの裏手に回ると赤い光が見えた。雨合羽の男が誘導棒を振っている。

車をマンションの側壁ぎりぎりに停《と》め、玉城と富岡はマンションに駆け込んだ。

ほんの数十秒外にいただけで、プールに飛び込んだような気分になった。ヘルメットを被《かぶ》り防水コートを着用しているにもかかわらず、隙間《すきま》から染みこんだ雨で全身が濡《ぬ》れている。

がらんとしたロビーには一〇人あまりの作業員が突っ立って、玉城と富岡を見つめていた。

玉城は恵子を探した。

大柄な従業員たちの間から、ほっそりした恵子が出てきた。白のブラウスの上に大きめの作業服を着て、ヘルメットを被っている。現場を見回りに来て、そのまま作業に加わったのだろう。玉城を見て、ほっとした表情がうかがえる。

「いつ来てもいいわよ。二〇〇〇人でも、三〇〇〇人でも」

同意を求めるように作業員たちを振り返ると、みんな一様に頷《うなず》いている。

「避難住民の受け入れに関して、区は非常に感謝しています」

富岡が改まった口調で言って、全員に向かって深々と頭を下げた。

そのとき、恵子の身体が揺れた。足元がふらつき、膝《ひざ》をつきそうになったのだ。

玉城は駆け寄り、腕をつかんで身体を支えた。恵子が腕をつかみ返して、なんとか体勢を立て直した。

「顔が青い。具合が悪いんじゃないのか」

「大丈夫。ちょっと疲れてるだけ。体力には自信があるの知ってるでしょ」

「だからよけい心配している」

玉城は恵子を見つめた。髪がほつれて額に貼り付いている。化粧気はまったくなく、顎には擦《かす》り傷ができていた。数日前、このリバーサイド・ビューで会った、きっちりとスーツを着込んだ恵子とは別人のようだ。それでも精一杯の虚勢を張って、背筋を伸ばして玉城を見返してくる。

「窓ガラスが一ヵ所割れると、そこから風が吹き込んで建物内の気圧が急激に上がり、連鎖反応を起こす恐れがある。南側の出入り口も補強してほしい」

「テープで目張りをしておいたわ。最高の強化ガラスを使ってる。そんなことしなくても大丈夫なんだけど、気休めよ。あなたは心配性だから」

「二号棟と三号棟は？」

「外壁が完成している階は完全に戸締りして、危険物はすべて撤去してある」

「クレーンはどうなった。きみはクレーンの補強をしていたんだろ」

「一号棟と三号棟の補強は済ませた。二号棟は――」玉城の問いに恵子は、一瞬、言いよどんだ。「補強してあると報告を受けている。でも、自分で調べる時間はなかった」

「正解だった。この状況で屋上に上がるのは危険すぎる」

「子供たちとは話したの？」

「電話だけど元気そうだった。すぐにここに来る」

恵子は軽く息を吐いた。心なしか目が潤んでいるようにも思える。

恵子と合流して三〇分がすぎた。何度か秀代の携帯電話に電話したが、つながらない。

「避難の人たちは本当に来るの？」

恵子がいらいらした口調で聞いた。

「練馬《ねりま》に待機していた自衛隊が連れてくるはずだ。もう来てもいいころなんだが」

「でも実際には、一人も来ていない」

恵子は玉城を揶揄《やゆ》するように言って立ち上がり、階段に向かった。玉城は慌てて後を追った。

二人は三階まで上がり、北側のベランダに出た。

海からの風はマンションでさえぎられるが、回り込んでくる風も強く、雨で目を開けていられない。

恵子がポケットからゴーグルを二つ出して、一つを玉城に渡した。

「クレーンの補強作業用に、一〇〇円ショップで買ってきたの。あまったから大輔にと思って」

玉城はゴーグルをかけて、道路のほうに目を移した。街灯が消えているので、ほとんど闇に近い。自家発電設備のあるビルの明かりだけが、豪雨のなかに滲《にじ》むように見える。その間をゆっくりと動いている光芒は、車のヘッドライトだ。

「方舟《はこぶね》――」恵子の低い声が聞こえた。「ノアの方舟みたいね」

「神がすべての悪《あ》しきものを流し去るということか」

「すべての希望を一艘《そう》の船に託すということよ」

恵子の言葉が全身に降りかかる風雨とともに胸の奥に染みこんでくる。恵子にとって、いやここに避難してくる数千の人々にとって、このマンションは方舟に違いない。

突然、一〇〇メートルほど先に光の列が現われた。大型車両だ。一台、二台……そのあとにも車列は長く続いている。降りしきる雨のなかにカーキ色の自衛隊の車両が浮かび上がった。

「着いたわよ。誰《だれ》か誘導棒を持って外に出て」

恵子が叫びながら階段を駆け下りていく。

一〇分もすると、ロビーは避難住民で溢れた。一様に疲れ切った顔で、服を濡らし、髪からはしずくを垂らしている。老人が多く、皆青白い顔で、肩を寄せ合い、震えている者もいた。わずかに元気なのは一部の子供たちだけだ。こうなることは予想外なので、全員が着の身着のままだ。

「二階の集会所は医務室にして、病人や気分の悪い人を連れてって。お年寄りはなるべく下の階の部屋に入れてあげるのよ。一部屋、三〇人は楽に入れるわ。水道は出るから自由に使って。お湯はムリだけどね」

恵子が自衛隊員と作業員に指示を出していく。ロビーの角に集まって小声で話していた作業員たちも、驚くほどてきぱきと住民の世話を始めている。

「三階から上の階も使えますか」

自衛隊員が聞いてきた。

「すぐに鍵《かぎ》を開けさせるわ。でも、エレベーターは使わないで。何か起こると対応できないから。それに、そんなに上の階までは必要ないはずよ。せいぜい五階か六階までで足りる」

「トイレの水は出ますか」

「普通に使えるわ。ただし、汚さないようにね」

「いいんですか。勝手なことをやって」

現場監督の田口がやってきて、玉城を気にしながらも恵子に言う。

「仕方がないでしょ。こういう状況なんだから」

「しかし、会社はなんて言うか」

「私がすべての責任を取るって言ったでしょ。できる限りの便宜を図ってあげてちょうだい」

恵子が厳しい顔で言い切った。田口は不満そうな顔をしながらも、自衛隊員を三階に案内していった。

「今回のことは区としても感謝している。いずれ、区長から連絡がいくだろうが」

富岡が改まった口調で言った。

「兄さんが初めて私を誉《ほ》めてくれたってわけね」

「これは区の職員としての言葉だ。身内としては単純に評価はできん」

「子供たちはまだなの？」

恵子が玉城に向き直った。玉城も気になっていたところだ。

「大輔たちのグループは遅れているらしい。途中、ほかの避難所に寄って住民を拾ってくるそうだ」

「でも、こんなに多いとは思わなかった。まるで難民キャンプね」

「これで半分と少し。最終的には二〇〇〇人を超えそうだ。きみには感謝している」

「そんな言葉、まだ早いわ」

自衛隊員が来て、さらに新しいグループが到着したことを告げた。

「窓には近寄らせないで。自衛隊の人に徹底させてね。玄関ホールの正面出入り口はロックしてあるけど、誰か見張りをつけて」

笑みを浮かべかけた恵子の顔が引き締まった。

「分かってる。マンションは高さ一〇〇メートルを超す巨大煙突だ。先の詰まったね。まともに風が吹き込めば、どうなるか。考えるだけで恐ろしいよ」

「いやなこと言わないで。私は見回ってくる。子供たちが来たらすぐに教えてね」

恵子はヘルメットを被り直し、階段のほうに歩いていった。玉城はしばらくその後ろ姿を見ていた。

会った直後に比べ、見違えるように元気になっている。やはり、相当なプレッシャーのなかに置かれていたのだ。それが、助けを求める人たちを見て逆に解放されたのかもしれない。

「何人入っていますか」

玉城はロビーで避難住民を見ながらメモを取っている富岡に聞いた。

「周辺、五ヵ所の避難所からの移動は完了。一五〇〇人というところだろう」しかし、と言って視線をロビーに向けた。「きみのお母さんと子供たちはまだだ。現在、第三小学校の避難所に向かっているそうだ。あと、三〇分ほどで着くと思う」

ドアの閉じる音が響き、裏口近くで言い合う声が聞こえた。

「なんだ、これは」

声のほうを見ると、土浦が床に座り込んでいる避難住民を避《よ》けながらやってくる。玉城の前に来て、富岡に気づくと開きかけた口を閉じた。さらに、胸の区役所の役職つきプレートを見ると、戸惑った様子で視線を玉城に返してくる。

「渡辺さんは大丈夫ですか」

恵子が声を上げながら急ぎ足でやってくる。

「問題ないと言っただろう。それより、何ごとなんだ、これは」

恵子を見て、土浦の顔にはかすかにほっとした表情が浮かんだ。

「見ての通り。ご近所の人たちです」

「高層マンション建設反対の住民運動をした奴《やつ》らも混じっているのか」

「私は存じ上げません」

「部屋には入れるなと言っただろう。すでに買い手はついているんだ」

「部長から出て行くように言ってください」

土浦の表情がさらに厳しくなった。

「客は新築のマンションを買ったんだ。こういうことをすると、嫌がることはきみも承知しているだろう。契約を解除されても文句を言えなくなる」

土浦が、ロビーにうずくまっている避難住民に聞こえるように言う。

「リバーサイド・ビューは水害にも台風にも強いと、大評判になりますよ」

玉城は皮肉を込めて言った。

「区側も今回のオーシャン建設の配慮には、感謝しています。落ち着きましたら、区長からしかるべき感謝の表示があると思います」

富岡が慇懃《いんぎん》な口調で言って頭を下げた。土浦も相手が区の幹部職員となると、これ以上どう言っていいか分からず、恵子に救いを求めるように視線を送っている。

土浦の前を数人の子供が騒ぎながら走っていく。床には大小の泥靴のあとが無数についている。

「傷をつけないように伝えて貼り紙をしろ。それに、各部屋のドアは開けておけ」

通りかかった作業員に、土浦が吐き捨てるように指示を出す。

「泥靴で歩き回るな。床や壁にちょっとでも傷をつけてみろ。賠償裁判を起こしてやるからな」

靴音を響かせて歩く自衛隊員に怒鳴った。

土浦が出て行くのを見届けてから、玉城はカバンからパソコンを出した。

「どこかインターネットにつなげるところはないかな」

　玉城は恵子のあとについて管理人室に行った。

　ディスプレーに、荒川の映像が映し出された。ライトに照らされ、闇のなかに浮かぶ水面《みなも》は、白っぽい飛沫《しぶき》を上げて流れていく。河川敷いっぱいに広がった流れの両岸は闇に溶け込み、無限の広がりを持っているようだ。この濁流がほんの数十メートル離れて流れている。

「荒川なの？」

　恵子が驚きの表情を浮かべた。

「小さく見えてるのが東葉線の鉄橋だ」

　玉城がキーを叩《たた》くと、橋の部分が拡大されていく。

「溢れるのは時間の問題だな」

　声に振り返ると、玉城の背後から富岡が覗《のぞ》き込んでいる。

「一部ではすでに溢れ出しています」

　そのとき、富岡の携帯電話が鳴り始めた。

　富岡は頷きながら聞いていたが、分かりましたと言って、玉城の肩を叩いた。

「後藤室長からだ」

〈荒川が深刻な状態です。先生が言った通りになっています〉

玉城の耳に響く後藤の声は、かつてなく真剣味を帯びている。

「どういうことですか?」

〈倒れた鉄塔の送電線に漂流物が引っかかって、川をせき止めていましたね。その地点でかなりの水が溢れ出し、すでに三〇センチほど冠水している地区もあります〉

「電力会社が送電線を切るんじゃなかったんですか」

〈手間取っている様子です。なにしろ、この暴風雨のなかでの作業ですから〉

「こっちも同様です。東葉線の鉄橋にも漂流物が溜まって、溢れ出すのは時間の問題です。送電線が切られれば、おそらくすぐに――」

後藤が考え込んでいる様子が感じられた。やがて、落ち着いた声が返ってきた。

〈鉄橋の爆破は避けられないでしょうね〉

「手遅れにならないうちにやるべきです」

〈区長に伝えてはいるのですが。どうやら、自衛隊だけでは判断は難しいということです。やはり早急には、許可は下りないでしょう〉

後藤にしては煮え切らない口調だ。

「何とか急いでください」

〈住民の避難は完了しましたか?〉

「ほぼ終わりました。あと、七台の車両がリバーサイド・ビューに向かっています」

〈先生のご家族は？〉

「七台のうちの一台です」

〈そうですか……。もう一度、鉄橋爆破を急ぐよう頼んでみます〉

富岡がしきりに玉城に目配せをしている。パソコンを見るように言っているのだ。

玉城は、また連絡しますと言って携帯電話を切った。

「そろそろ限界だ。きみのやり方しか方法はなさそうだ」

鉄橋の両端の土手では、消防団の団員たちと東葉電鉄の職員が必死で土嚢《どのう》を運び、積み上げている。その土嚢の高さもやっとほかの土手の高さと同じで、水は土嚢を越えて流れ出しているのだ。

「鉄橋の爆破はどうなっていますか」玉城はロビーに戻り、指示を出している自衛隊員に聞いた。「電話では下見に来るとのことでした。爆破を考えるためにね」

「私は避難所から住民を輸送するよう命令を受けているだけです」

自衛隊員は、緊張で引きつった表情で答えた。やはり鉄橋の爆破という言葉には、インパクトがあるのだ。端整で優しそうな顔立ちの、まだ二〇代半ばと思える青年だ。

「ここで指揮を執《と》っているのは誰ですか」

「指揮官は私です。しかし、そういう命令は受けていません」

玉城が状況を説明しかけたとき、裏口から長身の男を先頭に数人の自衛隊員が入ってきた。

若い指揮官が、慌てて姿勢を正した。長身の自衛隊員は玉城たちの前で止まった。

「施設大隊の松浦一等陸尉です。都知事の要請により、派遣されました。玉城という度胸のある科学者はどなたですか。ここに来ていると聞いています」

松浦が、ゆっくりした動作で玉城たちを見た。自信に溢れた態度は、ゆとりさえ感じさせる。若い指揮官の顔からも緊張が取れ、ほっとした様子だ。ほかの隊員からも信頼されているようだ。

「私です。度胸があるかどうかは知りませんが」

「あなたが玉城先生か。ちょっとした野暮用があったので遅くなりました」

「野暮用？　災害派遣より、野暮用を優先ですか」

「噂《うわさ》は聞いてますよ。いまどき、鉄橋をぶっ壊してくれと頼んでくるのは普通の神経じゃない。で、もう一度、説明してもらえませんか」

松浦は玉城の言葉を無視して言った。確かに電話で話した自衛官の声だ。

「電話で話したはずです」

「私は先生に直接会って話を聞くために来ました。それほどの重大事なんです、民間の施設を爆破するなんてことは」

松浦は玉城を見据えた。丁寧な言葉遣いのなかに、大胆さと意志の強さが感じられる男だ。

玉城は松浦を管理人室に連れて行き、パソコンの映像を見せながら説明した。

「かなりな滞留物だな。いつ溢れてもおかしくない」

「すでに一部では、水が市街地に流れ出しています」

玉城は消防団と電鉄職員が土嚢を積んでいる鉄橋を示した。

「鉄橋の位置は？」

「上流七〇〇メートルほどのところです」

松浦は腕を組んで、ディスプレーを睨むように見つめている。

「さらに鉄橋の一キロばかり上流で、高圧線の鉄塔が倒れたのは話しましたね」

玉城の言葉に松浦がかすかに頷いた。

「いま、関東電力の社員が電線の切断を行っています。電線が切断されると大量の漂流物と水が一気に流れてくる。それが鉄橋に引っかかり、完全にせき止められて堤防から濁流が溢れ出す。このスーパー堤防の丘以外、周辺は完全に水没します」

「このマンションから川は見えますか」

「六階以上のベランダから。でもいまは夜だし、街灯はすべて消えています。何も見えませんよ」

今まで無言で聞いていた恵子が言った。

「案内してもらえませんか」

松浦は背後のやはり若い自衛隊員についてくるように言って、階段に向かって歩き始めた。

玉城たちは恵子に案内されて階段を上がった。六階まで上がるとロビーからの騒音が消え、ただ、低い唸りのような風雨の音が聞こえてくるだけだ。

北側のベランダに出ると、一気に雨と風の世界に入った。

雨のカーテンを通して、上流にかすかな明かりが見える。

「あの明かりが東葉電鉄の鉄橋です。消防と電鉄が総動員して、決壊を防いでいます」

松浦は双眼鏡を出して見ている。「ここで指をくわえて、町が水浸しになるのを見てるだけですか」

玉城は、この妙に落ち着いている、自分より頭ひとつ長身の自衛隊員を殴りつけたい衝動に駆られながら大声を出した。しかし声は風と雨に消され、聞こえたかどうか分からない。

「爆薬は足りるか？」

松浦が横で同じように双眼鏡を覗いている若い自衛隊員に聞いた。

「充分です。しかし、まさか本気でやるつもりじゃないでしょうね」

「状況からすると、ベストな方法は？」自衛隊員は考え込んでいる。「言ってみろ。おまえがベストだと思うやり方を採用する」

やはり、自衛隊員は答えない。

松浦が玉城の耳元に口を近づけてきた。

「これから爆破に向かいます。爆破前には連絡しますから、避難住民に動揺しないよう伝えてください。しかし、いまはダメです。鉄橋爆破なんて言葉は、現在の日本ではタブーですから」

この自衛隊員は、見かけより遥《はる》かに慎重で信頼できる男かもしれない。

「私も一緒に行く」

玉城は松浦に顔を向け、怒鳴るように言った。その口のなかにも雨が吹き込んでくる。

「危険です」

「危険なのはきみだって同じです」

「『荒川防災研究』には、鉄橋の爆破なんて出てきませんでした」

「きみは、あれを読んだのですか。しかしあれはまだ――」

「瀬戸口誠治という、クソ真面目《まじめ》な地震学者をご存知でしょう。彼が送ってきました」

入りましょう、という松浦の言葉で四人は屋内に戻った。

「いずれ、必ず役に立つから読んでおけってね」

松浦は足早に歩きながら、ポケットからくしゃくしゃになった小冊子を取り出した。

『荒川防災研究』だ。

「瀬戸口副部長の知り合いですか」

「高校の同級生です。神戸ですが」

玉城は松浦という自衛官を改めて見た。顔中しずくがつたっている。逞《たくま》しい長身、陽《ひ》に焼けた精悍《せいかん》な顔。どう見ても、瀬戸口との共通点は見いだせない。

「あなたがこの論文の執筆者か。変わり者だって話は聞いてますがね」松浦が独り言のように呟《つぶや》いている。「いいでしょう。同行を許可します。しかし、安全は自分で確保してください。それに、私の指示には必ず従ってください」

横の若い自衛隊員は諦《あきら》めた顔で聞いている。松浦の性格をよく知っているのだろう。

玉城は、松浦が〈野暮用〉と言ったことを思い出した。この男は最初から鉄橋爆破を考え、爆薬を用意してきたのか。

2

自衛隊の車両四台が、荒川鉄橋の手前数十メートルのところに停まった。

玉城は松浦と一緒に、先頭車両に乗っていた。

風雨のなかで懸命に土嚢を運ぶ消防団員と電鉄職員の姿が霞《かす》んで見える。しかし、濁流は積まれた土嚢を越え、土手の盛り土を削りながら直下の道路に流れ出している。

「一号車と二号車は私と一緒に鉄橋に移動する。ほかの車は現在位置に待機。指示を待て」

松浦は車を出て、部下に向かって迅速に指示を出し始めた。

土手の下の低地にはすでに相当量の水が溜まり、池のようになっている。

「爆薬の設置と、消防団と電鉄職員の避難を急ぐんだ。時間はないぞ」

松浦が無線機に向かって怒鳴った。

後続の車とトラックから自衛隊員たちが飛び降り、投光器や爆薬を下ろし始めた。

「上流の送電線を切断している電力会社のグループと連絡を取るんだ。こっちの準備ができるまで切断を待ってもらう」

「送電線の切断はすでに始まっていると連絡が入っています」

「直ちに爆破準備に入れ」松浦の命令で、爆薬の入ったバッグを持った自衛隊員三名が、鉄橋に向かって走り出していく。「しかし、国内で鉄橋を爆破するとは考えたこともなかった」

松浦がその姿を見ながら呟いた。

風雨と闇のなかでの作業は、思うように進まなかった。

車のヘッドライトと、投光器の照明が降りしきる雨とともに橋の姿を浮かび上がらせている。鉄橋の橋桁《はしげた》には爆薬を持った自衛隊員が命綱をつけて、貼り付くようにして作業を続けている。突風が吹くたびに動きを止めて、鉄材にしがみ付く。遮蔽物《しゃへいぶつ》のない川の真んなかでは、風速は60メートルを超えているのではないか。玉城は映画の一場面でも見ているかのように、凝視していた。

作業を始めてすでに三〇分がすぎていた。玉城の横では松浦が何度も時計を見ている。

「電力会社に切断をもう少し待ってくれるように頼んでくれ」

「呼び出していますが、連絡が途絶えています」

無線機を操作していた自衛隊員が答える。

「消防団と電鉄関係者の避難は？」

「完了しています」

玉城は携帯電話を出して、江東区危機管理室のボタンを押した。電話は二度目でつながった。後藤を呼び出して、送電線の切断について聞いた。玉城の顔が強ばる。

「電線が切断された。滞留物は一〇分以内に鉄橋に到着する」

玉城は声の限り怒鳴った。

「爆破を急がせろ。すぐに漂流物がくる」

松浦の声が風雨をぬって響く。

「見え始めました」

双眼鏡で川上を見ていた隊員が大声を出した。

上流に目を移すと、濁流が津波のように盛り上がって近づいてくる。流木、まだ枝の張った木々、家の梁《はり》や柱、家具などが流れてくるのだ。上流域の川の近くで、何件か崖《がけ》崩《くず》れがあったと聞いている。そのとき倒壊した家の残骸《ざんがい》が、川に流れ込んだのだろう。

「爆破準備はまだか」

松浦の声に橋に目を戻すと、中央辺りに自衛隊員の姿が見え、まだ作業を続けている。漂流物が橋にかかり始めた。その量は目に見えて増えていく。鉄橋両端の滞留物の一部が増えた水流に乗って土手を乗り越え、下の道路に流出し始めている。流れてきた材木が次々に鉄橋に乗り上げた。せき止められた流れは出口を求め、見る間に土手上に広がっていく。

「急いでください。このままだと土手が崩れてしまう」

「爆破準備できました」

無線機を耳に当てていた自衛隊員が叫ぶ。

鉄橋に目を移すと、爆薬を取り付けていた自衛隊員が土手のほうに引き返している。

「彼らが戻り次第、爆破だ」

「あれ、人じゃないですか」

横の自衛隊員が上流を指して言った。確かに一〇〇メートルほど上流の土手の闇に、車のヘッドライトの光が何筋か交差している。

「投光器を上流に向けろ」上流の土手に向けられた光のなかに大小五、六人の人影が浮かび上がった。「あのバカたち、死にたいのか。すぐに連れ戻せ」

双眼鏡を目に当てていた松浦が吐き捨てるように言う。若い自衛隊員も双眼鏡を出した。

「子供もいるぞ。中学生くらいじゃないですか」

「直ちに警察と消防に連絡するんだ」

「俺が行く」

松浦が持っていた双眼鏡を玉城に押し付け、走り出そうとした。

そのとき、土手の男たちの一人が跳ね上がった。男をさらに押し上げるように、土手を突き破った水が噴き出してくる。土手の表面に水が浸透して、地盤が脆《もろ》くなっていたのだ。

「堤防が破れるぞ！」

男たちが叫びながら、土手を駆け下りていく。

土手を破って噴き出した水は瞬時にその水量を増し、周りの土を浸食しながら噴き出している。

「あの近くの住民は？」

「すでに避難済みです。残っている住民はいないはずです」

土手の上部がえぐられたように削られ、その横を男たちが懸命に走っている。次の瞬間、追うように溢れ出た水が、彼らを呑み込んでいった。

最初は数メートルの幅だった溢水《いっすい》箇所は、見る間に広がっていく。流れ出る水流が土手をえぐり、下の住宅地に流れ込んでいくのだ。

「このままだと破堤する」

玉城が低い声で言った。

「身体を低くして」

松浦が玉城の頭を押さえるのと同時に、鈍い爆破音が響いた。その音も風雨に吸い取られるように消えていく。

降りしきる雨の彼方《かなた》に、鉄橋の中央部が飛び散るのが見えた。破壊された隙間を滞留物が流れ出していく。瞬時に滞留物の島が崩れて流れに呑み込まれていった。

暴風雨のなかに歓声が沸いた。

土手を削り、溢れ出ていた水が目に見えて減っていく。

「急いで溢水箇所を土嚢で補強するんだ。またすぐ水かさが増える」

消防団員の声が風と雨をぬって聞こえ、電鉄の職員たちと土嚢をトラックに積み込む姿が見えた。それを自衛隊員が手伝っている。

　玉城はじっと川面《かわも》を見つめていた。これは一時的な処置にすぎない。問題は、この絶対的な雨量にあり、荒川自体がすでに許容量を超えているのだ。このまま降り続けば必ず――。地球がおかしくなっている、確かにその通りだ。

「やったな」松浦が玉城の肩を叩いた。「学者というのは素直に喜べないのか。瀬戸口と一緒だな。いつも、不景気な顔をしてた」

「私だってほっとしている。しかし――」

　玉城がなにか言おうとしたとき、ポケットの携帯電話が鳴り始めた。

〈孝彦なの――〉

　細く途切れがちな秀代の声が聞こえる。玉城は秀代の声に不安を感じた。

「母さん、大丈夫か。もうリバーサイド・ビューなんだろう」

〈大輔が――どこにいるか分からないんだよ。避難所を出てから、最初は三人で手をつないでたんだけど――いつの間にかいなくなって――〉

「いなくなったって、自衛隊の車が迎えに行ったんだろう。それに大輔は足を怪我《けが》している」

〈だからみんなで――〉

　言葉が乱れた。どうやら、泣いているらしい。秀代自身どうしていいか分からないのだ。横で、貸してよという声がする。

〈パパ、私よ〉

「由香里か。お兄ちゃんはどこに行ったか知らないか」

〈言ったら、叩くって〉

「叩かせないから言ってごらん」由香里は黙っている。「お兄ちゃんがこれ以上怪我をするのは、由香里もいやだろう。外はすごい雨と風だ」

〈パパは、私もお兄ちゃんも怒らない？〉

「約束する。二人が無事でいてくれればいいんだ」

〈ノブ兄ちゃんを見てくるって。第三小学校で停まっているときに降りたのよ〉

「第三小学校？」

〈おばあちゃんちに決まってるでしょ。ノブ兄ちゃんは、おばあちゃんちに住んでるのよ〉

「そうだったな」

〈お兄ちゃん、学校の帰りにときどき行ってたんだから。これも内緒よ〉

確かに第三小学校から、実家までは歩いて二、三分だ。ただし、普通の日であればの話だ。

松葉杖《まつばづえ》をつきながら、この雨のなかを歩く大輔の姿が浮かんだ。しかし、不思議と不安はなかった。大輔は普通の大人《おとな》より、台風については知っている。玉城は頭を振って、その考えを振り払った。やはり、小学四年生の子供なのだ。命に関《かか》わることだ。

「おばあちゃんに代わってくれ」

おばあちゃんも、いじめないでねという由香里の声のあとで、秀代が出た。

「話は聞いてただろ。大輔は伸男のところに行ったらしい」

〈私が悪いんだよ。家のそばだったんで、伸男は避難したのかねえ、と言ってしまったんだ。電話しても出ないし。大輔はそれを聞いてたんだね〉

「大丈夫だよ。母さんは由香里の心配だけをしてくれ」

〈伸男の携帯にも電話してるんだけど、つながらなくてね。伸男もバカじゃないから、大輔が行ったら報《しら》せてくるとは思うけど〉そう言いながらも自信のなさそうな声だ。

〈私が行って見てこようか〉

「バカ言うんじゃないよ。この風雨のなかを母さんが出歩いちゃ、二重遭難もいいところだ」

〈じゃあ、どうすれば――〉

「僕のほうでなんとかする。リバーサイド・ビューにはまだ着いてないの？」

〈もうすぐだと思うけど。真っ暗でね。私もどこを走っているのか分からない〉

「じゃあ、自衛隊の輸送車のなか？」

〈硬い椅子《いす》の汚いバス〉

由香里の声が割って入る。

「母さんと由香里はリバーサイド・ビューに着いたらじっとしてるんだ。こっちから連絡するから」

〈でも、恵子さんになんて言っていいか〉

「僕のほうから言っておく。母さんは由香里を頼むよ」

絶対にリバーサイド・ビューを離れちゃダメだよ、と念を押した。もしかしてと思って、伸男の携帯電話の番号を押したが、電子音だけでやはりつながらない。諦めて、富岡を呼び出した。

「大輔が車からいなくなったんです。どうも、伸男のところに行ってるようです。誰か、確かめにやってくれませんか」

玉城は一気にしゃべった。富岡は大輔を自分の子供のようにかわいがっている。伸男に対しても、比較的好意的な感情を持っていた。いつか、「俺も玉城君のような兄さんがいたら、伸男君のような人生を送ったかもしれんな」と真面目な顔をして言ったことがある。そのときは聞き流していたが、最近、伸男が問題を起こすたびに富岡のその言葉を思い出す。

〈消防団のパトロールに連絡を取ろう。住所と電話番号を言ってくれ〉

玉城が住所と電話番号を言うと、誰かに指示を与える声が聞こえた。

大輔君のことは分かり次第連絡する、と言って電話は切れた。

その途端、玉城の携帯電話が鳴り始めた。

ディスプレーの表示には木下とある。どんな報せも、いまは聞いている余裕はない。ポケットに入れかけたが思い直し、通話ボタンを押した。

〈やっと通じた。その強烈な水音は、ひょっとして……〉

「荒川の堤防にいます」

〈僕にまで飛沫がかかりそうだ〉

木下の能天気な声が、妙に癇《かん》にさわる。

「用件は？」

〈ジェミニが速度を増しました。この分だと、今日の未明には東京に上陸します〉

「今日？」

〈日付が変わって、もう一時すぎですよ〉

玉城の脳裏に、巨大な渦巻きが現われた。今は、その端が東京にかかっているだけで、本番はこれからなのだ。

先輩、聞いているんですか、と呼びかけてくる木下の声が玉城の意識を引き戻した。

「大丈夫です。現在の規模は？」

〈中心気圧８１２ヘクトパスカル、半径８３０キロ、最大風速67メートル、最大瞬間風

速87メートル。発達しながら東京に向かっています。時速45キロ以上になっています〉

「シミュレーションによる上陸時間は？」

〈午前五時四〇分。誤差は三〇分前後〉

「気象庁の発表はありますか」

〈ここまで来ると、うちとほとんど同じ予測です。各地で、雨量が一時間100ミリを超えています。崖崩れ、土砂崩れ、家屋の浸水も起きています。東京も中野や渋谷は水浸しです。荒川だって、〝防災研究〟通りなら、もうとっくに〉

木下の言葉が途切れた。破堤していてもおかしくないと言いたいのだ。

「全員が全力を尽くしています。僕たちの研究も捨てたもんじゃない」

礼を言って切ろうとする玉城に、先輩、と木下が呼びかけてくる。

〈気をつけてください。先輩は、体育会系じゃないんですから。間違っても、現場に出ようなんて気は起こさないでください。いや、もう出てるのか。だから――〉

「分かってますよ」

もう一度礼を言って、ボタンを押した。

「どうかしましたか」

携帯電話を握っている玉城に、松浦が問いかけてきた。

「同僚からの電話です。台風の速度が速くなっています。明け方、東京に上陸するそうです。それに、頑張れと」

玉城は荒川を睨んで、拳《こぶし》を握り締めた。


大輔は大きく身体を震わせた。

雨合羽は着ていたが、隙間から染みこんだ雨で全身が濡れていた。服が身体に貼り付いて気持ち悪い。ギプスで固めた右足には痛みはない。だが、泥水が染みこんで、まるで黒い丸太を引きずっているようだ。松葉杖が狭い家のなかより数段使い勝手がいいのは意外だった。

バスが第三小学校に停車し、残っていた避難住民を乗せているときにトイレを装ってこっそり降りた。

一歩を踏み出したとき、あまりの風雨に一瞬引き返そうかと思ったが、足が勝手に前に出ていた。おばあちゃんの家までは、ゆっくり歩いても二、三分。バスが出るまでに戻ることができると思っていたのだ。だが今日は一〇メートル進むのにさえ、一〇分以上かかっているのではないか。

動きを止めて、耳をすました。聞こえるのは風と雨の音だけだ。おまけに、夜がこんなに暗いとは知らなかった。バスに乗っているときには、道路を照らすヘッドライトの光の先に、看板や折れた木が吹き飛んでいくのが見えた。いまは、懐中電灯の明かりのみで、視野には雨しか入らない。どこか、知らない空間に迷い込んでしまった気分だ。

やっと、見覚えのある通りにたどり着いた。ここまで来る間、誰とも出会わなかった。

風を避けて細い路地に入った。古い木造の二階家が並ぶ路地は、どの家からも人の気配はまったくしない。すでに、全員が避難しているのだ。ノブ兄ちゃんも、第三小学校に避難していたのかもしれない。おばあちゃんが何度携帯に電話してもつながらないのは、こういう状況では当たり前のことだ。

引き返すこともできないまま、なんとか見慣れた玄関の前にたどり着いた。

ブザーを押したが返事はない。

「ノブ兄ちゃん、僕だよ」

大輔は引き戸を叩きながら怒鳴り続けたが、反応はない。窓を見ても、明かりは見えない。

やはり、すでに避難しているのだ。そう思ったら全身から力が抜けて、引き戸にもたれかかった。雨が背中を叩き、ますます気分を萎《な》えさせていく。自分の馬鹿《ばか》さ加減にうんざりすると同時に、おばあちゃんの顔が浮かんだ。心配しているに違いない。自分はどうしようもない馬鹿だ。

引き返さなくっちゃと歩き始めたとき、引き戸がわずかに開いた。

「ノブ兄ちゃん」

戸が大きく開き、伸びてきた腕が大輔の襟首をつかんで家のなかに引き入れた。

「こんな雨のなかを何してるんだ」

伸男は風呂場《ふろば》からバスタオルを取ってきて、大輔の頭にかぶせた。雨合羽を脱がせ、泥だらけのギプスを気にしている大輔を急《せ》かして茶の間に連れて行った。

閉め切った部屋のなかは、ぼんやりと明るい。テーブル上のパソコンの光だ。

パソコンの周りにはスナック菓子の袋、ビールの空き缶が散乱していた。コンビニ弁当の空き箱が、スーパーの袋に詰められて部屋の隅にある。

大輔がテーブルに置いた懐中電灯を伸男が消した。

「その辺のおっさん連中が、避難しろってうるさいんだよ。一時間前にも、ドアを叩いてたんだ。知らん顔してたら帰ったけどさ」

「避難指示が出てるんだよ。堤防が破れて、洪水が起こる危険性が高いんだ。この辺りは六メートルも浸水する」

「俺のことより、おまえはどうしたんだ」

「母さんのマンションに避難する途中だよ」

「あのクソ高いマンションか。リバーサイド・ビューだったよな」そう、と大輔は頷いた。「高層ビルのほうが危ないんじゃないのか。この風だぜ」

「母さんは大丈夫だって言ってる」

「そりゃあ言うさ。建ててる側だもの。ヤバいなんて言ったら買い手がつかないだろ」

「一緒に行こうと思って来たんだけど」

「外を見てみろよ」

伸男が顎をしゃくって窓を指す。

サッシのガラスがびりびり音を立て、ときおり家全体が軋《きし》むように揺れた。

「古い家だからしょうがないさ。でも、俺が今のおまえよりずっと小さいときから、この家は頑張ってるんだ。今度だって問題ない」

伸男は言い訳しているようで、説得力には欠けている。

ゴォーッという風の響きとともに、家が泣くような声を上げた。大輔は思わず顔を上げて天井を見た。何かが潜んでいるような錯覚にとらわれたのだ。

「おばあちゃんが心配してる。何度、電話しても出ないって」

大輔がテーブルにある伸男の携帯電話のボタンを押したが、待ち受け画面が現われない。

「電池が切れてるの?」

「そういうことだ」

伸男は携帯電話を乱暴につかむと、ポケットに入れた。

しばらく考えていたが、携帯電話を出して電源ボタンを押した。

「おばあちゃんに電話だ。俺たちはここに籠城《ろうじょう》する」

「電池が切れてるんじゃなかったの」

「電源が入ってなかったんだ。男なら細かいことを気にするな」

「でも、川が氾濫したら」

「堤防なんて簡単に破れやしないよ。役所はいつだって、そう言って脅かすんだ。何かまずいことが起こったら、自分らの責任にされると困るからな」

「ノブ兄ちゃんの父さんは——」

伸男は、ちぇっ、つながらねえの、と言って携帯電話をソファーに投げ出した。

「荒川が決壊したとき、濁流に呑まれて死んだっていうんだろ。大昔の話だ。俺がおまえより、ずっと小さかったころだ」

「今度の台風は今までのと違うみたい。父さんが注意しろって何度も言ってきた」

「どう違うんだ」

「中心気圧も８１７ヘクトパスカルだし、最大瞬間風速なんて80メートルを超えてる。おまけに、先週からの集中豪雨で山も目いっぱい水を吸ってて、荒川も隅田川も台風が戻ってくる前から危険水位ぎりぎりになってる」

「ヘクトパスカル？」

「気圧のことだよ。中学のとき習ったでしょ。ノブ兄ちゃんは知らないの」

「ヤバい台風だってことぐらいは知ってるさ。だけど、しょせん台風だ。毎年、何度もきてる」

「そういう考えが危ないんだって、父さんはいつも言ってる」

「兄貴は、昔っから異常に心配性なんだよ」

「おばあちゃんと由香里は、もう母さんのところに着いてるかな」

「大丈夫だよ。ほかの連中が一緒なんだから。食えよ。腹減ってるんだろう」

ポテトチップの袋を大輔のほうに押した。

「やっぱり逃げようよ」

大輔はポテトチップの袋から伸男に目を移した。

「外の状況は分かってるだろ。それに、どこに逃げるっていうんだ。ここは充分高いんだ。水がきたって家のなかまで入ることはないよ。二階だってあるし」

「でも、破堤すれば六メートルの水に沈むんだ」

「そんなこと分からないだろう。いままで、そんなすごいのきたことないぜ」

「区のハザードマップにも書いてあるし、父さんの『荒川防災研究』にも出てる」

「何だ、それは？　兄貴、本書いたのか」

「本じゃなくて論文。来月の防災学会誌に掲載されるんだ。でも僕は、ずっと前に見せてもらった」

「おまえ、そういうの読んで理解できるのか」

「そんなに難しい論文じゃないよ」伸男は大げさに両手を広げた。「電話、貸してよ。父さんか母さんに連絡しておかなきゃ。いちばんいいのは、おばあちゃんだけど」

「携帯はつながりが悪いんだ。この状況だ。みんな掛けまくってる」

伸男は再度、携帯電話のボタンを押し始めた。


恵子の頭は混乱していた。

富岡から大輔が行方不明だと知らされてから、何度も携帯電話に秀代の番号を出したが、発信ボタンを押すのをためらっていた。いま、義母と話すと、自分がなにを言い出すか分からないのが怖かった。

大輔の行方が知れないのは大輔自身の責任であり、母親である恵子の責任なのだ。この台風の怖さは、玉城から充分聞かされていたはずだ。しかし、やはり任せてほしいと言ったのは、義母だ。それを信じた自分にも責任はあるが……。取りとめのない思いが、繰り返し流れていく。

ロビーが騒がしくなった。

「輸送バスが着きました。これで最後です」

作業員の一人が知らせに来た。いままでは、彼らも先頭に立って避難住民の世話をしている。恵子の指示ではあるが、避難住民のなかから医師と看護師を見つけ出して、臨時の医務室を作ったのも彼らだ。

恵子は部屋を飛び出した。バス七台、二〇〇人あまりの新しい避難住民がロビーに溢れている。

恵子は懸命に由香里と秀代の姿を探した。

「ママ！」

呼び声に振り向くと、黄色い雨合羽を着た由香里が人込みをかき分けてくる。

恵子は走り寄って抱き締めた。髪は湿っているが、思ったほど濡れてはいない。

「怪我、してない？」

「大丈夫。お兄ちゃんじゃないから。おばあちゃんの言うことを聞いて、いい子でいた」

顔を上げると秀代が立っている。驚くほどやつれ、疲れ切った顔をしていた。

「お義母《かあ》さんも怪我はないですか」

思わず出た言葉だった。

「大輔が――私がちょっと目を離した隙に」

秀代が震えるような声を出した。

「いま、兄が消防団のパトロールに連絡を取って、お義母さんの家を調べるように頼んでいます」

「足を怪我してるし、バスから降りることはないだろうとたかをくっていて」

「もう、言わないでください。とにかく、兄が任せておけと」

「お兄さんは？」

「さっきまでここにいましたが区役所から連絡があって、本部に戻ると言ってました」

「じゃあもう……」

「でも、きっと大輔を探しにお義母さんの家に行ったのだと思います」

たぶん、と低い声で付け加えた。住所は知っていても、兄が玉城の実家に行ったことはないはずだ。この風雨のなかで行き着くのは、なみたいていのことではない。

「新しいグループの方たちの部屋は、三階に用意しています。その前に、なにかお腹《なか》に入れておいたほうがいいでしょう」

「私は食欲なんて――」

「ママ、私、お腹すいてる」

「ペットボトルのお茶と、お握りとパンよ。おばあちゃんと一緒に行って」

恵子は秀代の背に手を添え、作業員に休憩室に案内するよう指示した。由香里が秀代の手を引いて、作業員のあとについていく。秀代の姿がひどく小さく、弱々しく見える。

管理人室に戻り、パイプ椅子に座り込んだ。全身が鉛のように重い。由香里が元気なのが、せめてもの救いだった。

いままで、子供たちと家のことは、ほとんど秀代に任せ切りだったのだ。

恵子は重い息を吐いて、窓の外に視線を移した。

窓ガラスに虚《うつ》ろな表情をした中年女が映っている。思わず顔をそむけたくなるほど、ひどい顔だ。疲れ、やつれが全身に滲み出て、いまにも倒れそうだ。それが自分であることが信じられない。

「二〇五号室の老人が気分が悪いそうです」

作業員の一人が来て言った。

「いちいち私に言わないでっ」

「吐いたそうです。腹痛も訴えています」

恵子は顔を上げた。

「お医者さんは？　医務室はできてるんでしょ」

「行列ができてます」

「お医者さんが手一杯なら、看護師さんを探して。これだけいるんだから、まだ一人くらいいるはずよ。すぐに探して連れてきて」

恵子の剣幕に驚き、作業員は慌てて避難住民に付き添ってきた区役所の職員のほうに行った。

恵子はしばらく目を閉じていたが、膝に手を添えて立ち上がり、携帯電話のボタンを押しながら、階段に向かって歩き始めた。

3

玉城と自衛隊員たちは、降りしきる豪雨のなかに立ち尽くしていた。

「この調子でいけば、なんとか決壊はまぬがれそうだ」

松浦が堤防のほうを見ながら言った。確かに、送電線と鉄橋でせき止められていた滞留物は爆破によって流れ出し、水位も土手すれすれではあるが、安定している。

「本番はこれからです。台風の上陸はあと――」

玉城は木下の報告を思い出しながら腕時計を見た。雨粒を通して見る文字盤の針は、すでに二時を回っている。

「三、四時間後です。そのときには、この雨に加えてさらに風が強くなります。最大瞬間風速80メートル以上の台風の直撃です」

「区役所の本部に送ります。室長が心配している。必ず連れ帰るように伝言をもらっています」

松浦が車を指さして、早く行くように促した。

「寄り道してくれませんか。息子がリバーサイド・ビューに避難する途中でいなくなったんです。第三小学校に寄ったとき、輸送バスから抜け出したらしい。行き場所は見当がついています」

「消防には？」

「捜索をお願いしています。でも、まだ連絡はありません。この状況じゃ、子供一人にかまっていられないんでしょう」

玉城の携帯電話が鳴り始めた。

〈お義母さんと由香里が着いたんだけど、やっぱり大輔がいないのよ〉

恵子の声が聞こえてくる。玉城の胸のつかえが一つ取れた。思っていたより冷静な声だった。

「義兄さんからの連絡はないのか」

〈兄は区役所に呼び戻されたわ〉声が途切れ始めた。電波の状態が悪い。〈お義母さんが責任を感じてて、気の毒になるくらい〉

「僕が必ず見つけ出して、そこに連れて行くからと――」

突然、単調な電子音に変わった。切れてしまったのだ。

母さんに伝えてくれ。玉城は聞こえるはずのない送話口に呟いた。

そのとき、飛沫を上げながら走って来た４ＷＤが、自衛隊の車列の横に停まった。

「玉城孝彦先生はいないか。日本防災研究センターの研究員だ」

車を降りて大声を上げ始めたのは富岡だった。玉城は携帯電話をポケットに突っ込み、走り寄った。

「大輔は見つかりましたか」

「消防団に連絡して、すぐにお義母さんの家へ確かめに行くように頼んだ。パトロールが向かっているはずだ」富岡が玉城の耳元に口を付けて、怒鳴るように言う。「すぐ車に乗れ。俺たちもお義母さんの家まで行こう」

「でも、義兄さんは区役所に戻るのでは」

「どっちが大事なんだ、きみにとって」

「急ぎましょう」

「私はここでしばらく待機しています」と、背後から声が聞こえた。「何かあったら連絡をください」

二人の後ろに松浦が立っていた。

玉城が車に乗り込むと、すぐに走り始めた。だが富岡は、イラつくほど慎重に車を進めていく。

「もっと速く走れませんか。来るときはすごい運転でした」

「いまはきみが乗っている。前がよく見えないんだ。事故でも起こせば大ごとだ」

「リバーサイド・ビューはどうです」

「きみが指定した避難先だろう。それに、恵子がいる」

ポケットで携帯電話が鳴り始めた。ディスプレーには、伸男の表示が出ていた。

「どこにいるんだ」

〈やっとつながったよ〉

「大輔はおまえのところか」

〈大声出さなくても聞こえるよ。家だよ〉

「無事なのか、大輔は」

〈見直したよ。こんな風雨のなかを松葉杖でここまで来るんだから〉

「おまえが母さんの電話に出ないからだ」

〈兄貴の子供とは思えないよ。嫁さんに似たんだろうな。強情で無鉄砲なところ〉

伸男の無責任な言葉を聞いていると、怒りが湧《わ》き上がってくる。半面、大輔が無事だと聞いて、張りつめていた緊張がほぐれていくのを感じた。

「すぐに、リバーサイド・ビューに避難するんだ。いや、消防団のパトロールが行くはずだ。彼らを待て。僕たちもそっちに向かっている」

〈はっきりしろよ。どうすればいいんだよ〉

「こっちより先にパトロールが着いたら、一緒にリバーサイド・ビューに行くんだ。それまで、そこを動くな。分かったか」

〈そんなにガタガタ言うなよ。たかが台風だろ。毎年来てるぜ〉

「今度のは普通のとは違うんだ。甘く考えてると、とんでもないことになる。大輔を出してくれ」

おい、大輔、親父《おやじ》だぞ、と言う声が聞こえる。

〈父さん……〉

「怪我はないか」

〈すぐに帰るつもりだったんだけど……雨と風が強すぎて。もう、バスは出ちゃったんだろうね〉

当たり前だろう、と伸男の声がする。

「おばあちゃんから電話があった。すごく、心配してたぞ。母さんもだ」

〈何度も電話したんだけど、つながらなくて。母さんにもだよ〉

「こういうときだ。混《こ》んでいるんだ。無事にリバーサイド・ビューに避難できればいい。それまで、そこを動かないこと。へたに外に出ると、何が起こるか分からないから」

〈分かってる〉

玉城は、怒鳴りたくなる衝動を必死で心の奥に封じ込めた。

「そっちに向かってるから。動くんじゃないぞ」

そのとき、ダッシュボードの上に置いた富岡の携帯電話が鳴り始めた。それをとった富岡は、肩と耳で挟んで運転している。どうにも危なっかしい。

「じゃあ、おじさんに代わってくれ」

玉城がもう一度伸男を叱《しか》ろうとしたら、伸男の言葉が返ってきた。

〈俺に任せろよ。大輔は兄貴や嫁さんが思ってるより、ずっとしっかりしてるし強いぜ〉

「もう切る。とにかく大輔を頼む」

〈任せとけって〉

玉城は軽く息を吐いて、伸男、と呼びかけた。「頼むぞ」と言って、終話ボタンを押した。

玉城が話し終えるやすぐに、富岡が携帯電話を突き出してきて、出るよう促した。

〈さすが先生だ。爆破は成功でしたね〉後藤の声だ。〈みんな、ほっとしています。決壊をまぬがれて〉

「運が良かっただけです。先生がこんなに大胆だったとは、意外でした〉

〈承知しています。今後はどうなるか分かりません」

〈承知しています。それで、富岡君にも言いましたが、すぐに本部に戻ってきてくれませんか。気になる情報がいくつかありましてね。先生の意見を伺いたい〉

「……隅田川ですか」

〈先生にも連絡がありましたか〉

「いや。でも、隅田川と荒川は親子です。いまは子供であるはずの荒川のほうが成長していますが、怒り出したらやはり親のほうが怖い」

〈異常に水位が上がっています。不安を訴えてくる住民もいます。確かに、何かがおかしい〉

分かっていたことです、という言葉を呑み込んだ。

荒川は隅田川の放水路として造られた。その放水路に、溢れるほどの水が流れている異常豪雨なのだ。本流の隅田川にも当然、限界が来ているはずだ。そして、町なかを流れる隅田川のほうが遥かに危険だ。

「モニターは？」

〈危険地帯にはカメラを設置して監視していますが、かなり危ない状態です〉

「現在、子供のところに回っている途中です。そちらを優先したいのです」

一瞬、沈黙があった。背後の喧騒《けんそう》が伝わってくる。やがて後藤は、穏やかな口調で言った。

〈そうでしたね。富岡君から聞きました。お子さんが無事で私も安心したところです〉

携帯電話を切った後も、後藤の言葉が頭のなかに残っていた。

横を見ると口を真一文字に結んだ富岡が、ハンドルから乗り出すようにして運転している。行き交う車は見当たらない。

隅田川の光景が頭に浮かんだ。周辺の土地より、数メートルも高い位置を川が流れている。長年の土砂の堆積《たいせき》でそうなったのだが、正常な状態ではない。しかも、増水時には薄いコンクリートの防水壁のみを隔てて濁流が渦巻く危険箇所が、町なかにいくつもある。この防水壁は本来、防潮堤として建造された。昭和三四年の伊勢湾台風時の高潮を教訓として作られたもので、高さ三メートルあまりの薄いコンクリート壁だ。そのため「カミソリ堤防」「カミソリ堤」とも呼ばれている。もし、その壁が破れたら。玉城の身体を震えにも似たものが這《は》い上った。

「消防団のパトロールが、大輔たちのところに向かっているんでしたね」

「きみから連絡を受けて、すぐに救出願を出しておいた」

再び携帯電話を取り出してボタンを押した。もしつながらなければ、このまま大輔のところに行こう。つながれば……。

接続の電子音から呼び出し音に変わり、伸男の声が聞こえた。

〈大丈夫。しっかりお守りしてるよ〉

「僕は寄り道しなければならない。消防団の迎えが行くまで、大輔のことはよろしく頼む」

〈任せろって言ってるだろ。兄貴はしつこすぎるんだよ。性格なんだろうが、子供に嫌

われるぞ〉

運転席の富岡が頭を振って、寄り道はやめろと合図を送ってくる。

「大輔に、おじさんの言うことを聞くようにと伝えてくれ」

〈こいつ、俺には素直なんだ。それに、可愛《かわい》い子には旅をさせろってね〉

台風の最中の話じゃない。そう思ったが口には出さなかった。

玉城は頼んだぞと繰り返し、携帯電話を切って富岡を見た。

「少し寄り道してくれますか」

玉城は腕を伸ばして、カーナビを操作した。画面には新大橋《しんおおはし》から永代橋《えいたいばし》付近の地図が表示される。

「きみも恵子と似たところがあるな。だから結婚したのかもしれんが」

「隅田川も見てみたいのです」

「分かってるよ」

富岡は最初の角で大きくハンドルを切った。相変わらず歩くような速さで車を進める。

玉城は助手席で、身を乗り出すようにして外を見ていた。

水の壁に囲まれているようだ。雨量は１００ミリを超えているだろう。

しばらくしてヘッドライトの光のなかに橋が浮かび上がる。

「橋の近くで停めてください」

玉城の言葉で、富岡は橋の手前で車を路肩に寄せて停めた。川をまたぐ橋の手前が江東区、向こう側が中央区だ。玉城は車を降りて、橋から身をのり出して下を見た。深夜、街灯の消えた川面は、暗い淵《ふち》を覗き込んでいるようで何も見えない。だが、雨音とともに地鳴りのような響きが闇の底から湧いてくる。

懐中電灯を川に向けた玉城は、声を上げそうになった。

ほんの数メートル下を薄いコンクリートの防水壁に囲まれた隅田川が、渦巻きながら流れて行く。通常ならば流れはずっと低く、防水壁にかかることはない。しかし今、濁流は高さ三メートル近くある防水壁の上部ぎりぎりにまで迫っている。その両側には住宅と商業ビルが建て込んでいる。

地面より高い位置を頼りない防水壁一枚隔てて、大量の水が流れているのだ。普段は水門でお互いの川の水量調節を行っているが、今回はコントロールできない状況なのだろう。隅田川の水量は荒川より遥かに少ないが、危険性はより高い。

「本当に新岩淵水門《しんいわぶちすいもん》は閉められているのか」

玉城は呻《うめ》くような声を出した。

「そのはずだ。今朝《けさ》の定例報告では間違いない」

「水位が異常に高い。何かが起こっています」

玉城は必死で考えをめぐらせた。

新岩淵水門は北区志茂《しも》の荒川と隅田川の分岐点にある。

隅田川の水位が一定以上になると新岩淵水門が閉じられて、隅田川に流れ込む水流は遮断される。そのため隅田川に流れる水流は、周辺地区からの雨水と、神田川などの支流の洪水流だけで、防水壁ぎりぎりに流れることはない。

「確かにおかしい」

富岡も身を乗り出して見ている。

「停電でなきゃな。本部もこの状況を見ることができるのだが」

懐中電灯の光が川沿いに建つビルの一角を照らした。監視カメラが川を向いて設置されている。

「きみの論文の添付資料に載っていた隅田川の危険地域だ。あわてて監視カメラを設置した」

「隅田川も荒川も、どちらも満杯状態というわけですか。やっぱり何かあります」

「確かにカミソリ堤防だ。一突きで穴が空く」

「身近で見ていると、頭で考えるだけでは思いも及ばなかった怖さがあります」

玉城の脳裏に、ある光景が浮かんだ。心の奥に刻み込まれた、セピア色の記憶だ。富岡もまばたきもせず濁流を見つめている。本当に東京は水没するのか――。

「おそらく――どこかで荒川の水流が流れ込んでいる」

玉城の頭のなかには様々なケースが流れていく。新岩淵水門は完全に閉じられているのか。水流分岐点の中州、荒川岩淵緑地《あらかわいわぶちりょくち》を越えて、本来荒川に流れる水流が隅田川に流れ込んでいるのかもしれない。それとも、荒川の堤防のどこかが決壊したのか。

「あれは？」

防水壁の江東区側に沿って、古びたビルの間に幅二〇メートル、奥行き一〇メートルほどの広い駐車場がある。道路側は低いブロックで囲まれ、五、六台の車がまばらに停まっているだけだ。

端の乗用車を大きな塊が押しつぶしている。直径、高さともに二メートル以上ある円筒形の物体だ。

そのとき、吹きすさぶ風雨のなかに駐車場の全景がぼんやりと浮かび上がった。電気が復旧したのだ。

「関東電力も頑張ってるな」街灯を見上げた富岡は目を駐車場に移した。「マンションの給水タンクだろう。屋上から風で吹き飛ばされたんだ」

富岡の言葉を聞きながら、玉城は橋から身を乗り出して目をこらした。

「動いている」

風に煽られたタンクが、浮き上がったかのように見えた。潰《つぶ》した車の屋根から落ちると転がり始め、駐車場に隣接した手前のビルの壁に激しく衝突した。風雨の音をぬって、鈍い響きが伝わってくる。跳ね返ったタンクは、一台、また一台とぶつかりながら駐車場内を転がっていく。

「あんなのに直撃されたら、人なんて即死だ」

「人間でなくてもヤバい。すぐに消防か警察に連絡しましょう」

二人が話している間にも、タンクは反対側のビルの壁に激突し、鈍い音を響かせる。

玉城と富岡は車に戻った。玉城が消防に連絡している間に、車は駐車場に続く道に下りていった。

富岡は駐車場の入り口で車を停めた。右斜め前には、タンクに屋根とフロント部を潰された車がある。

「ハイビームにして駐車場を照らしてください」

ヘッドライトで照らされた駐車場の突き当たりでは、高さ三メートル近い防水壁が隅田川の水の浸入をどうにか遮っている。橋の上から見たときには、防水壁の上部ぎりぎりに濁流が流れていた。あと数センチで溢れ出すはずだ。

玉城は富岡の制止を振り切って車を降り、駐車場を突っ切って防水壁の前まで走った。壁に手を当てると、かすかな振動が伝わってくる。厚さ一〇センチ程度のコンクリート壁を境に、玉城の頭上を何万トンもの水が流れているのだ。

「破れるのは時間の問題だな」

背後で富岡が、怒鳴るような声を出した。否定はできない。川の流れの激しさに比べたら、ただ薄い膜で仕切っているようなもので、限りなく頼りない。わずかな衝撃で、簡単に破れる。一ヵ所でも破れれば、その水圧は連鎖的な破壊を引き起こすだろう。そしてこの濁流はデルタ地帯の人々の住まいより高みを流れているのだ。

「危ない」と叫んで、富岡が玉城を突き倒した。

尻餅《しりもち》をついた玉城の足元を、巨大な円筒が通りすぎる。タンクは凄《すさ》まじい音を立てて車にぶつかりながら、まるで意思を持った生き物のように駐車場のなかを転がり続ける。

「あのタンク、防水壁にぶつかったら危ない」

富岡の腕につかまって立ち上がりながらも、玉城の目はタンクを追っている。

「ここにいるほうが危険だ。早く行こう」

猛烈な風とともに、タンクは飛ぶように駐車場を横切っていく。

「車でビルの壁に押し付けて、転がるのを防ぐことはできませんか」

「無茶言うな。ブルドーザーじゃない。車が傷ついたらどうするんだ」

車に戻りかけた富岡の腕を玉城がつかみ、引き戻した。よろめいた富岡の眼前をかすめたタンクが駐車中のバンの尻にぶつかり、跳ね返りざま向きを変えた。

「保険はおりるだろうな」

富岡が呟きながら玉城を促し車に乗り込んだ。

4WDは慎重に駐車場に入っていく。そのとき、車が激しく揺れた。強風が襲ったのだ。一瞬、玉城の身体に冷たいものが走った。

赤い乗用車のボンネットに乗り上げたタンクが反動で勢いをつけ、防水壁に向かう。遮蔽する車はなく真正面から激突し、一瞬止まったかに見えたが今度はゆっくり逆走し始めた。

「大丈夫だ。しかし、危険だ。だからさっさと――」

富岡が最後まで言い終わらないうちに、玉城はドアを開けて飛び出していた。

「よせ！　戻って来い」

富岡の怒鳴り声を背後に聞きながら、玉城は壁に近づいた。タンクが当たった部分に、コンクリートのえぐれた痕《あと》が数十センチにわたって刻まれている。壁面に手を触れると、振動の伝わり方がほかとは違う。

玉城は慌てて車に引き返した。

「すぐ、車を移動させてください」富岡に借りた携帯電話のボタンを押しながら怒鳴った。「急いで消防と警察に連絡してください。隅田川の防水壁が崩れる」

玉城は携帯電話が通じるやいなや、叫ぶような声を出した。

〈見えてますよ。そこには監視カメラを設置しています。場所は――ヘッドライトの光。

先生たちの車でしょう。電力会社は送電経路を変えたそうです。復旧はまだ一部ですが。しかし、なにが危険なのですか。転がっているのは給水タンクでしょう〉

玉城の緊迫した声と比べて、後藤ののんびりした声が返って来る。

「しっかり壁を見ていてください。タンクが当たった箇所は分かりますか」

玉城の言葉が終わらないうちに、隣でオーッという声が上がった。

前方につんのめり、フロントガラスで頭を打ちそうになった。富岡が、すごい勢いでバックを始めたのだ。

顔を上げると、防水壁から水が噴き出している。次の瞬間、壁が爆破されたように飛び散り、そこから濁流が襲ってくる。ドミノ倒しのように下流に向かって壁が崩れ、一瞬にして濁流が駐車場に溢れた。駐車中の車を巻き込んで、通りにまで押し寄せてくる。

玉城は携帯電話を耳に当てたまま、前方に身を乗り出した。

幅数メートルにわたって破壊された壁から噴き出す流れは、隅田川の分流ができたようだ。

富岡はバックで通りに飛び出し、方向を変えた。車は水のなかを突っ切って表通りに出た。

「なんなんだ、あれは」

富岡が飛沫を上げて車を走らせながら、震えるような声を出した。

〈大丈夫ですか。返事をしてください〉

後藤が呼びかけている。

「見ての通りです。防水壁が壊れました。このままだと周辺は水没します」

〈至急、消防に連絡を。重機が必要だ。ぼんやりしてないで急げ〉

携帯電話から、喧騒に混じって後藤の指示が聞こえる。後藤のこんな命令口調は初めてだった。

どうすればいい。玉城は懸命に考えた。隅田川の流れが、町へと流れ込んでいるのだ。

「本部に戻ってください」

玉城は富岡に言って、自分の携帯電話を出した。

「貸せ。大輔君にだろう」

「伸男でリダイヤルしてください」玉城は携帯電話を富岡に渡し、自分は富岡の携帯電話を握り直した。「至急、新岩淵水門辺りの状況を調べてください。荒川の水流が隅田川に流れ込んでいる可能性が高い」

後藤が職員に指示を出す声が聞こえる。荒川のモニターテレビの画面を切り替えているのだ。

〈荒川岩淵緑地が消えている〉呆然《ぼうぜん》とした後藤の言葉が返ってきた。〈水門に当たった水流が中州を越えて隅田川に流れ込んでいます。完全に河川の許容量を超えた水が流れ

ている〉

荒川と隅田川の両方に目いっぱい流れることで、何とか現在のバランスを保っているのだ。このバランスが崩れると、どちらかの川が溢れ出す。

「中州の土手に土嚢を並べて隅田川に流れ込む水流を止めてください。その間に破れた防水壁を修理します」

〈それで隅田川の水量が減るとは思えません〉

「それで足りなければ、大容量の排水ポンプで隅田川の水流を荒川に戻してください」

玉城は強い口調で言った。

〈そんなことをしたら、荒川が氾濫します〉

数秒の間をおいて、後藤の声が返ってきた。

「隅田川は現在、防水壁が壊れてそこから水が流れ出しています。破壊された箇所も急激に広がります。このまま放っておくと東京大洪水です」

玉城は自分の言葉の重みを噛《か》み締めるように、ゆっくりしゃべった。

〈補修の指示は出しました〉

後藤の緊張した顔が浮かぶ。

「現在の状態では補修は無理です」

〈では、どうすれば――〉

「分岐点で中州を越えて隅田川に流れ込んでいる水流を荒川に戻し、隅田川の水位を下げます。その間に、破壊された壁を補修してください」

〈荒川もすでに限度を超えています。さらに水位を上げるということは、溢水《いっすい》を意味します〉

「この状況では同じことです。やってみる価値はあります」

〈荒川は国が管理しています。隅田川は東京都が管理する河川です。江東区の危機管理室が荒川や隅田川の治水に口出しすることは非常に難しいことなのです〉

しばらくの沈黙後、後藤の声が返ってきた。

「そんな縄張り意識にこだわっていると大変なことになります。実害を受けるのは河川周辺の住人です。いちばんかかわりが深くて、早く動くことのできるところが適切な処置をすればいいことです」

玉城は言い切った。

〈直ちに国交省と連絡を取ります〉

岩淵水門の管理は、国土交通省の管轄なのだ。後藤が職員に指示を出す声が聞こえてくる。

「そんな悠長なことをしている間に――」

玉城の言葉が終わらないうちに電話は切れた。

「直ちに本部に戻ります」

聞こえるはずのない携帯電話に向かって言ってから切った。

「大輔君だ」

富岡が玉城に携帯電話を差し出した。

「救助の人はまだか」

〈この雨と風だもの。きっと時間がかかるんだ〉

「隅田川の壁が破れて水が溢れ出してる。だから、隅田川に流れ込んでいる水を荒川に戻し、隅田川の水位を下げてその間に補修する」

〈じゃあ、荒川の水量は増えるじゃない。溢水するの？〉

「可能性は高い。できるだけ高い所に上がれ」

〈二階じゃダメかな〉

「外に出るよりいい。助けが来るまでの時間稼ぎだ。いつも言ってること、分かってるな」

〈台風なんて怖くない。準備さえできていれば〉

「いいぞ、その通りだ」

大輔の声には、重大さを認識した神妙な響きが感じられる。

「父さんは離れられない仕事がある。ついててやれないけど、自分でできるな」

〈うん。父さんも気をつけて〉

大丈夫だと答えて、玉城は携帯電話を握り締めた。大輔の言葉が頭のなかに残っている。実家の二階では心もとないが仕方ない。果たして自分の判断は正しいのか。

「いいのか、これで」

富岡がぼそりとした声で言った。玉城は無言で頷いた。

富岡はハンドルを握り直すと、アクセルを踏み込んだ。車は玉城の想いを振り払うように、風雨のなかを走り出した。


大輔が携帯電話を差し出すと、伸男は眉根《まゆね》を寄せながら受け取った。

「イッスイってなんだ」

「川の水が溢れることだよ」

「すごい言葉を知ってるんだな」

「父さんが教えてくれた。ノブ兄ちゃんは知らなかったの？」

「おまえ、だんだん兄貴に似てきたな。イヤミなところが。それにしても、荒川が溢れるのか」

「父さんは前からそう言ってた。集中豪雨と台風がぶつかれば、間違いないって」

「兄貴の予測は当たるのか？」

「隅田川の防水壁、カミソリ堤防って言うんだけど、その薄い堤防が壊れて、水が出てるって言ってた」

「じゃ、逃げなきゃヤバいだろう」

慌てて立ち上がった伸男を見て、大輔は視線を窓に移した。室内の明かりで鏡面になった黒いガラスに、頼りなさそうな二人の姿が映っている。叩きつける雨と風とで空気が細かく振動しているようだ。外からときおり何かがぶつかる音と、ガラスの砕ける音が聞こえてくる。

伸男は再び座り込み、肩をすくめた。時間だけがすぎていく。

「おまえ、足は痛くないか」

「忘れてた。少し歩きにくいだけ」

風とともに家が揺れると、茶の間の空気まで震えている。

「行くぞ」突然、伸男が大輔の腕をつかんで立ち上がった。「おまえだけでも避難させなきゃな」

「外は危ないよ。父さんは二階に行けって」

「俺はおまえを護《まも》るって約束したんだ」

伸男は大輔に合羽を着させ、自分もヤッケを被ると、大輔を支えて玄関まで行った。

「やっぱり危ないよ。出ないほうがいい」

　伸男は大輔の言葉を無視して、大輔を抱えるようにして外に出た。踏み出そうとした大輔の身体が引き戻された。飛んできたプラスチックの箱が、大輔の頭をかすめて伸男の顔に当たる。

　伸男は大輔をかばいながら家のなかに押し戻した。

「血が出てる。大丈夫なの？」

　大輔は伸男の顔を覗き込んだ。鼻血が出て、頰《ほお》が擦りむけている。

「おまえ、このなかを歩いてきたのか」

「こんなにひどくはなかった」

　二人はしかたなく茶の間に戻った。

　伸男は鼻にティッシュをつめ、頰の血を拭《ふ》きながらパソコンのスイッチを入れた。

〈ひまわり〉からの映像が映り、特別番組をやっている。

「これってテレビになるんだね」

「新型機種だ。停電でも使えるし、防災グッズの一種だよ。おまえも親父に買ってもらえ」

「あのきれいなお姉ちゃんにもらったの？」

「借りてるだけだ。これで新しい事業のサポートをするんだ」若い女性気象予報士が、天気図を指して説明を始めた。「これはマジでヤバいぜ」

「父さんは外に出ちゃダメだって。高いところで救助を待つようにって」

「そうはいっても、この家じゃな。心細いったらないぜ」

「とにかく、荷物をまとめて二階に上げようよ」

「荷物って、畳や布団か」

「父さんたちは、通帳や印鑑、大事なものは持ち出しやすいところにまとめてある」

「だったら大丈夫だ。お袋が二階に置いてる」

「テレビやパソコンの電化製品、本なんかも。水に濡れてまずいものは上げたほうがいいよ。位牌《いはい》だっておばあちゃん大事にしてたでしょ。なくしたら悲しむよ」

「分かってるよ」

「それに、ゲーム機やソフトも」

「全部じゃないか」

一度立ち上がった伸男は、両腕を広げて背中からソファーに倒れ込んだ。

大輔は足を引きずりながら仏壇に歩み寄った。

「俺がやる。おまえは座ってろ」

「待って！」

大輔は立ち上がった伸男を押し退《の》けて、テレビ画面を指差した。

〈隅田川沿いに設置したカメラの映像です。強風で落下したマンションの給水タンクが防水壁に当たり、幅約一五メートルにわたり壁が崩壊しました。そのため、周辺地域に流れ出した水は現在五〇センチに達しています。その量は今後、増えていく模様です〉

一面浸水した道路の映像が映っている。

「すげえ」

伸男が身体を乗り出し、溜息《ためいき》をつくような声を出した。

〈周辺住民は近くの避難所に移っていますが、その避難所自体も浸水する恐れが出てきました。さらに、横浜でもこの台風による被害は大きく、崖崩れや水害が多発し――〉

テレビカメラは、打ち寄せる波が飛沫を上げる横浜港の光景を映している。

それを見た伸男が慌てて大輔に背を向け、携帯電話のボタンを押し始めた。


危機管理室には、さらに重苦しい空気が漂っていた。行き交う職員にも疲ればかりが目立ち、覇気が感じられない。状況から考えれば当然のことかもしれない。

富岡とともに区役所に戻った玉城は、真っ先に隅田川周辺を映すモニター画面の前に行った。

街灯の明かりのなかに、異様な光景が広がっている。通りには土色に濁った水が溜まり、その水が風に巻き上げられて、町は淀《よど》んだ霧で覆われているようだ。

「やっとここまでこぎつけました。カメラの選定と配置には苦労しました。設置場所によって映り方がまったく違うんです」

通りかかった職員が玉城に声をかけた。

「停電はいつ復旧したんですか」

「ついさっきです。送電経路を変えたと報告がありました。しかし、まだ区の半分以上が停電中です」

モニターの一つに隅田川の破堤箇所が映し出されている。すでに駐車場は泥池に変わり、防水壁は一〇メートルを超えて崩れている。そこからさらに、濁流がすさまじい勢いで流れ出していた。膝上まで水に浸《つ》かった消防隊員と消防団員たちが、それを遠巻きに見ている。近づくことすらできないのだ。

「先生、ご無事でしたか」

玉城に気づいた後藤が寄って来た。

「復旧作業の状況は？」

「破堤箇所の水流が激しくて、まだ進んでいません。むしろ、大きくなっています」

「新岩淵水門の中州で荒川の水が隅田川に流れ込んでいるのです。その水流を止めて、隅田川の水位を下げるしか修理の方法はありません。そのためには中州の土手に土嚢とブルドーザーを並べて水流を押し返し、大容量の排水ポンプで流れ込んだ水を荒川に戻すのです」

「区長から都知事に、そして都知事から国交省に要請してもらうよう頼んでいます。私が直接国交省に頼んでみましたが、埒《らち》が明かない。逆に、荒川を氾濫させる気かと怒鳴られました」

「時間がない」

玉城はモニターに視線を向け、呟いた。

「室長、お電話です」

職員が送話口を押さえて後藤に呼びかけ、区長からですと付け加えた。後藤は受話器を受け取り、何度も頷きながら聞いている。

「やはり知事は否定的なんですね。しかし、このままだと隅田川の破堤箇所を修理することはできません」後藤は玉城のほうを向いて話した。やりとりを玉城にも理解させたいのだ。「隅田川に流れる水流を減らすと、荒川の水量がさらに増えることは確かです。しかしそれは一時的なことで、復旧が終われば元の状態にもどします」

モニターに映る荒川は、堤防上の遊歩道に溢れ出ているところもある。遥か下方を静かに流れる荒川を眺めながら、大輔と散歩してからまだ一週間もたっていない。その遊歩道が川水に浸され、音こそ拾っていないが、ゴォゴォという川の響きが聞こえてきそうだった。あの辺りは実家の近くで、宅地は荒川の堤防上部より五、六メートル低くなっている。確かに、この状態でわずかでも荒川の水量を増やすことは危険だ。しかしこのままにしておけば、隅田川の破堤箇所も浸水域も広がってしまう。

　玉城は職員の机にある受話器を取り、メモを見ながらボタンを押した。

「昨日《きのう》、お電話をいただいた、日本防災研究センターの玉城です」

〈江東区の危機管理室にいるのですか？〉

　金森の驚きを含んだ声が返ってきた。この電話は、都知事の携帯に登録されているようだ。

　区長と話し終えた後藤が玉城を見ている。金森都知事です、と送話口を押さえて後藤に告げると、周りの視線が玉城に集まる。

「隅田川に流れ込んでいる水流を荒川に戻してくれませんか。土嚢とブルドーザー、大容量排水ポンプで可能です」

〈そんなことをしたら、荒川が溢れる。国交省が許可するはずがない〉

「ですから、知事から直接お願いしていただくべきだと考えました」

〈もし、荒川が溢れたらどうする〉

「隅田川の防水壁の修理が遅れれば、破堤箇所はさらに広がります。すでに東京大洪水は始まっているのです。よろしいですか、知事。今は、東京水没だけは何としても食い止めねばなりません」

　息を呑む気配が伝わってくる。東京大洪水という言葉は、やはりインパクトがあるのだ。

「一時的な措置です。修理が終われば直ちに元に戻します」

〈その間に荒川が溢れるということはないんだね〉

「そう願うだけです」受話器の向こうは沈黙している。迷っているのだ。「時間がありません。東京が水没しかかっているんです」

玉城は畳みかけた。

〈これからきみの言う通り要請する。現場には可能な限り復旧を急ぐよう指示してくれ〉

「分かりました。そちらも急いでください」

受話器を戻し、玉城は後藤に向き直った。

「消防と連絡を取って、土嚢と防水壁の修理用の板、その他必要なものをすぐ用意するよう伝えてください。この修理は時間との勝負です。時間がかかるとその分、荒川に放流する水量が増えます」

「緊急無線、携帯電話。なんでもいい。至急、現場と連絡を取ってください」

後藤が職員に向かって指示を出した。危機管理室の職員の動きが慌ただしくなった。

「無線がつながりました」

職員が無線機を掲げて走ってくる。

後藤は職員から無線をひったくるように取った。そして二、三言話すと、日本防災研究センターの玉城先生に代わるので指示に従うようにと言って、無線を玉城に寄越《よこ》した。

〈このままでは水流が激しくて手が付けられません〉

悲鳴のような声が聞こえてくる。

「隅田川に流れ込んでいる水流を荒川に戻すように頼みました」

〈しかし――荒川は？〉

一瞬、言葉が途切れた。事の重大さを認識しているのだ。

「溢水前に修理を終えてください。必要なものがあれば予《あらかじ》め用意しておいてください」

〈土嚢がとても足りません〉

「コンクリート板を並べて、その外側に土嚢を積んで板を固定してください。まず、水の流出を止めることです。補強はそれからです」

〈すぐに資材を運ばせます〉

「この無線機はつないでおいてください」

玉城は無線機を職員に返し、何か言いたそうな表情の後藤に向き直った。

「都知事をご存知なのですか」

「昨日、初めて電話をいただきました」

玉城は握り締めていた紙切れをポケットにしまった。番号を控えてきて正解だった。

これも木下のアドバイスだ。

「あれは――」

モニターを見つめていた職員の一人が声を出した。

部屋中の目がモニターに集中している。

モニターは新岩淵水門周辺に切り替わっている。

風雨に煙る都民ゴルフ場の土手のほうから、新岩淵水門に向かって一〇台以上のブルドーザーとほぼ同数のダンプカーが現われた。その背後には白い巨大な箱型のトラックが五台続いている。荷台の側面には国土交通省の文字が見える。大容量の排水ポンプ車だ。災害時の排水用のポンプを装備した車で、四台の排水ポンプを備え、毎分三〇立方メートルの水を排水できる。これは二五メートルプール、約三〇〇立方メートルを約一〇分で排水できる能力だ。

玉城は後藤のほうを見た。

「消防、自衛隊、国交省の連合部隊です。先生から最初の電話をいただいたときに手配しておきました。どうせ必要だと思いましたから」

後藤がモニターを見つめたまま言った。

荒川から溢れ出る水流に向かってブルドーザーを向け、土嚢を並べていく。同時に大容量排水ポンプが設置されて、隅田川の水流を荒川に戻していく。一〇〇人以上の国土交通省の職員と消防、自衛隊の共同作業だ。

横のモニターには、隅田川の破堤箇所が映し出されていた。破れた防水壁から巨大な水の塊となって噴き出していた泥流の勢いが、いくぶん弱くなったように見える。

水位が落ちていくに従って、溢れる泥流の勢いも衰えていく。周辺にいる消防隊と消防団の動きが慌ただしくなってきた。崩壊箇所が現われた。幅二〇メートルあまりにわたって防水壁が消えている。危機管理室に溜息のような声が広がった。

「荒川の水量が増え始めています」

職員から声が上がった。当然の結果だが、実際にモニターで見ると不気味さが増長される。

「修理を急がせてくれ。このまま溢水が続くと、荒川が破堤してしまう」

後藤が無線機に向かって怒鳴る。

ダンプカーで運ばれてきた土嚢が駐車場に積まれていく。ヘルメットを被り防水服の反射テープを光らせた消防隊員と、濃紺の防災服を着た消防団員たちが、身体を屈《かが》めて風雨に耐え、その土嚢を運んでいく。玉城の脳裏に遥か昔の黒いはっぴ姿がよぎった。

危機管理室の全職員が固唾《かたず》を呑んで、二つの川を映し出すモニターを見つめていた。

強風に煽られた消防団員が、土嚢を担いだまま泥水のなかに倒れ込んだ。消防隊員が駆け寄り、助け起こす。

「まさに人海戦術だな。頑張ってくれ」

「防水壁の修理が早いか、荒川の溢れるのが早いか」

職員の祈るような声が聞こえる。

荒川の水量は目に見えて増えている。すでに土手を越え、住宅地に流れ込んでいるところが何ヵ所もある。

「土嚢を取りのぞき、ポンプを止めてください。このまま荒川を溢れさせると、どこかの土手が削られ破堤します」

溢れる水とともに土手の土が流れ出し、くぼみができていくのが見える。このまま溢水が続くと堤防の崩壊も時間の問題のように思えた。

「急いでください。荒川の土手が崩れ始めています」

玉城は後藤から無線機を取り、怒鳴った。

三台のパワーショベルが、バケットにコンクリート板を載せて運んでくる。コンクリート板を防水壁が崩れた箇所に降ろすと、土嚢を積んで固定していく。しかし、破壊された防水壁の幅は広い。

「あんなことで流れを防ぎきれるんですかね」

「あれしか方法はないでしょう」

「荒川の土手が崩壊したら結果は同じだ。東京大洪水だ」

職員からは様々な声が上がっている。玉城は耳をふさぎたい衝動に駆られた。

「急げ、時間がない」

どこからか声が飛んできた。

「避難所の安全確認は万全ですか。まさかゼロメートル地帯に住民を残していないでしょうね」

玉城は無意識のうちに声を出した。

「一部の避難所は、浸水の可能性があります。水害用というより、地震を想定して決定した避難所ですから。耐震性に問題ないということは、風で倒れるということはないでしょう」

後藤が我に返ったように答える。玉城は怒鳴り出したい気分になった。誰にも今回の災害の全容は見えていない。後藤にしても、真の洪水の恐ろしさを認識していないのだ。

「最大六メートルの浸水が起こると、各避難所に報せてください。避難はそれ以上の高さのあるところでないと意味がありません」

「そんなことを言えばパニックになる」

いつの間にか富岡が背後に立っている。

「いまパニックになったほうがいい。浸水してからじゃ収拾がつきません」

近くの職員たちが互いに顔を見合わせた。

モニターの一つに商店街が映し出されている。深夜にもかかわらず、数人が膝まで水に浸かりながら歩いていた。

「避難を呼びかけても頑として応じない人もいます」

後藤の言葉が玉城の胸に沁《し》みた。伸男もその一人なのだ。そしていまは大輔も取り残されている。玉城は部屋の隅に行き、伸男の番号にリダイヤルした。つながったものの、通話中の電子音が聞こえている。誰に電話しているんだ。秀代か。二、三度深呼吸して、再度試したが、こんどはつながる前に切れてしまう。

「どうなってるんだ」と、玉城は呟いて、携帯電話をポケットにしまった。

伸男は何も言わずに携帯電話を切って、パソコンのテレビ画面に目を向けた。

〈関東各地で浸水が起こっています。今日の未明には台風24号が関東地方に上陸し、今後、風雨はますます強くなると気象庁は発表しています。危険地域の住民はすでに大半が避難を終えていますが、避難が遅れている地区もあります〉

若い男性レポーターが、千切れそうに震えるビニールの雨合羽を押さえながら必死にしゃべっている。

画面は避難所の小学校に切り替わった。

〈住民は校舎の三階部分に避難しています。不安な夜をむかえ、ほとんどの方たちは今も眠れない時間をすごしています〉

アナウンサーの落ち着いた声は他人事《ひとごと》のように虚《むな》しく響いた。避難所の教室では後ろに机を寄せ、不安そうな表情の住民たちが家族単位で輪になって座っていた。

〈横浜からの中継でした〉

映像は東京のスタジオに変わった。

伸男は軽い息を吐いてテレビ画面から目を外したが、携帯電話は握ったままだ。

「電話したの、あのお姉ちゃんでしょ。横浜に住んでるんだ」

ああ、と伸男は上の空で答えた。

「通じないの？」

「電源を切ってるのかもしれないしな」

「ノブ兄ちゃんのように？」

「喧嘩《けんか》したんだ」

「なんだ、母さんや父さんと同じだ」

「ちょっと違う。まだ、結婚してるってわけじゃないからな」

「結婚しないの？」

「するために、頑張ってるんじゃないか」

手のなかの携帯電話が鳴り始めた。伸男の表情が変わり、慌てて耳に当てる。

「心配してた――」途中で言葉を止めて黙り込んだ。そして、切ってたわけじゃないよ。中継のアンテナが倒れたんだろ。この風だから仕方がない。その後は、分かったとか、そうするとか、気のない返事を繰り返している。

「おばあちゃんだ」

大輔は突き出された携帯電話に出た。そのとたん秀代の泣きそうな声が聞こえてくる。

〈おばあちゃんは死ぬ思いをしたよ。急にいなくなったりして〉

「ごめんよ。すぐ帰れると思ったんだ。第三小学校からここまでは近いでしょ」

〈怪我はないんだろうね〉

思わず涙が流れ出て、伸男に見られないように横を向いた。

「少し濡れただけ。もう乾いてるよ」

〈足は？　怪我してるんだから〉

「痛くはないよ」

〈父さんとは話したの？〉

「少し前に」

〈母さんにもちゃんと電話しておくんだよ。じゃあ、おじちゃんに代わって〉

俺はいいよという伸男に、携帯を押し付けた。

「ああ、分かった。約束するよ」

しばらく、ああとか、うんとか答えていたが、不貞腐《ふてくさ》れたような顔で言って携帯電話を閉じた。

「約束するって？　何を約束したの」

携帯電話をテーブルに放り出した伸男に大輔が聞いた。

「おまえには関係ないよ」

不機嫌な口調で返ってくる。

風雨をついて、近所でガラスの割れる音が響いた。

「仕方ねえな。俺たちも避難だ」

伸男が懐中電灯を持って立ち上がった。

大輔はキッチンから持ってきた透明のビニール袋に懐中電灯を入れて、ゴムで何重にも縛った。

「こうすれば水に濡れても大丈夫でしょう」

「おまえ、そんなこと誰に習った」

「父さん。去年の今ごろかな。やっぱり台風のとき。ここに来るときも役に立ったよ」

伸男が消した自分の懐中電灯を出して見せた。伸男は辺りにあるカバンや本をビニール袋に入れ始めた。

「そんなことするより、早く二階に上がったほうがいいよ」

「あせるなって。念のために避難するだけだから。水なんてきやしないよ」

伸男は思い出したように窓際に行き、カーテンの隙間から外を覗いた。

「おまえはここで待ってろ。すぐに帰ってくる」

伸男は慌てた様子で玄関へ走っていった。

4

「先生、防水壁の修理が終わりました。ポンプを撤去し、土嚢を取りのぞくそうです」

後藤の声で玉城は我に返った。モニターを見ると防水壁の破壊箇所にはコンクリート板が当てられ、周りには小山のように土嚢が積まれている。

「まだ少々心もとないが、荒川が心配なんだそうです。荒川は隅田川の氾濫を防ぐために造った放水路です。国交省の頭からは、せっかく造った放水路を氾濫の危険にさらすなんてとんでもないという考えが抜けないんでしょう。どっちが破堤しても東京大洪水は起こるのですが」

消防職員と消防団員たちが修理箇所から離れていく。パワーショベルに乗っている指揮官らしい男が、みんなの後退を確かめるように振り向いてから、無線機でなにか言っている。

うぉーという歓声が部屋中で起こった。

崩壊箇所の下まで水量を下げていた隅田川に、元通りの流れが押し寄せてくる。すぐに防水壁の上部まで濁流で溢れた。並べられたコンクリート板の隙間から水が漏れ出してくるが、土嚢を積み上げれば問題はない。

「成功だ。東京の水没はまぬがれる」

ほっとした表情の後藤が玉城に笑みを向ける。

「今のうちにもっと補強してください。土嚢を積むだけでいい。このままでは一時間ももちません」

そのとき、玉城のポケットで携帯電話が鳴った。ボタンを押したとたん、木下の声が聞こえる。

〈先輩、面白い計算結果が出ています〉

「いま、聞いてる時間はありません。切りますよ」

〈瀬戸口副部長からのメールです〉

「転送できますか」

〈もう送ってあります。要するにジェミニの海水の吸い上げ現象と、強風による海水の吹き寄せ効果、川の逆流を考慮した荒川の水面上昇です〉玉城は片手でパソコンを操作しながら木下の言葉を聞いていた。〈計算によると吸い上げ現象で32センチ。強風による吹き寄せが48センチです。その他、川の逆流、満潮時などの影響を加えて、水面上昇は合計約110センチ。これって、かなり大きいですよね〉

「小さな津波並みですよ、これは」玉城は呟いた。「現実になるとすれば、関東一帯の川は逆流し、必ず水が溢れ出します」

〈そうですよね。テレビで見てても、荒川もすでに土手の上まで水がきている。さらに水かさが増せば当然です〉

木下は他人事のように言っているが、彼の妹も都内に住んでいる。

「問題は計算の正当性ですが……」

言いながらスクロールする玉城の耳に木下の声が響いた。

〈計算結果の最後を見てください〉

『超大型台風による海面上昇の計算』の横に玉城と木下の名前が入っている。

〈先輩がセンターに入ってすぐ一緒にやった計算を、ジェミニのパラメーターでやり直したものです。副部長は覚えていてくれたんです〉

木下の声は興奮からか、大きくなってきた。

「じゃあ、間違いない」

〈副部長はこの結果を気象庁にも送っているそうです。瀬戸口副部長のメールですから、

無視はできないと思います〉

「でも、発表までにはまた時間がかかる、というわけですか」

〈そうでしょうね〉

玉城は礼を言って、通話をやめた。

「悪いニュースですか、それとも――」

横にいた後藤が複雑な表情で聞いてきた。木下の弾んだような大声が漏れていたのだ。

「やはりシミュレーションですが、この台風が上陸すると、通り道の水面が110センチ上昇するという結果が出ています」

「じゃあ荒川は溢水《いっすい》確実じゃないか」やってきた富岡が口を挟んだ。「今、雨量は現状維持で、荒川の溢水はなんとか避けられそうだと国交省から連絡が入ったんで伝えに来たんだ」

「溢水は覚悟してください」

玉城は富岡の言葉を無視して言い切った。

「先生が論文に書かれていることですか」

玉城は頷いた。

「分かるように説明してくれ」

富岡は納得がいかないという顔で、玉城を凝視している。

「台風の接近、上陸とともに海面を上昇させる様々な要因が生じます。低気圧による海面上昇、つまり海水の吸い上げ現象。それに、沖から海岸に向かって風が吹くと、吹き寄せ効果といわれる海岸付近の海面上昇が起こります。さらに、満潮などが重なります。これが高潮です。その影響で荒川の水位が110センチ上がります。そうなると、現状では洪水はまぬがれません」

周りの職員たちも聞き入っているのが感じられる。

「めったなことは言わないでくれ。みんな、必死で乗り切ってきたんだ。これからだって必ずやれるはずだ」

富岡が玉城の目を見つめて、低い声で言う。

「気休めを言うより、最悪の事態に備えるべきです。それでも足りないくらいです」室内には異様な空気が立ち込めている。「荒川と隅田川の水が東京に流れ込むんです。水浸しになるのは時間の問題です。そのための準備を早急に始めるべきです」

玉城の強い口調に、後藤も富岡も言葉をなくしていた。

「せっかく隅田川の破堤を食い止めたんだ。これ以上なにをやれというんだ」

しばらくして富岡が呻くような声を出した。普段は冷静で強気な富岡にしては珍しく、抑えていた感情をこらえきれず吐き出したという感じだった。後藤は無言で立ち尽くしている。

玉城は部屋を出た。自分でも驚くほどに落ち着いている。こうなることは、論文を書いていたときから分かっていた。なにも予想外の特別なことではない。そうなったら家族は自分が護らなければならない、と考えながら執筆していたのだ。携帯電話を出して恵子の番号を出した。

「数時間後に上陸だ。風雨はますます強くなり、荒川、隅田川の水が溢れる」

〈逃げ出したくなるようなこと言わないでよ〉

言葉は弱気だが、声は意外と冷静なのでほっとした。

「母さんと由香里は？」

〈部屋で休んでる〉

しばらく言葉が途切れ、息づかいだけを感じる。

「大輔は大丈夫だ」

玉城は携帯電話を切って、再びボタンを押し始めた。

恵子は何も聞こえなくなった携帯電話をしばらく耳に当てていた。気がつくと、管理人室のドアの前にいちばん若い作業員が立っている。慌てて携帯電話を閉じて、ポケットに入れた。ロビーからは今まで以上の喧騒が伝わってくる。

「どうなってるのよ」

促されて管理人室からロビーに出た恵子は、目の前の光景にわが目を疑った。人数が倍近くに膨れ上がっている。

「テレビで隅田川と荒川の映像を見た近所の人たちです。氾濫が近いという噂が飛び交っています」

「みんな、とっくに避難してるんじゃないの」

「水没危険地域が広がったことと水が六メートルにも達するというんで、ヤバくなった避難所からの住民が加わりました。それに、自宅から動こうとしなかった住民も不安になって集まってきているんです。ここがいちばん安全だって噂が流れてるそうです」

「上の階の鍵も開けて」

「もう、開けてます。副主任もそう言うと思って」

土浦の顔が浮かんだが、脳裏から追い払った。この期《ご》に及んでも否定的な言葉しか口にしないに決まっている。

「注意事項だけは徹底させてね。ここは避難所とは違うのよ。すでに買い手のついているマンションだということ」恵子は住民たちに向ける表情を引き締めた。「勝手なことを言う人には出て行ってもらう。でも、できるだけの便宜ははかってあげて。きっと疲れ切っているでしょうから」

作業員はなにか言いかけたが、分かりましたと頷いて、住民たちのほうにいった。

恵子は改めて避難住民たちに目を向けた。最初に到着したグループより、くたびれた顔をしている。

すでに七階までの部屋を開放した。会社の上層部からは非難されるだろう。良くて降格、悪ければクビ。でも、私は正しいことをやっている。何も悔いることはない、と自分自身に言い聞かせた。

住民たちが動きを止め、辺りを見回している。建物全体がゆったりと揺れている。強風でしなっているのだ。大丈夫。このマンションの免震構造は、地震ばかりではなく、風に対しても有効なはずだ。この揺れはその証拠だ。無理に踏ん張ろうとせず、揺れることによってエネルギーを吸収する。自分もそうすればいい。無理をすれば、いずればきりと折れてしまう。自分は折れる寸前だったのかもしれない。これからは、流れに漂っていくのも悪くない。

恵子はさっきの玉城の電話を思い出しながら、作業員たちの前で話し始めた。

「超大型台風が、数時間後には関東に上陸する。もう一回、チェック事項を考えて」

「ええっ、これでまだ台風は上陸してないんですか」

作業員の驚いた声が返ってくる。

「やっと暴風域の端が東京に引っかかったところ。本番はこれからよ」ゴォーッという腹に響く不気味な音とともに、マンションが軋むような振動と感触が伝わってくる。

「でも大丈夫。私たちが造ったんだもの」と、恵子は口のなかで呪文《じゅもん》のように唱えた。

「部屋の窓とロビーのドアは絶対に開けないように。出入りは裏口のドアを使って、極力開閉を避けるように徹底させて」

恵子は強い口調で告げた。

ロビー横の集会室で言い争う声が聞こえる。集会室に行くと、人で埋まっていた。

「何が起こってるの」

第一陣の避難住民に付き添ってきた区の職員に聞いた。

「家に帰らせろという人がいるんです」

「避難してきてるんでしょ」

「話が違うと言っています。家にはまだ大事なものが残っているそうです」

恵子は眉をひそめた。

「命より大事なものってなんなのよ」

恵子は独り言のように言うと、ちょっと通してと、人を掻《か》き分けながら前に出た。数人の中年男女と作業員が言い合っている。その横には、まだ二〇代と思われる区の職員が困り切った顔で立っていた。

「私らはなにも好きこのんで来たわけじゃない。近所の避難所にいたら、バスに乗せられてこんな所に連れてこられたんだ」

中年の男が一気に言う。

「こんな所って。そんな言い方はないだろう。ここは民間のマンションなんだ。あんた方を受け入れても、一銭の得になるわけじゃない」

「とにかく、連れて帰ってよ。家が水に浸かってるかもしれないんだから。なにも持ち出してないのよ」

横から男の妻らしい女がまくし立てた。

「それは、誰だって同じです。みんな、不安に耐えてるんです」

「ここを出たら訴えてやる。こんなマンションに閉じ込められて。これ以上、一秒たりともいたくはないね」

「じゃ帰りなさい。自己責任よ。勝手に死ねばいい」恵子は叫んだ。思わず出た言葉だった。「その代わり、自分で帰るのよ。自分の足でね」

作業員も区役所の職員も、そして住民たちも唖然《あぜん》とした顔で恵子を見ている。恵子自身も、自分の言葉に驚いていた。みんな勝手すぎる。ここを公共の避難所とでも思っているのか。大輔の顔が脳裏に浮かんだ。本当に無事でいるのだろうか。そのとき、現場監督の田口がやってきて恵子の肩を叩いた。

「どうしたのよ」

「ここではちょっと——」

いつもは恵子に反抗的で、突っかかるようにしゃべる田口だが、いまは歯切れが悪く、顔も心なしか青ざめている。

「早く言って。私は忙しいの」

田口は何も言わずに恵子の腕をつかみ、管理人室に引っぱっていった。

5

金森は腰を浮かせ、椅子に座り直した。全身から力が抜けていくような虚脱感を覚える。防災センター、災害対策本部の本部長席に座っていたが、本部内は喧騒に満ちていた。

「あきる野《の》市の土石流で埋まった民家五軒から、住人七人が救出されました」

受話器を持ったままの職員が金森に告げた。

金森は大きく息を吐いて、正面に並ぶ三つの大型スクリーンに目をやった。右に都内の被害状況、中央のスクリーンに隅田川の防水壁修繕箇所の映像、左に〈ひまわり〉からの映像が映っている。

玉城からの求めに従い、国土交通省と連絡を取り、荒川と隅田川の分岐点で溢れ出した水流をブルドーザーと土嚢を並べ、大容量の排水ポンプを使って荒川にすべての流れを向けた。だが、荒川が溢れる映像を見たときには、バカな男のたわ言を聞いたものだと自分を呪《のろ》った。そして、隅田川の防水壁の修復が完了した報せを受けたときは、思わず椅子にへたり込んでしまった。

「玉城という奴は、呆《あき》れた発想をする男だ」

東葉電鉄の鉄橋爆破も彼の提案だという。控えめというより小心とも思えるしゃべり方からは考えられない、大胆な男だ。いや、そこまで思い切ったことができるのは、洪水の怖さと対処の方法を知っているということだ。

「隅田川の流れが戻りました」

職員の報告でスクリーンに目をやると、隅田川は元の防水壁上部ぎりぎりの流れに戻っている。

「荒川に切り替えてくれ」

荒川は相変わらず土手を洗いながら流れている。さほど水量が減ったとは思えなかった。しかしとりあえず、隅田川の氾濫は防ぐことができた。

「知事、玉城先生からです」

金森は職員から受話器を受け取った。

〈台風の上陸とともに、荒川は溢水《いっすい》します。いまから対策をお願いします〉

一瞬、玉城の言葉の意味が分からなかった。

「川から水が溢れ出すということかね」

〈台風の影響が重なり合って異常な高潮が起こり、東京湾付近の海面は110センチ以上、上昇します。そうなれば荒川、隅田川は溢水をまぬがれません〉

「確かなのか」

〈シミュレーション結果です〉

金森は懸命に考えをめぐらせた。シミュレーションがどんなものかは知らないが、この男の予測は当たっている。今度も当たる気がする。

「どうすればいいのかね」

〈東京が洪水になったときの準備を始めてください〉

「具体的には？」

〈すでにマニュアルはあると聞いています。それに従って行動してください〉

分かった、と言って受話器を置いた。

副知事がどうしましょうという顔で、金森を窺《うかが》っている。金森は背筋に悪寒のような震えを感じた。これから自分が発する言葉の重みを考えると、なかなか声が出てこない。

もう一度、前方の映像に目を向けた。

「東京大洪水を前提に準備してくれ」

言ってからも、自分の言葉に自信が持てないでいる。

「と言いましても、すでにその配備はしています」

副知事が現実感のない声を出した。

「地下鉄、地下街に水は入らないのか」

「地下への出入り口には、止水板を設置しています」

「それで六メートルもの浸水を防げるのか」

副知事は困惑した顔を向けてくるだけだ。その顔を見ているうちに、次第に金森の全身に怒りにも似たものが込み上げてきた。だが自分にも、具体的にはどう指示を出すべきか分からない。確実なことは、『荒川防災研究』に書かれていることが現実に近づいているということだ。

「すぐに消防と警察に電話するんだ。可能な限りの職員を招集しろ」部屋の空気が一瞬にして変わるのを感じた。「東京大洪水が起こると警報を出して、万全の対策を取るんだ」

だが、六メートルの洪水をどうしたら防げるというのだ。自分には思いつかない。とんでもない時期に知事になってしまった。いや、これをチャンスに都知事のポストを確固たるものにすべきだ。あのニューヨークのテロのときにも、全世界に名を馳《は》せた知事がいた。今度は私だ。拳を握り締め、固く心に誓った。

恵子は田口の促す通り、窓から覗いた。正面に雨に霞む二号棟と三号棟が見える。

「問題ないはずよ。すべて調べたんだから」田口は答えず、指で上部を指した。「嘘《うそ》でしょ」と、恵子は思わず呟いた。

激しい雨音に混じって、不気味な音が降ってくる。重い金属塊がぶつかり合う、神経を押し潰すような鈍い響きだ。二号棟を見上げたまま恵子の身体が強ばった。

四分の三まででき上がったマンションの最上階から、クレーンのジブが覗いている。そしてその先が現われたり隠れたり、かなりの幅で揺れている。

急に一方に大きく傾《かし》いだ。突風に煽られたのだ。おそらく、強風で土台が緩んでいる。

「しっかり固定したんじゃなかったの」

「締め付けを確認しただけです。風雨が強かったし、時間がありませんでした」

「ロープで固定してないのね」田口は黙っている。「エレベーターは動くの？」

恵子はクレーンに目を向けたまま田口に聞いた。

「現在、すべての電気は非常用発電機によるものです」

「動くの動かないの？」

「非常用電源で動かすことはできますが」

青ざめた顔をした田口は戸惑いながら答えた。

「じゃ、急いで動かして。北側の一基だけでいいわ。これはまだ内緒よ」言いながら、恵子はエレベーターに向かって歩き始めている。そのあとを田口が追った。「なんで、私なのよ。どうしてこんなことになるのよ」

思わず呟いて、滲んでくる涙を拳でぬぐった。

二号棟のクレーンが見下ろせる階でエレベーターを降りると、かすかにめまいのようなものを感じた。揺れている。ビルが強風に煽られて揺れているのだ。免震構造になっているので、風のエネルギーを吸収するために揺れが増幅されるのだ。これもなんとか対策を考えなくては。

二号棟が正面に見える部屋に入った。吹き付ける雨が窓ガラスに当たり、滝壺《たきつぼ》に置かれたガラスケースにいるようだ。窓に顔をつけて目を凝らすと、目線から少し下の位置に、建設中の二号棟が見える。その最上階では傾いたクレーンが左右に揺れていた。

「強風で揺すられて土台のボルトが緩んだのよ。待って」恵子は目をしばたいて、もう一度クレーンを凝視した。「土台が壊れかけてる」

「やはり解体すべきでした」

「いまからじゃ、どうにもならないわ」

「せめてジブが動かないようにワイヤーで固定することはできますが」

「この風雨のなかを誰が行くのよ。怪我だけじゃすまないわ」

田口が沈黙した。恵子は携帯電話を出して、土浦を呼び出した。

「二号棟のクレーンが外れそうです」

不気味な響きを立てて動くクレーンを見ながら、怒鳴るような声を出した。

〈どんな状況だ〉

土浦の多少高めの声には困惑と虚勢、そして怯《おび》えが感じられるが、頭のなかでは必死に言い訳を考えているのだろう。ここ数日で、彼の人間性を見た気がした。

「土台部分が外れかけています。落下は時間の問題です」あっという声が田口から漏れた。ジブが大きく振れ、マンションの骨組みの鉄骨に当たったのだ。「ただちに人を寄越してください。人手が足りません。このままでは、大事故が起こります」

〈解体するのか〉

「いまさらできません。この風雨です。固定しなおすことも難しそうです。できるのは落下したときの被害を最小限に食いとめることだけです」

〈すぐに人をやる。それまでなんとかもたせるんだ。絶対に落下は防ぐんだ〉

ようやく事の重大さに気づいたらしく、声に緊迫感が混じった。

「部長も来てください」

〈私は本社を離れられない〉

「必ず来てください」

恵子は叫んで携帯電話を切った。

呆れた男だ。私が最初に言った通り、撤去していれば――。いいように振り回された。最終的に、自分も土浦の主張を認めてしまったことが悔やまれた。あの巨大な鉄の塊、クレーンが吹き飛ばされたらどうなる。万一、一号棟に当たったら。恵子の背筋に冷たいものが走った。

「二号棟の揺れ方がおかしいわ」

恵子は窓ガラスに額を付けた。二号棟の揺れが大きくなっている。それも、不規則にだ。

「えっ、そうですか？」

「完成してない分、強度が弱いのよ」

思わず出た言葉だが、心の奥底では常に引っかかっていた。計算はあくまでも計算だ。もしも想定外のことが――。玉城の言葉が脳裏をかすめた。

恵子は目を下に向けた。いつもは、遠方にのどかに見える荒川の流れが真下にまで迫っている。このスーパー堤防の丘陵も、呑み込まれてしまうようなことが起こりうるのだろうか。

「行くわよ」

「どこにですか」

「二号棟に決まってるでしょ」

恵子はエレベーターに向かって走った。

「父さんは外に出るなって」

大輔は玄関に向かう伸男に叫んだ。

「おまえは親父の言いつけを守ってろ。俺は俺だ」

「どこに行くの？　僕は足を怪我してるんだよ」

そう言いながらも、大輔は伸男のあとを追った。風と雨に鳴る窓を見ていると、急に恐怖が込み上げてきた。

玄関の引き戸を開けたとたん、伸男が悲鳴を上げて飛びのいた。雨とともに飛び込んできた白い塊が、伸男の顔を直撃したのだ。

大輔は三和土《たたき》に降り、吹き込んでくる風雨に身体を屈めながら、全身の力を込めて戸を閉めた。振り向くとスーパーの白いビニール袋を握り締めた伸男が、荒い息を吐きながら三和土に座り込んでいる。

「大丈夫？」

「死にやしない。もう一回行くぞ」

伸男は傘立てから傘を出し、杖にして立ち上がった。

「やっぱり家にいるべきだよ」

「まずいよな。絶対、まずいな」

伸男は呟きながら、引き戸に手を当てて開ける機会を窺っている。

「何がまずいの」

「隣の山口《やまぐち》さんち、婆《ばあ》ちゃんが一人暮らしだ」

「お年寄りはボランティアが連れて避難することになってるよ」

「そのボランティアが俺なんだ」

「確かにまずいね。でも、この辺りの人は全員、避難してるはずだけど」

「山口の婆ちゃん、町内会の集まりで爺《じい》さんが残してくれた家を捨てて逃げられるかって息巻いてたんだ。だから、好きにさせといてやれよ、いざとなったら俺が引き受けるって、啖呵《たんか》を切った」

「でも避難準備が出たときに、お年寄りや子供や身体の不自由な人は避難することになってるでしょ」

「あれこれ指図されるのが嫌いな人間だっているんだよ。特にあの婆さん、ヘンクツなんだ」
一、二、三と弾みをつけて、伸男は引き戸を勢いよく開けると、飛び出していった。
一瞬ためらったが、大輔もあとに続いた。隣の玄関前で、伸男が戸を叩きながら大声を出している。

「伸男だよ。山口の婆ちゃん、いたら出てきてくれよ」

「とっくに、避難してるんだよ。ここらで残っているのは僕とノブ兄ちゃんだけだ」

諦めさせようと腕をつかんだとき薄い明かりが見え、戸が開いて老婆が顔を出した。

「婆ちゃん、避難しよう。すぐに水が来るんだよ」

「大丈夫。二階に上がってるから」

「こんな家、一発で流されるよ」

「雨のなかを避難所に行くより家でおとなしくしてりゃすぐに行きすぎる、って言ったのあんただよ」

「ふつうの台風ならね。今度のは違うんだ」

家の奥に引き返そうとした山口の婆ちゃんが、足元を見て、伸男の腕をつかんだ。大輔が懐中電灯を下に向けると、いつの間にか水が来ている。

伸男は、急いでと言って婆ちゃんの前に背を向けてしゃがんだ。

「ちょっと待って」小走りに家のなかに戻ると、デイパックを持ってきた。「昨夜、お爺さんが夢枕《ゆめまくら》に立ってね。用意だけはしておくようにって」

そう言って、伸男の背中に負ぶさった。

「とりあえず、うちにいくからね」

伸男はバシャバシャ水を蹴散《けち》らして走り出した。

目の前では、クレーンの一〇メートル以上あるジブが一八〇度近く首を振っている。屋上の風は地上の比ではなく、踏み出すのもままならない。この風と雨のなかでどうすればいい。恵子は懸命に頭を働かせた。

「すぐにみんなを集めて。二号棟と三号棟の総点検よ」

「みんなと言ったって一二人です。それに、一号棟は全員抜けたら大混乱を起こします。住民たちは我々に頼りきってますから」

「クレーンの監視に二人つけて。何かあったらすぐに知らせるのよ。私は一号棟のロビーにいる」

恵子は田口に指示を出すと、階段に向かった。一号棟のロビーに入ると、聞こえるのは避難住民の喧騒だけだ。よほど注意しないと風雨の音も聞こえない。

恵子は管理人室に駆け込み、地図を広げた。三棟のリバーサイド・ビューから半径五〇〇メートル以内に、今年の春にオープンした特別養護老人ホームと病院がある。

「この老人ホームと病院の状況は？」

「老人ホームは五八室が満室と聞いています。病院はベッド数六〇としか知りません」

追ってきた田口が息を弾ませながら答えた。目は真っ赤で、全身からしずくが滴っている。

「避難はしてるの？」

恵子はタオルを渡しながら聞いた。

「どこに避難しろというんです。相手は病人と老人です。動かせばもっと危険です。それに、スーパー堤防は安全なんでしょ」

恵子には答えることができない。

窓から見ると、二号棟がしなりながら揺れているように思えるのは錯覚だろうか。

「この風だもの、クレーンが外れたら老人ホームか病院かこの一号棟を直撃する可能性があるわ。すぐに病院と老人ホームに報せて」

「やめたほうがいいです。危険だと知って、どうなるんです。混乱させるだけです」

「じゃあ、このまま放っておけというの」恵子の言葉に田口は黙ってしまった。「最小限の被害にとどめなければ」

呟いてはみたが、意味のない言葉だと分かっている。誰が、何をもって最小限だなんて決められる。自分自身を怒鳴りつけたい。恵子のなかに、衝動的な怒りにも似た感情が湧き起こってきた。

恵子は携帯電話を出してボタンを押した。

「警察じゃないでしょうね」

横から覗き込んでいた田口が聞く。

恵子は答えず耳を澄ました。話し中だ。話し中が三度続いてから、やっと呼び出し音が鳴った。しかし呼び出し音が鳴るだけで取る気配はない。切ろうとしたとき、女性の声が聞こえた。

〈こちら110番です。どうかしましたか〉

恵子は自分の立場と、リバーサイド・ビュー二号棟のクレーンの状態を話した。

「ジブが外れたら、マンションから落下します。何トンもの鉄の塊です。場合によっては、大惨事になります。助けをよこしてくれませんか」

〈クレーンは落ちたんですか〉

「いいえ。でも、時間の問題だと思います」

〈まだ落ちてはいないんですね〉

「だから、時間の問題だと——」

〈現在、警察はかなり混雑しています。申し訳ありませんが、できる限りの手を尽くして落ちないようにしてください〉

「だからそれには、助けが必要だと言ってるの」

〈いま、東京中が大混乱しています。警察がすべてに対応することは不可能な状態です。どうか、当事者で処理できるところはやってください〉

「それは分かっています。でも、あのクレーンが落下したら——」

恵子の言葉を無視して電話は切れた。

自分たちでなんとかしなければならないということか。確かに我々がまいた種だ。

恵子は再び携帯電話のボタンを押した。

〈どうした？　大輔が着いたのか〉

「伸男さんの所だってあなた言ったでしょ」

思わず伸男さん、と口にした。あれほど抵抗のあった名前がすんなり出てきた。そして、玉城の声にもどこか頼もしさを感じた。

「この台風はこれからどうなるの？」

〈いよいよ中心がやってくる。瞬間最大風速は80メートルを超える。だから――〉

「いまより、かなり強くなるのね」

恵子は玉城の言葉をさえぎった。

〈上陸して多少勢力が弱まるにしても――今はオードブル程度だが、これからメインディッシュがやってくる〉

ありがとうと言って、携帯電話を切った。

やはり助けてくれる相手はいない。自分たちでなんとかするしかない。恵子は視線の先に見え隠れするクレーンのジブを睨みつけた。

切ったばかりの携帯電話が鳴り始め、玉城は慌てて通話ボタンを押した。

〈先輩、いよいよですよ。東京直撃〉木下の声がはしゃいで聞こえる。〈中心気圧810ヘクトパスカル、最大風速73メートル、最大瞬間風速89メートル、半径835キロ。ほぼシミュレーション通りです〉

「台風の眼《め》が通りすぎる時間は？」

〈約一時間後。現在の速度を保てばということです。でも、三〇分ほど遅らせたほうがいいかな〉

「いや、今回はどうなるか分かりません」

普通、台風は上陸すると速度を落とす。建物や大地の起伏がブレーキになる。だが、今回のは巨大すぎて多少の地理的状況には影響を受けない可能性のほうが大きい。

「眼の大きさは？」

〈直径40キロ。ずいぶんぱっちりした眼です。アイドル並みですよ〉

「それから、上陸後の台風の進路はどうなるか。できるだけ精確に算出してください」

「荒川が溢れ始めました」

職員の一人から大声が上がった。部屋中の視線が前方のスクリーンに集中する。玉城も電話を切ってスクリーンに目を向けた。

溢れ出した荒川の泥流が、土手を削り、新たな水流を作って低地に流れ出ていく。泥流がモニターいっぱいに広がり、危機管理室にまで押し寄せてくるかの勢いだ。

「これじゃどうにもならん。川が許容量を超えたんだ」富岡が独り言のように呟いた。

「しかし、このままだといずれ堤防も削られてしまう。決壊するかもしれないぞ」

「結局は、東京水没か」

後藤の握り締めた拳がかすかに震える。ほかの職員たちも、固唾をのんで見守っている。

「地下鉄、地下街への水の流入は？」

玉城がスクリーンに目を向けたまま富岡に聞いた。

「まだだが、浸水域が広がれば流入はまぬがれない。地下鉄に入った水はどうなる」

「地下鉄網をつたって都心全域に広がります。そうなる前に止めなければ――」

「方法はあるのか」

「地下鉄構内、地下街にいる人たちの避難は？」

「すでに完了している」

「誰か残っていないか徹底的に調べてから、すべての防水扉を閉じてください」

「それも終了している」

「東京全域の話です。江東区が万全でも、一ヵ所水が入れば同じことです。すべての地下鉄網に広がっていきます。そうなると電気は切れ、地下は闇です。緊急用の発電機も水没すれば役に立ちません」

しばらく沈黙が続いた。

「それから――」

黙って聞いていた後藤が促した。後藤の顔は青ざめ、足元がふらついている。

「自衛隊の出動を要請してください」

「すでに出動している」

富岡がさりげなく後藤を支えながら言った。

「一部隊じゃまったく足りません。関東全域の自衛隊に、緊急出動を要請してください」

玉城は隅田川を映すモニターに目を向けた。

「隅田川がまた漏れ始めている」

破壁箇所の駐車場には人が群がり、必死で土嚢を積んでいる。しかしその姿は、ホースの水に足をすくわれるアリのようにあまりに頼りなく、無力感さえ漂っている。

金森は本部長席に座り、前方を睨むように見ていた。

正面スクリーンの東京都の地図上には、冠水、地滑りの箇所が赤いマークで印されている。その印が目に見えて増え、都内全域に広がっていく。

「首相官邸に危機管理センターが設置されました」受話器を置いた副知事が金森に向き直った。「現時点での都庁の対応策を至急官邸に連絡するようにとのことです」

「荒川、隅田川の氾濫も我々は食い止めた。全力を尽くしている。これ以上、政府は何を望む」

金森は椅子から立ち上がり、副知事に向かって、不満を含んだ声を発した。

「政府も有効な手立てがないので焦っているのです。現状把握が精一杯なのでしょう」

副知事がなだめるように言う。

「江東区の区長から、荒川氾濫を前提にした自衛隊緊急出動の要請が出ています」

金森の前に来た職員が、青ざめた表情で告げた。

「荒川氾濫？　阻止したのではなかったのか」

「東京大洪水に備えての緊急派遣要請です」

金森は脈拍が上がるのが自覚できた。

江東区と聞いて、後藤という危機管理室長を思い浮かべた。おそらくあの男の指示だ。ずんぐりむっくりした、あの男の判断であれば、かなりの現実性があるのだろう。

「中野、高田馬場《たかだのばば》で神田川の溢水が始まりました」

「二子玉川《ふたこたまがわ》で強風による家屋倒壊。家族七名が下敷きになっています。現在、消防隊が救出作業を行っていますが、時間がかかりそうです」

「多摩地区にも土石流、土砂崩れが頻発しています。すでに、死者も三人出ています。自衛隊派遣要請を急いだほうがよろしいかと」

考えている間にも、次々に報告が入ってくる。

金森は無意識のうちに椅子を引いて、座り直した。腰に力が入らない。頭は混乱していた。荒川、隅田川に主力を投入すべきか。どこかの堤防が破れれば東京大洪水はまぬがれない。しかし、現在、土砂に埋まっている人たちもいる。玉城の言った通りだ。巨大災害の前では何が起こるか分からない。

「中野と多摩地区を優先したほうがいいかと思われます」

副知事が指示を促すように言った。

「荒川の鉄橋を爆破した自衛隊の部隊はどうしている」

「爆破地点で待機しています。まだ危険な状態なので」

やはり、荒川と隅田川周辺を優先すべきだ。都心の地下へとつながっている。

「直ちに、近県すべての自衛隊に緊急出動要請を出してくれ。東京大洪水を前提に救援態勢を整える。いや、防衛大臣につないでくれ。私から直接頼むことにする」

金森は副知事に向かって言った。

第五章　水　　没

1

恵子は思わず立ち上がった。

リバーサイド・ビューの管理人室のドアが突然開き、男が入ってきたのだ。

部屋のなかに緊張が走った。身長はおそらく一八〇センチ以上、だが体重は恵子とあまり変わらないほど痩《や》せている。陽《ひ》に焼け、頬骨《ほおぼね》の突き出した顔と眼光には鋭さが漂っている。

「なにが起こっているんだ」

男は恵子の前に立って大声を出した。人を抑えつけるような迫力ある声、ドスのきいた声というのだろう。

「ここは関係者以外、立ち入り禁止です。部屋に戻ってください」

「俺《おれ》は内山《うちやま》というものだが、同業者だ。東洋《とうよう》建設って知ってるだろう。あんたらの慌てぶりを見れば、このマンションが普通の状況でないことくらい分かる」

「まったく問題はありません」

恵子の合図で田口と作業員たちが男を押し出そうとした。

「俺は子供二人と妻とで避難してきている。このマンションに何かあったらどうするんだ。部屋に戻って、指をくわえてろとでも言うのか」

恵子は田口に内山から離れるよう指示した。

「あなたも同業者なら、高層マンションがいかに綿密に計算されて建てられているか知ってるでしょ。どこが問題だというの」

「第一に、あんたらの態度だよ。急に集まってこそこそし始めた。それに、揺れが激しくなっている。俺には分かる」

「気のせいよ。風の影響も強度計算に入ってる」

「こんな強風についてもか。誰《だれ》も、どの建物も経験したことがない。それに、すぐ隣に建設中のものが二棟あるだろう。あっちはもっと危ないはずだ」内山が恵子を見つめている。目の奥には、風体に似合わない誠実さと意志の強さが感じられる。「俺は家族を護《まも》りたいだけだ」

恵子は男の話を聞きながら考えていた。いまは、一人でも手がほしい。

「部外者が入るのは賛成できません」

田口が恵子の様子を察して耳元でささやいた。

「家族を護りたい思いはみんな同じよ」

恵子は、田口の制止を押し切り、クレーンの状況を説明した。

「吹っ飛んだら、こっちのマンションを直撃する可能性があるということか」

「とりあえず、もっと詳しく状況を調べます」

恵子たちは再び、二号棟の最上階に上った。

マンション内部から屋上に出ようとした恵子の腕を内山がつかんだ。

「全員、命綱を着けろ。根性を入れて結ぶんだぞ。凧《たこ》みたいに飛んでいきたくなかったらな」

恵子たちは互いにロープで身体《からだ》をつなぎ、その端を内山が露出している鉄骨に固く結んだ。腰を屈《かが》め、這《は》うようにして進んだ。気を抜くと風で身体が浮き上がりそうになる。

目の前を行く田口の身体が風で流され始めた。恵子は渾身《こんしん》の力でロープを引いた。田口の滑りが止まり、振り向いてかすかに頷《うなず》く。吹き付ける風雨で目を開けていることさえできない。雨は濃い塩分を含み、目の奥がキリキリと痛む。玉城の言ったように、風雨はますます強くなっている。

ロープで固定しようにも、クレーンのジブは強風に煽《あお》られて動きを止めようとしない。直撃を避けるのが精一杯だ。

「危ない！」

内山の声が飛び、恵子の身体が引き止められる。

恵子の鼻先をジブの先端が通りすぎ、床を擦《こす》って不気味な音を立てた。ジブの動きとともに、土台が小刻みに揺れている。恵子の脳裏を、頭から血を流して横たわる渡辺の姿がよぎった。

「ダメ。撤退よ。この風では修理できない。もう怪我人《けがにん》は出せない」

ジブの先にロープをかけようとしてクレーンに近づく内山を止めた。

恵子は作業員たちを連れて屋内に戻った。全員が全身からしずくを滴らせながら床にへたり込んだ。恵子の頭のなかは真っ白になっている。こんなことは初めてだった。

携帯電話が鳴り始めた。表示は玉城だ。

〈気になってかけてみた〉

「もう、どうしていいか分からない」

恵子は状況を説明したが、その間にもジブは千切れそうに揺れている。

〈あと、四〇分、いや三〇分でいい。もちこたえられないか〉

無言で聞いていた玉城が言った。

「無理よ。土台が外れかけている。いつ吹き飛んでもおかしくない状態」

〈台風の眼《め》に入る。その間に補強できる〉

恵子は息をのんだ。

「眼のなかにはどれくらい」

〈四、五〇分程度〉

恵子は揺れるクレーンを見ながら、懸命に段取りを考えた。

「やってみる」携帯電話を切ってポケットにねじ込んだ。「みんな、よく聞いて。あと、三〇分だけ頑張って、なんとかもたせるのよ。台風の眼に入ると風も雨もなくなる。その間に本格的に補強するの」

恵子は作業員たちに向かって叫んだ。

「えっ三〇分でいいんですか」

「保証する。日本一、いや世界一の専門家が言ったんだから」

恵子は力強く言い切った。

「それくらいならやれるかもしれない」

作業員たちが互いに頷き合って立ち上がった。

「台風の眼に入っている間に一号棟と三号棟のクレーンもチェックする。三人組で行ってちょうだい」

「こっちの人手が少なくなる」

「その分、みんなには頑張ってもらう。人選は田口さんに任せる」

分かりましたと、田口が声を上げた。

「まず、ジブの振れを止めるのよ。なんとかロープをかけて固定するの。全員が協力すれば必ずできるわ。いくわよ」

合図とともに恵子と作業員たちは再度外に出た。

江東区内の被害状況が次々に入ってくる。各避難所からのトラブルの報告も増えていた。危機管理室の職員たちは対応で疲れ切り、電話の声にも苛立《いらだ》ちが混じり、聞き返す声が目立ち始めた。玉城自身の頭も薄い膜が覆っているようで反応が鈍い。このままの状態ではいずれ事故が起こる。

「休養の必要があります。ミスが目立ちます」

「休ませたいが、ただでさえ人手が足りない」

隅田川の破堤箇所が再び漏れている。消防隊員と消防団員は必死で土嚢《どのう》を運んでいるが、雨と風で作業は思うように進まない。

「あと、三〇分で台風の眼に入ります。それまで、一時撤退させてください。その間に態勢を整えましょう。資材の準備と手順を徹底するよう伝えてください」玉城は必死で考えながら言った。「まず、浸水地域を最小限に食い止める。それに、オフィスビルへの浸水にも最大の注意を払うように各企業に通達を出してください。地下の機器が被害を受けると経済活動がストップします」

玉城の言葉を受けて、後藤が職員に指示を与えている。

「玉城さん、電話ですよ」

職員の一人が受話器を高く上げて振っている。

〈あんた、論文に地下鉄のことも書いてたよな〉受話器を耳に当てるなり、松浦の声が響いた。〈荒川から溢《あふ》れた水は、地下鉄網を通って都心に広がるって?〉

「ゼロメートル地帯は一、二時間で水没します。東京は都心に向かって低くなる地形なので、地下鉄にも勾配《こうばい》があります。地下鉄に流れ込んだ泥流は、三時間後には大手町《おおてまち》駅に達します」玉城は一気に言って、さらに続けた。「地上を流れる泥流は五時間後には浅草、一〇時間後には上野を水没させます。一五時間後には都心の地下鉄は完全に水没し、銀座も水のなかです」

〈確かだろうな〉

松浦の重い声が返ってくる。

「コンピュータ・シミュレーションの結果です。実際、地下鉄に乗って確かめましたが、ほぼ同様の結果が起こると確信しました」

〈俺たちが鉄橋まで爆破して護った堤防からも水が溢れ出している。破堤を防いでも、降ってくる雨と流れてくる水が完全に許容量を超えているんだ。これじゃあ、どうしようもない〉

「誰もこんな雨量を想像していなかったからです。しかし今後は――」

〈それについては、今度ゆっくり教えてくれ〉

「私になんの用です」

〈洪水危険地区に行って、地下鉄網に水が入るのを阻止しろという命令が出た。しかし、俺にはどうしていいか分からん〉

「無茶な命令を出すもんだ、自衛隊というのは」

〈都知事からの要請だ。地下鉄、地下街の入り口には止水板を入れた。だが、地上にこれだけ水が溢れているのに、どうしたら地下への流入を防ぐことができる〉

「シャッターのあるところは閉めて、隙間《すきま》を土嚢でふさぎます」

〈すべての出入り口にシャッターがあるわけじゃない〉

「残りは土嚢で埋めてください。かなり効果があるはずです」

〈埋める？　バカを言うな〉

「後で掘り出せば済むことです。地下への流入はできる限り阻止すべきです。地上の水は放《ほう》っておいても引きますが、地下に流入した水は汲《く》み出すしかない。おまけに、地盤にも影響を与える」

東京に張り巡らされている地下鉄網が、根本的に破壊される可能性がある。そうなれば復旧は絶望的だ。

〈分かったが、時間がない〉

だったら、と玉城も考え込んだ。『荒川防災研究』を書き上げた時点で、遠からずこういう事態が起こることは分かっていた。だがそれに対する具体策を、本気で考えたことがあっただろうか。

「爆破しかないか」

無意識に出た言葉だった。

〈なんだって?〉

松浦が問い返してくる。

「水を防ぎきれないところは、通路を爆破して埋めるしかありません」

玉城の言葉に受話器の向こうは沈黙した。しかし、背後では慌ただしさが増している。

「いや、待ってください。地下鉄職員の助言を求めたほうがいい。もっと現実的な策があるはずだ」

〈彼らが要領を得ないからきみに電話した。とりあえず俺たちは、地下鉄の東《ひがし》大島《おおじま》駅に向かう。すでに水が流れ込んでいるらしい〉

「気をつけてください。地下鉄に流入した泥流は、時速一一キロで都心に向かうという計算もあります」

〈そうか……きみも来てくれるとありがたい〉

「私が行っても現場の助けにはならないでしょう」

玉城さん、と松浦が呼びかけてくる。

〈きみは『荒川防災研究』を書いた、もっとも信頼できるプロだ。俺はそう思って頼んでいる〉

受話器の置かれる音がした。松浦の言葉に二五年前の記憶が重なった。おまえたちは避難所に逃げろ。俺は堤防に行く――そう言って去った父親。玉城が見た最後の姿だ。

気がつくと後藤と富岡が玉城を見つめている。

「私がここでできることはもうありません」

「話の様子だと反対はできないようですな。しかし、風雨は強くなっています」

「五分後に、どなたか車を出していただけるとありがたいのですが」

玉城は時計を見ながら言った。

揺れ方が激しくなっている。風が建設中のタワーマンション上部から吹き込んで、建物自体を浮き上がらせようとしているのだ。さらに、そこに横風が吹き付け、マンションが悲鳴のような声を上げている。二号棟が一方に傾いたまま元に戻らない。心臓が凍りつくような恐怖が全身を貫いた。巨大な高層マンションが、そのまま傾きを増していくのだ。

「倒れてくる。逃げろ」という叫び声が聞こえ、周りの人たちがいっせいに走り出す。頭上から凄《すさ》まじい音が降ってくる。見上げると、高層マンションがゆっくりと自分たちのほうに倒れてくる。頭のなかで怒号と悲鳴がこだましている。恵子はただ、呆然《ぼうぜん》と立ち尽くしていた。逃げようとしても、足が強《こわ》ばって動くことができない。叫ぼうとしても声が出ない——。

「副主任。起きてください」

目を開けると、田口が肩をゆすりながら覗《のぞ》き込んでいる。床に座り、壁にもたれたまま眠り込んでいたのだ。ほんの数分だと思うが、気がつけば辺りは静まり返っている。

「台風の眼に入りました」

田口の言葉に慌てて立ち上がると、一瞬目眩《めまい》がして倒れそうになった。田口が驚いて恵子の身体を支えた。首筋から胸にかけてびっしょり汗をかいている。クレーンのジブを一時的に固定し終わってからマンション内部に引き上げ、一号棟と三号棟に作業員を送り出した。そこからの記憶がない。

恵子はふらつく足に力を入れて外に出た。

風と雨は嘘《うそ》のようにやみ、見上げるとかすかだが星の瞬《また》きさえ見える。

「世のなか、こんなに静かだとは知らなかった」

若い作業員が言った。下からかすかに響いてくる荒川の唸《うな》りが、辺りの静寂を際立たせている。

「感動に浸っている時間はないでしょ。急いでクレーンを固定するのよ」

用意していた工具とワイヤーロープをクレーンの下に運んだ。

「ジブをワイヤーで固定して。ボルトも、もう一度締め直すのよ」

恵子の合図でいっせいにジブの補強と固定作業に入った。恵子はクレーンの運転室の下を見て、冷たいものが背筋を貫くのを感じた。激しい揺れでクレーン本体と土台の留め具が変形している。さらにボルトの三分の一が外れ、残りもじきに外れそうに緩んでいた。ジブのリムも床にぶつかった衝撃で変形し、半分折れているものもある。あと一〇分固定が遅れていたら、外れて吹き飛ばされていたかもしれない。

固定には思ったより時間がかかった。全員でジブを持ち上げようとしてもわずかに動くだけで、ボルトが穴に通らない。

「もっと人手が必要だ。本社からの応援はまだ来ないのか」

「急いで。すぐに眼が通りすぎる」

「やめろ。潰《つぶ》されるぞ」

ジブの下にもぐり込んで押し上げようとした恵子を内山が止めた。

そのとき、ドアが開いて三人の作業員が走り出てきた。三号棟に行った作業員たちだ。

「行って正解でした。ジブを固定していたワイヤーがほとんど千切れていて、ここと同じ状態になる一歩手前でした」

「補強は？」

「完了しました、問題ありません。一号棟に行った連中もすぐに帰ってきます」

それだけ言うと、三人ともジブに取り付いた。


大輔は窓の外を覗いて叫びそうになった。あれほど激しかった雨と風がやみ、静寂が広がっている。空を見上げると、闇《やみ》の一角に星さえ見えたような気がした。

「意外と早く通りすぎたな。あっけないくらいだ」

隣から覗き込んできた伸男が声を上げた。

大輔は伸男の尻《しり》ポケットから携帯電話を抜き出して、リダイヤルボタンを押した。

「父さん、台風の眼だよ。この隙に逃げたほうがいいよね」

大輔は玉城に問いかけ、もう一度外を覗いた。

〈外ではなにが起こるか分からない。これまで待ったんだ。家で助けを待っていたほうがいい〉

「父さんは来てくれないの」

言葉に詰まった様子だ。背後で、「玉城先生、車の用意ができました」という声が聞こえた。

〈父さんはこれからほかの危険地帯に行かなければならない。おじさんはちゃんと面倒見てくれてるか〉

「大丈夫だよ、僕は」

「逃げようぜ」と、伸男が大輔の肩を叩《たた》き、階段を駆け上がっていった。

〈二階に行くんだ。その辺りは水が来てるだろ〉

「大したことない。充分歩けるよ」

〈溢れた水だけだからだ。荒川か隅田川が破れればこんなもんじゃない〉

「破れるの？」

〈今の調子が続けば危険だ〉

「急げ。時間がないんだろ」

二階から山口の婆《ばあ》ちゃんを背負って降りてきた伸男が、大輔の手から携帯電話をつかみ取った。

「大輔のことはまかせろと言っただろ」

伸男は携帯電話に向かって怒鳴ると、そのまま切ってポケットに突っ込んだ。

「いま外に出ると何が起こるか分からないって」

「おまえはパソコンを持ってくれ。行くぞ」

伸男は婆ちゃんを背負い直して立ち上がった。婆ちゃんは目を閉じて伸男にしがみついている。

玄関からガシャーンという甲高《かんだか》い音が聞こえてきた。

「なんだ？」

茶の間を出ようとした伸男が立ち止まって声を上げた。玄関の引き戸に、流れてきた何かがぶつかったのだ。ということは、かなりの高さにまで水が来ている。

「水だよ、ノブ兄ちゃん」

大輔が叫んで伸男の腕をつかむ。伸男も婆ちゃんをソファーに下ろして、聞き耳を立てている。何かがぶつかる音はひっきりなしに続いている。


一〇分前には吹きすさんでいた風雨が、嘘のようにやんでいる。

玉城もこれほどはっきりした台風の眼は体験したことがなかった。激しい台風ほど、その眼がはっきりしているというのは本当だった。

区の職員が運転する車は、水しぶきを左右に飛ばしながら走った。車が跳ね上げる水音だけが静まり返った町に響いている。ヘッドライトが照らし出す道路の大半が、泥水に覆われていた。堤防から溢れ出した水と、処理能力を上回る豪雨で下水道から流れ出した水が広がっているのだ。

玉城の耳にはまだ〈大輔のことはまかせろ〉と言い切った伸男の声が残っていた。伸男にまかせて本当に大丈夫なのか。先に大輔を迎えに行くべきではないのか。いや、伸男を信じよう。大輔があれだけなついているんだ。

「あれですか？」

職員の声で意識を前方に向けると、幾筋もの光が交差しているのが見える。近づくと、一〇本以上の車のヘッドライトであることが分かった。地下鉄の入り口を取り囲むように自衛隊の車が停《と》まっていた。

玉城が車を降りると、背の高い自衛隊員が走ってくる。

「信じてたよ。来てくれると」

松浦だった。その視線の先を追うと、階段の入り口には、高さ一メートルほどの差し込み式止水板が設置されている。土嚢はその横に積まれていた。

「あれでは水深一メートルを超えると、水は構内に流れ込みます」

「絶対にダメです」

息を弾ませた黒い雨合羽《あまガッパ》の男が二人の間に割り込んできた。

「私は交通局施設係の島本《しまもと》です。出入り口を土嚢で埋めるなんて、交通局が許しません」

「しかし、都知事は全面協力を申し出てるぞ」

松浦の言葉に島本は一瞬黙り込み、本当ですかという顔で玉城を見た。玉城は頷いた。

「そんなことは――地下鉄を愛する者として私が許さない」

「ほかに地下鉄を救う方法がありますか」

「本当に水は来るのですか」

「時間の問題です。区の防災マップによると、ここらは五メートル以上の浸水想定地区です」

「だとしても、すべての出入り口を埋めるなんてできっこない。それに、地下街だってあるんです」

頭では理解していても、いざ入り口を土嚢で完全に埋めるとなると抵抗を感じるのだ。地下鉄関係者であればなおさらだろう。

玉城の頰に大粒の雨が当たった。空を見上げると黒い雲が覆い、風も出始めている。周りの者たちも不安そうな表情で天を仰いでいる。

「浸水は避けられませんが、最小限の浸水で防ぎましょう」

玉城は強い決意を込めて言った。

「決まりだ。急いだほうがいい」

松浦が島本を押し退け、玉城を促して地下鉄の階段に向かった。

「やはり、あんたを呼んでよかったよ。俺は専門家の意見に従うと言ってある」

玉城に身体を寄せて囁《ささや》く。

「この出入り口には？」

「シャッターはなしだ」

水が来ると出入り口は完全に水没する。

「階段を下りた最初の踊り場に土嚢《のう》を積みましょう。天井まで積み上げます。ほかの出入り口も同様に封鎖するよう指示してください」

「聞いただろう。急げ」

松浦は一瞬、躊躇《ちゅうちょ》したかのような態度をみせたが、すぐに部下に指示を出した。

2

「思ったより早く終わりましたね」

「全員が力を合わせたおかげよ。内山さんにもお礼を言わなきゃ」

恵子は田口と並んで補強の終わったクレーンを見上げた。土台と運転席のボルトを締め直して、ジブをワイヤーで固定した。台風の眼がすぎても、外れることはないだろう。

恵子たちは再度安全を確認して最上階から降りた。

二号棟を出て恵子の前方を歩いていた田口が短い叫び声を上げた。その瞬間、田口の姿が消えた。

「ライトを！　急いで！」

恵子の声とともに前方に光が集中した。地面が消え、黒い水面が広がっている。

「五メートルほど先です」

声に従ってライトを向けると田口が溺《おぼ》れている。作業員が近づこうと踏み出すと、腰まで沈んだ。

「気をつけて。ただの水溜《みずた》まりじゃない。深いわよ」恵子は作業員の腕をつかんで引き上げながら怒鳴った。「田口さん、落ち着いて。泳ぎは得意でしょ」

しかしよく見ると、田口は溺れているのではなく、潜っているのだ。

「なんなの、これ？」

懐中電灯をゆっくりと動かした。光の先には巨大な水面が続いている。目を凝らしてみるが、黒い水溜まりに間違いない。水溜まりは一号棟と二号棟の間に、幅三、四〇メートルにわたって続いている。

田口は、しばらく潜ったり浮き上がったりしていたが、恵子たちのほうに泳いできた。

「巨大な穴が空いています」と、水溜まりから這い上がった田口が息を弾ませながら言った。「深いですよ。潜って足で探ってみましたが届きません。五メートル以上あるのは確実です」

恵子は懐中電灯の光を水面に沿って移動させた。黒い水溜まりは、荒川からマンションに沿って続いている。

「こんなの見たことも聞いたこともないぜ。土砂が流されてるのか」

「陥没しているのはマンションの間だけのようだ。スーパー堤防全体じゃない」

「高層マンションの足元がこんなにえぐれてるんじゃ、ヤバいよ」

作業員たちも眼前に続く光景を呆然と見ている。土手から溢れてスーパー堤防に流れ込んできた水が、地面をえぐりながら堤防上を流れ、下の住宅地に注いでいるのだ。

「もう、やめてよ」

恵子の口から溜息《ためいき》のような声が漏れた。一気に疲れが噴き出して、すべてを投げ出したい気分だった。

「内山さん、ちょっと……」

恵子は萎《な》えそうになる気持ちを奮い立たせ、内山を探した。ほかの建設会社では、こういう現象を経験したことがあるかと聞きたかったのだ。しかし、姿が見えない。

「あの野郎、消えやがった。家族を連れて逃げ出すつもりだ」

田口が周囲を見回しながら吐き捨てるように言った。

恵子は田口を監視に残し、水溜まりを迂回《うかい》して一号棟に戻った。

「誰にも言っちゃダメよ。大騒ぎになるだけだから」

作業員に念を押してから、一人で管理人室に入った。いったい何が起こったのだ。散々考えたが、相談する相手は玉城しか思い浮かばない。

恵子は玉城に電話をして、状況を話した。玉城は無言で聞いている。途中で何度もひと息おいて聞いているのを確かめたが、そのたびに続けてという声が返ってきた。

〈液状化現象かもしれない〉

恵子が話し終わると、玉城のぼそりとした声が返ってきた。

「それって、地震のときに起こるやつでしょ」

〈砂を含んだ水はけのいい地面で、地震の揺れによって水分だけが表面に噴き出す現象だ。地面がどろどろになって建物が傾いたり、倒れたりする。海岸の埋立地なんかでよくあるんだ〉

恵子は以前、玉城に見せられた液状化現象で傾いたアパート群の写真を思い出した。

「いつ地震が起こったっていうの。いま来てるのは台風よ」

〈風で高層マンションが揺れて、地震のような震動を地面に与えている可能性がある〉

「基礎の支柱が揺れて液状化現象？」

〈分からない。でも、揺れによってエネルギーを吸収するように造っているんだろ。そ

れに、スーパー堤防は埋立地だ。地盤なんて、まったく固まっていないはずだ〉

「でも、できてるのは大きな水溜まりよ」

〈液状化現象で浮き上がった泥水を、荒川から溢れ出した水が押し流したんだ〉

「そんなのって聞いたことがないわ」

〈こんな巨大台風は、誰もが経験したことがない。なにが起こっても不思議じゃない〉

恵子は必死で考えを巡らせていた。理由なんてどうでもいい。リバーサイド・ビューの敷地内にできた大きな陥没。それは現実なのだ。

「どうすればいいの」

〈基礎は岩盤まで打っているんだろう〉

「そうよ。建築基準は厳密に守っている。計算上、安全性に問題はなかった。でも、基礎の地下部分には土があるのが条件よ。その土がなくなって、むき出しになるなんて考えたこともない」

気がつくと、窓ガラスが震えている。大粒の雨が当たり、風が吹き始めたのだ。

大輔と伸男が茶の間から廊下に出ると、床はすでに水浸しになっていた。

「この水、家のなかから流れてくるよ」

大輔の声で伸男は風呂場《ふろば》に走った。大輔は慌てて後を追っていく。洗い場の排水口からぼこぼこ水が噴き出し、それが溢れて廊下にまで流れてくる。伸男が急いでタオルを詰め込んだ。

玄関からの音はますます大きくなって響いてくる。

「ノブ兄ちゃん。あっち」

廊下に出た大輔は玄関を見て叫んだ。懐中電灯で照らした引き戸の隙間からも、水が漏れ出してくる。

「これくらいすぐに止まる」

風呂場から飛んできた伸男が首に巻いていたバスタオルを隙間に詰めようとするが、水の勢いが強くてうまくいかない。

「ダメだよ。早くなかに戻ろうよ」

大輔が伸男の腕をとって引き離した瞬間、引き戸の下が内側に大きくたわんだかと思うと激しい音が響き、濁流が流れ込んできた。水圧で引き戸が外れたのだ。

あっという間に水は三和土《たたき》を満たし、廊下に押し寄せた。伸男は大輔を抱えるようにして、茶の間に走り込んだ。山口の婆ちゃんはソファーの上に正座し、目を閉じている。

わずか数分で廊下は水浸しになり、さらに水位は目に見えて上がっている。

「父さんは二階に逃げろって言っていた。一階はすぐ水に浸かる」

「俺とお袋のうちだぞ。そんなに簡単に言うな」

「ブレーカーを下ろして。水に濡《ぬ》れてると、電気が戻ったときショートするから」

「婆ちゃんを二階に連れてく。次はおまえだ。水に濡れたらヤバいものを集めてろ」

仲男は婆ちゃんを背負うと、廊下に飛び出して階段を駆け上がっていく。

大輔は松葉杖《まつばづえ》を使って壁のブレーカーを下ろそうとするが、うまくいかない。戻ってきた仲男が大輔を押し退けてブレーカーを下ろすと、辺りのものをかき集め始めた。

「おまえはパソコンとゲーム機を持ってろ。落とすなよ。俺はテレビだ」

「位牌《いはい》は持ったよね」

「兄貴みたいなこと言うな。デイパックに入れて二階だ。パソコンを濡らさないように気をつけろ」

大輔は必死でパソコンとゲーム機を頭上に差し上げた。水はすでに大輔の腰の上まで達し、勢いは衰えない。泣くまいと我慢したが、涙が溢れてくる。仲男がテレビを捨てて大輔を抱え上げた。

「ちょっと待て」

仲男が大輔を下ろし、目の前に浮いている仏壇から父親の写真立てを取った。どこに入れるか迷っていたがシャツの首の隙間に突っ込み、再び大輔を抱き上げた。

廊下に出たところで仲男が立ち止まった。玄関のほうを注視している。引き戸の外れた玄関の向こうには、不気味な闇が口を開けている。大輔も異様な雰囲気を感じて、視線を向けた。

「早く二階に――」

大輔が言い終わらないうちに玄関いっぱいに黒い壁が迫ってきたかと思うと、凄まじい音とともに水が流れ込んできた。

伸男が大輔の身体を抱え込むと同時に、強い力で弾《はじ》き飛ばされた。廊下の壁に何度か叩きつけられた後、身体がふっと軽くなった。大輔の身体は濁流に押し流されていく。

「腕を伸ばせ。腕だ」

伸男の声が聞こえるが、身体が回転して方向がまったく分からない。精一杯腕を伸ばしたが、何もつかむことができない。ノブ兄ちゃんの手はどこだ。

必死で手足を動かした。しかし、身体は沈んでいくばかりだ。ギプスをはめた足が重く、次第に動かなくなる。息をしようとすると、大量の水が口、そして肺に流れ込んでくる。懸命に水をかいているのに、身体は沈んでいく。

もう、誰とも会えなくなる。母さん、父さん、由香里、おばあちゃん……大輔の脳裏に家族の顔が浮かんだ。

恵子は受話器を取って、会社を呼び出した。

「長谷川《はせがわ》君につないで。待機してるはずだから」

デスクに図面を広げながら送話口に怒鳴った。

〈風速80メートルでも大丈夫ですよ。それ以上になると保証できませんが〉

多少、うんざりした若い声が返ってくる。恵子は一号棟と二号棟の間が荒川から流れ込んできた濁流に削られて、池ができている状況を説明した。構造設計担当の若いエンジニアは、無言で聞いている。しかし次第に、緊張感を増しているのが伝わってくる。

「こういう場合の構造物の安定性を計算して」

〈でも――今まで聞いたことがありませんよ〉

「じゃあ、これが初のケースってわけね。あなたラッキーよ」

〈建設後、最初の一年間の重力による沈み込みは計算に入ってますが〉

「それとは違うでしょ。浮力って、中学で習ったわよね」

〈しかしこんなことは過去に例はなく――〉

「長方形の物体の浮力と重心の簡単なモデルでいいから。急いでね。風の影響も入れるのよ。あなたもこっちの建設状況は把握してるでしょう。その状態で計算すること。必要なデータは言ってちょうだい。すぐに送る」

〈二時間待ってください。なんせ初めての計算です。完成時だったら数値を入れるだけですが、建設中となるとね〉

「三〇分。論文発表ってわけじゃないのよ。大体の数字でいい」

電話を切ってふうっと息を吐くと、一瞬意識が遠のいていく。慌てて頭を振って背筋を伸ばした。

携帯電話が鳴り始めた。泥の池に残っている田口からだ。

〈マンションの幅三分の二にわたって、地下の駐車場まで土が削られてコンクリート壁がほとんどむき出し状態です。これで横風を受けたら、かなり危険です〉

田口が切迫した口調で説明した。

「どうやって調べたの？」

「私が潜りました」

「危険なことは絶対やめて。これ以上怪我人を出したくないのよ。監視だけを続けて」

適切な指示ができない。この程度のことしか言えない自分に腹がたった。

携帯電話を切ると涙が溢れ始めた。恵子は額をガラスにつけ、声を殺して泣き出していた。がらんとした空間に呻《うめ》くような声が響いた。

ドアが勢いよく開いて、田口と作業員たちが入ってきた。恵子は慌てて入り口に背を向けて涙をぬぐった。

「監視を続けるよう言ったでしょ」

「あそこで黙って見ていてもどうしようもありません。会社に連絡して指示を仰ぎましょう」

「この調子で穴が深くなると、地下水位の上昇と同じことが起こるわ」田口たちは、何だといった顔で恵子を見た。「東京駅や上野駅と同じ現象が起こるということ。東京駅は、建設時より地下水位が上昇したのよ。だから、駅舎が浮き上がるのを防ぐために二〇〇キロのアンカーを一三〇本も埋め込んでいるの。上野駅は三万三〇〇〇トンの鉄板を敷いてるって、聞いたことがあるでしょ」全員がまだ納得できないという顔をしている。「リバーサイド・ビューが浮き上がるのよ」

恵子は強い口調で言った。

「大輔、俺は兄貴とお袋に約束したんだ。必ず連れていくって」

遠くで声を聞いた気がした。頭のなかは霧で覆われているようで考えが定まらない。

「息、しろよ。大輔」

誰かが名前を呼びながら頬を叩いているようだ。でも、痛さは感じない。僕は死ぬの？　来年は天気予報士の試験があるのに。必死で勉強してきたんだ。大輔は手のなかのものを握り締めた。

「水を吐かせてから人工呼吸だよ。胸を三回押してから鼻をつまんで、口から息を吹き込む。急ぐんだよ」

この声は山口の婆ちゃんか。返事をしようにも声が出ない。目を開けようとしても、瞼《まぶた》が動かない。手を挙げようとしたが、身体にまったく力が入らない。自分の身体が他人のもののようだ。

「もっと優しく。それじゃ、きっと痛がってるよ。町内会で習っただろう。なに聞いてたんだい」

「目を開けてくれよ。頼むからよ」

しだいに意識が薄れていく。

喉《のど》の奥から生温かい水が溢れ出てくる。咳《せ》き込んで水を吐くと、やっと呼吸ができるようになって意識がはっきりしてきた。同時に全身を締め付けていたタガが緩んだように、手足が少し動いた。

瞼をゆっくり開けると目の前に伸男の顔があり、その顔がおかしな具合にゆがんでいる。横には山口の婆ちゃんの顔も見える。

「ここどこ……」

大輔は掠《かす》れた声を出した。

覗き込んでいた顔が遠ざかり、思い切り頬を叩かれた。同時に、強い力で抱き締められた。

「バカやろう。生きてるんだよな。死んだまねなんかしやがって」

半泣きの伸男の声が耳元で響いている。

目だけを動かして周りを見ると、二階の畳の上に寝かされているのに気がついた。

「てっきり、もうヤバいかと思った。兄貴とおまえの母ちゃんの顔が浮かんだよ」

やっと伸男が身体を離した。

「僕のことは心配しなかったの」

「死んでると思ったもんな。息、してなかったんだぞ」

伸男が再び大輔を強い力で抱き締めた。頰が濡れて、しょっぱい。泣いているのだ。

「山口の婆ちゃんにもよくお礼を言っとけ。蘇生術《そせいじゅつ》、覚えていたの婆ちゃんだ。絶対生きてるからって、俺に人工呼吸をやめさせなかった」

山口の婆ちゃんが頷きながら大輔を見ている。ずっと握り締めていたのがゲーム機だと気づいた。

「これでおまえの母ちゃんにも兄貴にも頭を下げなくてすむ。お袋にも文句は言わせない」

「おばあちゃんと何、約束したのさ」

伸男は大げさに肩をすくめた。

「おまえが気にすることじゃないよ。でも、実の親の言うことじゃねえな、いくら孫が可愛《かわい》いからって」

「ありがとう、ノブ兄ちゃん」

大輔はぽつりと言った。

しばらく沈黙が続いた。

「ゲーム機、水につけちゃった」

「そんなもの一〇〇台でも一〇〇〇台でも買ってやるよ」

伸男は大輔の手からゲーム機を取り上げて部屋の隅に投げた。ぽちゃんという音がする。伸男が音のしたほうに懐中電灯を向けた。思わず起き上がろうとした大輔の身体を伸男が引き寄せた。

光のなかに黒い水の揺らぎが見える。水が階段の下り口近くまで来ていた。

恵子の携帯電話が鳴り始めた。構造計算を頼んだ長谷川からだ。

〈箱型の構造物が浮力を受けて、さらに横風による力を受けるというモデルで計算しました。重心と傾斜角については――〉

「結論を言って」

〈倒壊の可能性大です〉長谷川の声が響いた。〈マンション側面の地面が削られ、地下部分が露出して水に浸《つ》かっているんです。かなり不安定ですよ。いくら基礎がしっかりしていても、影響が大きすぎます。だから――〉

黙り込んだ恵子の耳に他人事《ひとごと》のような声が通りすぎていく。

〈副主任、聞いてるんですか〉

「聞こえてる。会社からの応援はまだ来ないわよ」

〈僕は計算をやっただけです。応援については、庶務課なのかな。まさか人事課じゃない――〉

恵子は無意識のうちに通話を切っていた。しょせん、会社の上の連中は現場のことなどまったく分かっていない。自分たちでなんとかするしかないのだ。そうしなければ、大惨事が起こる。

「これからどうしましょう」

恵子は田口の声にも反応を示さず考え込んでいたが、しばらくして我に返ったように言った。

「まず、穴に流れ込む水を止めましょ。これ以上地面を削られるのを防ぐの」

「無理ですよ。どうすると言うんです？」

「迂回路を造って住宅街に流すの」

「住民が黙っちゃいませんよ」

「マンションが倒れるのと水を直接住宅街に流すのと、どっちが人的被害が少ないの」

思わず大声を出したが、田口は黙っている。

「それから、あの泥水の池を埋めるのよ」恵子は考えながら言った。「でも――大きすぎる。重機も埋める土砂も、人手さえない」

恵子は崩れるように椅子《いす》に座り込んだ。どうすればいい。ホールから赤ちゃんの泣き声と、それをあやす母親の声が聞こえてきた。夜中に目を覚まして泣き出したので、部屋から出てきたのだろう。

穴が空いたのなら、埋めればいい。土がなければ代わりになるものを探せばいい。ここで悩んでいるより、行動することだ。

「ブルドーザーがあったわね」

「三号棟の資材置き場です」

恵子は壁のキーボックスから鍵《かぎ》を取ると、ドアに向かった。

3

台風の眼が通りすぎ、再び風雨が吹きすさぶなか、玉城は土嚢で埋められていく地下鉄の入り口を見ていた。

これで充分なのか。水はすでに玉城の膝《ひざ》近くまで来ている。あと、数十センチで止水板を越えて、地下鉄構内に入り始める。しかしこれは、川から溢れた水だ。堤防が破れたらこの程度ではすまない。どうすれば地下鉄網への浸水を最小限に食い止められるのか――。

「やはりすべての地下への出入り口をふさぐのは不可能だ」

無線機で指示していた松浦が玉城のそばに来て告げたとたん、再び松浦の無線が鳴り出した。

「上流域の浸水は一メートルを超えているのか。それが下流に広がっている。じゃあ、すぐにこっちも水が増えるな」

玉城や島本に聞こえるように大声で言う。

大輔たちのいる実家も、おそらく水に浸かっているだろう。だがこの程度であれば、二階に避難していれば大丈夫だ。

「東京湾の水位が上がっている。すでに、隅田川、荒川、江戸川の河口付近では、逆流が始まっているそうだ」

無線機を置いた松浦が二人に伝えた。

周囲の排水口辺りで、溜まった水が気泡とともにぼこぼこと盛り上がっているのが見える。地下から水が噴き出しているのだ。

通りの反対側に大型のバンが停まった。ビニールで覆ったカメラを抱えたカメラマンと、ビニール合羽にヘルメットを被《かぶ》った男性レポーターが車を降り、身体を屈《かが》めて道路を渡ってくる。

「あんた死にたいのか」

松浦が怒鳴った瞬間、ドーンという激しい音とともに道路の真んなかに水柱が上がった。

「なんだよ、いまのは」

玉城の横に立つ若い自衛隊員が、驚きと恐怖の混じった視線を音のほうに向けている。カメラマンがレポーターの指さすほうに、慌ててカメラを向けた。同時に、道路の中央に沿って二つ、三つと立て続けに水しぶきが上がった。

「下水が満杯になってマンホールの蓋《ふた》が水圧で吹き飛ばされたんです」

「道路を歩くときは充分に気をつけろ。ここらのマンホールには蓋がないぞ。落ちると、流れに引き込まれて助からない」

玉城の言葉を受けて松浦が大声を出した。

道路に歩き出そうとしたカメラマンとレポーターが、慌てて引き返してきた。

恵子はブルドーザーのキーを握り締め、懸命に走った。

敷地内にはすでにくるぶしの上あたりまで水が溜まっている。水がウォーキングシューズのなかに入り、脱げて転びそうになった。片膝をついたまま振り向くと、田口が追ってくる。

三号棟の資材置き場に、三台のブルドーザーと二台のパワーショベルが停められていた。横にはブルーシートのかかった御影石と砂利の山がある。リバーサイド・ビューに隣接する公園を造るための重機と資材だ。

「副主任、危険です。我々の力でどうにかなるもんじゃありません」

追いついた田口が耳元で怒鳴る。

「放っておくとマンションが倒れるのよ」

恵子は田口を突き放し、ブルドーザーに乗り込んだ。運転席に座り、ヘッドライトをつけると高ぶっていた精神《こころ》がいくぶん落ち着いた。光の先には、溜まった水が風雨に巻き上げられて霞《かす》む泥池が広がっている。キーを差し込みスターターを押したが、咳き込むようなエンジン音がするだけで止まってしまう。

「なにしてんのよ」恵子はブルドーザーに向かって怒鳴り、さらにスターターを押し込んだ。「かかってよ。お願い」

やはりかからない。袖口《そでぐち》で雨に濡れている目元をぬぐった。

「落ち着いて。こんな台風なんて怖くない」

大きく深呼吸して自分に言い聞かせた。

四度目にようやく、エンジンが勢いよく回り始めた。慎重にギアを入れると、ブルドーザーはゆっくりと動き始めた。

「行くわよ」

恵子は前方を睨《にら》んで、自分を鼓舞するように大声を出した。

追いかけてきた作業員たちが呆気《あっけ》にとられて運転席の恵子を見上げている。

風雨を貫いてブルドーザーのエンジン音が響き、振動が全身に伝わってくる。恵子の乗ったブルドーザーは水量の増したスーパー堤防を走った。

ほかのエンジン音が背後から聞こえ、横に並んできた。

「どうやって埋めるんです。土嚢なんてないし、穴が大きすぎる」

並んだブルドーザーの座席から田口が声を張り上げている。後ろにも、残りの一台とパワーショベルが続いてきた。

「このまま進むと穴に突っ込みます」

「二号棟の手前で右折するのよ」

「そっちは荒川です」

「まず、溢れてくる水の流れを変えるの。埋めるのはその後よ」

恵子は大きくハンドルを切った。二号棟の脇《わき》を通って荒川沿いに出る。そこに新たな土手を造って、流れを変える。住宅街への排水路を造るのだ。しかし、時間がない。

「ブルドーザーは横一列に並んで土を盛って。パワーショベルは排水路を掘るのよ」

恵子は声の限り怒鳴った。その声も半分は風雨に消されている。

三台のブルドーザーはブレードを下げ、流れ出してくる水に逆らって土をかき集めながら進んでいく。溢れる水の勢いはますます強くなっていくような気がする。

「ダメだ。ブル三台じゃどうにもならない」

田口が声を張り上げる。確かにそうだ。これでは土を盛ろうとしても、流れてくる水がその土を運んでいってしまう。もっと重機が必要だ。恵子は必死で考えを巡らせたが、いい方法は浮かばない。

「頑張って。なんとかしなくちゃならないのよ」

そのとき前方に、荒川に沿って進んでくる黄色い車体が見え始めた。先頭のブルドーザーに乗っているのは内山だ。後ろには四台のブルドーザーと三台のパワーショベルが続いている。

「近所の建設現場からの助っ人だ」内山が運転席から身を乗り出して恵子に怒鳴った。

「一気に土手を造らなきゃダメだ。横に並べ」

内山が運転席で立ち上がり、後続のブルドーザーに合図を送っている。

「あとからダンプが三台、砂利を運んでくる。流れを変えたら、すぐ穴を埋めるんだ」

横一列に並んだ八台のブルドーザーが風雨をついて動き始めた。

大輔と伸男、そして山口の婆ちゃんは湿った畳の上に座り込んで、階段の下り口寸前にまで迫った水を見つめていた。いまのところこれ以上上がってくる気配はないので、いくぶんほっとしていた。だがときおり、畳の下から一階の天井に何かがぶつかる鈍い音が振動とともに伝わってくる。

「なんだよ、これは」

「たぶん一階の家具が浮き上がって、天井に当たってるんだよ」

伸男の怯《おび》えた声に山口の婆ちゃんが答える。抱えていたデイパックからビニール袋を出して、大輔と伸男に渡した。丁寧に包んだあんパンだった。腹は減っていたが、喉を通りそうにない。

「食べるんだよ。いざというときに力が出ないよ」

「これ以上何が起こるっていうんだよ」

伸男があんパンを見つめて半泣きの声を出した。

「これは荒川が溢れてるだけだよ。堤防が破れたらこんなもんじゃない」

外からはゴーッという音が聞こえるが、風の音なのか雨の音なのか、それとも通りを流れる水音なのか分からなかった。

「いつかノブ兄ちゃんに聞こうと思ってたんだ」大輔は細い声を出した。「父さんと母さん、あまり仲がよくないけど、どうして結婚したのかな」

「おまえがいたからだと思うよ。一緒に住み始めて、半年たたないうちにおまえが生まれたんだ。できちゃった結婚なんだろうな。兄貴もクソ真面目《まじめ》な顔をしてても、やっぱり男だったと思ったもんだ。しかし、最近の兄貴たちはそんなにヤバいのか」

「いつも深刻な顔してるもの。二人でいるときに笑ったことないよ」

「俺から言っておくよ。子供がおまえらの夫婦仲について悩んでるって。でも、親としちゃ失格だよな、子供に心配かけるようじゃ。それにしても、ヒデちゃん、無事かな。電話くらいしてこいよ」

最後は独り言のように呟《つぶや》いた。

「ノブ兄ちゃんの彼女？」

「英子《ひでこ》っていうんだ。古風な名前だよな」

「おばあちゃんの名前と似てるね。いつもくれるゲーム、その人が作ってるんでしょ」

「俺だって手伝ってる」

伸男の声に、多少誇らしげな響きが混じった。

「前にノブ兄ちゃんと一緒にいた人だよね、すごい美人だった。頭もいいんだ」

「大学の数学科卒だ。彼女がソフトを作って、俺が売ることになってる。ベンチャー企業っていうんだ」伸男は大輔の肩を叩き、笑みを浮かべた。「いずれはお袋も俺が引き取るよ。今まで、けっこう苦労かけてるからな。俺は……」

伸男が珍しく言いかけてやめた。

「なんなの」

「絶対に誰にも言うなよ」

「いつも約束は守ってるでしょ」

「来年親父《おやじ》になるんだ」え？　と大輔は聞き返した。「おまえ、いつから耳が遠くなった」

「ノブ兄ちゃんに赤ちゃんなんて、信じられないよ」

「俺だって信じられない」

「僕のいとこになるわけだよね」

伸男は照れたような顔をして横を向いた。


金森は立ち上がり、すぐにまた椅子に腰を下ろした。意味のない動作を繰り返しているのは、自分でも分かっていた。落ち着け、落ち着け、何度も自分に言い聞かせている。

「すでに荒川は溢れ出している。都心にまで水が来るのは時間の問題だ」

金森は自分に確認するように呟いた。前方の大型スクリーンには、消防庁の監視カメラから送られてくる映像が映っている。冠水した道路に乗り捨てられた車、半分近くまで水に浸かった地下鉄の出入り口。あれは荒川周辺のゼロメートル地帯だ。

テレビでは、土嚢で地下鉄の出入り口をふさいでいる自衛隊員たちの姿を映しているが、すべての出入り口をふさぐことなど到底できないだろう。

「これでは台風が去った後のほうが大変ですね」

副知事がスクリーンに目を向けたまま言う。

金森は去年、集中豪雨により川の堤防が破られ、洪水にみまわれた後の九州の町を視察したときのことを思い出した。国体の開会式に出席した帰りに寄った町だ。

通りを乾いた泥が覆い、それが風に舞い上げられて息もできなかった。公園には水に浸かって使えなくなった家具の山ができ、道路にまで溢れていた。おまけに町中、生ゴミの腐った臭《にお》いが満ちていた。床上浸水した家のなかにも大量の泥が溜まり、住民と全国から集まってきたボランティアが、ただ黙々とその泥をかき出す作業を行っていた。

「地下鉄網に水が入ると、三時間で路線が集中する大手町に達するんだったな」

金森は副知事に向き直った。

「一五時間で約五七〇〇ヘクタール、東京二三区の九パーセントにあたる地域が水没します。被害総額は約二四兆円」

「首都圏外郭放水路はまだ満杯状態か」

「放水が間に合わないと報告がありました」

この放水路は、中川《なかがわ》、倉松川《くらまつがわ》、大落古利根川《おおおとしふるとねがわ》が溢れた場合、江戸川に放水するために埼玉県春日部《かすかべ》市の国道16号線の地下約五〇メートルの地点に造られた巨大水害防止施設である。

　直径約三〇メートル、深さ約六〇メートル、貯水容量六七万立方メートルの五本の立《たて》坑《こう》がトンネルでつながれ、立坑一本の貯水量はサンシャイン60ビル一棟に相当する。立坑に取り入れられた水は、直径約一〇メートル、全長六・三キロのトンネルを通り、ポンプで江戸川に放水される。

「溜池《ためいけ》幹線は？」

「第二溜池幹線も含め、満杯です」

　赤坂見附《あかさかみつけ》地下にある、浸水被害を軽減するために造られた地下の巨大施設だ。職員はさらに続けた。

「神田川・環状7号線地下調節池も満水状態です」

「要するに、首都圏の水害予防施設は役に立たなかったのか」

　金森は深い息を吐いて、椅子に座り込んだ。今度は立ち上がる気力もない。

　知事、と声がかかった。秘書がしきりにスクリーンを指している。職員たちも一斉に目を向けた。東京湾が映っている。しかし、その形がわずかに変わっているようだ。いつもなら湾内に幾何学的な出っ張りをくっきりと見せている埋立地も、外周が滲《にじ》むようにぼやけている。

「高潮だ。お台場、豊洲、晴海《はるみ》などの海岸が水に浸かっている」

そして、荒川、隅田川の河口付近も明らかに地形が変わっている。

「気象庁が送ってきた衛星写真です。台風の眼が通りすぎる直前に撮られたものですが、水没地域は今後、ますます広がると思われます」

金森は職員の声を聞きながらスクリーンを睨みつけた。

荒川と隅田川から流れてくる水と、東京湾から押し寄せてくる海水が、このまま地下鉄の出入り口から流れ込めば、東京の地下は巨大な貯水タンクとなって首都機能は完全に止まってしまう。


スーパー堤防の上では、風雨を衝《つ》いてブルドーザーとパワーショベルのエンジン音が響き渡っていた。いつの間にか重機の台数は二〇台以上に増えている。しかし激しい泥流はダンプカーが運んでくる土砂や砂利を押し流し、リバーサイド・ビューに向かって流れ込んでいく。

ブルドーザーから身を乗り出した田口が恵子に向かって手を振っている。恵子はブルドーザーを止めた。

「このままでは無理です。水の勢いが強すぎます。事故が起こらないうちに中止しましょう」

降りてきた田口が怒鳴った。

「公園工事の御影石があったでしょ。あれを並べて簡易堤防を造るのよ」

「一ついくらするか知ってるんですか。まず会社の許可を――」

恵子は正面に顔を向け、アクセルを踏み込んだ。

二〇分後には、ブルドーザーとパワーショベルで運ばれて来た一〇〇個以上の御影石が泥流の前に積まれていた。その御影石を土手の上に無造作に並べていく。だが、川から上がってきた濁流はやすやすとその上を乗り越えていった。背後にできている泥の池も、確実に広がっている。

「土嚢は？　用意してるって言ってたでしょ」

「ダンプでこっちに運んでいる」

「急がせて。ここで食い止めるのよ」

突然、流れ出てくる水の量が減った。泥流が呑《の》み込んでいた御影石が上部を覗かせた。

「どうしたのよ。何が起こってるの」

恵子は思わず呟いてアクセルを踏む力を抜いた。

「今のうちだ。急いで盛り土を造れ」

内山が恵子に合図を送ってくる。ブルドーザーの響きが一段と大きくなった。

「ダンプが着いたぞ」

「急いで土嚢を積むのよ。あと、もう少し。頑張って」

恵子は声の限りに叫んでいた。

ブルドーザーのエンジン音が高まり、さらにスピードが上がる。ダンプカーが吐き出す土嚢と砂利を使って、臨時の堤防が造られていく。

リバーサイド・ビューを直撃していた泥流の勢いが衰え、方向がわずかに変わった。水は公園予定地を通って住宅街に流れ出していった。これでマンション周辺の土砂が大きく削られることはなくなった。

「ここが終わったら穴を埋めるのよ。急いで」

土砂と土嚢を積んだダンプカーとトラックは、一号棟と二号棟の間にできた巨大な穴に向かった。指揮を執《と》っているのは内山だ。

恵子は軽く息を吐き荒川に目を向けた。気がつくと、夜の闇に隠れ凄まじいばかりの音だけを響かせていた川の流れが、ぼんやりとその姿を現わしている。

夜が明け始めている。数十分前に、ブルドーザーのヘッドライトの光のなかに見た、渦巻く大河が、わずかに怒気を鎮めている気がする。

恵子は上流を凝視した。風雨と闇とで視界は一〇メートルにも満たない。しかし、なにかが起こっているのは明白だった。

「どこかで決壊した――」

恵子は視線を上流に向けたまま呟いた。

「男気のあるいい奴《やつ》だったって、死んだお爺《じい》さんがよく言ってたよ」

黙って二人の会話を聞いていた山口の婆ちゃんが口を挟んだ。

「あんたの父親、大ちゃんのおじいさんだよ。うちのお爺さんも消防団に入っててね。あのときの台風もすごかった。玉城さんは堤防を護れって叫んでたね。水に浸かって、先頭に立って土嚢を積んでたんだ。流木が玉城さんを直撃してね」

「流れに足を滑らせたって聞いてるぜ」

「結果的にはね。みんなが気づいたときには流されてた」

大輔は無言で聞いていた。懐中電灯の光のなかに伸男の顔がぼやけて見える。

「あのときは、みんな必死だったね。まだスーパー堤防なんて立派なものはできてなかった。自分たちの身体を張って護るしかなかったんだ。でも、新しい堤防でもこの有様だからね」

風雨の音と山口の婆ちゃんの声が共鳴するように震えて聞こえた。

「地球がおかしくなってるって。地球温暖化のせいだって父さんが言ってた」

婆ちゃんが突然背筋を伸ばし、何かを探すかのように辺りを見回した。

窓の外を見るとうっすらと明るくなっている。大輔も耳をすました。何かの音を聞いたような気がしたのだ。腹の底に響くような重く、不気味な音だ。

「ここは危ないよ。向こうの部屋に行こう」

婆ちゃんが慌てた様子で言った。

「こっちのほうが通りがよく見える」

「前の洪水のときはこっち側から水が来たんだよ」

「川は向こう側だぜ」

「洪水は道を通って押し寄せてくるんだよ。川のあるほうからとは限らない。だから早く――」

婆ちゃんは途中で言葉を止めて、窓の外に視線を向けて聞き耳を立てている。

「何も聞こえないぞ」

沈黙に耐えられず伸男が声を出すが、婆ちゃんは動かない。

地響きのような音と震動を感じたかと思うと、家が大きく揺れた。

三人は同時に立ち上がった。その瞬間、二階の下り口にまで達していた水が迫《せ》り上がってくる。あっと思ったときには水は腰まで来ていた。

「荒川が決壊した」

婆ちゃんが敢然と言い放った。

「荒川が決壊しました」

無線機を耳につけていた自衛隊員が松浦のほうに向き直った。周囲に緊張が走った。

「場所はどこだ」

「小菅《こすげ》近辺としか言っていませんでした」

「すぐに指揮車を移動させてください。ここらには二メートル以上の水が来ます」玉城の言葉が終わらないうちに、足元を水が上がってくる。「ボートは？」

「ゴムボートが三艘《そう》だ」

「これからの移動はボートになります」

「車両を高台かどこかの屋上駐車場に移動して、あるだけのボートを要請しろ」

松浦はもう何も異論を挟まず、玉城の言葉をそのまま部下に伝えている。

「我々は、必要な機材を水が来る前に安全な場所に移しましょう」

「安全な場所？」

「向かいのビルがいい。三階に上がれば水は来ません」

「許可を取るのに時間がかかります」

無線機を持っていた若い自衛官が言った。

「三階の窓から入ってドアを開けろ」

松浦の命令で自衛隊員たちは慌ただしく動き始めた。

すでに泥水は膝上に達し、止水板を越えて階段を流れ落ちている。

島本は、呆然として水の流れていく階段を見ていた。もう、文句を言う気力もないらしい。

「地下鉄内のモニターには注意して。水が漏れた駅、路線を確認してください」

玉城の言葉に島本は慌てて携帯電話を取り出し、本部を呼び出している。

気がつくと、周囲はぼんやりと明るくなり、人の顔もなんとか見分けがつくほどになっていた。

都庁災害対策本部室には張りつめた空気が満ち、今にも破裂しそうだった。職員全員が、凍りついたように中央スクリーンに見入っている。

堤防から溢れていた泥流が盛り上がったかと思うと、一瞬のうちに土手を破り噴き出してきた。濁流は見る間に幅を広げ、土手下の通りに植えられた木々をなぎ倒し、住宅街を襲っていた。

金森は我知らず立ち上がっていた。

「各区の対策本部と官邸に連絡をとれ。住民の避難は終わっているか、もう一度確認だ」

沈黙が破られ、怒鳴るような声が飛び交い始めた。

「あの映像は？」

金森は誰にともなく聞いた。

「小菅です。水深三メートル。いや、もっと……」

隣のスクリーンに映されている都内の地図には、水没を示す青色の表示が広がり始めていた。すでに青く塗りつぶされていたゼロメートル地帯は青が濃くなっている。水位が増しているのだ。最大浸水水位三・五メートルの表示に変わった。

「ついに決壊したか」

金森はスクリーンの映像を凝視して呟いた。

「隅田川の堤防も一部決壊したようです」

受話器を耳に当てたままの職員が金森に向かって叫んだ。

スクリーンの地図では、浸水地区は隅田川の西側にも広がっている。

「被害状況の把握を急げ」

金森はただ呆然としている自分に鞭《むち》打って指示を出した。

「地下鉄は？」

「東西線はじめ浸水地域にある地下鉄の出入り口は、防水シャッターと土嚢でふさいであります」

「国交省荒川下流河川事務所から映像が送られてきています。決壊地区周辺です。切り替えます」

受話器を取った職員が金森に告げる。スクリーンに荒川近辺の映像が映し出された。濁流が堤防の下にある住宅を直撃している。その向こうには瓦屋根《かわらやね》が流れていくのが見えた。

日昇直後のほの明かりに、異様な光景が広がっている。

「水が都心に来るのは時間の問題だな」

金森は思わず呟いた。


玉城は自衛隊員に案内されてビルの三階に上がった。

廊下には自衛隊が持ち込んだ発電機がセットされ、うなりを上げている。地下にある予備電源は、水没して使えないのだ。ドアを開けると松浦と数名の自衛隊員がテーブルに広げた地図を囲んでいた。

「水はすでにここまで来ている。水深は一・六メートル。まだ上昇中だ」玉城に気づいた松浦が近くに来るよう合図して、地図を指して説明を始めた。「住吉《すみよし》駅の地下に水が流れ込んでいると報告があった。どこかの防水扉が破れているらしい。充分水圧に耐えられる造りだと聞いていたが」

「それだけ水流に勢いがあったということです。土嚢で閉じた出入り口からもかなり漏れてるはずです」

「今現在も、水は流れ込んでいるというわけだ」

「地下鉄の線路をつたって地下街にも流れ込んでいくでしょう」

「都心を水没させるのも時間の問題というわけか」

松浦のあきらめにも似た言葉を聞きながら、玉城は地図を睨み、考え込んだ。

「地下鉄を爆破しましょう」都心に続く地下鉄の何ヵ所かに赤のマーカーで×印をつけた。「トンネルを埋めて水の流れを防ぐことができます」

「馬鹿《ばか》を言わないでください。そんなことをしたら――」

島本が慌てて身を乗り出してくる。この男もついてきていたのに気がついた。

「このままだと地下鉄も地下街も完全に水没してしまいます。考えただけでもぞっとしませんか。どっちを復旧させるのが簡単か、選択してください。経済的問題も充分に考慮してね」

「地下鉄を爆破するなんて誰が許可する」

「鉄橋の爆破に踏み切ったのは、あなたの判断ではなかったのですか」

「状況がまったく違う」

松浦の言葉に島本が元気づいた。

「そうですよ。そんな馬鹿げたことは都が許しっこない」

「待ってください」地図に目を落とした玉城が右手を挙げて黙るように合図した。「埼玉県東部の首都圏外郭放水路は？」

「すでに満杯だと連絡を受けている」

玉城は地図を指した。テーブルを取り囲む全員の目が玉城の指先に集中する。

リバーサイド・ビューを直撃していた泥流は、現在は進路を変えて住宅街に流れ込んでいる。

恵子はブルドーザーを降りて田口に聞いた。

「穴はどうなってるの」

「今の状況では埋めてしまうのは難しい。土を入れても流れ出してしまいます」

田口がヘルメットを脱いで手のひらで顔をぬぐうと、顔を洗ったようにしずくが落ちてくる。

「流れを変えたからといって、まだ危険が去ったわけじゃないのよ」

「やはり、避難住民をほかに移しますか」

「ダメよ。安全な移動先も移動手段も用意できないわ。それに彼らは疲れ切ってる」

「土砂が足りない。俺は応援を頼んでくる」

内山が恵子に向かって怒鳴りながら、リバーサイド・ビューに戻っていった。

「ポンプがあったわよね。あれで水を出しましょ」

「何の意味があるんです」

「浮力が問題なのよ。水がなけりゃ問題解決よ」

田口は二、三度頷いて、ほかの作業員を連れて資材置き場に走っていった。

恵子は携帯電話を出そうとポケットに入れた手を止めた。自分がかけようとしていたのは大輔か、それとも玉城か。いずれにしても、いま話す相手ではない。大輔には伸男が付いていると玉城が言っていた。あんなにいい加減な男であっても玉城の弟なのだ。いざとなれば必ず大輔を護ってくれる。任せてもいいと思えるようになっていた。

「さあ、私たちにはやらなければならないことが山ほどあるのよ」

恵子は自分自身とまだ重機の脇にへたり込んでいる作業員たちに向かって、大声を出した。


「首都高速中央環状新線、都心を取り巻く地下の高速道路です。東側は隅田川と荒川の間を南北に走っています」

玉城は地図上の山手線の外周を大きく丸くなぞった。

「そんなの知らんぞ」

「俺は聞いたことがある。完全開通は来年のはずだ」

「首都高速の渋滞を緩和するために新たに建設中の地下約五〇メートルを通る二車線の

高速道路で、掘削はすでに終わっています」

「それを貯水槽代わりに使おうというのか」

松浦が玉城を見て呆《あき》れたような声を出した。

「直径一三メートル、総延長約四二キロ。内回りと外回り、二本の巨大な筒です。貯水量としては、かなりのものです」

玉城は自衛隊員たちをぐるりと見回した。

「だが、地下鉄の水をどうやって流す」

松浦が地図を覗き込んで言った。

「都営新宿線の下を通っています。『荒川防災研究』を書くときに調べました」玉城は地図上を指でなぞった。「都営新宿線の線路に穴を空けて地下高速とつなげればいい。上野、日本橋方面に流れていく水を吸収することができる。都心に流れ込む水を多少なりとも減らせます」

「ということは爆破しかない」

唖然《あぜん》とした表情で玉城の説明を聞いていた自衛隊員の一人が声を上げた。松浦は腕を組んで考え込んでいる。

「やりましょう。絶対にうまくいく。地下鉄を埋めてしまうより遥かにいい」

島本が背後から言った。

「この野郎、地下鉄を救うためならなんでもやれというのか。そんなに簡単な問題じゃないんだ。下手《へた》したら俺たちが吹っ飛ぶ」

自衛隊員が島本を睨みつける。

「司令本部だけじゃなくて知事の許可が必要じゃないのか。都心の地下で爆薬を使うんだ」

松浦はやり取りを聞きながら、通信係に本部を呼び出すように言った。


「首都高速中央環状新線を貯水槽代わりにするだと」

金森は思わず声を荒らげた。前都知事の漆原が強引な政治力で建設を始めた地下高速道路だ。

「自衛隊が許可を求めてきています」

来年の春には全線の開通式が予定されている。漆原はもとより、総理以下、政財界の大物が出席し、都知事就任以来最大のイベントになるはずだ。

「そんな無謀な案は絶対に許可できん。直ちに中止命令を出せ。誰だ、そんなバカげた計画を思いつくのは」

強い口調で言い放った。

「都知事、お電話です」

職員が受話器の送話口を押さえて金森を見ている。

「あとだ。待たせておけ」

「漆原先生からです」

金森は一瞬、今のやり取りを聞いていたんじゃないかと慌てたが、そんなはずはないと思い直し、受話器を受け取った。

また自分の指揮に横槍《よこやり》を入れるのかと危惧《きぐ》した金森の予想に反し、激励の電話だった。

〈政府と都が協力すれば、必ずこの難関を乗り越えられる。大変だろうが、自分を信じることだ〉

初めて聞いた励ましとも取れる言葉で、金森の胸に熱いものが込み上げてきた。

「大手町の地下鉄線路に水が来ているとの報告です」受話器を戻したとたん、副知事が金森に向かって告げた。「水は半蔵門《はんぞうもん》線、東西線から流れてくるそうです」

「地下鉄の出入り口は自衛隊が土嚢でふさいだのではないのか」

「完全防水は不可能です。丸の内、日本橋、兜町《かぶとちょう》、銀座と冠水するのは時間の問題です」

金森は先月視察した首都高速中央環状新線を思い浮かべた。東京の地下をぐるりと巡る巨大な二本の円筒だ。

「許可を求めてきたのは自衛隊だったな」

「あの地下高速道路は日本ばかりか、世界的にも注目が集まっています」

「自衛隊の司令本部を呼び出してくれ」

金森は職員を呼んで言った。


受話器を置いた松浦は、部下を呼んで何ごとか話している。

「司令本部には報告しておいた。知事の許可が下りるまでには時間がかかるだろう。しかし、どうやって水を地下の高速道路に誘導する。地下鉄を爆破して高速道路につなげるなんて無理だ」

島本が松浦を押し退けて地図を覗き込んだ。

「高速道路からは何本か換気塔が出てます」島本が地下鉄路線図の一ヵ所に赤のマーカーで×印をつけた。「この一本が線路のすぐそばを通るのでもめたことがあるんです」

「そばって、どれくらいなんだ」

「確か、二、三メートルでした」

「やはりやめたほうがいい。危険すぎる」

「ほかに有効な手段はありますか」玉城の問いに誰も答えない。「鉄橋の爆破も危険だったが、あなたたちはやり遂げた」

「我々にとって初めての経験だ。爆破の影響がまったく分からない」

松浦は納得を求める視線を玉城に向けた。

「爆薬は残っていますか」

玉城は松浦の視線を受け止め、挑むように言った。

「必要最小限しか持ち出せないのが自衛隊だ」

「じゃあ、鉄橋の爆破ですべて使い切った？」

「橋の二ヵ所に仕掛けるつもりだったが、流れが強かったので半分ですんだ。小さなきっかけを作るだけで、川の流れが橋と滞留物を押し流したんだ」

「では今度も、小さなきっかけを作ってやってください」

〈新情報です〉

鳴り始めた携帯電話から木下の声が聞こえた。この状態でも携帯電話が通じている。

玉城は驚きとともに不気味さを感じた。

「いまは時間が……」

〈ジェミニは関東を直撃後、関東山地、越後《えちご》山脈にぶつかり、急激に勢力を落として日本海に抜けていきます。大陸から張り出してきた高気圧と、関東北部から日本海側にかけての地形を入れたシミュレーション結果です。だから――〉

木下が早口で言葉を続けたが途中で声が途切れ、そのまま通話が切れた。

若い自衛官がパソコンを出してキーを叩いている。鉄橋爆破で爆薬を仕掛けた自衛隊員だ。無言でディスプレーを松浦に見せた。数秒見つめた松浦は自衛隊員に軽く頷く。

「菊川《きくかわ》駅はまだ浸水していません。そこから入れるでしょう。ただし浸水するのも時間の問題ではありますが」

無線機を持った自衛官が松浦に告げた。

「ボートの準備ができました」

やってきた自衛隊員が報告する。

「入り口の土嚢をのけておくように伝えてくれ」

行きましょう、先生、と松浦が玉城に視線を向けてから立ち上がった。この男は最初から実行する気だったのだ。


田口たちが軽トラックに積まれたポンプとコンプレッサーを運んできた。

恵子の指示で手際よく穴に設置され、コンプレッサーは勢いよく回り始めた。ポンプにつながれたホースの先から、勢いよく水が噴き出してくる。泥の池の周りでは、行き交うブルドーザーとダンプカーが二〇台を超えている。内山が頼んだダンプカーが土砂を積んで到着したのだ。

「土砂を穴に落とすだけではすぐに流されてしまう。これでは切りがない」

ダンプカーの助手席から降りてきた内山が恵子に言った。

「土嚢にしてから埋めましょ。袋は資材置き場よ」

袋を積んだ軽トラックを恵子が運転して戻ると、泥の池の前に人垣ができていた。いったい今度はなに？　もう、もめごとはたくさんだ——恵子は泣きたい思いで心のなかで叫んだ。

「避難住民が手伝うと言って出てきています」

「危ないから戻るように言って」

一人の男が恵子の前に歩み出た。サラリーマン風でスーツはぐっしょり濡れている。

「俺はここの一七階を買ってるんだ。三〇年ローンだぞ。自分のマンションは自分で護る」

恵子は隣にいた田口に、できるだけ穴から離れて作業をさせるよう指示してから男に向き直った。

「袋に土を詰めて土嚢を作ってください」

作業の割り振りをして回ると、人の数が大幅に増えている。おそらく一〇〇人を超えているだろう。土を袋に詰め、その土嚢を手渡しでリレーしているのだ。避難してきた住民が自分たちで町を護ろうとしている。もう大丈夫だという自信が芽生えた。気がつけば風も雨もかなり弱くなっている。目の前の作業に追われて台風のことを忘れていた。乗用車が三台、リバーサイド・ビューの敷地に入ってきた。車は恵子たちの前で停まった。真新しい作業着姿の本社社員が飛び出して来る。最後に傘をさして降りてきたのは土浦だった。

「何なんだ、これは？」

御影石が無造作に並べられた水路と、泥の池を見ながら恵子に向かって声を上げた。

恵子は無視して土嚢リレーに加わった。

「すぐに原状に戻せ。石の値段は知ってるだろう」

今度は田口に向かって叫んだが、田口も黙々と土嚢を運び続けている。

4

玉城がボートを降りると水が太股《ふともも》を濡らした。

水は地下鉄菊川駅入り口の止水板の上部ぎりぎりのところまで来ている。

「どこに行くんだ」

松浦がボートを降りて歩き出した島本の腕をつかんだ。

「私は都営地下鉄の職員です。地下鉄を護る義務があります。あなたたちに任せておくと何をされるか分かりませんから」

「爆発物を扱う危険な現場なんだ」

「地下の高速道路から出ている換気塔の正確な場所があなたたちに分かりますか」

島本は松浦の腕を振り払って地下鉄の入り口に向かった。

「急いでください。一〇分もすればここも水没します」

松浦たちを誘導してきた自衛隊員が促した。松浦と玉城、島本、そして爆薬を担いだ三人の自衛隊員は止水板を跨《また》いで階段を下りて行った。止水板を越え始めた水が足元を流れ落ちていく。

階段途中の踊り場に積まれている土嚢の一部が、人が通れる程度に取り除かれていた。

「俺たちが入ったら、すぐに埋めてくれ」

松浦は自衛隊員に言い残して穴のなかに入っていく。

玉城たちは駅の改札へと続く真っ暗な通路を歩いていった。ヘルメットに付けられたライトの光がぼんやりと前方を照らし、溜まった水を跳ね上げる音だけが不気味に響いている。奥の闇からは地鳴りのような音が伝わってきた。

改札を通り駅のホームに入った。ホームから線路に流れ落ちる水音が滝のように轟《とどろ》いている。玉城がハンカチを出して線路を流れる水に投げると、すぐに闇のなかに消えていった。

「流れていく先が都心の方向です。やはり流れはかなり速い」

玉城が線路に飛び降りると、水は膝上まで来ている。

「急げ」

松浦の言葉で次々に線路に降りた。一〇分ほど歩くと急に水かさが増し、腰まで水に浸かり始めた。

「これ以上進むと水没区域に入る」

「この下一〇メートルのところを中央環状新線が通っています」島本が懐中電灯で壁のプレートを照らす。「換気塔は壁の二・五メートル先です」

「ここに爆薬を仕掛ける」

松浦は三人の隊員に合図を送った。隊員たちはリュックを下ろして、慎重に爆薬を取り出す。

「指向性爆薬です。一方向の岩盤だけを砕きます。三メートル以内の岩盤なら、充分に貫通します」

「トンネルはできるだけ破壊しないでくださいよ。明日からでも必要な交通網ですから。直径一メートル程度の穴で充分でしょ」

島本の言葉を無視して、隊員たちが電動ドリルを出して壁に穴を空け始めた。

「先生は下がってください」

松浦と隊員たちは手際よく壁に沿って爆薬を仕掛けていく。一〇分ほどでセットが終わった。

「先生は横穴に避難していてください。二〇メートルほど後方にあったでしょう。耳をふさぐのを忘れないように。狭い場所です。圧力変化が激しい」

「きみたちは？」

「準備が終わったら行きます」

松浦はなんでもないように言う。かなりの自信があるのだろう。

「セットが終わりました。避難してください」

若い自衛隊員が振り向いて言った。

「屋根に出たほうがいい」

今まで黙っていた山口の婆ちゃんがポツリと言った。

「まさか、ここまで水は来ないよ。もし来たら俺がおぶって逃げてやるから、安心してな」

「違う、水はじわっと上がってくるんじゃないんだよ。大きな津波のような泥水が、家の戸や窓や壁を一気に突き破ってなだれ込んでくるんだ。あのとき、私は四三歳だった。八〇の爺さんも一〇歳の子供もいた。気がつくと二階にいた私たちも家も、水のなかに放り出されていたんだよ」

しゃべりながら婆ちゃんは立ち上がり、ベランダのほうへ歩いていく。その腕を伸男がつかんだ。

「分かった、婆ちゃん。あと少しだけ様子を見て屋根に上がろう」

「本気なの、ノブ兄ちゃん。吹き飛ばされるよ」

「溺れるか風で飛ばされるかだろ、どっちも大して違わない。でも、二階にまで水が来るなんて信じられないぜ。町全体が沈んじまうってことだ」

伸男が数センチ開けた窓から外を覗きながら独り言のように呟いた。隙間から風と雨が吹き込んでくる。

「早く出たほうがいい。この家じゃ危ないんだよ」

婆ちゃんが震えるような声を出している。

足元の畳からは相変わらず鈍い音と震動が伝わってくる。家の揺れがひどくなったような気もする。

「家が流される」婆ちゃんの声が悲鳴のような響きに変わった。伸男はまだ躊躇している。「屋根だけ浮かんで流されていく家をテレビで見たことあるだろ」

「父さんも言ってた。そんなことがあるって」

「俺は信じないね。そんなバカ話」

伸男が自分自身に言い聞かせるように言ったとき、家がゆったりと大きく揺れた。

「どこに行けというんだよ」

伸男が大輔たちのほうを見て、泣きそうな声を出した。

「ノブ兄ちゃんが決めてよ」

「俺だっていざってときには――」

不気味な音とともに徐々に家が傾き始めた。

「ベランダに出ようよ。家のなかより安全そうだ」

「どうなっても知らないぞ。俺の責任じゃないからな」

そう言いながらも、伸男は大輔たちを支えてベランダに出た。数メートル先を濁った水が音を立てて流れていく。そのとき、家が大きく傾いた。大輔がベランダを滑り落ちていく。

「つかまれ」

伸男の声が聞こえ、伸ばした腕が見えた。大輔は必死でつかもうとしたが空をつかむばかりだ。

ベランダは傾いたまま半分水に浸かり、大輔の身体も水に沈んだ。何とか浮き上がると、片手でベランダの柱を握った伸男が大輔に向かって腕を突き出している。

「つかまれって言ってるんだ」

伸男が叫んだ。答えようとするが声が出ない。口を開くたびに喉に水が流れ込んでくる。

すっと呼吸が楽になった。伸男が大輔の襟首をつかんで引き上げたのだ。再び、ベランダの柱を握りしめ、上体を濁流から出した。目を開けると、窓枠にしがみ付いていた婆ちゃんの姿が見えない。

「お婆さんが——」

慌てて辺りを見ると、婆ちゃんが傾いたベランダからずり落ちそうになっている。今にも濁流に呑まれそうだ。

大輔の安全を確かめた伸男が、ベランダを乗り越えて屋根の上に出た。片手で柱を握り、ベランダの外から婆ちゃんの身体を押し上げようとするが、流れが強すぎてうまくいかない。

「大輔、腕を伸ばせ」伸男の声で必死に手を伸ばした。「引っ張れ、大輔」

伸男が婆ちゃんの身体を押し上げる。大輔は懸命に腕をつかんで引いた。

家がさらに大きく傾き、ベランダの半分以上が濁流に浸かっている。家が土台から外れ、流され始めたのだ。

伸男の身体が一瞬、濁流に沈んだ。

「ノブ兄ちゃん！」

大輔は必死で伸男を探した。数メートル先に伸男の顔を見たような気がした。それもほんの一瞬で、伸男だったかどうかも分からない。横で婆ちゃんがベランダの柱にしが

「待て」

先頭を行く松浦が手を挙げて止まるように合図を送ってくる。

玉城はトンネルの壁に手を当て、身体を支えながら立ち止まった。手にかすかな振動が伝わってくる。胸元まで来ている水は、あい変わらずかなりの勢いで都心に向かって流れていく。

そのとき、玉城の身体が激しい力で引かれた。流れに足元をすくわれ、水中に引き込まれていく。必死で浮き上がろうと手足を動かしたが、どちらが水面かすら分からない。塩分の混じった泥水を何度か飲み込んだ。死ぬ、と思ったとき流されるのが止まり、強い力で引き上げられた。松浦が玉城の防水コートの襟をつかんでいる。身体を支えられ、何とか立ち上がった。

ヘッドランプの光の先に、渦を巻きながら地中に吸い込まれていく流れが見えた。その渦は見る間に大きさを増していく。

「走れ。ここから離れるんだ」

松浦に抱えられるようにして、来た方向に向かって水をかき分けた。

「地下鉄の水が中央環状新線に流れ込んでいる。これで地下鉄が救われる」

走りながら島本が叫んだ。確かに、胸まであった水が腹のあたりまで引いているのに気がついた。

5

金森は、知事室から見える東京の光景に愕然《がくぜん》としていた。

一面に泥水が広がり、そのなかで無数の高層ビルが陽の光を受けている。空の青さと、その下に広がる濁った黄土色が対照的で、異国の風景を眺めているようだった。

〈関東各地に甚大な被害をもたらした台風24号は勢力を落としながら北上を続け、夕方には日本海に抜ける模様です。しかしまだ、関東地方北部は風速10メートルの風が吹いているところもあります。充分に注意して行動してください〉

テレビで気象予報士が天気図を示して説明している。副知事が慰めるように声をかけてきた。

「我々はできる限りのことをしたんです」

「で、結果はこの通りだ」

「荒川、隅田川が決壊したのはどうしようもありませんでした」

「すべては予想を超えた台風の勢力のためだと言いたいのか」

「最小の被害だったと納得すべきです。我々は最善の努力をして――」

「バカを言うんじゃない」思わず強い声を出した。「すまなかった。だがこれで、私たちは全力を尽くしたと言えるだろうか。事が起こる前から万全の用意をしておいてこそ、全力を尽くしたと言えるんだ」

金森はデスクの上の『荒川防災研究』を手に取った。もっと早く、もっと真剣に取り組むべきだったのだ。

「我々は慌てふためきながら、その場しのぎの対処に追われていたにすぎない」

「こんなこと、当分起こりはしないですよ」

「次は一〇〇年後か、二〇〇年後か。確かに我々の時代には起こることはないかもしれない。そういう考えだったからこうなった。台風は毎年来るし、洪水は世界中で年を追うごとに増え、大規模になっている。何年か後、いや来年にも、同じ過ちを繰り返しているかもしれない」

「地球温暖化による異常気象ですか」

「それも一つの大きな原因だ。山林の伐採、都市のコンクリート化、地下を掘り進み、本来海であるところを埋め立てた。人間が身近の便利さ、快適さを追い求め、自分たちの作り上げた技術に慢心しすぎたんだ」

「これはそのしっぺ返しというわけですか」

〈東海地方では雨もやみ、すでに復旧作業が始まっています。各地でボランティアの募集が始まり、被災地でも今日中に受け入れ態勢が整う模様です。全国からの救援物資も

届き始めています〉

テレビでは住民たちが荒れ果てた家に戻り、水に浸かった畳や家具を運び出す様子を映している。

自分たちは危険地帯に住んでいる。このことは金森はもとより、東京に住む人々が肝に銘じておくべきことだった。台風や、洪水だけではない。いつかさらに重大な災害が自分たちの身に降りかかるかもしれない。そしてそれは、この国に住む国民すべてに共通した宿命なのだ。しかし我々は日々の生活に追われ、すべてに対策を講じるまでにはいたらなかったのだ。そうではない、という思いもある。それをやるのが行政であり、都と国の務めであり、政治家の務めなのだ。

「現在判明している被害状況は？」

「死者七二名、負傷者は重傷軽傷を含めると五八七名。これだけの台風、洪水では奇跡的に少ない数字です。この数倍出てもおかしくはありません。政府がまとめた被害想定と比べても、充分評価できます。倒壊家屋、水没家屋はまだ不明です」

副知事がメモを読み上げながら言った。

「たとえ一人であっても、一〇〇人であっても、家族にとってはかけがえのない命だ。今後、こんな事態が二度と起こらないように徹底的な分析が必要だ」

金森はテレビのチャンネルを替えた。

見渡す限りの泥水のなかに高層ビルが不気味に突き出している。ヘリから都内を映しているのだ。

「これからが大変だな」

口には出してみたが、実際何から取り掛かればよいか見当もつかない。

まず、水が引くのを待って――いや、待ってなどいたらいつになるか分からない。

『荒川防災研究』では確か、地下に溜まった水はポンプを使って川に排出するはずだ。

外郭放水路で使われているポンプの排水量は毎秒二〇〇立方メートル。一秒間に二五メートルプール一杯分の水量だ。ジェット機に使用されるガスタービン四機を使用する、とあった。

「玉城先生を呼んでくれないか。今後のことを相談したい」

金森は振り返って副知事に言った。

「ですが、都にはすでに複数の防災アドバイザーが……」

「そのなかの誰か一人でも、今回の災害を予想できたものがいるか」

「記者会見の準備が整いました」

入ってきた職員が金森に告げた。

「もっとも懸念されていた地下鉄網、地下街への浸水は最小限にとどめることができました。記者会見では、この点を最大限に強調すべきです」

副知事がデスクの資料をかき集めながら繰り返した。

金森は、分かっていると怒鳴りたい気持ちを押し込めて、テレビを消そうとリモコンを取った。

〈老女と少年を救おうとして屋根から濁流に転落し、行方不明になっていた二六歳の男性の死亡が確認されました。男性は持っていた――江東区の――〉

リモコンをデスクに戻し、画面を見つめたままネクタイの曲がりを直した。

濁流のなかに孤立した木造家屋の上空でヘリがホバリングし、少年を吊《つ》り上げている。

その光景を目に焼き付けて、金森は記者会見場に行くため知事室を出た。

「大輔君が消防隊員に救助されて、区立病院に収容されている」

富岡が玉城の肩を叩いて言った。

玉城は江東区役所の危機管理室に戻り、通じない携帯電話にイライラしていた。夜が明けるに従って、関東、特に東京には全国から安否を気づかう電話が集中しているのだ。各携帯電話会社も臨時の防災ダイヤルを設置して利用を呼びかけているが、混乱は当分続きそうだった。

「病院？　どこか怪我でも」

富岡を見つめた玉城の顔から血の気が引いていく。

「大きな怪我はないそうだ。まだ詳しいことは分かっていないが」

玉城の表情を見た富岡が慌てて付け加えた。

「ただかなり疲れていて、しばらく安静が必要なようだ。無理もない。小学生が一晩、嵐《あらし》のなかですごしたんだから」

「伸男は？」

「大輔君のことしか聞いていない」

伸男のことだから文句を言われるのが鬱陶《うっとう》しくて連絡もしてこないのだろう。しかし、伸男は大輔を護るという約束を果たした。玉城は全身の力が抜けていくのを感じた。

「恵子さんには？」

「報せておいた。ほっとしてたようだ。あいつも、なかなか大変だったらしい。結局、あのマンションに三〇〇〇を超す避難住民を受け入れたのだから」

「これから病院に行ってきます」

「それがいい。ボートは何とかしよう」

「玉城先生。電話です」

職員が玉城に向かって受話器を上げている。玉城は反射的に立ち上がった。また、どこかで川が決壊したのか。

「都知事からです」

玉城は職員に指示されて机の受話器を取った。

〈玉城君だね。きみに頼みたいことがある。都庁の災害対策本部室に来てくれないか。今後の東京の復旧について、きみの意見を聞きたい〉

「しかし、現在の状況では——交通網は完全に止まっています」

〈すでにヘリを迎えにやっている。東京消防庁のヘリだ。一〇分もあればそっちにつくはずだ。詳しくは迎えにやった副知事に聞いてくれ〉

大輔のことを話そうと口を開く前に、よろしくという声を残し電話は切れた。

横で後藤と富岡が聞いている。

「先生の責任感が強いのは分かるが、お子さんのところに行ったほうがいい」

後藤の言葉に迷いながら、玉城は富岡に案内されて屋上に出た。

「三〇年以上前になるが、後藤室長は台風で小学生だったお子さんを亡くしている。避難途中に、風で飛んできた瓦が頭に当たった。不運としか言いようがなかった。そのとき室長は、役所に泊まり込んでいた。大輔君のことが心配なんだよ」

富岡が玉城に身体を寄せて囁いた。上空を東京消防庁とロゴの入ったヘリが近づいてくる。

「腕ずくでもお連れするようにと、知事に言われています」

ヘリから降りた副知事が玉城の耳元で怒鳴る。

「息子が病院に収容されたんです」

「命には……」

「別状ないそうです」

一瞬緊張した副知事の顔に、安堵《あんど》の表情が現われた。

「息子さんの様子はすぐに報告させます。先生にはどうしてもお越し願わなくては」

副知事に押されて玉城はヘリに乗り込んだ。

眼下を一望した玉城は呻くような声を上げた。泥の海が一面に広がっている。左前方には汐留《しおどめ》のビル街が茶色い海に浮かんでいるように見える。そのなかで、皇居の緑が浮き島のようで、ひときわ目を引いた。

「数日はかかりますね。水が引くまでに」

「消防庁によると一週間です。それでも、地下鉄と地下街への水の流入が最小限にとどめられたのは幸運でした」

「課題が多く残りましたね」

「一つ一つ片付けていけばいい。これからも毎年繰り返されることだと、金森知事は申しております。それが自然の営みであり、この国に住む者の宿命だとも」

どこかで聞いたことのある言葉だと思ったが、玉城は口に出さなかった。

眼下に続く泥の海に、心細そうに点々と散らばる一戸建ての瓦屋根。その光景が玉城の心に深く染みこんでくる。実家の辺りを見ようと身を乗り出したが、どこだか見当もつかない。不意に胸に込み上げるものがあった。大輔と伸男はこのなかで一夜をすごし、今は病院に収容されている。

「ノアの方舟《はこぶね》みたいね」ふと、リバーサイド・ビューのベランダで恵子が呟いた言葉が脳裏に浮かんだ。どんなに激しい嵐に見舞われようと、人はみな、自分たちの方舟を護るために全力を尽くしている。

玉城はパイロットに病院の名前を告げて、知っているかと聞いた。

「今日は三度ばかり行きましたよ。救急患者を乗せて」

「ヘリコプターが降りることができるんですか」

「災害拠点病院ですからね。ほら、屋上にHの文字があるのはヘリが着陸可能なビルです」

「病院に向かってください」

玉城は下方を見たままパイロットに告げた。パイロットは一瞬副知事に目を向けた。

「息子が私を待っています」

副知事は口を開きかけたが、玉城の顔を見て何も言わず口を閉じた。

ヘリはゆっくりと方向を変えていく。

エピローグ

目の前には黄色く色づいたススキの群生が広がっている。

河川敷では少年野球のチームが試合をやっているのが小さく見えた。

さらにその先には、荒川が町まで呑《の》み込んだ素振りさえ見せない静かな川面《かわも》をたたえている。水が引き、元の穏やかな荒川に戻ったとき、河川敷は上流から運ばれて来た泥で埋まっていた。しかし、ひと月後にはその灰色の泥のなかに緑が混じり始めた。そして気がつくと、見慣れた荒川の光景が続いていた。

玉城と大輔は並んで荒川の土手に座っていた。

関東地方を直撃した台風が大きな爪《つめ》あとを残して去ってから、ふた月がすぎようとしていた。

この最大瞬間風速80メートル、半径800キロを超える超大型台風は、シミュレーション通り、大陸から張り出してきた高気圧と、関東山地、越後山脈にぶつかり、急激に勢力を落としながら日本海に抜けていった。

日本全土で、死者一二八人、負傷者一二五二人、損壊家屋二三万四〇〇〇棟、浸水家屋五一万六〇〇〇棟の被害があった。政府は被害総額を一六兆円と発表したが、多くの関係者は今後さらに増えるという見方をしている。日本を襲った最大の台風として歴史に残るだろう。

東京では総力を挙げて復旧作業が行われ、表面上は平静を取り戻していた。しかし、損壊家屋一二万三〇〇〇棟、浸水家屋二一万七〇〇〇棟におよび、今なお避難所生活を続ける人は三万人を超えている。

玉城は日本防災研究センターに戻っていた。仕事の内容は変わっていない。変わったことといえば、センター内での仕事がしやすくなったことと、木下の玉城を見る目だ。今までとは違った意味での尊敬の念がかいま見られる。そして月に二、三度、東京都と江東区の防災会議に参加するようになり、東京に戻る機会も増えた。富岡は企画課に戻ったが、来年は後藤の下、危機管理室で働くとも聞いている。

大輔のギプスはすでに取れているが、どことなく足を引きずって歩く癖は抜けていない。恵子が指摘したら、突然、涙をこぼし始めて家族全員が押し黙ってしまった。

「お兄ちゃん、ちょっとおかしくなってるの。あの足がノブ兄ちゃんだと思ってるのよ。昨日《きのう》なんか、足に向かって話をしてたんだから」

あとで由香里が、声を潜めて話してくれた。

この土手に来たのは台風が上陸する数日前、やはり大輔と一緒に歩いたとき以来だ。大輔が膝《ひざ》の上でゲーム機をいじり始めた。水に浸《つ》かり、流された実家にあったもので、振ると泥水が出てきた。玉城が捨てようとするのを恵子が止めて、綺麗《きれい》に水洗いして大輔に与えたのだ。

「それって、動くのか」

「分からないよ。試したことないもの。でも、きっと動くよ」

玉城は無理だと言いかけた言葉を呑み込んだ。

「おばあちゃん、今日もあの女の人のところ？」

「たぶんね」

伸男の葬儀の翌日、一人の女性がマンションに訪ねてきたのを、玉城は思い返していた。水に浸かった部屋の後片付けの最中《さなか》で、何も考える余裕がないときだった。伸男の遺骨はまだ寺に預けてあった。

青山《あおやま》英子と名乗った女性は玉城と秀代に静かに頭を下げ、テレビニュースで伸男の死を知ったと言った。台風23号が鹿児島に接近しているとき、センターに電話をかけてきた女性の声だった。英子は長身で細身、耳が見えるまで短く刈り込んだ髪に、紺のジャケット、スカート姿だった。大輔が話していた通り、知的で落ち着いた雰囲気は、とても伸男の恋人とは思えなかった。

英子は自分が伸男より五歳年上であること、離婚の経験があること、付き合い始めて三年になること、伸男を含めた数人でゲームソフトの制作会社を立ち上げようとしていたこと、伸男から三〇〇万円の融資を受けていることなどを話した。そして、秀代の前に借用書のコピーの入った封筒を置いた。

「子供が生まれるんですって……」

秀代が我慢できないという様子で聞いた。

「ノブ兄ちゃん、来年、父さんになるんだ」と、病院で落ち着きを取り戻した大輔から聞いていた。初め、玉城も秀代も何のことを言っているのか分からなかったが、理解してからも半信半疑だった。

「三ヵ月に入ったところです」

「その子の父親は……」

失礼だよ、母さん、と玉城が制止するのもかまわず、秀代は身を乗り出していた。

そんな秀代を英子は穏やかに見つめ、頷いた。そして、伸男の遺影に視線を向けた。

「産むおつもりですか」

「もちろんです。私たちは結婚するつもりでしたから」

静かな口調だが強い意志が感じられた。

英子を見つめていた秀代の目に涙が溢《あふ》れ、頬《ほお》をつたい始めた。

「母さん、もう充分だろう。いつまでもそんなだと、伸男も悲しむよ」

「私が伸男を殺した」

「なに言ってんだよ」

「おまえが死んでも大輔を護《まも》れ、って言ったんだよ。だから伸男は……」

「優しい人なんです。私にも言ってました。私と赤ちゃんは絶対に自分が護る。だから安心して産んでくれって」秀代の嗚咽《おえつ》が激しくなった。「伸男さんのためにも会社は必ず成功させます。伸男さんはいつも、私とお腹《なか》の子供を見守ってくれています」

その日、英子は改めて会いにくることを約束して帰って行った。

「パパー」と河畔から呼ぶ声がした。我に返ると、由香里が伸び上がるようにしてススキの束を振っている。その横で恵子が腰に手を当て、川のほうを見ていた。最近、英子に会いに行くことが多くなった秀代に代わって、恵子が子供たちとすごす週末が増えた。

「私、会社を辞めることにした」

昨夜、静岡から帰ってきた玉城に恵子が告げた。

「来年はヨーロッパに行けると張り切ってたじゃないか」

「いずれ行くわ。今度のことで、建築の本質的なものに触れたような気がする。美しくて機能的である前に、やはり人の命を護るものでなくちゃね」

リバーサイド・ビューは避難所になったことと、周辺の地面がえぐられて倒壊の危機に陥ったことで販売が危ぶまれた。会社は最初、その責任をすべて恵子に押し付けようとした。しかし、補修が終わり販売を再開すると見学者が殺到し、第二棟、第三棟を含め、すでに完売に近い。マスコミに〈台風にも水害にも強いマンション〉〈信頼のおける企業の対応〉と取り上げられた。避難住民のなかに複数のマスコミ関係者がいたのだ。

「いずれ僕が連れてってやるよ」と、以前なら言えなかった言葉が自然に出た。恵子は先のことはまだ考えてない、しばらくは子供たちとのんびり暮らしたいと言っていた。

「学校はどうだ」

玉城は隣でゲーム機をいじっている大輔に聞いた。

「まあまあ」

そっけない返事が返ってくる。ずっと心の隅にひっかかっていたことを思い切って口に出した。

「〈お天気大輔〉ってランドセルに書いてあったよな」

「見たの？」

「でかい字だったからな」

「クラスの誰《だれ》かが書いたんだよ。へたくそな字だったでしょ」

拍子抜けするほどあっさりした返事が戻ってきた。

「でも、消そうとしてたんだろ」

「初めはすごくイヤだったからね。でもノブ兄ちゃんが、おまえ、そうだろうって。天気予報の大輔だから〈お天気大輔〉。自慢できる名前だって。そんなふうに言われたら、まあいいやって気になって」

大輔の話を聞きながら、一週間ほど前の秀代との会話を思い出していた。

当初、伸男のことを決して話そうとしなかった秀代も、英子に会い始めてからはふとしたときに思い出話をすることがあった。

「あんたが小学五年生、伸男はまだ保育園だった。伸男がお兄ちゃんに叩かれたって泣いてきたんだよ。おまけにびしょ濡《ぬ》れでね」

秀代は伸男の遺影にお茶を供えた後、独り言のように語り始めた。

平静を装って覚えてないな、と言ったが、心の隅にぼやけた染みのように貼《は》り付いているものだ。

「洗面器をひっくり返したって。あんたが洗面器の水に顔をつけたままで、なかなか顔を上げないので怖くなったらしいんだよ」

それで、と漏らした玉城の声は掠《かす》れていた。

「驚いて飛んでったよ。私もなんとなく気になってたんだろうね。あんたの様子がおかしいって。朝、玄関で靴を履き始めたかと思うと、急にトイレに駆け込むし。鉛筆や消しゴムはしょっちゅうなくなってたし、体育の帽子がなくなったときもあった。それに、父親がいなかったからね」秀代は写真に目を向けたまま話し続けた。「洗面器が転がってるだけで、あんたはいなかった。探したんだけど見つからなくてね。伸男の手を引いて、荒川の土手もずーっと探したさ。惨めだったよ。父親ばかりかあんたまでがって。よほど、伸男を連れて後を追おうかと思ったよ」

「本当に僕の話？」

「夜になって、警察に行こうとしてるときに帰ってきたんだ」

やっぱり覚えてないな、とは言ってみたものの、ずぶ濡れの伸男が泣いていた記憶はかすかにある。

「昔もいじめってのはあったんだよ。でも、考えてみれば、水を張った洗面器に顔をつけたくらいじゃね。原理的には溺死《できし》できるんだろうけど。あんたもバカだよ。私の考えすぎだったのかね」

遠い記憶の彼方《かなた》のことだが、確かに玉城は思い詰めていたのだ。馬鹿《ばか》だと言われればその通りなのだが、小学五年の玉城は本気で考えていた。

「しかし、いちばんバカをみたのは伸男だね。叩かれた上に、びしょ濡れで。あのころの伸男は弱虫で、すぐに泣き出したもんだ」

「そうだったよね。人ってずいぶん変わるんだな」

「変わらなきゃ生きていけないよ。でも、伸男にはみんな感謝しなけりゃね」

しみじみした口調だった。そのとき、秀代は自分自身に言い聞かせていたのだろう。

河原のほうから歓声が聞こえてきた。野球の観客たちが立ち上がっている。腕を突き上げ、グラウンドを走る小さな姿が見えた。

「ホームランだ」

玉城の声に大輔が顔を上げたが、すぐにまたゲーム機に目を落とした。

「来年は気象予報士の試験必ず受かるよ」

大輔のぼそりとした声が玉城の耳を打った。

「父さんのようにお天気博士になるか」

「いや、ゲームを作る」

「それもいいいな」肌寒い風が吹き抜け、大輔がぶるっと身体《からだ》を震わせた。「母さんたちと一緒にススキを取るか」

うんと言って、大輔は立ち上がり土手を降り始めた。相変わらず少し足を引きずっている。それでもいいか、と玉城は思った。これは大輔なりの伸男への関《かか》わり方だ。いつか自分なりの折り合いをつけるだろう。

大輔の肩越しにゆったりと荒川が流れている。

【参考資料】

『水害の世紀―日本列島で何が起こっているのか』森野美徳監修　日経コンストラクション編
『「福井市災害記録」２００４・７・18　福井豪雨』福井市
『福井豪雨　報道記録集』福井新聞社
『多発する自然災害　洪水・地震・大噴火』Ｎｅｗｔｏｎムック　ニュートンプレス
『台風　気象報道の現場より』渡辺博栄　数研出版
『左千夫全集』第三巻　岩波書店
ビデオ『東京大水害』建設省荒川下流工事事務所（当時）
『ＪＣＭＡＳ』タワークレーン―用語　社団法人日本建設機械化協会
ほかに、気象庁パンフレット、東京消防庁パンフレット、江東区、台東区などの水害パンフレット、各種ホームページ、新聞記事など

解　説

西上心太

東京二十三区の北部には二本の大きな川が流れている。南側に位置するのが隅田川《すみだがわ》。その北に位置するのが荒川《あらかわ》である。秩父《ちちぶ》山系を源流とする荒川が北区《きた》にある新岩淵《しんいわぶち》水門によって分岐させられ二本の川となるのだ。一方が隅田川で、荒川《あらかわ》区と足立《あだち》区の境を東西に流れ、やがて再開発事業によって著《いちじる》しく景観を変えた荒川区南千住《みなみせんじゅ》八丁目付近で大きく湾曲し、進路を南に変える。南進した川は東岸に墨田《すみだ》区と江東《こうとう》区、西岸に台東《たいとう》区と中央《ちゅうおう》区を臨みながら東京湾に注ぐ。もう一方の荒川は北区から足立区の南部を東西に横切り、足立区日ノ出《ひので》町付近でやはり南に進路を変え、東岸に葛飾《かつしか》区と江戸《えど》川区、西岸に墨田区と江東区を臨み、隅田川同様東京湾に注ぐのである。

実はこの荒川であるが、もともと岩淵水門から下流は人工河川であることをご存じだろうか。本書の中でも触れられているが、一九一〇年（明治四十三年）八月に、関東地方に降り続いた長雨のため隅田川をはじめとする多くの河川が決壊し、埼玉県や東京府で大きな被害が出たことがあった。この明治期最大の洪水被害がきっかけとなり、荒川放水路掘削事業が決定され、一九一三年（大正二年）に着工、実に十七年という年月をかけ一九三〇年（昭和五年）にようやく完成したのである。

　隅田川はかつて大川《おおかわ》とも呼ばれ、多くの時代小説に登場するなど江戸時代を描くのに欠かせない川であった。最近は親水性のあるテラスが整備されるなど、だいぶ状況が変わってきたが、戦後は川と住民を隔絶するかのような高い堤防（カミソリ堤防）が築かれ、親しみにくい時期が長かった。

　一方の荒川にはとても優しい印象がある。隅田川と違い、荒川は対岸まで五百メートルもあり、両岸には河川敷が広がり、グラウンドや公園に転用されている。川を見下ろす堤防は、ジョギングや散歩の恰好《かっこう》のコースとなっており、河川敷のグラウンドでは野球やサッカーに興じる多くの人々が集っているのだ。余談だが、荒川が進路を南に変える足立区の周辺は、人気テレビドラマの「金八先生」シリーズの舞台でありロケも行われたので、テレビ画面を通じて荒川の河川敷の風景に親しんだ人も多いのではないだろうか。

　普段は悠々《ゆうゆう》と流れているこの川だが、台風などで大雨が続くと印象を一変させる。驚くほど水量が増え、広々としていた河川敷に水が流れ込み、グラウンドは水没して姿を消してしまうこともあるのだ。とはいえ、あくまでもそれは河川敷に限った話である。

東京では神田川《かんだがわ》や善福寺川《ぜんぷくじがわ》など、町中を流れる幅の狭い川があふれ、住宅に浸水することは多々あった。わたしにしても高い堤防のある隅田川や広い河川敷のある荒川が決壊するなどという想像をしたことなど一度もなかった。だが本書を読み終えても、そう自信を持って言い切れる人が、果たして何人いるのだろうか。

玉城孝彦《たまきたかひこ》は静岡県牧之原《まきのはら》にある日本防災研究センターに出向中の台風研究の専門家だ。八月の台風と集中豪雨、そして九月の秋雨前線による大雨で、日本列島の保水力は限界に来ていた。そして南方に台風二十三号が発生する。玉城は同僚の木下文明《きのしたふみあき》とともにコンピュータ・シミュレーションを行い、台風二十三号の本土上陸を予測するが、進路を南に変え本土から離れていった。だが前代未聞のことが起ころうとしていた。台風二十三号が二十四号と衝突し、より巨大な台風となり、進路を北に変え東京目指して移動を始めたのだ。コンピュータ・シミュレーションによって、いち早くジェミニ台風出現の予測を確信した玉城は、気象庁を始め各方面に危険を報《しら》せるが……。

東京を直下型大地震が襲う『M8』、東海地震、東南海地震、南海地震があいついで発生し、その結果太平洋岸に巨大津波が押し寄せる『TSUNAMI　津波』、そして大河川決壊による大洪水を描いた本書。この自然災害パニック小説三部作によって、高嶋哲夫の名は忘れがたいものになった。共通の組織やキャラクターが登場するなど、このシリーズは一つの同じ世界を描いている。だが物語の中の時間は発表順ではなく、本書は『M8』と『TSUNAMI　津波』の合間に起きた災害という位置づけなのだ。もしすべて未読の読者がいたら、小説内世界の時系列順に読み進めていった方がいいかもしれない。

さて地球温暖化の影響からか、地球規模の水害が多くなっている。ヨーロッパでは国際河川の氾濫《はんらん》が起きているし、最近ではアメリカ南部を襲ったハリケーン・カトリーナによる大洪水は耳目に新しい。また国内でも集中豪雨や台風による洪水被害が、日本のどこかで毎年のように起きている。だが筆者もその一人だが、山崩れなどの心配がない平地に住む都会の者たちは、川には十分な堤防が築かれているから大丈夫と、どこか台風や洪水を舐《な》めきっていないだろうか。本書はそんな甘い考えに警鐘を鳴らす作品なのである。

本書の魅力はいくつもある。まず第一が災害を描きつつ、家族のつながりを描くという家族小説の側面が強いところだ。主人公の玉城孝彦は妻の恵子《けいこ》と長男の大輔《だいすけ》、長女由香里《ゆかり》の四人家族だ。だがこの一家は家庭崩壊の危機にある。玉城は静岡県に単身赴任状態であり、一級建築士の資格を持つ妻の恵子は、荒川下流の堤防沿いに建築中の高層マンションの完成に向け邁進《まいしん》中である。ゆっくり語り合う余裕のない二人の関係はぎくしゃくとしており、小学校四年生になる長男の大輔は小さな胸を痛め、不登校になりかけている。両親がそんな具合なので、子供たちの面倒は、一家のマンションに移り住んだ孝彦の実母に任せきりなのだ。さらに定職に就《つ》かない弟の伸男《のぶお》が金の無心に現れるなど、玉城の悩みは尽きないのである。

このようにばらばらになりかけた一家が、未曾有《みぞう》の超大型台風に襲われた町の中でどのような行動を取り、家族の絆《きずな》を取り戻していくのか、それは読んでのお楽しみだ。

玉城は生まれも育ちも、そして現在の住まいも荒川沿いである。人情味あふれる土地であるが、墨田区にしても江東区にしても、二つの川に挟まれた低地（そのほとんどがゼロメートル地帯であり、特に江東区は埋立地が多い）であり、ことのほか水害に弱い。父親は消防団員だったが、玉城の子ども時代、洪水予防のため土嚢《どのう》積みに出動したさいに、濁流にのまれ死亡している。玉城は悠然と流れる荒川の美しさも、濁流と化す災害時の恐ろしさも身に沁《し》みて知っているのである。

第二の魅力が、徹底した取材と作家の想像力によって展開される、災害シーンの迫力だろう。あらゆる角度からシミュレートしたに違いない、考えもつかないトラブルが次々と発生していくのだ。それを玉城をはじめとする、東京のトップに立つ知事から区役所の危機管理室の職員など大小の判断を下す立場の者から、現場において辛《つら》く危険な作業に当たる消防や警察、自衛隊員、そして自衛のために立ち上がる一般住民まで、あらゆる人々の力によって、大災害による被害を少なくしようと懸命な努力を続けるのである。これに心を打たれない読者はいないだろう。

残念なことにわが国には地震も水害も多い。これは宿命としかいいようがないが、それで諦《あきら》めてしまってはいけないことは明白だ。本書はむろんフィクションであるが、災害が起きる前の心構えや、起きてからの判断と行動などは十分参考になるし、目を瞠《みは》らせることも多い。そういう意味で本書を含むこの三部作は一級のエンターテインメントであると同時に、日本人にとって必読の、啓蒙書でもあるのだ。

この作品は二〇〇八年七月、集英社より刊行された『ジェミニの方舟──東京大洪水』を改題しました。

初出
学芸通信社の配信により、北日本新聞（二〇〇六年七月二八日〜〇七年七月二八日）、山陽新聞、南日本新聞、山梨日日新聞、岩手日報などに「決壊」として順次掲載されました。

この作品はフィクションです。実在する個人、団体などと一切、関係はありません。

集英社文庫

東京大洪水《とうきょうだいこうずい》

2010年7月25日　第1刷　　定価はカバーに表示してあります。
2020年6月17日　第6刷

著　者　高嶋哲夫《たかしまてつお》

発行者　徳永　真

発行所　株式会社　集英社
東京都千代田区一ツ橋2-5-10　〒101-8050
電話　【編集部】03-3230-6095
【読者係】03-3230-6080
【販売部】03-3230-6393（書店専用）

印　刷　凸版印刷株式会社

製　本　加藤製本株式会社

フォーマットデザイン　アリヤマデザインストア　　マークデザイン　居山浩二

ISBN978-4-08-746591-4 C0193